KB155145

www.bbulmedia.com

www.bbulmedia.com

군화에 핀 꽃

초판 1쇄 찍음 2014년 10월 16일
초판 1쇄 펴냄 2014년 10월 22일

지은이 | 은 홍
펴낸이 | 정 필
펴낸곳 | 도서출판 **뿔미디어**

편집장 | 이재권

출판등록 | 2002년 9월 11일 (제1081-1-132호)
주소 | 경기도 부천시 원미구 상동로 117번길 49(상동) 503호
전화 | 032)651-6513 / 팩스 | 032)651-6094
E-mail | dahyangs@naver.com
블로그 | http://blog.naver.com/dahyangs
홈페이지 | http://bbulmedia.com

값 9,000원

ISBN 979-11-315-3655-1 03810

군화에 핀 꽃

은홍 장편 소설

DAHYANG ROMANCE STORY

CONTENTS

어두운 밤하늘 아래 폭풍이 몰아치고 있었다. 한국 국적의 대형 어선이 항해 중인 짙은 바다. 그 어선을 작은 소형 보트가 따라가고 있었다. 거친 파도와 바람에도 불구하고 순식간에 가까이 다가온 보트가 어선의 아래에 도달했다.

출렁이는 파도가 바람을 따라 거칠게 몰아치는 상황에서도 레펠 건을 쏘아 올리자 어선에 레펠이 정확하게 걸렸다. 검은 모자로 얼굴의 대부분을 가리고 검은색 옷과 우비를 입은 남자가 레펠을 따라 순식간에 어선 위로 올라갔다. 그것은 보이지 않을 정도로 민첩하게 이루어졌다.

그때 선장은 먼 바다를 바라보며 항해를 하고 있었다. 어두운 밤바다로 인하여 걱정이 얼굴에 한가득이었고, 그의 뒤로는 작은 선실에 작은 남자아이가 잠들어 있었다. 쌔액쌔액 숨 쉬는 소리가 열에 들뜬 듯 가냘프고 급박했다. 다시 두 눈에 힘을 주며 선장은 집으로 돌아가기 위해 안간힘을 쓰기 시작했다.

잠시 후, 뭔가 우지끈하는 이상한 소음이 들렸다. 수상한 낌새에 그는 선실 밖으로 고개를 내밀어 배를 살폈다. 그 순간, 선실 위에서 검은 손이 불쑥 내려오며 한 번에 사내의 굵은 목 줄기를 비틀어 버렸다. 비명 소리도 내지 못하고 선장은 눈을 부릅뜬 채 생명을 다해 버렸다.

위에서 그 상황을 만들어 낸 사내는 단번에 아래로 내려왔다. 선실로 들어와 죽은 사내를 거칠게 밀어 쓰러뜨리고 선장의 품속에 있던 검은 칩을 챙기던 중, 그의 귓가에 거슬리는 소리가 포착되었다. 투벅투벅, 검은 신발이 망설임 없이 선실로 들어간다.

삐그덕거리는 소리와 함께 선실 문이 열리고 깊은 내실에는 어린아이가 잠들어 있었다. 작은 숨소리. 사내의 눈빛이 서늘하게 가라앉고, 품 안에서 작은 총을 꺼낸 그는 거침없이 방아쇠를 당겼다. 탕, 하는 소음이 파도 소리에 묻혀 사라지며 아이가 흘린 붉은 핏물이 이불을 흥건하게 적시기 시작했다. 검은 남자의 뒤로 짙은 혈향이 맴돌았다.

품 안에 있던 소형 무전기를 든 그가 단추를 눌렀다.

"임무 완료. 잭."

– 수고했다. 잭.

답한 사람의 무전을 들은 그는 소형 무전기를 그대로 바닷속으로 던졌다. 짙은 혈향이 감도는 그곳을 그는 유유히 벗어났다.

✻

욕실에서 정사의 흔적을 씻어 내고 하얀 목욕 가운을 걸치며 나오는 남자에게 요염한 웃음을 지은 여인이 다시 그의 품속으로 안겨 왔다. 유혹의 페로몬을 뿜는 붉은 꽃처럼 그를 옭아매기 시작하는 여자의 농염한 몸짓.

그녀에게서 풍기는 아찔하고 짙은 향기가 미간을 찌푸릴 듯 불쾌했지만 잭은 자신의 감정을 숨긴 채, 그의 큰 손에도 모두 차지 않는 여인의 가슴을 손에 한가득 쥐고 주물렀다. 능숙하게 움직이는 그의 손길 아래 열에 들떠 버린 여인의 입에서 연이어 듣기 거북할 정도로 흥분한 신음이 터져 나왔다.

"하압. 제발. 천……천천히…… 흐읍, 너무 빨라."

하지만 힐끗 테이블에 놓여 있는 검은 장치들을 바라본 그는 손을 멈추고 표정을 굳히며 여자를 내려다보았다. 서늘한 눈빛 아래 담담히 굳은 그의 입술의 윤곽이 그녀를 흥분되게 만들기에 충분했다.

"저게 뭐야?"

그 기세에 금세 그의 기분을 파악한 여인은 잭의 유려한 목덜미에 코를 묻으며 은밀하게 속삭였다.

"별거 아니야. 요전에 내가 말했던 새로운 K28이야. 자기가 좋아하는 거라면 나는 뭐든지 줄 수 있어. 제발 받아 줘."

"내가 그러지 말라고 했잖아."

그의 목소리는 딱딱하고 단호했지만 마치 그의 반응을 예상했던 듯 여인은 애가 타는 몸짓으로 더욱 몸을 그에게 의지하며 간드러지는 목소리로 애원했다. 연신 여인의 손은 마른 듯 유려한 근육으로 뒤덮인 잭의 몸을 훑어 내리고 있었다.

"제발 받아 줘. 내가 줄 수 있는 건 저것뿐이라는 거 알잖아? 자기를 향한 나의 마음이니까 그냥 받아 줘. 그러면 안 되는 거야?"

"휴우."

그녀를 미치게 만드는 나른한 한숨 소리. 잭은 무덤덤한 듯 냉담하게 흐트러져 내려온 검은 머리칼을 쓸어 올렸다. 그 모습이 영화의 한 장면처럼 아름답게 느껴지는 것은 왜인지.

그의 그런 모습을 여인은 홀린 듯이 바라보았다. 고개를 든 잭의 눈빛이 흔들리지 않고 여인을 깊은 눈빛으로 내려다보자 당당하던 기색이 무색하게 여인은 눈빛이 탁해져 버렸다. 곧 그녀의 동공이 흔들리며 무너지기 시작했다.

"자기……."

"세라야."

탁하고 낮은 그의 뜨거운 숨결이 그녀에게 쏟아져 오자 점차 세라는 그의 발치에 무너져 내렸다. 그녀의 이름을 불러 주는 그의 음성에도 심장이 떨려 오자 세라는 눈을 흘기듯이 그를 바라보았다.

하지만 잭은 그녀의 눈을 피하지 않았다. 그는 지금 이 순간이 가장 중요하다는 것을 뼛속 깊이 알고 있으니까. 연극이 너무 쉽게 풀리니 이제는 지루하게 느껴졌다.

끝날 때가 되었군. 그의 목소리가 끝을 향해 내달리듯 더욱 그윽하게 울렸다.

"너를 볼 때마다 나는 왠지 새롭게 두근거려. 나는……."

"아흡. 자기."

세라는 그녀를 혼미하게 만드는 그의 마력과 같은 음성에 잭의 아랫입술을 부드럽게 빨며 그대로 소파로 그를 밀어 버렸다.

"나는 당신을 볼 때마다 미칠 거 같아. 사랑해. 자기. 제발⋯⋯."

"지금까지 준 것만으로도 나에겐 이미 충분해."

"아니야⋯⋯ 하읍, 좀 더⋯⋯ 좀 더⋯⋯ 줄 수 있어."

맨몸으로 그의 위에 올라타 가슴을 게걸스럽게 핥기 시작하는 세라를 품속으로 안았다. 그리고 그의 눈빛은 움직였다. 내내 그녀를 내려다보던 담담한 눈빛은 그녀에게서 시선을 돌려 호텔 스위트룸의 불빛을 바라보자 순식간에 서늘하게 가라앉아 버렸다.

정말 모든 것을 줄 수 있다고? 훗.

그녀가 보지 못한 그의 눈빛은 냉혹하고 날카롭게 번뜩였다. 커다란 손은 연신 농염한 세라의 몸을 사랑스럽다는 듯이 진득하게 쓰다듬어 내려갔다. 그의 손길 아래 그녀의 여린 맥박이 뛴다. 그 맥박을 느끼며 쟉은 짙은 속눈썹을 내려 눈을 감았다. 지루하다.

그의 시선은 소파 너머 탁자에 놓인 검은 장치들을 향해 있었지만 몸 위로 쏟아지는 그녀의 붉은 입술을 피하지 않고 그대로 받았다. 그는 마음속으로 중얼거렸다.

나에게 사랑은 너를 죽이는 거야.

나에겐 사랑 같은 건 없어.

"언니. 형광 핑크색에 엄지에만 회오리 아트 해 주세요."

"도대체 무엇을 했길래 이렇게 발가락들이 다 상해 오셨어요?"

네일 담당 언니의 핀잔에 단아의 둥그렇고 뽀얀 이마도 함께 일그러졌다.

"휴우. 어쩔 수 없어요. 훈련받다 보면."

"군인이라더니 진짜 얼굴이나 스타일과는 완전 다른 직업이다. 신기해. 정말 신기해."

"저도 그렇게 생각해요."

단아의 조그마하고 동그란 이목구비가 전등빛에 해사하게 빛났다. 그러나 그 모습을 옆에서 지켜보던 단짝 친구 아랑이의 핀잔이 오늘도 힘차게 쏟아지기 시작했다.

"언니, 말 말아요. 이년의 직업은 제 인생에 가장 미스터리한 일이라니까요. 천생 여자처럼 여성스럽고 예쁘장한 것들만 좋아하면서 이번에는 수색대대에 지원했어요. 세상에, 진짜. 너 어쩌려고 그래? 응? 꼭 수색대대에 들어가야겠어? 그냥 편하게 본부로 지원해서 사무 봐도 되잖아. 사관학교에서 우등상까지 받아서 졸업했으면 이제 스스로를 혹사시키는 일은 그만해도 되잖아. 내가 보기엔 그 정도면 됐어."

언제 해사하게 웃었나 싶을 만큼 단아의 눈매가 굳어졌다. 그걸 알아차린 것은 아랑 혼자뿐이었지만 그녀는 기세를 죽이지 않았다.

"아직은 안 돼."

"진짜 내가 너 때문에 못산다. 못살아. 주변 사람들은 생각 안해?"

아랑이도 핀잔을 주는 듯하였지만 깊은 눈매에는 단아에 대한 애정이 엿보였다. 그녀는 단아를 보면 언제나 마음이 아팠다. 자신의 모든 것을 포기하고 친오빠를 위해서 군인이 된 여자. 미련하도록 한 가지만을 아는 그녀의 친구, 한단아. 아랑이는 서글프게 웃는 단아를 바라보며 표정을 숨기고 팔을 당겨 귓속말로 속삭였다.

그녀가 친구를 위해서 해 줄 수 있는 것은 이것뿐이었다. 그녀가 진정으로 원하는 삶을 잠시라도 누릴 수 있도록 같이 있어 주는 것.

"거기 들어가면 자주 못 나오니까 오늘은 **뼈 빠지게** 노는 거다? 알지?"

"하여간 너를 어떻게 말려."

허공에서 눈이 마주친 단아와 아랑이는 해맑게 웃었다. 두 사람은 허공에서 마주친 두 눈빛에서 서로의 깊은 마음을 읽을 수 있었다.

정확히 5시간 후, 오후 11시.

홍대의 제일 잘나가는 L CLUB에 두 여인이 들어섰다. 네일 아트 후 머리까지 완벽하게 세팅해 굵은 웨이브가 등에서 찰랑거렸다. 몸의 윤곽을 살려 주는 실크 소재의 새빨간 미니드레스를 입은 단아는 클럽으로 들어서자마자 남자들의 눈길을 사로잡기에 충분했다.

그녀는 말간 피부에 적당한 볼 살이 있어 얼굴과 이마가 모두 동글동글해 한눈에도 귀여운 인상을 심어 주었다. 하지만 또래보다 단아한 느낌의 매력이 있어 심하게 어려 보이지 않고 우아하며 묘한 매력이 느껴지는 인상이었다.

하지만 남자들은 눈길만을 보내올 뿐 쉽게 그녀에게 다가서지는 못했다. 이유는 마주치는 그녀의 눈빛이 단호하고 깊었기 때문이다. 자신에게 다가오지 말라는 방패막이 느껴지는 듯 강하고 반듯한 눈빛이 이곳에 오는 여느 여자들과는 확연히 달랐다. 남자들을 유혹하는 눈빛이 아닌 자신을 제발 내버려 두라는 사늘한 눈초리에 남자들은 눈빛을 줄 뿐 그녀에게 쉽게 다가가지 못했다.

클럽의 구석자리에 자리를 잡은 아랑이가 술을 주문하고, 주변을 훑어보며 입이 찢어져라 좋아하기 시작했다. 살색 탑에 미니 청치마를 입은 아랑이는 엉덩이를 들썩이며 남자들을 찾아 대기 시작했다.

"괜찮은 사람 없나? 괜찮은 사람."

"아랑아."

하지만 바로 지적을 하는 딱딱해진 단아의 목소리가 아랑이를 붙잡았다. 가라앉은 단아의 목소리에 아랑이는 코끝을 찡그리며 인상을 썼다.

"알아. 안다구."

"나는 남자랑 노는 거 싫어. 알지?"

냉정한 단아의 답변에 아랑이는 밉지 않은 눈초리로 단아를 노려보기 시작했다. 클럽에 간간이 오는 그들이었지만 언제나와 같은 단아의 주장에 아랑이의 입에서 불만이 터져 나왔다.

"아휴. 내가 네 고집 알지. 이 언니가 어찌 우리 단아의 고집을 꺾을까요. 조금 아쉽지만 어쩔 수 없지. 너랑 신나게 흔들고 가야지. 아! 술 왔다. 술! 술! 술! 우리의 음료수! 술이 왔네요!"

테이블에 아랑이가 시킨 맥주가 나오자마자 단아와 아랑이는 각자의 잔을 들어 건배를 한 후 시원하게 들이켰다.

"카아. 역시 이 맛이야!"

"그런데 늘 먹던 맥주가 아닌데? 좀 독한 거 같은데?"

단아가 처음 느껴 보는 듯한 맥주의 맛에 아랑이를 향해 맥주를 내밀었다.

"아. 요번에 새로운 맥주가 들어왔다고 해서 시켜 봤어. 어때?"

"맛은 있는데, 좀 독한 거 같애. 벌써 속이 쓰린 느낌이야."

아랑이는 단아의 등짝을 세게 내려쳤다.

"악! 왜 때려!"

단아가 인상을 쓰며 화를 냈지만 아랑이는 거침이 없었다.

"이 기집애야! 네가 아까 술 먹는다고 저녁을 안 먹어서 그렇지! 그러니까 저녁을 먹고서 술을 마시라니까!"

"오늘 점심을 든든하게 먹어서 저녁 안 먹었더니 진짜 술이 화악 올라오네. 아이! 화내지 마세요, 아랑 언니. 히히히."

단아가 애교를 부리며 어깨에 고개를 비비자 저절로 아랑이의 얼굴에도 미소가 지어졌다. 애교를 자주 부리는 편은 아니지만 가끔씩 나오는 단아의 애교는 주변 사람들을 쉽게 풀어지게 만들기에는 충분했다.

"어머? 이년이 벌써 취했네, 취했어!!"

"아이, 몰라! 아랑 언니, 마시자! 짠!"

허공에서 두 맥주잔이 짠 하는 소음과 함께 시원하게 부딪쳤다. 오늘따라 시원한 맥주가 몸속에 들어오자마자 온몸으로 퍼지는 느낌이 짜릿하고 아찔했다. 단아는 평상시와 다르게 금세 술기운이 퍼지는 것을 느꼈지만, 좋은 기분에 계속해서 술을 마시기 시작했다.

그렇게 순식간에 각자 세 잔씩을 들이켠 그녀들은 술기운이 오르기 시작하자 스테이지로 나갔다. 같이 손을 잡고 나가는 그녀들의 얼굴에 해맑은 미소가 피어 있었다.

그때 L CLUB의 입구에서는 여인들의 눈길을 사로잡는 두 남자가 들어서고 있었다. 하얀 와이셔츠에 검은색 정장 바지를 입고 한 손을 바지 주머니에 꽂은 채 불편한 심기를 드러내는 인상이 강한 남자와 파란색 와이셔츠에 군청색 정장 바지를 입은 귀여운 인상의 남자가 연신 주변을 살피며 클럽 안으로 들어섰다. 두 사람 모두 키가 굉장히 컸지만 생김새만큼이나 분위기가 극과 극으로 달랐다.

끌려 들어오는 길인 듯 불쾌한 감정을 숨김없이 드러내는 남자는 큰 키와 강한 인상으로 범접할 수 없는 아우라를 뿜었다. 약간 슬림한 몸매였지만 오래 운동을 했는지 튼튼하고 강한 라인을 가지고 있었다.

짧게 자른 검은색 머리를 왁스로 살짝 올린 헤어스타일은 굉장히 깔끔했지만 빈틈은 절대 허용하지 않는 빡빡함이 느껴졌다. 짙은 일자 눈썹과 쌍꺼풀 없는 눈매가 매우 날카로웠고 눈 바로 아래에 있는 눈물점은 치명적인 매력의 섹시함을 내비치기도 했다.

하지만 그중에서도 여인들의 눈길을 단번에 사로잡은 것은 바로 아무것도 담겨져 있지 않은 듯하면서도 거친 눈빛이었다. 그리고 눈썹 위에 위치한 작은 상처. 그 눈빛과 상처가 한데 어우러져 쉽게 범접할 수 없는 거칠고 생동적인 섹시함이 배어 나왔다.

그의 등장에 주변에 있던 여자들의 웅성거림이 시작되었다.

"어머. 저 남자들 봐."

"한 명은 진짜 섹시하고 한 명은 진짜 귀엽다!"

"저 눈빛 봐. 장난 아니다."

"나 벌써 달아오르는 것 같아."

하지만 여자들의 뜨거운 눈초리와 웅성거림이 들리지도 않는 듯 날카로운 사내의 표정은 그저 무덤덤하게 굳어 있었다. 중앙 좌석에 다다르자 귀여운 인상을 하고서도 무자비하게 큰 남자를 끌고 들어온 정우는 친구를 거칠게 의자로 밀어 버리고서 주문을 척, 했다.

"여기 맥주 두 병이요!"

주문을 마치자마자 정우는 잔뜩 인상을 찌푸리고 친구인 류욱을 바라보았다.

"군인은 클럽 오면 안 된다는 규율이라도 있냐?"

"없어."

굵고 매력적인 보이스로 그의 성격답게 짧은 대답만 던지고 팔짱을 낀 채 스테이지 쪽을 보는 류욱을 바라보며 정우는 작게 한숨을 쉬었다. 정말 빈틈이 없다. 그래, 여기에 들어온 것만으로 엄청난 발전이지.

정우는 담담한 듯이 표정 없는 류욱의 서늘한 표정을 바라보았다. 그는 햇수로 10년을 알아 온 친구였다.

하지만 장난기 많고 활발한 그와 다르게 류욱은 자기 자신을 학대하는 듯이 인생을 거칠게 살았다. 마치 시간을 어떻게 보내야 할지 몰라 그저 자신의 몸을 혹사시키는 일밖에 모르는 것같이 보일 정도였다.

학생 때에는 외국 유학을 하면서도 군인이 되기 위해 공부와 운동밖에 모르더니 한국으로 돌아와서는 최고의 고생문으로 악명 높은 수색대대에 지원하여 스스로를 혹사시키며 지루한 삶을 살고 있는 친구.

사관학교를 졸업한 후 교환학생으로 간 미국 육사의 엘리트 과정을 이수한 그에게 있어 수색대대는 결코 좋은 선택이 아니었다. 미국 육사도 수석으로 졸업하고 경영학과 석·박사를 5년 만에 마친 그에겐 무수한 스카우트 제의가 들어왔지만 단칼에 모두 거절해 버렸다.

류욱만큼 뛰어나지는 못했지만 비슷한 과정을 밟아 함께 미국에서 수학했던 정우는 현재 전쟁과 평화 연구소 연구원과 육군사관학교 교수로 재직 중이었다. 군인으로서 누구의 길이 옳다고 말할 수는 없었지만 정우는 좀 더 편한 길을 놔두고 고생만을 사서 하려는 친구의 모습이 많이 안쓰러웠다.

하지만 그는 자신이 아무리 타일러도 그가 변하지 않을 것이란 걸 알고 있었다. 정우는 친우의 단단한 어깨를 감싸 안으며 호탕하게 외쳤다.

"이 자식아! 하루 클럽에서 논다고 세상 어떻게 되는 거 아니다. 야, 봐라! 저 새끈한 여인들을! 하여간 너 그러다가 몸에 사리 쌓이겠다. 능력이 부족한 것도 아니면서 도대체 왜 그렇게 사냐? 너를 향해 빛나는 여자들의 눈빛을 좀 받아 주란 말이야!"

"됐어. 술이나 마셔."

퉁명하게 대꾸했지만 술병을 마주쳐 오는 류욱의 입매가 오래간만에 부드럽게 풀렸다. 이 정도가 그의 친구 류욱이 보여 주는 최선의 모습이라는 것을 정우는 알고 있었다.

"그래! 마시자! 오늘 마시고 죽자!"

쨍! 술병이 마주치며 청명한 소리가 나고 두 남자는 시원스럽게 맥주를 넘겼다. 식도를 타고 흘러내리는 시원한 맥주를 느끼며 정우는 푹신한 등받이에 등을 기대고 느긋한 시선으로 스테이지를 바라보았다.

"야! 오늘 물 진짜 좋네!"

그 순간, 정우의 눈에 스테이지에서 춤을 추는 한 여자가 들어왔다. 호기심에 눈을 빛내며 정우는 한 손으로는 그쪽을 가리키며 다른 한 손으로는 친구의 딱딱한 어깨를 두드렸다.

"야! 쟤, 생긴 건 안 그런데 춤 진짜 희한하게 추네. 은근히 섹시한 게 괜찮은데?"

스테이지를 바라보고 있었으니, 류욱은 정우의 손길이 가리키는 곳을 단번에 알아차릴 수 있었다. 아까부터 한 번에 눈에 띈 한 여자의 모습에 그의 심기가 더욱 어지럽혀져 있었다. 저런 모습은 그가 싫어하는 여자들의 대표적인 모습이니까.

붉은색 실크 드레스가 몸에 착 달라붙어 몸매 라인이 그대로 드러났다. 치마 길이는 팬티가 보일 듯 말 듯 할 정도로 짧다. 싫다. 저런 옷. 류욱의 눈매가 불쾌한 듯 일그러졌다.

암컷의 호르몬을 뿌리면서 수컷의 끈적한 시선을 원하는 몸짓. 그의 사고 속 클럽에서 춤을 추는 여자들에 대한 인식은 이러했다. 그럼에도 왠지 모르게 그는 친구가 가리킨 여자에게서 시선을 돌릴 수 없었다. 술에 취했는지 단아한 생김새와 다르게 몽롱한 표정으로 허공을 바라보며 살짝씩 몸을 움직이고 있었는데 그 동작이 꽁장히 섹시하고 매력적이다.

그런데 문제는 몸이 유연하지는 않아 그 동작이 더욱 눈에 띈다는 것이다. 하지만 철저하게 뼛속까지 군인정신을 가진 그에게 그녀는 꽁장히 불쾌한 모습으로 다가왔다. 저렇게 헤프게 행동하는 여자들을 그는 가장 싫어했다. 불쾌한 기분에 그의 잘생긴 미간이 더욱 일그러졌다.

"저 여자, 진짜 매력 있네. 뭔가 엉뚱한 춤인데 되게 섹시하네."

정우의 말에 류욱은 짧게 대답했다.

"니 취향은 저런 여자냐?"

그 순간 스테이지를 보던 정우의 미간이 움찔거렸다. 그러나 정우는 금세 포커페이스로 돌아왔다. 분명히 류욱의 이런 대꾸은 보통 땐 볼 수 없는 것이었다. 언제나 무감각하던 그가 반응을 보였다.

흠칫 놀랐지만 정우는 자신의 놀라운 마음을 숨겼다. 그가 제일 잘하는 행동 중 하나였다. 속마음을 내비치지 않는 것. 하지만 칼로 찔러도 피 한 방울 안 나올 것 같은 친구의 반응은 그를 즐겁게 만들고 있었다.

"하하. 왜 어때서. 저 여자 너무 매력 있는데?"

"정신 차려."

정우는 말갛게 웃으며 류욱을 바라보았다. 정말 싫었으면 저렇게 진득한 시선으로 바라보고 있지도 않았을 것이다. 금방 눈을 돌리고 없는 사람 취급했을 터였다.

류욱을 반응하게 만드는 여자라? 정우의 눈빛이 더욱 깊어졌다. 뛰어난 감각으로 그는 류욱의 단단한 입매가 살짝 일그러졌다는 것을 알아차렸다. 류욱은 말없이 맥주를 입술로 가져갔지만 눈빛은 스테이지에서 움직이지 않았다.

그는 계속해서 여자를 날카롭게 노려보고 있었다. 굉장히 재미난 구경거리에 장난기 가득한 정우의 입매가 더욱 늘어졌다.

"이번 기회에 좀 물어보자. 너 진짜 여자를 좋아하긴 하는 거지?"

"쓸데없는 걱정 마."

퉁명스럽지만 단번에 나오는 대답에 정우의 입가에 맺힌 웃음이 진해졌다.

오호라? 여자를 좋아하긴 한다? 새삼스럽게 민감하게 반응해 오는 류욱의 모습에 정우의 기분이 묘하게 들뜨기 시작했다. 힐끗 스테이지를 바라본 정우는 담담한 척하며 교묘하게 질문을 하였다.

"그럼 이상형은?"

"없어. 여자 같은 거 필요 없다. 감정 소비할 시간 없어."

내리뜬 류욱의 눈가로 붉은 조명이 내려앉으며 눈 아래 눈물점을 비추었다. 수려한 이목구비와 어우러져 몽환적인 분위기를 자아냈다. 저렇게 마성의 아름다움을 가진 그의 주변에는 언제나 여자들이 가득 넘쳐 났다. 하지만 손뼉도 마주쳐야 소리가 나는 법.

류욱은 절대 여자들에게 눈길을 주지 않았다. 하지만 클럽에 들어선 후 지금까지 류욱의 매서운 눈빛은 저 이상하다는 여자에게 고정되어 있었다. 본인은 못 느끼고 있는 것 같지만.

"저런 여자가 왜 싫은데? 직업이 무엇인지 알고? 너 그렇게 겉모습만 보고 사람을 판단하면 안 된다? 저 여자는 왜 싫은 건데?"

질문이 끝나기도 전에 들려온 대답에 정우는 화들짝 놀라고 말았다.

"저렇게 다 벗고서 춤추는 거."

"뭐?"

"다 벗고서 춤추는 거."

딱딱해도 그렇게 딱딱할 수 없는 친구의 대답에 정우의 입이 잔뜩 벌어졌다.

"그럼 지금까지 거부한 여자들은 모두 짧은 치마를 입고 있어서 거절했냐? 그렇지도 않았잖아. 조신하고 우아한 여자들도 많았지만 너는 아예 여자라는 사람들에게는 눈길조차 돌리지 않았어."

"훗, 그랬나."

미려하게 한쪽 입술이 올라가는 치명적으로 섹시한 미소가 류욱의 조각 같은 얼굴 위로 나타났다 사라졌다. 무덤덤하게 받아치는 류욱의 모습에 정우의 미간의 골이 더욱 깊어졌다.

몇 년째 곁에서 지켜보고 있지만 정우는 도저히 류욱의 속내를 알 수가 없었다.

특히 미국 유학 생활 동안 그는 클럽에서 거의 살다시피 했다. 마치 무엇인가에 쫓기는 듯이 더욱 자신을 망가뜨리고 부서뜨렸다.

또한 그는 여자들을 경멸하고 증오했으며 호기심으로라도 여자들을 가까이하지 않았다. 게다가 여자들을 물건처럼 여겼으며 덕분에 진정한 연애를 하지 않았고 그 자신도 오히려 그것을 끔찍하게 여기는 것처럼 보였다.

정우는 그런 류욱의 모습이 항상 불안했다.

"너 그러다가 나중에 진짜 후회한다. 도대체 왜 그렇게 사냐? 혹시나 여자에게 심하게 상처받은 거라도 있어서 그렇게 여자들을 경멸하는 거냐?"

또다시 시작되려는 정우의 잔소리에 류욱의 미간이 살짝 꿈틀거렸다. 그는 거칠 것 없이 냉정하게 몸을 일으켰다.

"신경 꺼. 답답하다."

"야, 어디 가!"

류욱은 그런 정우의 반응은 상관도 없는지 몸을 돌렸다.

"어디 가냐니까!"

"화장실."

서늘하게 대답한 류욱은 긴 다리로 성큼성큼 화장실을 향해 갔다. 그의 날카로운 눈빛이 그윽하게 가라앉았다.

정우는 친구의 멀어지는 뒷모습을 깊은 눈빛으로 바라보다 다시 스테이지로 시선을 돌렸다. 그리고 다시 그 매력적인 여자를 바라보았다. 만족할 만큼 춤을 췄는지 아니면 술기운이 올라오는지 머리를 짚으며 스테이지를 내려가고 있었다. 그런데 그 순간, 정우의 눈이 살짝 커졌다.

그녀에게 관심이 있는 것 같은 남자들이 몇몇 그녀에게 다가갔지만 그녀는 냉정한 표정과 또렷한 눈빛으로 그들을 모두 내치고 있었다. 오호? 클럽에서 좀처럼 보기 힘든 장면에 그의 입가가 살짝 올라갔다.

남자 친구가 있나? 정말 신기한 여자군. 하지만 이내 그녀의 모습이 사라지자 정우는 맥주를 입가로 가져가며 자신의 친구인 류욱을 기다렸다. 오늘 보인 그의 작은 반응에 그녀를 향한 호기심이 살짝 일어났지만 그녀에겐 이미 임자가 있는 듯 생각되어 미련을 버려 버렸다.

화장실에 들어온 류욱은 차가운 은색 세면대에 물을 틀고서 손과 입을 헹구기 시작했다. 대리석으로 테를 두른 거울에 비쳐지는 그의 턱 선이 눈빛만큼이나 날카로웠다.

역시 이런 곳에 오는 것이 아니었다. 몹쓸 것을 본 듯이 기분이 가라앉아 버려 그의 미간이 그도 의식하지 못한 사이 일그러져 있었다. 유학 시절 반항 어린 마음에, 인생에 대한 지루함에 이런 무질서한 생활을 질리도록 하였지만 역시 이런 곳은 그의 취향이 아니라고 그는 생각했다.

손을 씻고서 그는 차가운 세면대에 손을 댄 채 거울을 바라보았다. 큰 키, 쭉 빠진 몸과 달리 그의 얼굴은 짙은 어둠이 내린 듯 어두웠다. 특히, 검은 눈썹만큼이나 짙어진 눈빛.

류욱은 자신의 눈빛을 바라보며 이를 악물었다. 그의 눈빛이 한층 더 날카로워지며 화려한 거울에 비친 그의 짙은 눈썹이 한껏 위로 치켜 올라갔다. 못마땅한 것을 보면 나타나는 그의 버릇.

류욱은 거친 동작으로 다시 연거푸 수돗물로 손을 헹구어 냈다. 그의 손은 깨끗했지만 그는 무엇인가를 지우려는 듯 몇 번이나 차가운 물줄기에 거칠게 손을 씻어 내렸다.

차가운 물로 손을 헹군 그는 거친 손길로 타월을 뽑아 손과 입을 문질렀다. 무엇이 그렇게 마음에 들지 않는지 그의 미간이 구겨져 있었다. 허공을 맹렬히 노려보던 그는 거칠게 문을 열고 나왔다.

물이 튀어 젖은 와이셔츠의 물기를 털면서 코너를 도는데, 붉은 빛과 함께 달달한 향기가 그를 덮쳤다.

"악!"

젠장. 그의 가슴에 무엇인가 작은 살덩이가 부딪혔다. 정확히 그의 왼쪽 가슴 젖꼭지에 물컹한 뜨거움이 낙인을 찍듯 부딪히고서 사라졌다. 아래에서 확 올라오는 뜨거움에 그가 잔뜩 인상을 쓰고서 아래를 내려다보았다. 순식간에 짜증스러움이 그를 덮쳤다.

"뭡니까?"

경직된 굵고 서늘한 목소리. 하지만 고개 돌려 부딪힌 사람을 확인한 그의 얼굴이 급속도로 차갑게 굳어졌다. 아까 스테이지에서 홀딱 벗고서 이상한 춤을 추던 여자가 자신의 앞에 철퍼덕 넘어져 있었다. 그의 가슴에 부딪치면서 그대로 뒤로 넘어졌는지, 그 이상한 여자는 울상을 지으며 엉덩이를 문지르고 있었다. 참으로 부끄러움도 모르는 여자다.

"허."

저절로 입이 벌어지는 광경이다. 서 있을 때에도 하얀 허벅지가 훤히 드러날 정도로 짧은 치마였으니 바닥에 넘어진 지금은 엉덩이라인까지 보일 듯 치마가 올라가 있었다.

불쾌하다. 남자 앞에서 저렇게 가볍게 보이는 행동을 하는 것이 무척이나. 하지만 치마가 어디까지 올라갔든 상관도 없는지 여자는 연신 엉덩이를 주무르고 있었다.

"죄……죄송해요. 정말로 죄송합니다. 그런데 죄송하지만 저를 좀 일으켜 주시면 안 되겠습니까?"

그녀의 질문에 그의 눈빛이 깊어졌다. 분명히 처음은 아니었지만 뒷말은 군인들이 쓰는 어투였다. 그의 민감한 직감이 민첩하게 반응했다. 자연스럽게 나오는 말투에 그의 입가가 씰룩였다.

설마 군인은 아니겠지? 저런 여자가 이 대한민국의 군인이라면 이 나라의 수치다. 그 순간, 그를 구세주인 것처럼 말갛게 올려다보는 깊고 오묘한 그녀의 눈동자가 그의 시선과 마주쳤다.

빨려들어 갈 것 같은 깊은 눈매. 불쑥 치밀어 오르는 불쾌한 뜨거움이 그를 뒤덮었다. 류욱은 쓸데없는 상념을 지우고서 그대로 몸을 돌렸다. 저 이상한 여자의 곁에 더 이상 있을 필요가 없었다. 그는 온몸을 죄어 오는 것 같은 답답함에 얼른 이곳을 벗어나고 싶었다.

'윽.'

하지만 몸을 돌리자마자 이곳으로 다가오는 한 남성의 모습이 보여 그의 미간이 꿈틀거렸다. 이런 곳이라면 저렇게 다리를 다 드러내고 쓰러져 있는 여자에게 친절을 베풀지 않을 남자는 없을 것이다.

다시 거칠게 몸을 돌린 류욱은 생전 처음으로 여자에게 친절을 베풀었다. 한 번에 바닥에 나자빠져 있는 이상한 여자를 번쩍 들어 올려 벽에 세웠다.

"어?"

그녀의 동그란 눈이 놀란 듯 그를 바라보았다.

"똑바로 서."

눈이 굉장히 컸다. 손안에 들어오는 허리가 너무나 가늘다. 넘어지면서 신발도 하나 벗겨졌는지 맨발인 오른발로 지탱하고 선 그녀는 그의 가슴에도 오지 못할 정도로 자그마했다. 하지만 거친 숨결로 들썩이는 유혹적인 가슴은 결코 작지 않았다.

많이 파이진 않았지만 키가 한참은 큰 그의 시선이 아래로 향하며 저절로 볼록하게 생긴 유혹적인 가슴골을 보고 말았다. 그 순간, 믿을 수 없도록 뜨겁게 반응하는 그의 분신에 그의 이마에 푸른 힘줄이 돋았다.

'거슬려.'

보고 싶지 않다면 보기 싫은 사람이 피하는 것이 법칙. 미련 없이 보기 싫은 여자를 피해 발걸음을 옮기려던 순간 우뚝, 류욱의 몸이 굳어졌다.

"이런 데 상처가 있네요."

여자의 손이 정확하게 류욱의 짙은 눈썹 위에 위치한 상처에 닿아 있었다. 척추를 타고 흐르는 통증. 기억나지 않지만 기억하고 싶지도 않은 것을 이 작은 여자는 정확하게 집어냈다. 마치 자신의 치부를 들킨 듯 류욱은 그 여자의 손을 사납게 밀쳐 냈다.

"손 치워."

놀랐는지 여자가 그를 다시 커다래진 눈으로 바라보았다.

"함부로 손대지 마라."

열이 난다. 알 수는 없지만 이 여자의 모습에 열이 치솟았다. 그러나 그의 거친 말에도 그녀는 말간 눈동자로 그의 눈을 정확하게 올려다보고 있었다.

마주친 시선. 얼굴 생김새를 보고 싶었던 건 아닌데 그 순간에도 오밀조밀한 이목구비와 포동포동한 볼에 깊게 박힌 보조개가 정확히 보였다. 그 두 보조개가 그의 심기를 어지럽혔다.

뭣 때문에 저렇게 그를 빤히 올려다보는 것일까? 그의 강렬한 눈빛과 거친 말투에 주변 사람들은 그의 눈빛을 피하기 바빴지만 눈앞의 여자는 술에 취했음에도 그의 눈동자를 정확히 바라보고 있었다. 오히려 그가 민망할 정도로.

하지만 류욱은 다른 여자들에게 했던 것처럼 다시 그녀를 냉정하게 내칠 수가 없었다. 뭔가 그를 머뭇거리게 만드는 힘이 그녀에게 있었다. 옷차림과는 다르게 눈빛이 맑고 올곧았다. 볼수록 빠져들 듯 깊고 곧은 눈빛이 그에게 생소한 감정을 만들었다. 류욱은 거칠게 몸을 돌렸다.

무엇인가에 쫓기듯 류욱은 그곳을 빠르게 벗어났다. 뒤에서 그를 부르는 정우의 목소리가 들렸지만 그의 발걸음을 멈추기에는 역부족이었다. 그 밤은 정말로 이상한 밤이었다.

✱

청명한 초여름의 뜨거움이 울창한 숲으로 이루어진 철원의 한 산을 뒤덮었다. 귀가 따갑게 우는 매미 소리와 함께 아침부터 산의 입구에 모인 사내들의 거친 음성이 산을 울리고 있었다.

"으아아아악!"

"으아아아!"

구릿빛 가슴에 타이어를 매단 거칠게 꼬아 만든 밧줄을 걸친 채, 산을 뛰어 올라가는 산악 체력 훈련에 훈령병들의 입에서 거칠고 급박한 숨소리가 하염없이 새어 나왔다. 그와 함께 그들을 채근하는 잔인하고 냉정한 목소리 또한 끊이지 않고 그들을 괴롭히고 있었다.

"하악. 하악. 하악."

"좀 더 빨리 뛰란 말이야! 정신 똑바로 안 차려!!"

"하악. 하악. 하악."

"좀 더 민첩하게 하라고!"

모두들 목표지점에 도달해서는 근육이 끊어질 거 같은 참을 수 없는 고통에 두 다리를 붙잡으며 온갖 인상을 썼다. 마지막 남은 인내심으로 허벅지와 종아리에서 올라오는 근육통을 참고 있는데 바위 위에 올라가 있는 괴물 같은 강류욱 중대장은 홀로 여유롭게 감정이 담기지 않은 눈빛으로 아래를 쓸어 보았다.

햇살에 비친 그의 눈은 광선이 나올 듯 이글거리고 있었다. 평상시보다 거세게 몰아붙이는 그의 기세에 기절할 듯 헐떡대는 훈련병들의 모습은 보이지도 않는 듯했다.

가슴에 둘려진 밧줄이 스쳐 가슴에 붉게 생채기가 나고, 구릿빛 잘빠진 등줄기로 빗줄기같이 흐르는 땀방울로 보아선 그도 힘들게 산자락을 뛰어서 올라온 것이 분명한데도 그는 한 치의 흐트러짐 없이 훈령병들을 통솔하고 있었다.

"너희들은 자랑스러운 수색대대다! 마지막으로 남은 코스를 향해 힘을 내자! 이렇게 훈련하기 좋은 땡볕을 주신 하늘에 보답하기 위해서라도 더욱 강하고 거칠게 올라가자! 악! 힘을 내자! 악!"

훈련하기 좋은 땡볕? 지랄하고 있네. 훈련병들은 저마다 속으로 쓴 내가 나는 욕설을 중얼거렸다. 이런 땡볕 아래에 서 있는 것 자체가 고역이건만 이런 날씨에 산악 훈련을 하는 중대장은 진정 미친 개새끼임에 분명했다.

그에게 괜히 그런 별명이 붙은 것이 아니란 소리. 그는 자비가 없는 사람 아니지, 사람이 아니었다. 감정을 읽을 수 없는 눈빛과 철과 같은 체력. 그저 미친 사람처럼 훈련에 매진하는 그는 그저 미친개와 같았다. 어느 누구도 말릴 수 없는.

하지만 남자의 자존심을 굽힐 만큼 강류욱 중대장의 실력은 대단했다. 더불어 매끈하게 빠진 몸매와 군인답지 않는 날렵하고 섹시한 얼굴이 햇살에 눈부시게 빛났다. 그러니 같은 남자로서 훈련병들과 조교들은 그를 인정하면서도 한편으로는 부러움에 그를 시기하였다.

마치 다른 세계에서 온 사람처럼 생명력이 느껴지지 않는 그에게는 거친 철과 같은 푸르스름한 한기가 맴돌았다.

강류욱 중대장의 거칠고 우렁찬 목소리와 함께 거친 숨소리를 내뿜던 훈련병들이 허리에 두 손을 올리고 가슴을 내민 채 하늘을 향해 일제히 같은 동작으로 거친 함성을 내뿜기 시작했다.

"악!"

"악!"

"악!"

세 번의 거칠고 굵은 함성이 끝나자 강류욱 중대장의 약간 쉰 목소리가 울려 퍼졌다.

"수색대대! 군가 시작!"

"우리는 수색! 수색! 대대! 범호 수색대대! 우리는 수. 색. 대. 대. 거칠게 나아가고 뜨겁게 일구어 낸다. 아자! 아자! 우리는! 해 낸다! 악! 악! 악! 아자!"

다소 무서울 만큼 거친 함성 소리와 함께 열두 명의 훈련병과 중대장이 고지를 향해 달리기 시작했다. 그들의 구릿빛 등줄기로 땀방울들이 쉬지 않고 흘러내렸지만 그들의 뜨거움을 멈추게 할 순 없었다.

거친 훈련 후 산을 내려오자, 산자락 입구에 배달시켜 놓은 시원한 물과 음료수들이 배치되어 있었다. 흙바닥에 앉아 있던 류욱은 한 훈련병이 가져다주는 시원한 생수를 따서 그대로 뜨거운 얼굴 위로 반을 붓고 반은 그대로 상반신에 부어 버렸다.

뜨거운 태양이 그를 태워 버릴 듯이 내리쬐고 있었다. 하지만 그는 그에 맞서듯 거친 숨을 들이쉬며 청명하게 뜬 구름과 뜨거운 태양을 그대로 올려다보았다. 이런 뜨거운 열기가 무색하게 하얀 구름들이 뭉게뭉게 흘러가는 하늘은 참으로 아름다웠다. 거친 훈련 뒤에 오는 작은 상쾌함이 기분 좋게 만들어 주었다.

그의 이러한 기분을 어린 훈련병들이 알게 된다면 뭐라고 할까. 그의 뒤로 쓰러져 버린 어린 훈련병들은 고통스러운 허벅지와 종아리를 연신 주무르거나 기절 직전의 상태로 서로의 어깨를 의지 삼아 혼미한 정신을 가까스로 붙잡고 있었다. 참으로 지독한 훈련이었으니까.

김 이병과 박 이병은 범호 수색대대로 자대 배치를 받은 이후 처음 하는 체력 훈련에 제정신이 아니었다. 이병이라는 계급 때문에 힘들어도 힘들다는 말 한마디 못 하는 그들의 신세가 참으로 처량하기 그지없었다.

그들의 기진맥진한 모습이 안타까웠는지 병장 최시호가 자신의 얼음물을 들고서 그들에게 다가갔다.

"힘들어?"

"아, 아닙니다!"

"아닙니다!"

억지로 대답하는 것임이 눈에 훤히 보였다. 새카맣게 그을린 피부에선 연신 땀방울이 흘러나오고 새어 나오는 숨소리는 거칠었다. 최 병장은 그들에게 시원한 물을 건네주었다. 상병과 병장에게만 돌아갔던 시원한 얼음물이었다.

"병……병장님!"

순간, 김 이병과 박 이병은 최 병장이 건네는 물을 쉽게 받아 들지 못했다. 최 병장은 23살로 막바지 군대 생활을 하고 있는 분대 장으로서, 다른 선임들과는 다르게 친절하고 마음이 넓은 선임으로 통했다.

하지만 이런 힘든 훈련을 마치고 배정된 물 한 병을 그들에게 스스럼없이 건네는 마음은 보통 사람이 가질 수 없는 배려였다. 어린 만큼 감정 기복이 심한 스무 살 두 청년의 눈가가 파르르 떨렸다.

"얼른 받아. 팔 아프다."

"감사합니다! 감사합니다!"

연신 머리를 숙이는 그들을 바라보는 눈길에 따스함이 가득 담겼다. 최 병장은 여유로운 미소로 조언을 아끼지 않았다.

"물 마시고 기운 차려. 너희 그러다가 탈수증 걸려. 이병이더라도 눈치 보면서 자신의 몸은 자신이 챙겨야 된다. 아프면 자신만 억울한 법이야. 알겠나?"

엄하지만 그 속에 담긴 애정을 느낀 김 이병과 박 이병은 연신 고개를 주억거리며 시원한 물을 나눠 마시기 시작했다. 꿀꺽꿀꺽 물을 삼키는 소리가 참으로 맛있게 들렸다. 물을 마시자 어느 정도 기력이 되돌아왔는지 김 이병은 계속 머릿속을 맴돌던 질문을 꺼냈다.

"최 병장님. 항상 산악 체력 훈련은 이렇게 힘든 겁니까?"

최 병장은 먼 산을 바라보며 무심히 있다가 슬그머니 중대장이 있는 곳을 보더니 머리를 숙였다. 그 행동이 사뭇 비밀스러웠다.

"원래 이 정도로 힘들지는 않아. 오늘같이 30도 가까이 되는 날에는 탈수가 일어날 수 있기 때문에 정오에는 훈련을 하지 않아. 그런데 며칠 전부터 중대장님의 심기가 굉장히 불편해지셨어. 이유는 모르지만 덕분에 이번 체력 훈련도 더욱 강도가 높아졌지."

이번에는 흘깃 중대장이 있는 쪽을 주시하던 박 이병이 궁금함을 가득 담은 얼굴로 질문을 하기 시작했다.

"중대장님께서는 원래 저렇게 무서우십니까? 저는 유격 훈련 때 보았던 조교들보다 무서운 분은 처음 뵀습니다. 정말 얼굴은 잘생기셨는데 너무 서늘하고 날카로우십니다. 눈도 못 마주치겠습니다."

동감을 하듯이 옆에 있던 김 이병도 연신 고개를 끄덕였다.

"저도 마찬가지입니다. 게다가 긴 말씀을 하시는 것도 못 봤습니다."

"다소 엄하시긴 하지만 강류욱 중대장님께서는 대단한 분이시다. 미국에서 엘리트 과정을 거치신 분이지. 게다가 특급 전사이셔서 훈련을 혹독하게 하기로 유명하셔. 하지만 그만큼 차별이 없으시고 깔끔하신 분이다. 지내다 보면 저분의 분위기에도 적응하게될 테니 너무 걱정들 하지 마. 아마 오늘은 다소 나태해져 있는 분위기를 다잡으시기 위해서 일부러 강하게 훈련하신 걸 거야. 좋으신 분이니 잘들 배우고 따르도록."

"네! 알겠습니다."

하지만 중대장의 거센 기에 짓눌린 이병들의 눈빛은 여전히 두려움에 흔들리고 있었다. 그 모습을 바라본 최 병장은 작게 한숨 쉬었다. 말로는 이병들을 다독이고 있었지만 그도 내심 속으로 걱정이 되기 시작했다.

그는 일 년 넘게 그를 보아왔다. 원체 흔들리는 모습을 보이지 않고 기계같이 움직이시던 분이 며칠 전부터 거칠어지셨다. 무슨 일이 있는 게 틀림없어 보였다. 최 병장의 곧은 눈빛이 먼 곳에서 뒤를 돌아 앉아 있는 중대장의 뒷모습을 향했다.

황폐한 폐공장의 깊숙한 내실에서 둔탁한 소음이 흘러나왔다. 그 소리는 거칠고 잔인했다.

탁. 탁. 탁.

복면을 쓴 키가 큰 남자가 허름하게 찢어진 옷을 입은 남자의 어깨와 복부 우측, 허벅지를 빠르고 거친 동작으로 깔끔하게 후려쳤다. 그의 동작이 날래고 가벼워 타격음은 '퍽' 소리가 아니라 '탁' 하는 소리가 났다. 그러나 그 힘이 얼마나 셌던지 작은 남자의 무릎이 무참하게 꺾이며 입에서 짙붉은 핏물이 울컥 쏟아져 나왔다.

"컥."

검은 사내의 행동은 극도로 제한된 동작으로도 상대에게 빈틈을 허용하지 않을 만큼 깔끔했다.

"윽. 윽. 흐악."

빛과 같은 민첩한 공격에 작은 남자는 허공으로 손을 뻗을 뿐, 속수무책으로 당하며 안쓰럽게 비틀거렸다.

"커억."

마무리를 하듯 복면의 남성이 빛이 날 만큼 검은 구두의 앞코로 작은 사내의 목덜미를 후려쳤다.

"억!"

철푸덕.

피를 뿌리며 쓰러진 남성은 발작을 일으키듯 허공을 바라보며 온몸을 떨었다. 바닥에 널브러진 남자의 모습은 볼품없고 처참했다. 다리뼈는 부러졌는지 기괴한 형상으로 비틀어져 있었다.

하지만 검은 바지에 검은 가죽 자켓을 입고 검은 모자를 깊숙이 쓴 키가 큰 남자는 연민도 느껴지지 않는 듯 징그럽게 꿈틀거리는 남성에게 다가갔다. 검은 사내에게선 숨소리조차 들리지 않았다. 쓰러져 있는 남자에게로 다가가 앉은 남성은 거리낌 없이 품속에서 날카로운 단도를 꺼냈다.

철컥.

사늘한 마찰음과 함께 짧지만 날카로운 칼끝이 먼지 속에서 빛을 냈다. 어두운 공간에서도 칼의 날카로움은 빛바래지지 못하였는지 고통으로 몸부림치고 있던 작은 사내의 몸부림이 더욱 거세졌다.

하지만 그 몸부림을 한 번에 제압한 검은 옷의 사내는 미련도 없이 작은 남자의 피로 얼룩진 셔츠 자락을 찢어 내더니 가슴 아래부터 윗배를 가르기 시작했다.

"으으으윽! 으아아악!"

바닥에 깔린 사내는 양어깨가 부러지고 양쪽 발이 사내의 무릎과 발에 깔려 머리만을 뒤흔들며 신음했다. 복면을 쓴 사내는 칼로 살을 벌리더니 그 사이로 손가락을 집어넣고 헤집기 시작했다.

쩍.

살아 있는 사람의 끈적하고 뜨거운 피의 비린내가 진동을 하기 시작했다. 그와 함께 살이 갈라지는 소리가 나며 작은 사내의 몸에서 은빛 조각이 빠져나왔다.

찐득하고 끈끈한 혈향이 코를 자극했다. 검붉고 뜨거운 핏물이 사내의 긴 손가락을 타고 흘러내렸다. 하지만 그것을 내려다보는 눈빛에는 아무것도 담겨져 있지 않았다.

피 묻은 은색 조각을 들어 올려 바라보던 검은 사내는 천천히 작은 남자에게서 몸을 떼어냈다. 몸속에서 꺼낸 금속 조각을 품속에 갈무리한 순간, 사내의 눈빛이 번뜩였다. 모자 아래에서 보이지 않던 눈이 치켜 올라갔다. 무엇인가 그의 예민한 신경을 건드렸다.

하지만 이내 검은 사내는 움찔거리고 있는 사내의 얼굴을 내려다보더니, 주머니에서 작은 소총을 꺼내 들었다.

탕, 하는 소리와 함께 발작을 일으키던 작은 사내의 다리에 총알이 그대로 박혔다. 검은 사내는 조용히 몸을 돌렸다. 깨진 창문으로 바깥을 내려다보더니 이곳이 이 층이라는 자각도 없는 듯 훌쩍 뛰어내렸다. 그러고선 쏜살같이 건물의 모퉁이를 돌아 사라져 버렸다. 민첩하게 사라지는 모습이 보통으로 훈련된 모습이 아니었다.

정확히 1분 후. 벌컥, 철제문이 열리며 경찰특공대원들이 우르르 들이닥쳤다.

"비켜."

경계 태세를 갖춘 특공대원들을 밀치며 나온 한 사내는 깊은 눈매로 주변을 훑어보더니 바로 상황을 파악하고 거칠게 외쳤다.

"주변을 얼른 뒤져 봐!"

"네! 과장님."

그의 명령에 특공대원들이 네 개의 조로 나누어져 건물을 뒤지기 시작했다. 그는 국정원 보안 과장을 맡고 있는 한단호. 깊은 눈매의 그는 말끔하게 뒤로 넘긴 머리를 다시 한 번 거친 손길로 쓸어 넘겼다. 놓쳐 버린 것에 대한 깊은 짜증이 온몸에서 배어 나왔다. 깊고 서글서글한 눈매와는 달리 표정에는 불쾌하다는 기운이 잔뜩 묻어 있었다.

비서관은 주변을 둘러보면서 눈짓을 했다. 그의 눈짓에 남아 있던 요원들이 그들의 주변에서 사라졌다.

"과장님. NPS(national preservation service) 국장님 전화이십니다."

그의 비서관의 손에 올려져 있는 핸드폰을 흘깃 본 그는 참담한 얼굴로 핸드폰을 들어 올려 귓가에 댔다. 전화기 너머에서 그윽하고 굵은 목소리가 울려 퍼졌다.

- 어떻게 되었나?

"이번에도 실패입니다. 저희가 도착하기 전에 이미 자리를 뜬 상태였습니다."

- 알았다. 인질은 NPS 본부로 비밀리에 가져오도록.

"네. 알겠습니다."

- 국정원에서는 눈치를 채지 못했나?

단호는 주변을 한 번 둘러보았다. 함께 공장에 들이닥쳤던 사람들은 모두 자리를 뜬 상태였고 비서관만이 눈에 띄었다. 한단호, 그가 가지고 있는 국정원 보안 과장이라는 직위는 표면상의 것이었다.

"네. 걱정 마십시오."

- 알았다. 수고해라.

전화가 끊기자 단호는 단단하게 굳어 있던 붉은 입매를 일그러뜨렸다.

"인질을 수송하겠습니다."

비서관의 목소리도 들리지 않는지 단호는 뚜벅뚜벅 걸어 콘크리트 바닥에 쓰러져 있는 사내에게 다가갔다. 긴 다리를 구부리고 길고 하얀 손가락을 뻗었다. 기절한 사내의 다리에서는 여전히 뜨거운 피가 흘러내리고 있었다.

"역시 그자였어."

옆으로 비서관이 다가왔다.

"지금까지 몇 년째 그의 뒤를 캐고 있지만 저희가 알아낸 것은 거의 없습니다. 도대체 어디 소속의 누구일까요? 제가 생각하기엔 보통 훈련된 자가 아닙니다, 과장님."

"하지만 분명한 것은 우리의 안보에 도움이 될 놈은 아니란 거지."

한단호 과장의 목소리는 단호했다.

"미국 소속일까요?"

"그럴 가능성도 있지만 국내에서만 활동하는 걸로 봐선 단정 지을 수 없어. 이것 봐."

그는 비서관에게 기절한 남자의 다리의 총상 부위를 가리켰다. 다가온 비서관은 고개를 내리고 자세히 그 부분을 바라보았다.

"총기의 종류를 정확히 파악할 순 없지만 쉽게 구할 수 있는 종류의 총기는 아닌 것 같습니다."

단호의 깊은 눈길이 아직도 피가 흘러나오고 있는 다리 부분을 바라보았다.

"그래, 나도 알아. 그자는 보통 인물이 아니라는 것. 왠지 예감이 좋지 않아. 도저히 이자에 대한 관심을 놓을 수가 없어. 그래도 이번엔 총기를 사용해서 총알이라도 남아 있으니 그것을 조사해 보지. 혹시 아나? 증거가 될 만한 자료가 나올지."

비서관의 표정이 더욱 어두워졌다. 그와 함께 그들의 분위기도 순식간에 달라졌다. 달라진 비서관의 표정에 흘깃 그를 본 단호가 엄하게 물었다.

"뭔가 걸리는 것이 있나?"

그와 함께 비서관의 눈빛도 어둡게 변하였다. 비서관이 나지막한 목소리로 보고하기 시작했다.

"혹시나 하는 것이지만 미국의 움직임이 수상합니다."

"미국이라면 CIA를 말하는 것인가?"

"네. 몇 달 전 CIA 한국지부에 외국인이 아닌 한국인이 한국지부장이 되었다고 합니다. 워낙 비밀리에 추진된 일이라서 저희 쪽에서도 모르고 있다가 며칠 전에 알게 되었습니다. 그쪽과 연관을 시키지 못하고 있었는데 왠지 모르게 느낌이 이상합니다."

"CIA 한국지부장이 한국 사람이라……. 지금까지 CIA에서는 비밀 유지라는 명목으로 한국인을 지부장으로 앉히지 않았지. 우리나라뿐 아니라 어느 나라의 경우에도 그것을 허용하지 않았어. 무엇인가 뒤에서 사건이 일어나고 있는 거 같지 않은가?"

"요즈음 CIA의 행보가 수상합니다."

"자세히 말해 봐."

"CIA 내에서 다른 조직과의 밀거래가 이뤄지고 있는 것으로 판단됩니다. 중국 쪽 간첩들을 상대로 중점적으로 이루어지는 것으로 보아서는 미국과 중국 이외의 나라 사이에서 비밀 노선이 생성된 것 같습니다."

"그럴 수도 있겠지. 미국은 이익을 위해서는 수단과 방법을 가리지 않으니까. 어쨌든 CIA는 미국 소속이니 한미동맹에 걸림돌로 작용 중인 중국의 방해를 없애고 싶어 하고."

"과장님의 곧으신 마음은 저도 존경합니다만 깊게 파헤치기 위해서는 국정원의 눈을 피하기가 어렵습니다. 저희가 명목상으로는 국정원 소속이기 때문에 독단적으로 행동하기가 어렵습니다."

"휴우. 나도 알아. 하지만 그자에 대한 건 절대 국정원에 알리면 안 돼. 만약 그자가 CIA라면 국정원이 그자의 행보를 봐주고 있을 수도 있는 거니까. 자세한 내용 파악 NPS에 부탁해서 상세히 조사

시작하자."

단호는 까칠한 턱 선을 가느다란 손가락들로 쓸어 올리며 거칠게 한숨을 내쉬었다. 허공을 바라보는 그의 표정이 굳어 있었다.

✳

철원의 한 산 줄기에 위치한 제6사단 범호 수색대대 입구에 도착한 단아와 준수는 6월의 뜨거운 열기를 식히기 위해 구멍가게 앞에 차를 세운 채, 시원한 음료수를 나눠 마시고 있었다.

준수는 단아와 집안의 왕래로 인해 각별해진 사이로 단아를 친동생만큼이나 챙기고 보살펴 주는 사람이었다. 같이 육군사관학교를 다니면서 이어져 온 인연으로 인해 두 사람의 관계는 친남매처럼 가까웠다.

"카아! 시원하다. 오빠 한입 마셔."

한 모금 마신 단아가 먹던 음료수 병을 준수에게 내밀었다.

"어? 아니야. 단아 다 마셔."

준수의 얼굴이 살짝 붉어졌다. 그녀의 분홍색 입술이 닿았던 음료수를 마신다는 생각만으로도 그의 얼굴은 금세 새빨갛게 달아올랐다.

"에이, 더워서 얼굴도 붉어졌네. 동전 없어서 하나밖에 못 샀는데 어떻게 내가 다 마셔. 빨리 한입 마셔. 너무 덥잖아."

단아의 권유에 못 이기는 척 준수는 떨떠름하게 음료수를 입을 대지 않은 채 한 모금 마셨다. 땡볕 아래에서 마시는 시원한 이온음료의 상쾌함이 더위를 날려 주는 듯 느껴졌다.

"맛있네."

살짝 웃는 준수의 눈길이 단아를 향했다.

그 순간, 열린 창문 틈새로 저 멀리 지나가는 훈련병들의 음성이 들려왔다. 그들은 무엇인가에 열이 받은 듯 어깨를 들썩이며 서로 열변을 토하고 있었다.

"도대체 미끼놈 며칠 전부터 왜 저런대? 며칠 전에는 산악 체력 훈련으로 애들 기를 빼놓더니 오늘은 또 왜 저러냐고."

"나도 모르지. 항상 날카롭긴 하셨지만 요즘엔 곁에 갈 수도 없을 정도이기는 하더라."

"내가 진짜 그 미끼놈 때문에 제 명에 못 산다니까!"

"참아. 참아. 그래도 중대장님은 자신도 똑같이 훈련하시잖아. 혹독하게 훈련시키시지만 괜한 핀잔이나 얼차려 주는 일도 없고."

"아니. 그분하고 우리가 같냐고! 특급 전사에다가 무쇠 체력! 도대체 뭘 먹길래 그렇게 지치지도 않냐고! 지금도 체력 단련실에서 운동하고 있다며? 미친 거 아니야? 무슨 로봇도 아니고. 소령이나 되었으면서 왜 아직까지 중대장을 하고 있냐고!"

"오늘 새로운 소위들 들어온다잖아. 그러면 사격연습은 그분들이 담당하시지 않겠냐?"

"하여간 그놈의 미끼놈이 문제야! 문제! 온몸의 근육이 아픈 거 같다. 아까 훈련만 생각하면 이가 갈려. 진짜 미끼놈 얼른 다른 부대로 전출이나 갔으면 소원이 없겠다!!"

"내일은 수영 훈련 한다던데?"

"뭐, 뭐?"

"나는 그냥 체념해 버렸다. 휴우."

멀어져 가는 그들의 대화를 듣고서 단아는 준수를 향해 고개를 돌렸다.

"우리가 배치된 부대 훈련병들이겠지?"

"사단 마크 보니까 우리 부대 맞아."

"그런데 중대장님이 엄청 무서우신가 보다. 수색대대 뽑을 때 이미 실력이 평균 이상인 사람들만 뽑았을 텐데. 나 진짜 어떻게 하냐. 벌써 걱정된다. 그런데 아까 애들이 미끼놈, 미끼놈 하던데 미끼놈이 도대체 뭐야? 오빠는 알아?"

단아의 질문에 준수의 표정의 굳어졌다. 왜 그가 모를까. 하지만 준수는 선뜻 단아에게 답을 해 줄 수 없었다. 얼마나 훈련병들을 잡으면 그런 소리를 들었을까. 부대로 들어가게 되면 그들의 선임이 될 텐데 그조차도 벌써 걱정이 되기 시작했다. 준수가 혼자서 생각이 깊어지자 단아의 재촉이 거세졌다.

"오빠 아는 거지? 뭔데? 나도 어차피 나중에 알게 될 텐데 뭘. 알더라도 빨리 알고서 미리 준비를 하는데 낫지! 암!"

두 주먹을 쥐고서 다짐을 하듯이 내뱉는 단아의 분홍빛 입술을 바라보며 준수는 조용히 한숨을 내쉬었다. 가끔 단아는 엉뚱한 구석이 있었는데 이럴 때마다 준수의 속을 까맣게 태우기에 충분했다.

단아는 육사를 나왔지만 육사에선 남녀의 구분이 어느 곳보다도 엄격하고 단속이 강하였기에 그녀는 철저하게 남자들과 구분되어 생활하였다. 그런 데다 집에선 온실 속의 화초같이 곱게만 자란 그녀였다.

"그럼 한 글자씩 말할게. 놀라지 마."

말해 준다니 금방 단아의 눈이 초롱초롱하게 빛나기 시작했다. 준수는 다소 상스러운 단어이므로 최대한 부드럽게, 최대한 느리게 한 글자씩 단아에게 말해 주기 시작했다.

"미."

"미?"

그가 한 글자 말하면 아기가 엄마를 따라하듯이 단아는 준수의 말을 따라 했다.

"친."

"친?"

"개."

"개?"

"새."

"새?"

"끼."

마지막 음절은 미처 발음하지 못하고 단아의 눈과 입이 그대로 벌어졌다.

도대체 어떤 사람이기에 이렇게 험한 별명을 가지고 있는 것일까! 앞으로 현실적인 남자들의 소굴로 들어가려니 벌써부터 눈앞이 하얘진다.

점점 어두워지는 단아의 표정을 바라보는 준우의 미간이 찌푸려졌다. 이제는 거친 한숨을 숨길 수가 없었다.

범호 수색대대의 상사로 강류욱 중대장 비서관 역할을 하고 있는 혜민은 지금 자신이 보고 있는 서류의 사진 속 인물에 눈을 부릅뜨더니 손을 들어 눈을 비볐다. 하지만 몇 번을 비비고 보고 비비고 보아도 사진 속 모습과 옆에 쓰여 있는 나이는 변하지 않았다.

"악! 상사님!"

그 순간, 뒤에서 갑자기 튀어나온 외침에 그는 심장이 쿵 떨어졌다.

"이 씨부랄 놈아!"

평상시에도 잘 하는 행동인데 오늘따라 민감하게 화를 내는 혜민의 모습에 중사인 호철의 얼굴에 의아함이 깃들었다. 둘은 선임과 후임의 관계였지만 고향이 같고 같은 일을 맡다 보니 줄곧 붙어 다니곤 하는 사이였다.

"상사님, 도대체 무엇을 보고 계셨길래 그렇게 놀라십니까?"

"야. 너 이것 좀 봐 봐라. 드디어 우리 범호 수색대대가 꽃바람이 부나 보다. 어떻게 이런 일이 일어나냐! 아, 이제 우리의 세상이 조금은 살 만해지는 것인가! 꽃이 내리는구나! 꽃이 내려! 이건 기적이야, 기적!"

호철은 이상한 행동을 하는 혜민의 모습에 인상을 쓰며 그를 바라보았다. 휴가를 못 나가더니 살짝 머리가 이상해진 것이 분명했다. 종이를 들고서 실실 웃는데 아무리 봐도 제정신은 아닌 거 같다. 참으로 안쓰럽기 짝이 없다.

"상사님, 휴가를 못 나가셔서 너무 슬프신 겁니까?"

그제서야 혜민의 부리부리한 눈이 날카롭게 호철을 노려보았다.

"뭐얏! 이놈이 지금 뭐라고 하는 거야?"

그러더니 처억, 보고 있던 서류를 내밀었다. 그에 호철은 중얼중얼거리며 서류로 눈길을 돌렸다.

"아니, 도대체 왜…… 헉!"

"대. 박. 이지?"

끄덕끄덕. 호철은 서류에 둔 눈길은 돌리지도 못한 채, 고개만 열심히 끄덕였다.

"드디어 우리에게도 꽃피는 시절이 오나 보다. 흐윽."

혜민은 눈가에 흐르지도 않는 눈물을 닦으며 이 주체할 수 없는 기쁨을 만끽했다. 하지만 호철은 그저 흰 종이를 붙들고 사진 속 인물에 시선을 고정했다.

"너무 예쁩니다."

호철은 무엇엔가 홀린 듯이 중얼거렸다. 그러자 호철을 바라보며 혜민은 오히려 울먹거리며 한 곳을 가리켰다.

"나이 좀 봐 봐. 흑. 나 너무 기뻐서 눈물이 한강을 이룬다."

정확히 3초 후.

"까아아악!"

이것은 여자들이 남자 아이돌 가수를 보면서 내는 소리가 아니었다. 군복 바지에 초록색 러닝셔츠를 걸친 이십 대 후반의 거친 두 군인이 서로를 부둥켜안고 복도 한복판에서 좋아서 날뛰기 시작하는 소리였다.

남자라면 쳐다도 안 보는 군인들이 얼마나 좋으면 서로를 얼싸안고 뛰고 있을까. 그들의 입에선 하나의 숫자가 일제히 군가와 같이 열창되기 시작했다.

"스물셋! 스물셋! 스물셋!"

삭막하기 그지없는 군대에서 꽃이라니. 게다가 직급은 소위지만 어리고 정신이 어지러울 정도로 예뻤다. 사진으로도 예쁜 생김새가 눈에 띄었다. 드디어 여자라는 사람을 가까이에서 볼 수 있다는 생각만으로도 그들은 들뜨기 시작했다.

그들에게 있어서는 감히 뒷그림자도 따라갈 수 없을 만큼 높은 상관이었지만 지금 그들 머릿속에는 그런 것은 들어오지도 않았다. 그들에게 비치기 시작하는 작은 빛줄기에 오래간만에 느껴 보는 소소한 행복이었다.

하지만 그들의 행복은 오래가지 못했다.

"그대로 동작 그만."

싸늘한 목소리에 온몸이 굳어졌다. 방금까지의 행복감에 초를 치는 목소리. 그들을 뒤덮고 있던 한껏 치달은 열기가 부풀어 올랐던 풍선의 바람이 빠지듯 순식간에 차갑게 식었다.

그들은 민망스럽게 얼싸안은 채 그대로 동작을 멈추었다. 얼굴을 보지 않았지만 그들은 이 목소리의 주인공이 누구인지 알 수 있었다. 뒷목에 얼음을 댄 듯 서늘한 한기가 돌기 시작했다. 죽었다. 그들의 머릿속에 든 생각은 딱 이 한 마디.

이 6사단 범호 수색대대의 제일 유명한 미끼. 미친 개새끼가 등장하였다. 그 유명한 미끼놈은 그들이 모시고 있는 상관이었다. 호철과 혜민은 이성이 돌아오자 서로의 몸에서 후다닥 떨어지며 안면 근육을 억지로 밀어 올렸다.

"필승!"

"필승!"

깍듯한 자세로 인사를 올린 그들은 그대로 굳어졌다.

"둘이 사귀나?"

담담한 표정으로 던지는 말에 혜민과 호철의 얼굴이 붉으락푸르락해졌다. 다른 사람이 아닌 그가 하는 말이라면 그것은 농담이 아니라 진실한 물음이었다. 해가 서쪽에서 뜨지 않는 한 그의 입에서 농담이 나올 리는 없으니까. 혜민과 호철의 얼굴이 동시에 새파랗게 변했다.

"아닙니다! 절대!"

"아닙니다! 중대장님! 오해십니다!"

"그럼 방금 전 행동은?"

엄청난 오해를 하고 있으면서도 류욱의 표정은 여전히 무표정이었다. 작은 얼굴 덕분에 깊게 쓴 모자 아래의 눈빛은 잘 보이지 않았고 선명하게 찍힌 눈물점과 곧고 높은 콧대, 칼과 같이 날카로운 턱 선이 그를 더욱 날카롭게 보이게 만들었다.

"저, 저희는 대대장님께 받은 전문을 보고서 서로의 의견이 일치된 상황이라 기분이 좋아져 서로를 축하해 주고 있었습니다!"

호철이 당당하게 외쳤다. 황당하기 그지없는 대답에 오히려 혜민이 호철을 이상하게 바라보았지만 그는 그저 허공을 바라보며 떳떳하다는 듯이 서 있었다.

"전문을 내놓도록."

그제서야 호철을 보며 눈을 치켜뜨던 혜민의 표정이 급속도로 밝아졌다. 또한 호철은 두 볼이 순식간에 붉어지기 시작했다. 그들의 민감한 반응을 알아챈 류욱의 표정은 더욱 날카로워졌다. 왠지 저 하얀 종이를 보기 싫은 껄끄러운 느낌이 그를 엄습했다.

"중대장님! 오늘 새로 전입 오신다는 분이십니다!"

매일 받는 상부로부터의 전문. 똑같은 종이에 검은 글씨. 하지만 종이를 받은 류욱의 눈매가 흔들렸다. 머리를 망치로 두드린 것처럼 얼얼한 느낌에 그는 한동안 사진만을 뚫어져라 바라보았다.

이런 일이 과연 일어날 수 있는 것일까. 누군가 그를 시험하는 것일까. 온갖 상념이 스쳐 지나갔지만 그는 도저히 종이에서 눈을 돌릴 수가 없었다.

그러자 옆에서 그 모습을 본 혜민과 호철은 서로 눈빛을 교환하였다.

'역시 중대장님도 남자였구나!'

둘만의 눈빛이 통하며 그들의 의견이 일치되었다.

이에 또다시 흥분한 혜민은 큰 소리로 그들이 들뜬 이유를 설명하기 시작했다. 역시 예쁜 여자 마다하는 남자는 없을 것이라는 것이 그들의 둔한 두뇌가 얻은 생각이었다.

"너무 예쁘시지 않습니까! 게다가, 게다가!"

죽이 척척 맞는 호철과 혜민은 일심동체로 외쳤다.

"나이가 스물셋이십니다!"

호철과 혜민의 눈빛이 번쩍이며 빛났다. 그와 함께 류욱의 손에 쥐어져 있던 종이가 일그러졌다.

"중대장님! 준비 완료하였습니다!"

호철과 혜민이 준비 완료를 외치자, 서늘하게 팔짱을 끼고서 그들을 내려다보던 류욱은 입을 열었다. 분을 참는 듯 그의 주먹은 억세게 쥐어져 있었다. 낮은 목소리가 그들에게 명령했다.

"너희들은 오늘 전입 오는 소위가 여자로 보이나? 너희가 지금 제정신이냐. 정신이 썩어 빠져서 그렇게 보인 것이겠지. 그 썩어 빠진 정신 돌아올 때까지 돈다. 쉬지 않고 연병장을 뛴다. 실시!"

"실시!"

"실시!"

호철과 혜민은 이 무더운 6월의 땡볕 아래 40kg에 육박하는 군장을 짊어진 채 거친 흙바닥을 뛰기 시작했다. 그들의 군화 아래 메마른 흙들이 뿌연 먼지를 일으켰다. 흙먼지가 금방 그들을 뒤덮었지만 호철과 혜민은 열심히 연병장을 뛰었다. 서 있기만 해도 더운 날씨 덕분에 그들의 온몸은 금방 땀범벅이 되었다.

하지만 그들을 바라보는 류욱의 심기는 연병장을 뛰고 있는 두 남자보다도 더욱 불편했다. 그 여자였다. 다시 한 번 얼굴을 상기한 그의 눈 아래 미려한 눈물점이 꿈틀거렸다.

그 이상하고 불쾌했던 여자. 그럼에도 며칠 동안 신경이 쓰여 그를 괴롭혔던 여자. 그 여자가 정말 군인이었다니. 뜨거운 햇빛 아래에 선 그는 흐트러짐 없이 허공을 노려보았다. 왜 이렇게 화가 나는 것일까. 예쁘다는 말, 어리다는 말은 충분히 남자들이 여자들에게 할 수 있는 말이었다.

항상 권위적이고 독재적으로 자신이 하고 싶은 대로 하는 사람들을 경멸하던 자신이 그렇게 행동하고 있다는 인식이 그를 비참하게 만들었지만 다시 종이 속 사진을 상기한 그의 눈물점이 꿈틀거렸다. 그의 눈빛이 연병장을 돌고 있는 혜민과 호철을 날카롭게 노려보았다.

그의 부사관들인 혜민과 호철에게 특별한 불만이 있었던 것도 아닌데 오늘은 굉장히 거슬렸다. 하지만 그들이 거슬리는 이유가 정확히 무엇 때문인지 알 수가 없다는 것에 그의 심기는 더욱 꼬였다.

　가만히 서 있기에도 더운 날씨에 군장까지 갖추고 기합을 받는 호철과 혜민의 얼굴은 불에 달군 쇠고챙이와 같이 달아올라 있었다. 그러니 아무리 지엄한 상관이더라도 저절로 불만이 터져 나왔다.

　"도대체 저희가 잘못한 것이 무엇입니까? 저는 억울합니다!"

　툴툴거리는 호철에게 혜민은 단호하게 말했다.

　"내가 알겠냐? 그저 우리가 모시는 분이 미끼라는 것에 하늘을 원망해야지. 그렇게 억울하면 직접 앞에 가서 따져 보든지!"

　호철의 얼굴이 겁을 먹은 듯 일그러졌다.

　"상사님이 해 보십시오! 저는 죽었다 깨어나도 중대장님 앞에서 대들지 못합니다! 그러시지 않던 분이 왜 저러시냔 말입니다. 아! 혹시 저희 사이를 진심으로 이상하게 오해하신 것 아닙니까?"

　"이상한 소리 하지 마!"

　생각하기도 싫다는 듯 소리치는 혜민의 얼굴에 호철은 더욱 얼굴을 찡그렸다.

　"저도 상사님은 싫습니다. 이쪽에서 먼저 거절입니다!"

　"뭐야! 이놈이! 거절해도 내가 거절해야지! 나도 너 같은 놈은 싫어!"

　"예쁜 소위님께서 오신다는데 중대장님께서는 기쁘시지도 않으신가 봅니다."

　"저분의 속내를 누가 알겠냐! 입 닥치고 제대로 뛰기나 해! 저분의 별명이 괜히 미끼겠냐. 그래도 오늘 오신다는 소위님을 생각하면서 열심히 뛰자!"

단순한 성격답게 금방 표정이 바뀐 호철은 헤벌쭉 웃었다.

"좋습니다! 하하! 얼른 오셨으면 좋겠습니다."

그 둘은 그렇게 스무 바퀴를 채우고서야 땅바닥에 온전히 두 다리를 세울 수 있었다. 강류욱 중대장은 진정한 미.친.개.새.끼라고 그들은 속으로 되새겼다.

지독한 벌이 끝나고 호철과 혜민의 두 볼은 붉게 상기되어 있었다. 하지만 그것이 땡볕 아래에서 이루어진 훈련 탓만은 아닌 듯 보였다.

2장.
첫 만남

　단아는 연신 군복을 쓰다듬고 정리하였다. 심장이 두근두근 뛰었다. 조금 있으면 이곳의 중대장님과 대대장님께 신고를 하여야 하는 시간이 다가오고 있기 때문이다. 생활관 입구에 준수와 나란히 선 단아는 두근대는 심장을 멈출 수가 없었다. 사회 생활에서 첫인상이 굉장히 중요하다는 것이 그녀의 철학이었다. 단아는 입꼬리를 올려 인상을 밝게 하기 위해서 노력하였다.

　긴장한 것이 역력한 그녀를 향해 준수가 싱긋 웃어 주었다. 그제서야 그나마 살짝 긴장이 풀려 단아의 미소가 한결 편안해졌다. 친오빠 같은 준수가 곁에 있다 느껴지자 긴장이 다소 누그러졌다. 이곳까지 그들을 안내해 준 행정보급관에게 단아는 질문을 하였다.

　"행보관님. 중대장님과 대대장님께선 어떤 분들이십니까?"

　행보관은 푸근한 얼굴에 인상이 좋은 분이었다. 단아는 왠지 이곳에서 좋은 분들을 많이 만날 거 같은 예상에 기분이 좋아졌다.

김 행보관은 밝은 미소와 함께 친절하게 그녀의 질문에 답을 해 주었다.

"모두 훌륭하신 분입니다. 대대장님께서는 항상 저희들을 먼저 챙겨 주시고 굉장히 인자하신 분입니다."

"아, 그러십니까?"

"네. 물론, 훈련 때는 엄격하신 분이지만 평상시에는 간식도 사 주시고 회식도 자주 열어 주시는 대대장님이십니다. 걱정하지 않으셔도 됩니다. 아마 곧 소위님들의 환영식 겸 회식도 성대히 열어 주실 겁니다."

"아, 정말 기대됩니다!"

"아! 그런데……."

하지만 다음 순간, 살짝 행보관의 표정이 일그러졌다.

"왜 그러십니까?"

김 행보관은 무엇인가 말하기 어렵다는 듯이 머리를 긁적였다.

"그것이, 대대장님께서는 굉장히 인자하신 편입니다만, 중대장님께서는 좀……."

행보관의 표정이 어두워지자 그와 함께 단아의 얼굴이 순식간에 굳어졌다.

"왜 그러십니까?"

"저도 자세히 말씀드리고 싶지만 설명드리기 힘든 분입니다. 하지만 대단하신 분은 맞으니 많이 배우실 수 있을 겁니다. 말로 표현하기 어려운 분이니 조금 있다가 나오시면 직접 보십…… 아! 나오십니다!"

그 순간 문이 열리며 대대장님과 중대장님으로 추정되는 두 사람이 나왔다. 앞에 서 있는 준수와 단아의 얼굴을 바라보며 나오는 대대장님의 인상은 정말로 푸근하고 인자했다. 대대장님을 확인한 후 뒤로 돌린 단아의 눈길이 살짝 커지며 굳어졌다.

중대장이라 추정되는 인물은 굉장히 젊고 키가 컸다. 160cm에서 1cm가 작은 단아로서는 가슴팍에도 닿지 않을 듯이 키가 매우 컸다. 게다가 저 서늘하게 느껴질 만큼 단정한 입매와 눈매. 그는 차가운 인상처럼 온몸에서 차가운 기운을 내뿜는 것처럼 느껴졌다.

또 한 번 단아의 눈길을 사로잡은 것은 왼쪽 눈 아래 있는 눈물 점. 눈썹 위에 있는 작은 흉터가 그의 인상을 한층 더 강하게 느끼도록 만들었다.

찌릿. 흉터에 단아의 시선이 닿자 지끈거리는 통증이 느껴졌다.

'뭐지?'

알 수 없는 감각. 분명히 처음 보는 사람이지만 익숙한 느낌. 그리고 들려오는 가슴속의 두근거림.

그런데 흉터에서 눈을 돌리려는 단아의 눈이 한순간 커졌다. 온몸에 닭살이 돋을 듯이 날카로운 중대장의 눈과 단아의 눈이 정통으로 마주친 것이다.

차가운 전율이 척추를 타고 흘러내렸다. 단아는 자신도 모르게 숨을 거칠게 들이마셨다. 그의 눈빛 한 번에 숨이 막혔다.

그럼에도 단아는 인내심을 끌어모아 입꼬리를 올렸다. 볼에 살짝 보조개가 들어가려는 찰나, 그가 날카롭게 단아를 노려보더니 허공으로 먼저 눈길을 돌렸다.

순간이었지만 단아는 분명히 느낄 수 있었다. 이유는 모르겠지만 그가 그녀를 달갑게 여기지 않는다는 것을. 첫인상에 느꼈던 그에 대한 감탄이 저절로 날아가 버렸다. 단아의 입매가 뿌루퉁하게 살짝 튀어나오는 사이 옆에 선 준수의 신고 인사가 크게 울렸다.

"소위 유준수 등 이 명은 6월 28일부로 수색대대 전입을 명받았습니다. 이에 신고합니다! 대대장님께 대하여 필승!"

"필승!"

인사를 마치자 인자하게 웃어 주시는 대대장님의 모습이 눈에 들어왔다. 역시 단아가 바라는 상관의 모습은 저런 분이었다. 단아는 존경하는 눈빛을 담아 초롱초롱하게 대대장님을 바라보았다. 대대장님의 목소리는 아버지의 굵은 목소리처럼 참으로 마음이 편안해지는 목소리였다.

"이곳에 전입해 온 것을 환영한다. 우리 함께 열심히 생활해 보자."

따뜻한 인사말에 단아의 마음이 따뜻해져 얼굴에 밝은 미소가 감돌았다. 대대장님께서 직접 앞으로 다가오셔서 어깨에 사단 마크를 붙여 주셨다. 단아는 그녀의 트레이드 마크인 상큼한 보조개가 깊게 보이도록 활짝 웃으며 밝게 대답했다.

"소위 한단아! 열심히 최선을 다하겠습니다!"

"보조개가 보기 좋네. 앞으로 기대하겠네."

칭찬은 역시 기분을 좋아지게 만들었다.

"감사합니다!"

"여기 있는 중대장이 부서를 배치해 줄 것이니 따라가도록."

"네!"

말을 걸기에도 무서운 중대장을 따라가라는 말에 살짝 망설였지만 단아는 결코 대대장님의 말씀을 거역할 수 없었다. 벌써부터 마음속에서는 무서운 중대장에 대한 두려움이 커져 가고 있었다. 새삼 머릿속으로 훈련병들이 부르던 '미끼'라는 단어가 떠올랐다.

'아! 훈련병들이 말하던 미끼가 저분인가 보다. 어릴 적 큰오빠가 미친개에게 물리면 약도 없다고 했는데. 열심히 피해 다녀야겠다!'

단아는 혼자서 불끈 작은 주먹을 쥐면서 다짐했다. 하지만 오늘은 그녀에게 운이 따라 주지 않는 날인 모양이다.

"한단아 소위는 중대장실에 배치. 중대장이 작전과장이니 옆에서 작전 실무를 보조하도록. 오늘부터 강류욱 소령이 맡아 하던 사격 연습 및 기본 체력 훈련들을 잘 인수인계받아서 훈련병들 잘 훈련시켜."

잔인한 말씀을 인자하게 웃으며 해 주신 대대장님께서는 절대 둘이서만 있고 싶지 않은 중대장님과 그녀만을 놔둔 채, 준수를 데리고 나가셨다. 나갈 땐 어깨를 두드려 주시는 따뜻한 손길도 잊지 않으셨다. 제발 나가지 말아 주세요! 하는 그녀의 바람은 바람과 같이 살포시 사라졌다.

육중한 철제문이 닫히고, 그와 그녀만이 남게 되자 정적이 맴돌았다. 단아는 다른 사람들에게 통하던 보조개 웃음을 매단 채 그를 바라보았다. 하지만 그는 얼음처럼 차갑고 딱딱한 표정으로 그녀를 한 번 바라보더니 그대로 일어났다.

"따라와."

듣기 좋은 저음의 목소리에 깜짝 놀란 단아는 벌떡 일어났다. 이런 날카로운 남자를 첫 상관으로 맞은 단아의 심정은 처참했다. 앞으로의 생활이 걱정되어 저절로 머리가 숙여졌다. 그런데 순간, 급하게 따라가던 그녀는 갑자기 우뚝 선 그를 눈치채지 못하고 넓은 등에 코를 부딪쳤다.

"악! 죄송합니다!"

단아는 코를 문지르며 그를 올려다보았다. 긴장한 덕분인지 평상시보다 행동이 둔했다. 그의 앞에선 더욱 군인다운 자세를 취하고 싶건만 그가 풍기는 어두운 아우라에 온몸이 마비된 듯 각을 잡고 움직이는 것이 쉽지가 않았다.

그녀의 실수에 날카로운 그의 미간이 일그러져 더욱 무섭게 보였다. 그녀가 자신의 등에 닿은 것이 불쾌한지 두껍고 짙은 눈썹이 위로 치솟았다.

"가까이 붙어 오지 마."

"네. 죄송합니다."

"그리고."

"네. 말씀하십시오."

한동안 그들 사이로 짧은 정적이 감돌았다. 그것을 깨뜨린 목소리는 두꺼운 얼음을 깨듯이 단아의 머릿속을 망치로 내려쳤다.

"부대 내에서는 헤프게 웃음 짓지 않는다."

웃는 것이 습관인 그녀인데 웃지 말라니. 그리고 자신이 언제 헤프게 웃었단 말인가? 순식간에 기분이 상한 단아는 조심스럽게 그에게 질문을 던지고 말았다.

"혹시 이유를 물어봐도 되겠습니까?"

"간부로서 훈련병들에게 위엄을 보이는 것은 절대적인 것이다. 이곳에 부대 안이라는 것을 명심해. 훈련병들이나 간부들에게도 웃는 것을 삼가도록 해.”

그러더니 그는 배려도 없이 문을 열고 성큼 나가 버렸다. 아랫입술을 내밀고 흥! 콧바람을 한 번 내뿜은 단아는 얼른 표정을 바꾸고 그를 따라가기 시작했다.

열심히 등 뒤를 따라가며 단아는 속으로 연신 중얼거렸다.

‘흥! 키만 크면 다인가?’

뒤에서 따라가다 보니 그는 훨씬 크게 느껴졌다. 성큼성큼 걷는 그의 걸음을 짧은 다리로 뛰다시피 따라가고 있는데 훈련병들이 그와 그녀를 향해 인사를 해 왔다. 단아는 품위 유지를 위해 표정 관리를 해야 했지만, 20대 초반의 까까머리를 하고 군기가 잡힌 훈련병들을 보니 저절로 입꼬리가 올라갔다. 그녀의 웃음에 훈련병들의 볼이 순식간에 붉어졌다.

그 순간, 고개도 돌리지 않은 중대장의 굵고 허스키한 목소리가 들려왔다.

“웃지 말라고.”

더욱 강압적으로 변한 그의 한마디에 단아의 표정이 그대로 굳어졌다. 그는 뒤에도 눈이 있는 듯했다. 역시 괜히 그런 별명이 생긴 게 아니라고 단아는 마음속으로 생각했다. 다시 그의 별명을 상기한 단아는 중대장의 잘생긴 뒷모습을 노려보면서 각을 잡고 걷기 시작했다.

한참을 그를 따라 건물 안쪽으로 들어가는데, 갑자기 그들 앞으로 달려온 부사관 두 명이 그들을 향해 반갑게 인사하였다.

“필승! 중대장님!”

여자 소위가 자신들의 부서로 발령받은 것을 전해 듣고 앞에서 기다리던 호철과 혜민의 눈길이 중대장의 뒤에 선 자그마한 단아에게 고정되었다.

"처음 뵙겠습니다. 한단아 소위라고 합니다."

단아는 작게 미소 지으며 그들을 향해 자신을 소개하고 그들의 이름을 확인했다. 이미 중대장의 명령은 잊은 지 오래였다. 처음 만나는 사람들에 대한 기쁨으로 저절로 얼굴에 미소가 감돌았다. 호철과 혜민은 장난꾸러기인 듯 빛나는 눈빛이 닮은 신기한 부사관들이었다.

단아는 작은 손을 내밀었다. 그녀가 두 사람보다 계급이 높았기 때문이다. 그러자 혜민이 불쑥 앞으로 나오더니 단아의 작은 손을 덥석 잡았다.

"모시게 되어서 제가 영광입니다. 저는 상사 이혜민입니다."

단아와 혜민의 잡은 손이 류욱의 눈길을 사로잡았다. 그의 눈물점이 살짝 꿈틀거렸지만 아무도 그것을 눈치채지 못했다.

"너희들 내가 아침에 시키고 나간 서류 가져다 놓았나?"

단아가 자신의 부서에 온다는 얘기에 들떠서 뛰쳐나왔던 혜민과 호철이 그대로 굳었다.

"또 연병장 돌고 싶지?"

이제는 그들의 얼굴빛이 새하얗게 변하기 시작했다.

"지금…… 지금 가던 길이었습니다! 얼른 다녀오겠습니다!"

"네! 지금 가, 가던 길이었습니다!"

류욱이 얼른 가라고 고개를 살짝 들자, 그들은 왔었던 때처럼 쏜살같이 사라졌다. 그러면서도 그들은 단아를 향해 눈인사를 하는 것을 잊지 않았다. 정말로 재미있는 부사관들의 모습에 단아는 작게 웃음 짓고 말았다.

✳

단아의 심장이 파들파들 한 떨기의 꽃이 거친 바람에 휘날리듯 떨려 왔다. 그녀가 처음 맡은 소대원 관리를 위해 연병장에 놓인 탁자 앞에 서 있었다.

뒤에는 팔짱을 낀 강류욱 중대장이 담담하게 그녀를 지켜보고 있었다. 단아는 한순간 한순간이 숨이 넘어갈 듯 긴장되었다.

'정말 미치겠네.'

솔직히 소령이라는 직급을 가지고 있는 그가 직접 자신을 관찰하고 감독할 필요가 없음에도 친히 나와 무시무시한 기운을 풍기고 있는 그가 굉장히 원망스러웠다.

사관학교에서 무수히 연습해 온 평범한 일련의 훈련이건만 뒤에 그가 있다는 사실이 그녀의 신경과 감각을 예민하게 만들었다. 모든 촉각이 곤두서 공기마저 그녀를 찌르는 듯해 온몸이 날카롭게 반응했다. 그의 기운이 그녀를 뒤덮는 듯 뜨겁게 느껴졌다. 그건 비단 단아만 느끼는 것은 아닌지 어린 훈련병들의 표정도 심각하게 얼어 있었다.

단아는 떨리는 가슴을 부여잡고 입을 열었다. 더 이상 지체한다면 벼락같은 불호령이 또다시 떨어질 것이 분명했다. 단아는 차분하게 심호흡을 하면서 사격 훈련을 위한 소총 상태 점검을 하기 시작했다.

"적발!"

그녀의 동작을 따라한 훈련병들이 큰 소리로 대답했다.

"적발 이상 무!"

"결합!"

"결합 실시!"

"안전모 점검!"

"이상 무!"

"그럼 이제 정렬하자."

그녀는 최선을 다해 통솔하였지만 그의 눈초리에 사소한 실수가 보이지 않았으리라는 보장은 없었다. 하지만 평소 그녀의 실력대로 소총 상태를 점검했으니 불호령이 없을 것이라 생각하니 단아는 마음이 조금 놓였다. 살짝 풀어진 입꼬리가 올라가며 그녀의 보조개가 보이는 순간.

"동작 그만."

얼음이 깨지듯 서늘한 목소리. 온몸이 굳어졌다. 손안에 든 차가운 총대를 단아는 꽈악 부여잡았다. 드디어 시작되는 건가.

"한단아 소위."

단아는 자신의 앞에 선 큰 키의 중대장을 바라보지도 못하고 그의 넓은 가슴을 바라보았다. 거리가 가까워 올려다보면 모양새가 우스워질 것 같았기 때문이다. 새삼스럽게 아담한 키가 원망스러웠다.

두근거리는 심장 소리가 머릿속을 울렸다. 심장을 난도질하는 날카로운 목소리가 그녀를 후려쳤다. 이 상황에서도 그의 목소리는 소름이 돋을 듯이 낮고 그윽했다. 왠지 모르게 오늘은 더욱 그의 심기가 불편해 보였다. 무엇을 잘못한 것일까?

"지금 장난하나?"

"아닙니다!"

잘못한 것이 없으니 단아는 당당하게 대답했다. 언제나 그녀는 훈련에 있어서만은 진중했고 엄숙했다.

"멍청해 보이도록 행동하고 어슬렁거리는 게 사관학교에서 배워 온 거야?"

"아닙니다!"

그 순간, 류욱의 눈길이 살짝 풀어진 군복 사이로 보이는 단아의 쇄골에 닿았다. 그대로 거친 류욱의 큰 손이 단아의 살짝 풀어 놓은 옷깃 한쪽을 움켜잡았다. 그의 손등이 단아의 따뜻한 피부 위에 닿았다.

찌릿. 맞닿은 피부에서 시작된 찌릿한 전율이 척추를 타고 단아의 온몸으로 흘렀다. 동시에 류욱의 볼 위로 붉은 기운이 스쳐 지나갔다.

'헉. 너무 차가워.'

눈빛만큼이나 그의 손은 너무나 차가워 마치 생명력이 없이 느껴졌다. 덕분에 단아의 작은 몸이 가느다랗게 흔들렸다. 별로 힘을 주지도 않은 것 같은데 단아의 몸이 살짝 들어 올려졌다. 그의 높낮이 없는 무덤덤한 질책이 계속되었다.

"복장은 이게 뭐야? 어리바리 행동하는 것이 콘셉트였어?"

"죄송합니다."

"복장 똑바로 하란 말이야. 복장!"

"시정하겠습니다."

"네가 간부라는 사실을 명심해."

"네!"

"어슬렁거리지 말고 군인답게 행동 신속하게, 제대로 해라."

"네."

"목소리 크게 내라고!"

다시 그가 다그쳐 왔다. 하지만 그의 목소리는 여전히 높낮이가 없이 일정했다. 그것이 단아에겐 더욱 소름끼치게 다가왔다.

"네! 알겠습니다!"

"그러고 다시 한 번 경고하는데."

더욱 사늘해진 목소리가 한 걸음 더 그녀에게 가까이 다가왔다. 단아의 작은 심장이 뚜욱 멈췄다. 바람을 따라 날아온 그의 스킨 향기가 코끝에 맴돌았다. 지금의 상황도 잊고 차갑지만 상쾌한 향기가 참으로 좋다고 생각한 순간이었다.

"훈련병들한테 헤프게 웃지 마라."

"……."

단아의 온몸이 굳었다. 단아의 눈과 푹 눌러쓴 모자 아래 살짝 보이는 류욱의 눈이 마주쳤다. 그의 눈은 그녀만을 바라보고 있었다. 지나치게 가깝고 위험했다. 그의 눈빛이 번뜩인다고 생각한 순간.

"대답해!"

그가 잠시의 시간도 허용하지 않고 다그쳤다.

"네! 명심하겠습니다!"

울컥 서글픔이 쏟아졌지만 단아는 이를 악물고 그의 눈빛을 맞받아쳤다. 여기에서 그에게 무너질 순 없었다. 큰 소리로 대답하는 목소리에 악이 담긴 것처럼 느껴졌다. 도대체 왜 웃지도 못하게 하는지.

그래도 차가운 인상 때문에 인간이 아닌 것만 같았는데 화를 내는 모습에서 인간다움이 느껴진다고 생각한다면 이상한 걸까. 짧은 스킨 향기가 그녀에게 닿았다. 처음 맡아 보는 남자의 스킨 향기도 아니건만 그의 향기만은 강하게 다가왔다.

덕분에 급속도로 그녀의 얼굴이 붉게 달아올랐다. 처음으로 맡은 훈련병들 앞에서 체면도 잃고 부끄럽게 혼나는 모습을 보였다는 사실보다 그에게 불호령을 받는 순간 그의 치명적인 페로몬이 그녀를 흔들었다는 자각이 더욱 그녀를 힘들게 만들었다.

억센 손길이 잡고 있던 옷깃을 거칠게 놓아주자 단아는 즉시 목 끝까지 단추를 채우며 군복을 정리했다. 류욱은 자신에게 무언의 반항을 하는 것처럼 단호해 보이는 단아의 행동에 날카롭게 그 모습을 주시했다. 그녀의 행동 하나하나가 그의 심기를 거슬렀다.

"다시 한 번 기회 준다. 똑바로 해."

그가 뒤로 물러나자 단아는 이를 악물고 다부진 눈빛으로 훈련병들을 바라보았다. 다시 삼엄한 사격 훈련이 시작되었다. 그리고 사격 훈련이 끝날 때까지 그녀는 웃음을 보이지 않았다.

사격 훈련이 거의 끝나고, 뒷마무리만 남자, 류욱은 미련 없이 훈련장을 나왔다. 그의 심기가 굉장히 날카로웠다. 그의 오른손이 민감하게 반응했다. 한단아의 군복을 잡아챘던 손.

처음으로 전입해 온 소위이지만 인정할 것은 인정해야 했다. 육사에서 우등생으로 졸업한 만큼 그녀의 군인으로서의 실력은 평균 이상일 것이다. 하지만 그에게 있어선 그녀의 모든 게 마음에 들지 않았고 그의 신경을 긁어 댔다.

여자가 군인을 하는 것이 마음에 들지 않는 것일까?

처음 맞닥뜨린 순간부터 그녀를 신경 쓰던 그는 결국, 남자들 앞에서 흰 목덜미가 훤히 보이게 단추를 푼 복장을 보자마자 이성을 잃고 말았다. 당장 아무도 없는 곳으로 끌고 가서 단추를 채워 버리고 싶은 욕구를 참느라 그는 오래간만에 인내심을 긁어 모았지만 그 인내심은 그녀가 보인 작은 보조개에 그대로 무너지고 말았다.

이상한 여자. 클럽에서 남자들을 홀리듯 춤을 추던 그 여자가 군인이었다니. 생활관 앞에서 그녀를 보았을 때 그는 난생처음 충격을 받았다. 연이어 클럽에서 보았던 모습과 군복을 입을 모습이 오버랩 되면서 그의 내면에 높게 쌓인 벽에 금이 간 느낌이 들었다.

그녀의 봉긋하던 가슴과 가느다란 라인, 쭉 빠진 각선미가 군복에 가려져 있다는 사실이 새삼 다행스럽게 생각되었다. 몸으로 남자들을 홀리는 그녀의 복장이 마음에 들지 않았던 탓일까? 하지만 그는 군복을 입은 그녀도 싫었다.

두 볼에 보조개가 파일 만큼 웃는 그녀의 모습이 싫었다. 불쾌한 느낌이 가슴을 메웠다. 그리고 그 느낌이 마하의 속도로 퍼져 그의 심기를 날카롭게 만들었다.

그는 처음으로 느끼는 감정에 열이 나서 참을 인 자를 수십 번 되새겼다. 도대체 왜 만나는 남자들마다 저렇게 헤프게 웃어 주는지. 그는 자기도 모르는 사이에 동료들을 날카롭게 노려보았다. 모두가 다 거슬렸다. 모두에게 잠재되어 있던 살기가 뻗어 나간다.

자신을 보면 흠칫흠칫 놀라면서 그냥 뜨고 있어도 동그란 눈을 더 동그랗게 뜨고 그를 빤히 쳐다볼 땐 정말 그 작은 얼굴을 치워 버리고 싶었다. 그는 그녀를 피하고 싶었다. 하지만 자신의 직속으로 들어와 그의 눈앞에 거슬리게 되었다.

사실, 배속을 변경할 수도 있지만 그러자면 귀찮다는 혼자만의 변명을 핑계 삼아 조치를 취하지 않았다. 그는 거칠게 짧은 머리를 쓸어 올렸다. 날이 선 눈빛이 번뜩였다.

다시 훈련장을 뒤돌아본 그는 조그마한 그녀의 머리통을 노려보았다. 저 자그마한 몸으로 도대체 왜 이곳에 온 것인지, 아니, 왜 군인이 된 것인지 그는 이해할 수가 없었다. 뒷덜미를 잡아당기는 느낌을 억지로 떨치며 발걸음을 옮겼다.

훈련장을 벗어나 생활관 앞에 도착했을 때 부대 내에서 유일하게 그에게 살갑게 대하는 박일우 소령이 그를 불러 세웠다. 그는 마주치자마자 척, 류욱의 어깨에 손을 올렸다.

"어이, 강류욱 소령. 오늘은 또 무엇 때문에 그렇게 저기압이신가?"

그의 인사에도 묵묵부답인 류욱의 반응에 일우는 눈썹을 찡긋거렸다. 무뚝뚝한 성격이어도 이렇게까지 사늘하지는 않은 류욱이었는데 오늘은 상태가 훨씬 안 좋아 보였다. 하지만 그런 분위기는 아랑곳없이 일우는 날카로운 그의 상태를 그대로 맞받아쳤다.

"오늘 이상하시네? 오늘 이 부대의 모든 남정네들이 날아갈 듯 기분이 좋은 모양이던데, 왜 너만 이러냐?"

일우의 말이 끝나기도 전에 류욱의 손이 거칠게 어깨에 걸쳐진 일우의 손을 쳐 냈다. 예민한 반응에 그의 눈이 커졌다.

"오늘 정말 왜 그래? 무슨 일 있었어?"

"없어."

"근데 왜 그래?"

류욱의 눈매가 더욱 날카롭게 그를 노려보았다.

"야. 그 새로 온 여자 소위가 너희 부서라며? 나 그래서 이렇게 달려왔잖아. 나 좀 소개시켜 줘. 본 애들이 예쁘다고 귀엽다고 난리던데. 23살이라니, 이게 웬 횡재야."

하지만 일우의 말이 끝나기도 전에 류욱은 냉정하게 그의 곁을 지나쳐 갔다.

"야! 강류욱! 소개시켜 줄 거지?"

그제서야 류욱은 일성을 날카롭게 노려보며 한마디 했다.

"꿈도 꾸지 마."

지금 자신의 귀로 들은 말이 뭐라고?

"뭐야? 강류욱! 야!"

아무리 불러도 류욱은 뒤도 돌아보지 않고 걸어가 버렸다. 일우의 눈이 살짝 흔들리더니 생활관으로 들어가는 류욱의 넓은 등을 의아한 표정으로 바라보았다.

"저 자식이 지금 뭐라고 하는 거야?"

단아는 피곤함으로 인해 핏발이 선 눈을 감고 눈두덩을 손으로 문질렀다. 오늘이 범호 수색대대로 전입 온 지 정확히 15일째 되는 날이었지만 그 이 주일이 단아에겐 마치 일 년과 같이 느껴졌다.

단아는 부지런히 손을 놀려 중대장이 시켜 놓은 업무를 하였다. 해도 해도 끝이 없는 양의 서류들이 원망스러울 지경이지만 어쩔 수 없다. 일요일조차 반납하고 책상에 앉아 있는 신세가 서러웠다.

마치 신고식이라도 하듯이 그녀에게 쏟아지는 일더미에 그녀는 쉴 겨를이 없었다. 게다가 훈련으로 나가서 소대원들을 관리할 때는 그의 불호령이 떨어지지 않는 날이 없었다. 이제는 그만 감독을 해 주셔도 될 텐데 그는 항상 그녀의 뒤를 감독했다. 그는 거칠고 사나웠다. 조금만 훈련병들에게 살갑게 대하거나 웃어 주면 단아에게 혹독한 불호령이 떨어졌다.

어제 들었던 꾸중을 상기하던 그녀의 둥근 볼이 더욱 붉어졌다. 갈수록 심해지는 그의 언사에 단아는 이를 악물고 참아야만 했다. 그가 점점 미워졌다.

매일 밤 잠을 잘 때마다, 제발 하루만이라도 중대장님께 혼나지 않게 해 달라고 빌었지만 아직까지는 기도가 효과가 전혀 없는 듯했다. 잔뜩 쌓인 서류 더미 속에서 단아는 새로운 서류들을 헤집기 시작했다.

"으아아악! 진짜 싫어!"

그 순간, 벌컥 열리는 문소리에 단아의 자그마한 몸이 크게 움찔했다.

"한 소위님!"

밝게 웃으며 들어오는 호철과 혜민의 모습에 단아는 깜짝 놀라 두근거리는 심장을 다독였다. 중대장이 사무실로 돌아온 줄 알고 놀랐는데 다행히 그 사람은 아니었다.

"오셨습니까?"

호철과 혜민은 단아의 자리로 다가와 그녀가 작성하던 서류들을 살펴보았다.

"힘드시지 않습니까?"

호철이 단아의 얼굴을 안쓰럽게 내려다보았다.

"아닙니다."

"혹시 중대장님께 책잡힌 일이라도 있으신 겁니까?"

중대장의 직속 비서관 역할을 하는 혜민이 심각하게 물어 왔다.

"제가 생각하기엔 제가 일을 서투르게 하다 보니 그러시는 것 같습니다. 괜찮습니다. 할 만합니다."

"제가 보기엔 그런 것 같지는 않은데 말입니다."

"아니면, 제가…… 여자라는 것이 아무래도 불편하신 것 같습니다."

단아의 얼굴이 어두워졌다. 어제 사격 훈련 도중, 그가 했던 한마디가 그녀의 머리를 스쳐 지나갔다.

'여자라고 봐줄 거라는 오만은 떨지 마.'

그의 싸늘한 말이 그녀에게는 상처가 되었었나 보다. 어제의 기억을 떠올리던 단아는 서글프게 웃었다. 그 모습을 본 호철은 단아를 위로하기 시작했다.

"사실 중대장님께서 약간 여성 혐오증이 있으신 것 같다고는 하는데……. 하지만 원칙에 있어서만은 어긋남이 없는 분이시니 처음 오신 만큼 군기를 잡기 위해서 그러시는 것 같으니 크게 마음 쓰지 마십시오."

"저는 괜찮습니다만, 여성 혐오증이라니?"

"아, 이건 솔직히 확실한 것은 아니지만……."

옆에 있던 혜민이 호철의 팔뚝을 살짝 때렸다.

"아! 그래도 아시는 편이 낫지 않을까요?"

불편한 얘기인 듯 계속 자기들끼리 속삭이는 모습에 단아는 궁금증이 증폭되었다.

"저도 이제 중대장님의 부관이니 말씀해 주십시오."

"……."

그들의 망설임에도 불구하고 단아는 그들이 대답해 줄 때까지 기다릴 모양으로 쳐다보고 있었다. 서로 눈빛을 주고받고 나직한 한숨을 내쉰 혜민과 호철은 이윽고 이야기를 꺼냈다.

그들의 이야기는 이랬다. 중대장이 여자를 사귄 적이 있다는 걸 아는 사람이 아무도 없다는 이야기에서부터 시작되었던 의심은 어느 사건을 통해 더 강해졌다고 했다. 결정적인 사건은 다음과 같았다.

3년 전 수색본부에서 여성 장교가 범호 수색대대로 한 달 정도 파견을 나와 훈련병들의 교육을 담당했었는데, 중대장을 마음에 담고 있던 여성 장교가 그에게 고백을 한 것이다.

그때 마침 지나가던 길에 우연히 혜민 비서관이 그의 답을 듣게 되었는데, 여자 장교의 수줍은 고백에 그는 아무런 감정도 담기지 않은 목소리로 이렇게 대답했다고 말했다.

'군인이면서 군인으로서의 규율을 깨고 이렇게 무례한 행동을 한 것에 대해 심히 불쾌합니다.'

그 말을 들은 단아의 안색이 어두워지자, 단아의 상태를 오해한 혜민과 호철은 그녀를 위로하기 시작했다.

"소위님. 기운 내십시오! 중대장님께서 소위님께만 엄하게 하시는 것이 아닙니다!"

"간부 회식 자리에서도 직업여성들이 중대장님의 술잔에 술을 따르는 것도 싫어하실 정도니 말을 더해 뭐하겠습니까? 그러니 남자를 좋아하신다는 소문…… 읍!"

"이……이놈아!"

철없이 단아를 위로한답시고 말해서는 안 되는 소문까지 입에 올린 호철의 입을 막기 위해 노력했다. 하지만 급속도로 안색이 파래지는 단아를 보지 못한 호철은 억울하다는 듯 외쳤다.

"아이, 상사님도! 소위님께서도 저희 식구가 되셨으니 아실 것은 아셔야지 말입니다! 요즘 세상에 여자를 싫어하고 남자를 좋아하는 것이 뭐 잘못이겠습니까?"

"야! 너는 소위님 놀라신 건 보이지도 않냐?"

그제서야 단아를 돌아본 호철은 그녀를 걱정스럽게 바라보았다.

"소, 소위님? 괜찮으신 거죠?"

"아…… 네! 괜찮습니다. 염려해 주시지 않아도 됩니다."

하지만 억지로 입꼬리를 올리고 있는 얼굴과 다르게 다리엔 힘이 빠지고 있었다. 그녀가 다시 업무를 시작하려고 서류로 고개를 돌리자 혜민은 호철을 억지로 끌고서 나가기 시작했다.

그들이 나가자마자 평온한 듯 무표정이던 단아의 표정이 일그러졌다. 그가 여자를 싫어한다는 사실이 왜 이렇게 허망한 것일까. 가슴속에 돌멩이가 가득 들어찬 듯 답답함이 쉽게 가시지 않았다.

그는 정말로…… 여자를 싫어하는 것일까?

서늘한 새벽빛이 들어오는 넓은 매트리스 위에 누워 있는 류욱의 반듯한 미간 위로 식은땀이 맺혀 흘러내렸다. 그는 꿈속에서 뭔가를 이 악물고 버티는 듯 고통스러워하고 있었다.

바리케이드로 막혀 있는 회색 건물 앞에 검은색 밴이 세워졌다. 중년의 사내와 고등학교 교복을 입은 남학생이 차에서 내렸다. 그들은 서로를 바라보지도 않고 기계적인 동작으로 건물 안으로 묵묵하게 들어갔다. 깊숙한 통로를 지나고, 삭막한 철제문 앞에서 중년의 사내는 주머니에서 투명한 카드를 꺼냈다.

그 카드에는 '미 국토부 동아시아 지주장. 강석호.' 라는 글씨와 함께 남자의 사진이 붙어 있었다. 검색 장비에 보안카드를 통과시킨 후, 생체인식장비에 동공과 손바닥 지문을 확인하자 출입문이 열렸다. 석호는 뒤에 서 있는 남학생에게 안으로 들어가라고 눈짓했다.

학생은 강석호만큼이나 짙은 눈썹과 매서운 눈빛을 가지고 있었다. 그리고 강석호보다 뚜렷한 이목구비와 강렬하고 차가운 분위기가 입고 있는 교복이 이질적으로 다가올 만큼 냉혹하고 빈틈이 느껴지지 않았다. 어린 나이에서 나올 수 없는 아우라가 남학생에게서 풍겨 나왔다.

감정 없는 삭막한 눈동자. 기계가 걷는 듯 딱딱한 걸음걸이. 남학생은 묵묵하게 강석호를 따라 걸었다. 긴 복도를 말없이 걸어가는 석호와 학생 주변으로 다가온 검은 양복의 사내들이 어느 순간부터 함께 걷고 있었다. 그들은 생명이 깃든 사람 같지 않게 소리도 없이 그들 곁으로 다가와 걷고 있었지만 두 사람 모두 신경 쓰지 않았다.

무늬가 없는 철제 엘리베이터에 올랐다. 층수를 나타내는 버튼 대신 아래와 위를 가리키는 두 개의 버튼만이 있었다. 강석호는 망설임 없이 아래로 내려가는 버튼을 눌렀다.

지하로 내려와 아무 무늬 없는 회색 방문 앞에 다다르자 강석호가 내내 굳게 닫혀 있던 입술을 살짝 움직였다.

"들어가라."

그의 명에 따라 기계적으로 학생은 안으로 들어간다. 온통 회색인 방 안에는 병원에서나 볼 수 있을 것 같은 최첨단 기계와 함께 보조 장치, 여러 개의 주사기, 정체를 알 수 없는 약이 놓여 있었다. 같이 들어온 검은 양복의 사내가 학생에게 앉으라는 눈짓을 하자 남학생은 자리에 앉았다. 차가운 기계 의자에 앉자마자 남학생의 팔다리가 의자에 부착된 족쇄로 고정되었다.

하지만 남학생은 놀라지도 않고 담담하게 한곳을 바라볼 뿐이었다. 체념한 듯 눈을 감았다 뜨는 행동에서 생명력은 전혀 느껴지지 않았다.

잠을 자던 류욱이 더욱 세게 이를 악물었다. 그의 내부에서 무언가가 파괴되어 가기 시작했다. 그는 꿈에서 깨어나기 위해 발버둥을 쳤지만 쉽게 꿈에서 깨지지 않았다.

"으아아악!"

학생에게 다가온 검은 양복 사내가 학생의 팔목에 주사를 놓았다. 주사기에 있던 투명한 액체가 혈관을 타고 들어갔다. 동시에 학생의 반팔 교복 아래 드러난 팔뚝의 힘줄이 도드라지면서 괴로워하기 시작했지만 신음 소리는 나오지 않았다. 두 눈을 감고 양손 모두 철로 만들어진 팔걸이를 붙잡은 채 고통으로 몸을 부들부들 떨기 시작했다.

바로 옆방에 마련한 모니터 룸에서 강석호는 고통스러워하는 학생의 모습을 묵묵히 바라보고 있었다. 다른 모니터들에서는 학생의 상태를 나타내 주는 열화상과 생체리듬 그래프들이 생생하게 보여지고 있었다. 몇 분이 지나자, 장비 앞에 앉아 있던 요원 하나가 뒤에 서 있는 강석호를 돌아보았다.

"나이가 어립니다. 더 이상은 무리라고 생각합니다."

하지만 강석호는 냉정했다.

"펜토탈 주입해."

요원의 표정이 굳어졌지만 석호는 묵묵히 모니터를 바라볼 뿐 내린 명을 거두지 않았다. 그의 명에 따라 학생의 가슴에 각종 전극들이 붙여지고 코에는 인공호흡기가 삽입되었다. 요원이 펜토탈을 부여하자, 남학생의 눈이 커지면서 좀 전보다 강하게 몸을 떨기 시작했다.

하지만 강하다. 핏줄이 터진 눈에서 피눈물이 흘러내리고 온몸에 경련이 일어 떨어 대도 학생의 매서운 눈빛은 한곳을 노려보았다. 그 눈빛은 강석호의 눈과 마주하고 있었다.

"ㅇㅇㅇㅇ."

학생은 억눌린 짐승의 울음소리와 같은 신음뿐, 고함을 지르고 온몸을 뒤흔들 만한 고통 속에서도 다물린 잇새로 악에 받친 듯 고통을 참으며 소리를 내지 않았다.

석호는 눈을 떼지 않고 모니터 안의 모습과 바이탈 사인 등 학생의 상태를 표시하는 각종 그래프들이 빠르게 반응하는 모습을 바라보았다. 한동안 고통스러워하는 학생의 모습을 바라보던 요원이 다시 그를 말리기 시작했다.

"지금 상태로도 충분합니다. 강한 정신력입니다. 17세의 나이로 TTX를 견뎌어 냈습니다. 지금 상태에서 일반인들은 벌써 기절을 해야 할 정도입니다. 하지만 EGG와 라이디텍팅 수치를 보십시오. 놀라울 정도입니다. 이 정도에서 멈추시죠."

요원의 제지가 들리지도 않는 듯 석호는 서늘한 눈빛으로 모니터를 바라보았다. 요원의 대답처럼 학생의 생체리듬과 기본적 능력은 매우 뛰어났다. 하지만 마치 그것이 오히려 마음에 들지 않는 듯이 자신을 노려보는 학생의 모습을 매섭게 노려보았다.

"좀 더 이 상태 유지해."

다시 고개를 돌리고 화면을 바라보는 요원의 얼굴이 일그러졌지만 강석호의 독단적인 명령은 쉽게 거둬들여지지 않았다. 시간이 지날수록 학생의 헐떡임과 발작이 심해졌다.

"이 상태 유지하고, 3시간 간격으로 투입시킨다."

"지주장님! 안 됩니다. 죽을 수 있습니다."

"그렇게 쉽게 죽을 놈 아니다. 지금 상태로 봐선 이틀 정도는 견딜 수 있어."

"그렇다면 이대로 이틀을 두고 보신다는 것입니까? 안 됩니다, 지주장님!"

"명령이다. 즉시 시행해!"

삼엄하고 잔인한 강석호의 목소리가 방을 울렸다.

"테스트 결과 내 방으로 올려 보내고 즉시 특수 교육에 투입시킨다. 내 직속 요원으로 비밀리에 추진. 작전명 'dead solution'의 전담 블랙 정보 요원으로 임명한다."

"지주장님!"

강석호는 등을 돌려 방을 나갔다. 믿을 수 없는 얘기인 양 요원들과 비서들의 눈빛이 흔들렸다. 다시 거울에 비치고 있는 고통스러워 보이는 학생을 바라보는 요원들의 눈빛이 깊어졌다. 저 아이의 미래가 훤히 보이는 듯 고통스러운 쓰라림이 그들을 스쳐 지나갔다.

정확히 13개월 후. 지하 주차장에서 걸어 올라오는 사내는 검은 모자를 푹 눌러쓴 채, 검은 민소매 티에 검은 청바지를 입고 있었다. 햇빛이 보이자 사내가 살짝 고개를 들었다. 넓은 챙 아래로 더욱 날카로워진 눈빛과 매끄러운 턱 선이 드러났다.

그동안 어디서 어떤 종류의 훈련을 받았는지 사내를 감싸는 분위기와 눈빛이 예전과 사뭇 달라져 있었다. 원래도 날카로웠지만 이제는 그의 주변으로 살기가 흐르고 있었고 생명이 가진 따스함이 느껴지지 않았다.

어깨는 넓었으나 하얗고 가늘었던 몸은 구릿빛 잔근육으로 이루어진 단단한 몸으로 유려하게 변해 있었다. 하지만 가장 분명하게 변한 것은 잔뜩 악에 받친 듯한 입매. 그는 그렇게 변해 버렸다. 사람이 아닌 짐승과 같이 변해 버렸다. 따사로운 햇빛이 모자 아래로 들어오자 그는 그 빛을 피해 버렸다.

류욱은 거친 신음을 삼키며 고통에 일그러진 꿈 속에서 번쩍 눈을 떴다.

"젠장!"

그가 거칠게 욕설을 내뱉었다. 귀에서 이명이 울렸고, 멍한 시야를 틔우기 위해 연신 눈을 깜빡여 보았지만 정신을 차릴 수가 없었다.

여러 감정이 뒤섞인 눈망울을 질끈 감아 버린 그가 한숨을 내뱉었다.

매일 밤 반복되고 있는 지독한 악몽이었다.

✻

시간은 빠르게 흘러갔다. 그가 여자혐오증이 있다는 이야기를 들은 이후 이상하게 그와 마주치는 일이 없었다. 축 처지는 몸과 마음에 단아는 기운을 차릴 수 없었다. 아직도 류욱에게서 받은 사무적인 서류 뭉치들만 쌓여 있을 뿐이었다.

"아! 저희 지금 PX에 가려고 하는데 같이 가시겠습니까?"

호철과 혜민이 사무실로 들어오면서 묻자, 컴퓨터 모니터에 고정되어 있던 단아의 탁한 눈빛이 초롱초롱하게 빛났다.

"정말입니까? 저 이곳에 와서 한 번도 PX에 가 보지 못했습니다."

"아니 그런 서글픈 일이! 얼른 저희들과 가시죠."

"아, 그런데……."

금방 단아의 표정이 망설임으로 일그러졌다.

"무슨 문제라도 있으십니까?"

"전 아직 중대장님께서 시키신 일을 다 못 했습니다."

"PX에 10분이면 다녀올 수 있습니다. 중대장님께선 지금 운동하러 가셨습니다. 중대장님께서 운동을 하러 체력 단련실에 가시면 두세 시간은 지나셔야 나오십니다. 그러니 갔다 오는 사이에 오시진 않을 겁니다."

시간을 재 보던 단아는 벌떡 일어났다. 얼른 PX에 가 보고 싶어서 발이 근질근질한 것을 숨길 수 없었다.

"얼른 빨리 다녀오시면 됩니다!"

호철과 혜민이 재촉에 단아는 어쩔 수 없다는 듯이 엉덩이를 들어 올렸다. 그러나 PX로 향하는 발걸음이 가벼워지는 것까지 숨기지는 못했다.

"저기 한 소위님. 한 가지 개인적인 질문을 드려도 되겠습니까?"

호철의 조심스러운 질문에 단아는 고개를 끄덕였다.

"여러 가지 물어보셔도 됩니다. 아주 성실하게 답해 드리겠습니다."

단아의 대답에 호철의 얼굴에 진한 웃음이 맺혔다. 볼수록 그녀는 군인으로서의 교육을 받아 온 다른 이들과는 성격이 많이 달랐다. 그래서 더욱 그녀에게 정이 가고 있는지도 몰랐다.

"개인 자료에 나이가 스물세 살로 기재되어 있던데 실제 나이가 맞으십니까?"

"제가 나이가 많이 들어 보이십니까?"

호철은 단아의 반응에 번쩍 놀라 두 손으로 강하게 손사래를 쳤다. 나이가 더 들어 보인다니 말도 안 되는 소리.

"절대 아닙니다! 절대!"

"오히려 스무 살이라고 해도 믿을 정도로 앳되십니다. 왜 나이가 들어 보인다고 생각하십니까!"

옆에 있던 혜민까지 난색을 표시했다. 두 남자의 반응에 단아의 입매가 더욱 풀어졌다.

"말씀만으로도 감사합니다. 아, 제 나이는 스물셋이 정확히 맞습니다. 제가 서울 외고를 나왔는데 고2에 조기 졸업을 해서 일 년 일찍 육사에 들어갔습니다."

"외고를 조기 졸업하셨다니 한 소위님 천재십니다!"

호철의 호들갑에 단아는 강하게 손사래를 쳤다.

"아닙니다! 천재라니 가당치도 않습니다!"

"하하하! 한 소위님과 같이 훌륭하신 분을 모시게 되어서 저희로서는 영광입니다!"

웃고 떠드는 사이 세 사람은 PX에 도착했다.

"이곳이 PX입니다. 저희 부대가 얼마 전에 리모델링을 해서 PX에 많은 식품들이 들어와 있습니다. 마음껏 고르십시오. 오늘은 제가 사 드리겠습니다!"

그들이 들어서자 일요일이라서 활동복을 입고 옆구리에는 병아리와 같이 샛노란 장바구니를 한 개씩 든 채 줄을 서 있던 훈련병들이 일제히 그들을 향해 깍듯하게 인사해 왔다.

"필승!"

우렁찬 목소리를 들으며 호위받듯이 안으로 들어가는 단아의 두 볼이 붉어졌다. 민망한 듯 웃는 모습이 더욱 어여뻐 보였다.

"일요일이라서 훈련병들이 많네."

"저희도 줄을 서야 되는 거 아닙니까?"

단아는 줄을 서 있는 훈련병들을 지나쳐 그대로 안으로 들어가는 것이 불편했다. 하지만 양쪽에서 그녀를 호위하듯 서 있는 호철과 혜민은 개의치 않았다.

"오히려 저희가 줄을 서 있으면 훈련병들이 더 불편합니다. 얼른 사서 나가는 것이 저들을 편안하게 해 주는 것입니다."

"한 소위님께서는 신경 쓰지 마시고 먹고 싶은 것 고르십시오."

그 순간 단아의 얼굴이 살짝 어두워지면서 표정이 바뀌었다. 단아는 상사와 중사인 혜민과 호철의 눈을 바라보면서 정확하게 명령했다.

"저희가 훈련병들보다 높은 계급에 있는 것은 맞지만 PX를 이용하는 규율에 간부들은 줄을 서지 말라는 규율은 없는 것으로 알고 있습니다. 그래서 저는 줄을 서서 물건을 구매하였으면 합니다. 그렇게 하시죠."

혜민과 호철의 입이 살짝 벌어졌다.

"네, 네. 그럼요. 저희도 줄을 서는 것이 규율에 맞는 것입니다."

놀라서 아무 말도 하지 못하는 호철을 대신해 혜민은 단아의 분위기를 파악해서 얼른 단아를 줄 끝으로 인도했다. 항상 유하게만 보였던 그녀여서 어느 순간부터 그들도 그녀가 소위라는 직급의 간부이며, 군인이라는 사실을 망각하고 있었는지도 몰랐다. 하지만 그녀 역시 군인이었고, 규율과 태도에 어긋남이 없는 모습을 보여 주었다.

줄을 선 단아는 연신 훈련병들의 인사를 받아 주면서 밝게 웃어 주고 있었다. 그 모습을 바라보는 혜민의 눈빛이 깊어졌다. 군인이라는 딱딱한 굴레에서 다소 벗어난 그녀를 그들조차도 군인이 아닌 여자로서 보고 있었던 것은 아닌가 하는 생각이 들어 착잡한 마음이 들었다.

단아는 자신을 바라보는 혜민과 호철은 의식하지 않고 힘들게 군 생활을 하고 있는 훈련병들을 다독이고 그들에게 좀 더 좋은 말을 해 주기 위해 노력했다. 그런 그녀의 뒤에서 혜민과 호철은 각이 잡힌 태도로 그녀의 곁을 보좌하고 있었다.

PX에서 간식 시간을 가진 이후 잠깐 잠이 들었던 단아의 눈이 번쩍 떠졌다. 시계를 확인한 단아는 세상이 무너지는 것 같은 절망감에 얼굴빛이 새파랗게 질렸다.

서둘러 군화를 착용하고서 사무실을 뛰쳐나갔지만 손목시계로 다시 확인한 시간은 이미 3시 정각을 한참 지나 있었다.

단아의 등 뒤로 식은땀이 흘러내렸다. 오늘 오후 3시에 사무 창고의 물건들을 체크하고 체크리스트들을 검사해야 하는 업무가 배정되어 있었다. 체크를 하러 가기 전에 잠깐 쉬느라 사무실 책상 앞에 앉았다가 어느새 잠이 들어 버린 것이다.

자신에 대한 한심함에 단아는 쥐구멍으로 숨고 싶을 만큼 절망감이 들었다. 대대장님께서 내리신 업무인 만큼 이미 그녀가 업무를 수행하지 않은 것을 알게 되었을 것이다. 업무 태만의 중징계가 내려질 수 있는 일. 그녀는 온몸의 피가 마르는 것 같았다.

"헉, 헉."

최대한 빠르게 뛰어서 창고에 들어와 체크리스트를 확인한 단아의 눈이 휘둥그레졌다. 모든 체크리스트에 그녀의 이름이 쓰여져 있는 것이 아닌가. 이게 도대체 어떻게 된 일이지. 체크리스트들을

다시 보고 다시 보아도 그녀의 이름이 적혀 있으며 확인자인 대대
장님의 서명까지 완벽하게 채워져 있었다. 누가 한 것일까. 그녀의
미간이 굳어졌다.

자세하게 글자를 들여다보자 단아의 심장이 쿵 하고 떨어졌다.
이 글씨는 분명히 강류욱 중대장의 글씨체였다. 그가 쓰는 만년필
의 진한 잉크의 흔적이 두 번째 증거물이었다. 그가 먼저 와서 모
든 체크리스트들을 채워 준 거란 말인가.

"에이, 설마……."

짧게 말을 내뱉은 단아가 머리를 긁적였다.

이상하게 단아의 심장이 두근거리기 시작했다.

혼자만의 창고 소동을 마무리 지은 단아가 퇴근을 하려고 건물
을 나섰다. 부대 입구까지 가볍게 걸어 나오던 그녀가 문득 발걸음
을 멈추었다. 군복을 입은 남자와 평상복을 입은 여자가 부대의 입
구에서 얘기를 나누고 있었다.

남자는 강류욱 중대장이었다. 그녀의 심장이 멈추었다. 알 수 없
는 절망감과 낭패감이 그녀를 감쌌다. 잘 움직여지지 않아 삐그덕
거리는 발걸음으로 그녀는 자신도 모르게 건물 뒤로 자신의 모습을
숨긴 채 그들을 주시했다. 멀리 있어서 그들이 뭐라고 대화하는지
는 알 수 없었지만 친근한 사이는 아닌 거 같았다.

여자 친구는 아니겠지? 그럼 저 여자는 누구일까?

다시 단아의 심장이 뛰고 있었다. 강류욱 중대장이 먼저 몸을 돌
렸다. 그리고 이쪽으로 다가오는 그의 모습을 바라보며 그녀는 얼
른 고개를 돌려 몸을 숨겼다. 그가 다가올수록 뛰는 심장 소리가

커지고 있었다.

'어떻게 해.'

감정의 자각에 그녀의 얼굴은 발갛게 달아올랐다. 두 손을 심장 위로 올리자 몸속에 자신이 있다는 것을 알려 주고 싶은지 심장 소리는 커져만 가고 있었다. 그때였다.

"한단아 소위."

"헉."

귀신을 본 듯 소스라치게 놀란 단아가 다리에 힘이 풀려 주저앉았다.

"괜찮은가?"

반사적으로 손을 뻗은 류욱이 그녀를 붙잡아 주자 단아와 류욱의 시선이 허공에서 마주쳤다. 하지만 그녀가 바로 서자 그는 바로 손을 거두었다. 그의 손길이 닿았던 팔이 화끈거리고 있었다. 여전히 그녀를 바라보는 류욱의 표정이 어두웠다.

"군인의 기본 자세는 자신의 몸을 잘 지키는 것이다."

"죄송……합니다."

민망함에 단아의 얼굴이 붉어졌다. 숨기고 있는 심장 소리가 그에게 들릴까 봐, 이 순간만큼은 그가 얼른 들어가 주었으면 하고 바랐다. 그런데 몸을 돌리려던 그가 다시 그녀를 바라보았다.

의문을 담아 단아가 올려다보자 그가 그녀의 시선을 피했다. 도대체 왜 그는 그녀의 눈은 바라봐 주지 않을까? 아까 그 여자와는 눈을 마주치고 이야기를 나누었을까? 서운함이 울컥 올라왔다.

"혹시……."

류욱의 목소리가 잘 들리지 않았다. 분명 뭐라고 말을 하기는 하는 것 같은데 입술의 움직임만 보일 뿐 소리는 전해지지 않았다.

"다시 한 번 말씀해 주시겠습니까?"

그답지 않게 흐릿한 목소리에 그녀는 다시 물어야만 했다. 그가 시선을 돌려 그녀의 눈을 바라보았다.

"몸이 좋지 않은 건가?"

두근. 심장이 울리고 온몸이 떨리기 시작했다.

"아닙니다. 걱정해 주셔서 감사합니다."

긴장을 감추려 습관적으로 단아는 밝게 웃었다. 그 모습을 본 그의 미간이 굳어졌다. 바로 웃음을 지우고 표정을 굳혔지만 이미 그가 그녀의 웃는 모습을 봐 버린 후였다. 아, 또 훈계를 받겠군.

"흠."

혼날 거라는 생각에 불쌍한 표정이 되어 그를 올려다보는데 류욱은 한 번 헛기침을 하고 몸을 돌려 버렸다.

"그럼 잘 쉬도록."

서둘러 가는 듯이 보이는 그의 뒷모습을 바라보며 단아는 고개를 갸웃거렸다. 웃었는데 훈계를 안 받았다? 이게 좋은 징조일까? 그의 뒷모습이 사라질 때까지 바라보며 그녀의 마음에는 강류욱이라는 이름으로 가득 차기 시작했다. 그녀도 모르게 마음속에 자리 잡은 그에 대한 감정이 조금 더 자랐다.

걱정스러움에 그녀의 얼굴이 일그러졌다.

＊

시간을 빠르게 흘러갔지만 그만큼이나 류욱의 신경도 빠르게 예민해지고 있었다.

늦은 오후의 붉고 뜨거운 햇빛이 투명한 창문에 비쳐 눈이 부셨지만 최신식 러닝머신 위에 있는 남자는 그것이 느껴지지 않는 듯 무심하고 딱딱하게 움직였다. 류욱은 시선을 한곳에 고정하고 일정하게 달리기를 하였다. 무엇인가를 생각하는 듯 눈빛이 깊고 섬뜩했다.

땀에 젖은 갈색 군인 러닝이 미려한 상체에 찰싹 달라붙어 구릿빛 피부와 함께 움직였다. 움직임에 따라 꿈틀거리는 등 근육이 하루 이틀의 운동으로 만들어진 몸이 아니라는 것을 증명해 주었다. 그의 턱 선을 타고 쉴 새 없이 땀방울이 떨어져 내렸다.

그는 무엇인가에서 벗어나기 위해 악을 쓰듯이 몸부림을 치고 있었다. 제발 사라져. 제발 사라지란 말이다!

류욱은 지워지지 않는 상념에 미간이 깊어졌다. 웨이트 트레이닝을 한 시간 한 후 러닝머신 위에서 한 시간이 넘도록 땀을 흘리며 뛰고 있었지만 온몸을 뜨겁게 만드는 한 가지 상념이 머릿속에서 지워지지 않았다. 가슴에 들어찬 알 수 없는 용암 덩어리가 그를 숨 막히게 만들고 있었다.

이 상태를 진정시키기 위해 정확히 이 주째 그는 매일 이렇게 자신의 몸을 혹사시키고 있었다. 그가 아는 방법은 이것뿐이니까. 그가 판단할 수 있는 결정도 그가 할 수 있는 생각에도 언제나 한계가 존재하였다.

사고를 할 수 없을 정도로 육체를 괴롭히는 것. 극한의 훈련을 받다 보면 그는 생각이 없어지고 판단력이 분명해졌다. 몇 년째 시달리고 있는 악몽을 지우기 위해선 몇 시간의 운동이면 충분했건만 이번에 그를 괴롭히는 것은 악몽이 아닌 듯 그의 악에 받친 고통은 시간이 갈수록 강해졌다.

붉게 가라앉는 노을 속에 그를 끊임없이 괴롭히는 깊은 보조개가 팬 밝게 웃는 얼굴이 떠올랐다. 도대체 왜 자꾸 생각이 난단 말인가! 그는 질끈 눈을 감아 버렸다. 가! 가라고!

이제는 어금니를 악물고서 온 힘을 실어 주먹을 세게 쥐었다. 그의 억센 주먹이 부들부들 떨렸다. 그는 지금 이 혼란스러운 상황에 절대 굴복할 수 없었다. 네가 죽나 내가 죽나 해 보자.

그는 그녀가 싫다. 죽도록 싫다. 고요한 호수에 던진 돌멩이와 같이 고요하던 자신의 삶에 불쑥 들어와 뒤흔드는 그녀의 존재가 굉장히 거슬리고 불쾌했다. 이제 몸이 한계를 느끼는 듯 허벅지 근육이 통증을 호소하기 시작했지만 그는 멈추지 않았다.

지워야 한다. 무슨 감정인지 스스로 인지하기 전에 지워야 한다. 이유는 필요 없다.

삼십 년을 그렇게 살아왔으니까. 그는 마음을 비우기 위해 끊임없이 자신을 억눌렀다. 지금까지 어둠 속에서 숨죽이며 살아왔듯이 또다시 그렇게 하면 된다고 그는 자신을 세뇌시켰다.

그런데 그 순간 온몸을 혹사시키며 노력하던 그의 이성이 한 줄기 작고 작은 목소리에 그대로 깨져 버렸다. 오랜 세월 다져서 거대하고 단단하게 굳어졌던 흙이 무너지듯 그의 내면이 그대로 무너졌다.

"중대장님."

시끄러운 러닝머신 소리 속에서도 분명하게 들린 작은 목소리 하나에 그의 온몸이 민감하게 반응했다. 덜컹 떨어지는 심장 소리에 류욱은 민첩하고 빈틈이 없는 손놀림으로 emergency 버튼을 눌렀다.

"하아. 하아."

그의 가슴이 거칠게 움직이며 호흡을 했다. 그의 구릿빛 가슴 사이로 땀방울들이 떨어져 내렸다. 사납게 번뜩이는 눈빛이 그의 상념을 깨뜨려 버린 자를 거칠게 노려보았다. 살기가 번뜩였다.

그리고 그곳에 그녀가, 그를 미치게 만드는 동그란 눈동자로 그를 보고 있었다. 그들의 눈빛이 마주쳤다. 그 순간만큼은 이곳에 둘만 있는 것 같은 공허한 적막감이 두 사람 사이를 훑고 지나갔다.

그리고 그의 가슴에 뭉쳐 뜨겁게 들끓던 용암 덩어리가 그대로 터져 버렸다. 항상 단단히 붙잡고 있던 끈을 놓쳐 버렸다. 그의 절제력도 허물어지는 둑을 지탱하지 못했다.

단아는 두려움으로 떨리는 몸을 부여잡은 채, 그를 올려다보았다. 분부받았던 일을 모두 끝내고서도 그가 오지를 않았다. 그래서 늦게 일 처리를 했다고 또다시 불호령을 받을까 그녀는 직접 체력 단련실로 서류 뭉치를 들고서 왔다. 그에게 인정받고 싶다.

세심하게 노력을 기울인 만큼 이번만큼은 중대장님께 쓴소리를 듣지 않을 거 같은 강한 예감에 그녀는 가벼운 발걸음으로 왔다. 제발 한 번만 그에게 부드러운 소리를 듣고 싶은 바람이 여기까지 그녀를 용감하게 이끌었다.

하지만, 체력 단련실에 당도한 그녀는 자신의 처지를 망각한 채, 한동안 그의 모습을 넋을 놓고 바라만 보았다. 그의 뒷모습. 붉은 노을에 비쳐진 그의 뒷모습. 온몸이 땀방울에 젖어 오일을 바른 듯 미끈거렸지만 그는 불도저와 같이 달릴 뿐이었다.

그런데 그 순간, 갑자기 심장이 찌릿하게 아파 왔다. 진짜 대단한 사람이라는 생각과 함께 왠지 모르게 그의 뒷모습에서 눈을 뗄 수가 없었다. 무엇을 위해 저렇게 뛰는 것일까? 붉은 노을빛을 향해 러닝머신 위에서 거침없이 달리는 그의 모습은 마치 생명력이 없는 기계와 같아 보였다.

뚝뚝 떨어지는 땀방울에, 땀으로 인해 착 달라붙은 러닝이 굉장히 섹시하게 비쳐졌지만 그녀는 마음이 아팠다. 분명히 힘이 들 텐데, 숨 막히게 힘이 들 텐데. 그리고 보게 된 등의 상처들. 러닝셔츠에 모두 가려지지 않은 상처들이 등을 뒤덮고 있었다.

저 사람은 무엇을 보며, 무엇을 생각할까? 저 날카로운 눈빛 속에 담긴 사람은 누구일까? 왜 저렇게 많은 상처를 가지고 있는 것일까.

문득, 눈물이 나올 듯 코끝이 찡해졌다. 그의 넓은 등을 안아 주고 싶다는 생각에 다다르자, 단아는 혼자서 소스라치게 놀라고 말았다. 일만 하다 보니 드디어 정신이 이상해진 것이 분명했다. 서둘러 그를 불렀다.

"중대장님."

용기 내어 그를 불렀지만 시끄러운 운동기계 소리에 목소리가 묻힌 거 같다 생각해 다시 한 번 더 부르려는 순간, 쿵 하는 강한 소리와 함께 그의 러닝머신이 멈췄다. 그리고 단아는 그의 눈과 마주쳐 버렸다.

"너."

단아의 머릿속에 새하얗게 변했다. 오늘은 칭찬을 받을지도 모른다는 막연한 기대감과 조금 전에 느꼈던 그에 대한 작은 연민과 같은 감정은 순식간에 사그라졌다. 그래, 역시 오만이고 착각이었던 것이다.

붉게 충혈된 눈이 그녀를 사로잡았다. 지금까지 보아 왔던 모습 중, 그는 가장 거친 눈빛으로 그녀를 노려보고 있었다. 무섭다. 맨 처음 든 생각은 그것뿐이었다.

다른 생각은 할 수 없었다. 두려웠다. 하지만 그를 피하고 싶지 않은 이율배반적인 감정. 그의 깊은 눈빛 동공이 심하게 일렁이고 있었다.

"저⋯⋯."

단아는 그저 서류를 내밀었다. 어떠한 말도 나오지 못했다. 하지만 그의 눈빛이 강렬하게 그녀의 얼굴만을 뚫을 듯이 노려보더니, 거친 동작으로 그녀의 손에 들린 서류를 가로채 그대로 허공으로 던져 버렸다.

'말도 안 돼.'

수십 장의 서류들이 허공에서 뿌려지는 모습과 함께 단아의 눈이 하염없이 커졌다. 왠지 버려지는 서류가 마치 자신과 같이 느껴지는 착각이 그녀를 뒤덮었다. 냉정하게 서류를 던진 그는 으르렁거리듯이 특유의 높낮이가 없는 음성으로 그녀를 다그쳤다.

"여기 누가 들어오래?"

"⋯⋯죄송합니다."

쉰 목소리로 간신히 대답은 할 수 있었다.

"내가 체력 단련실에 있을 때는 누구도 출입금지라는 사실을 몰랐나?"

"죄송합니다."

"한 소위, 지금 나랑 장난하나?"

"아닙……니다."

목소리는 나왔지만 분명하게 떨리고 있었다.

"그럼 뭐야? 뭐냐고. 내가 꼭 운동하다가 이 서류들을 봐야겠어?"

그의 입가에 작은 냉소가 짙어졌다.

"죄송합니다. 제 생각이 짧았습니다."

단아는 그를 향해 고개를 숙였다. 하지만 그것이 또 그의 심기를 거슬렸는지, 이제 그는 더욱 거칠게 숨을 쉬며 그녀에게 소리를 높였다. 처음 듣는 그의 높아진 고함 소리.

"그렇게 고개 숙이지 말고! 목소리는 크게! 몰라?"

"……죄송합니다."

그녀가 할 수 있는 대답이 죄송하다는 말뿐이라는 것을 그는 진정 모르는 것일까. 온몸이 떨리고 이성적인 판단이 흐려지는 상황에서도 단아의 군인으로서의 태도는 흔들리지 않았다. 빳빳하게 허리를 세우고 주먹을 쥔 차렷 자세로 단아는 류욱의 모든 화를 받아냈다.

"어리바리하고, 멍청하게 행동하는 게 취미야? 그래서 내 속 뒤집으려고 작정했나?"

단호하고 냉혹하다. 그런데,

"아닙니다."

심장이 찌릿하게 울렸다. 알 수 없는 고통.

머리 위로 그의 거친 숨소리가 들려왔다. 또박또박 대답하는 그녀가 마음에 안 드는 듯 그의 숨소리가 더욱 거칠게 다가왔다.

"너 내가 만만하냐?"

"아닙니다."

"너 지금 반항하냐?"

그는 그녀의 모든 것을 삼킬 듯 바라보았다. 그의 호통이 만들어 낸 결과이건만 군인의 자세 그대로 그의 모든 화를 받아 내는 그녀의 깍듯한 태도가 치가 떨리게 불쾌했다. 마치 얼마든지 화를 내보라는 듯이 그녀는 미동조차 없었다.

류욱은 거칠게 단아의 어깨를 부여잡고 흔들기 시작했다. 알 수 없는 조급함이 몰아쳤다. 그를 보지 않는 그녀, 그에게 반응하지 않는 그녀는 그의 내부에 있는지조차 몰랐던 끔직한 감정들을 들추어냈다.

"그럼 왜 맨날 내 신경에 거슬리는 거냐, 내 눈앞에서 보이지 말라고!"

그가 폭발했다. 사고가 멈추고 모든 시간이 멈춘 듯 허공이 뿌옇게 보이기 시작했다. 단아는 이를 악물었다. 그에게 대항하듯 그녀는 몸을 단정히 세운 채, 고집스럽게 그의 시선을 피했다. 쏟아지려는 서글픔을 입술을 깨물며 참다 보니 아랫입술은 더욱 붉어져 버렸다.

"고개 들어. 내 앞에서 절대 눈 피하지 마!"

그녀는 요지부동. 붉디붉은 아랫입술을 더욱 세게 깨무는 모습에 그의 눈물점이 꿈틀거렸다. 류욱의 날카로운 눈빛은 온전히 단아의 세세한 모습을 눈에 담고 있었다. 충동적으로 류욱의 거친 두 손이 단아의 아담한 어깨를 으스러져라 잡아채 버렸다.

"고개 들라고! 나를 보란 말이야!"

뜨겁게 달군 낙인과 같이 느껴지는 류욱의 손길에 단아의 고개가 번뜩 들렸다. 류욱과 단아의 눈빛이 마주쳤다. 거칠게 붉어질 대로 붉어진 늑대와 담담한 듯 그를 바라보는 맑은 눈빛이 마주쳤다. 가까이 바라보니 그녀의 눈가가 붉어져 있었다. 그가 제일 싫어하는 여자의 눈물.

"네가 여자라고 봐줄 거라고 생각하나?"

류욱은 손에 힘을 불끈 쥐었다. 붉어진 눈가가 싫다. 그의 손안에 온전히 잡히는 아담한 어깨는 더 싫었다. 하지만 그녀의 어깨는 미치도록 따뜻하게 느껴져 그의 말은 더욱 거칠게 나왔다.

"눈물 빼지 마라. 그딴 수작 다른 남자들한테는 통했을지 몰라도 나한테는 안 통한다. 그런 수법으로 군인 하려면 당장 때려치워. 군인이면 군인답게 행동해. 이곳에서 사회에서 행동하던 대로 하려면 당장 나가. 나약한 여자는 군대에 필요 없으니까."

그 순간 단아의 눈빛이 매서워지며 그를 향한 눈빛이 변했다. 다른 남자?

단아는 단호하게 어깨에 단 사단 마크를 떼어 냈다. 그리고 류욱의 검은 눈동자를 흔들리지 않는 눈빛으로 바라보았다.

"저의 무엇이 그렇게 마음에 들지 않으십니까? 제가 중대장님이 그렇게나 싫어한다는 여자라서 그러시는 겁니까?"

남자가 아니라 여자라서? 다소 누그러진 류욱의 입가에게 한숨과 같은 탄식이 새어 나왔다. 부대 내에서 그에 대해 돌고 있는 소문은 그도 알고 있었다. 하지만 그 일을 굳이 그의 입으로 해명하는 우스운 짓거리를 하고 싶은 마음은 없었다. 허나, 그녀의 입에서 그 소리를 듣자 그의 이성이 빠르게 깨지기 시작했다.

무의식적으로 그 소문은 헛소문이라고 대답하려던 순간이었다.

"군인으로서 안 된다면 여자로서는 받아 주실 수 있으십니까?"

류욱의 온몸이 굳어 버렸다.

"여자이기 때문에 군인으로서 인정해 주실 수 없다는 말씀 아닙니까? 그럼 여자로서 인정해 주십시오. 중대장님께 여자로서 저는 어떻습니까?"

"……."

거친 야생마처럼 단아를 몰아세우던 것이 무색하게 아무 말을 하지 못 하는 류욱의 모습을 보며 담담한 표정으로 단아는 마지막 쐐기를 박았다.

"군대에서 저는 다른 사람과 똑같은 군인입니다. 저는 제 자리에서 최선을 다해 임할 것입니다. 그러니 최소한 저를 여자가 아닌 군인으로서 대해 주시기 바랍니다."

류욱의 미간이 무엇인가 마음에 안 드는 듯 구겨졌다. 그와 함께 단아의 입술도 더욱 단단하게 굳어졌다.

"필승."

자신이 하고 싶은 말만을 하고 난 단아는 담담히 그의 앞에 인사를 올리고 몸을 돌렸다. 그녀가 그에게서 뒤돌아서자 자기도 모르게 뻗어 나가려는 손을 그는 어금니를 악물고 참았다.

그녀는 그렇게 사라졌고 그 자리에서 그는 한동안 움직이지 못했다. 얼마간의 시간이 흐르자, 슬프게 가라앉았던 눈동자가 어느 순간 씁쓸한 분노를 담아 흐트러졌다.

17년을 완전한 여성으로 살아왔지만 친오빠를 위해 사관학교를 선택하면서 그녀는 여성이라는 조건을 온전히 버렸다. 그리고 사년 동안 뼈를 깎는 고통 속에서도 떳떳하게 살아남았다.

다른 사람들은 다 가는 대학을 조금 특수한 곳으로 간 것뿐이라고 생각할 수 있겠지만 그녀에게 육사 입학은 모든 것을 포기한 것이었다. 그녀의 남은 인생을 뒤바꾸는 선택이자, 그녀가 누릴 수 있는 모든 행복을 포기해야 하는 길이었다. 하지만 그녀는 그 모든 것을 훌륭하게 해내었으며 한 번도 그 선택을 후회하지 않았다.

하지만 류욱의 날카로운 호통에 그대로 무너졌다. 상관으로만 바라보아야 할 상대의 풀어진 모습을 보고서 연민을 느꼈다. 그리고 울리던 심장 소리. 그것은 한순간이었지만 분명한 이성적 감정이었다.

그리고 감정에 솔직한 그녀는 그 감정을 숨기지 못했다. 그것을 철저하게 그녀의 실수였다.

군대는 엄정한 지휘 계통이 서지 않으면 기능을 발휘할 수가 없는 조직체이다. 그래서 군대의 계급은 합법적인 권력의 또 다른 이름이다. 더불어, 군대는 나이나 성별의 모든 조건이 철저하게 무시된다. 그만큼 딱딱하고 엄격하다. 계급은 생명과 같고, 사회에서는 허용되지 않는 거친 욕설과 인격을 모독하는 언사도 이곳에서는 일상과 같았다.

그러니 어떻게 보면 그가 한 행동은 타당하다 할 수 있었다. 그녀는 일개 소위일 뿐이니 하늘과 같은 소령의 마음에 들지 않으면 욕이 섞인 불호령도 합법적이고 온전한 훈계였다.

하지만 그녀는 그 앞에서는 군인이 아니었다. 뒤돌아서니 남은 것은 그녀를 비참하게 만드는 후회뿐이다. 어쩌면 마음 한구석에서는 자신을 못마땅하게만 여기는 그에게 군인이 아닌 여자로서 인정받고 싶은 의식이 숨어 있었는지도 모른다. 그러다 보니 여자로서 어쩌냐는 질문이 이성적 판단도 없이 나온 것일 테다.

재빨리 군인으로서 인정해 달라는 말로 마무리를 했지만 눈치가 빠르고 민감한 남자이니 그도 그녀가 자신에게 이성적인 감정을 느끼고 있다는 것을 알게 되었을 거다. 군인으로서의 규율을 배반했다는 죄의식과 함께 그에게 여자로서 거부당했다는 부끄러움이 그녀를 뒤덮었다.

진짜 한단아 미쳤다. 여자로서 봐 주실 수 있냐고? 간이 부어도 단단히 부은 거지. 차라리 좋아한다고, 중대장님의 뒷모습을 보고서 한눈에 반했다고 얘기하지.

두근거리는 심장 소리와 함께 터질 듯 뜨거워진 두 볼을 감싼 단아는 소리 낼 수 없는 고함을 내질렀다.

'아아아악! 한단아! 진짜 미쳤어!!'

후회해 보았자 이미 되돌리기엔 늦은 순간이었다. 그렇게 부끄러움이 스쳐 지나가자 이번엔 그녀의 심장에 새겨진 그의 뒷모습이 다시 떠올랐다. 심장이 욱신거린다. 분명한 반응.

단아는 고개를 숙인 채, 비상구 문을 열어젖혔다. 탁 트인 시야와 함께 시원한 바람이 그녀를 감쌌다. 단아는 혼란스러운 머리를 식히기 위해 차가운 콘트리트 벽에 머리를 기댔다. 짙푸른 녹음이 우거진 산머리가 시야에 들어왔다.

그의 이글거리는 붉은 눈빛이 눈앞에 어른거렸다. 그의 손길이 우악스럽게 잡았던 양쪽 어깨가 뜨거웠다. 그의 눈빛처럼. 그리고 이유도 모르는 눈물이 눈앞을 흐리게 만들었다.

그 순간 문이 벌컥 열리며 준수가 나타났다. 반사적으로 올라온 손으로 눈을 가리며 고개를 푸욱 숙였다.

"어? 단아야. 너 찾으러 다녔잖아. 여기서 뭐 해?"

"잠깐 바람 좀."

단아를 바라보던 준수는 금세 단아의 수상한 낌새를 알아차렸다. 그의 반듯한 미간이 일그러졌다.

"너 고개 좀 들어 봐."

"아니, 나 먼저 가 볼게."

뭐라고 변명을 할 사이도 없이 큰 준수의 손이 거칠게 단아의 자그마한 얼굴을 들어 올렸다. 빨갛게 충혈이 되기 시작하는 눈가가 그의 시야를 온전히 차지했다.

"왜 그래?"

순식간에 표정이 굳어지는 준수의 모습에 단아의 얼굴이 일그러졌다.

"오빠. 나 괜찮아."

"왜 그러냐니까!"

다소 격양된 준수의 목소리가 울려 퍼졌다. 단아는 그에게 처음으로 거짓말을 하고 말았다.

"별일 아니야. 내가 일 처리를 바르게 하지 못해서."

한동안 단아의 얼굴을 바라보던 준수는 억눌린 신음과 함께 단아의 작은 몸을 그의 품속으로 끌어당겼다.

"너를 육사에 보내는 것이 아니었어."

마음이 아프다. 마음이 아픈 만큼 그녀를 도와주고 싶지만 그가 해 줄 수 있는 것이라고는 이렇게 그녀를 안아 주는 것뿐이었다. 그 순간, 안타까운 시선을 바닥으로 내리다 무릎 부근의 군복 위로 살짝 비친 핏빛을 본 준수가 재빠르게 단아를 놓고 그녀의 군복 바지를 걷어 올렸다.

어디선가 넘어진 듯 단아의 무릎에 상처가 생겨 피가 흐르고 있었다. 민망한 듯 군복을 내리는 단아의 얼굴빛을 바라보는 준수의 눈에 안쓰러움이 가득 고였다.

"넘어진 것도 모르고 무슨 정신으로 다니는 거야? 의무실로 가자."

준수의 손에 이끌려 의무실에 갔지만 의무병이 자리를 비운 듯 텅 비어 있었다. 의자에 단아를 앉힌 준수는 주변을 두리번거리기 시작했다.

"도대체 어떻게 하다가 넘어진 거야? 너는 어릴 적에도 그러더니 아직도 그러니? 하여간 내가 너 때문에 못 산다."

기운이 없어 보이는 단아를 위해 준수의 잔소리가 시작되었다. 이것이 효과가 있는 것인지, 약통을 뒤지며 그녀의 오빠들이 하듯이 잔소리를 시작하는 준수의 모습에 단아의 입가에 웃음이 맺혔다. 준수는 소독약을 찾아서 단아의 맞은편에 앉아 상처를 닦아 내기 시작했다.

"다치지 마. 너는 항상 물가에 내놓은 아이같이 불안해. 그래도 이 오빠가 항상 곁에 있으니까 다행이지만 제발 조심 좀 해."

준수는 다친 단아의 모습에 화가 나는 것을 누르며 말하였다. 하지만 그의 마음을 모르는 단아는 그저 그를 바라보며 생글생글 웃고 있었다.

이렇게 웃는 모습 안에 얼마나 깊고 단단한 마음이 자리 잡고 있는지 그는 알고 있었다. 한번 마음먹은 것은 쉽게 바꾸지 않는 소신이 깊은 그녀의 내면을 그는 누구보다도 사랑했지만 그만큼 그녀의 그런 면을 두려워하고 있었다.

단아가 그 깊은 마음에 누군가를 담아 버린다면 자신이 들어갈 자리는 조금도 존재하지 않을 거라는 걸 그는 잘 알고 있었다. 그녀는 뜨겁지만 깊은 내면을 가진 여자였다. 그 순간이 오기 전에 그녀를 잡아야만 했다.

"그렇게 웃지만 말고."

저렇게 웃을 때마다 생기는 보조개가 얼마나 사람 애간장을 녹이는지 그녀가 안다면 단아는 절대 남자들 앞에서 웃지 못할 것이다. 다른 남자들 앞에서 웃는 단아의 모습이 떠오르자 저절로 미간이 굳어졌다.

"오빠, 인상 쓰지 마. 나 괜찮아."

"너 남들 앞에서 그렇게 웃지 마."

순간 단아의 표정이 일그러졌다.

"훗. 요즘에 웃지 말라는 사람이 많네."

단아의 얼굴 위로 씁쓸한 웃음기가 스쳐 지나갔다.

"뭐?"

"인상 쓰지 마. 잘생긴 이마 찌그러지면 안 예쁘잖아."

단아의 작은 손이 부드럽게 준수의 이마를 쓰다듬었다. 마무리로 반창고를 붙이던 준수의 손이 멈추었다. 물으려던 질문이 그대로 빛바랜 종이와 같이 사라졌다.

단아가 이마에서 손을 떼려고 하자, 그는 자신도 모르는 사이에 그녀의 가냘픈 손목을 그러쥐고 말았다. 너무 오래 기다리고 기다리던 그 순간, 준수의 심장이 시큰거리며 그를 다그쳤다.

"단아야."

두 사람 사이의 공기가 순식간에 뒤바뀌었다.

단아의 맑은 눈동자가 준수의 눈동자를 바라보았다. 준수의 팔이 억세게 단아를 잡아당겼다.

"어?"

그들 사이의 공간이 한 뼘 간격으로 좁아졌다. 준수의 심장이 튀어나올 듯 거세게 뛰기 시작했다. 눈앞에서 단아의 붉고 도톰한 입술이 움찔거리자 그의 목울대도 함께 움직였다.

"나 너 좋아한다. 오랫동안 지켜 온 마음이다. 이제 더 이상 못 기다리겠다."

한없이 커진 단아의 눈을 바라보는 준수의 눈동자는 한없이 깊고 그윽했다.

"우리 사귀자. 내가 잘해 줄게."

오 년 동안 기다려 오던 설레는 고백의 순간이었다.

그리고 단아와 준수가 모르는 사이 살짝 열려 있던 의무실 문 바깥에서 그림자 하나가 스윽, 움직였다.

류욱은 그대로 발걸음을 돌렸다. 그의 표정에는 아무런 감정이 담겨 있지 않았다. 단정하게 일자로 닫힌 입매와 눈빛은 담담했다. 텅 빈 복도에 그의 검은 군화가 내는 소리만이 규칙적으로 울렸다.

그의 발걸음에 따라 너무 꽉 쥐어 손톱이 파고든 주먹에서 핏물이 떨어져 그의 성격만큼 반듯하게 닦여진 군화 위로 떨어져 내렸다. 그러나 그는 고통을 느끼지 못하는 듯 담담하게 걸어갔다.

✳

멍하니 모니터의 화면을 바라보던 단아는 갑자기 벌컥 여는 문 소리에 어깨까지 들썩이며 놀라 문 쪽을 바라보았다.

"한 소위님! 저희 지금 컵라면 먹으러 PX 가는 길인데 저희랑 PX 어떠십니까?"

류욱이 아니라는 사실에 단아의 어깨가 툭 내려갔다. 하지만 그가 아니라는 사실에 대한 안도감이 아닌 듯 단아의 얼굴이 살짝 일그러졌다.

혼자서 막무가내로 여자가 아닌 군인으로 봐 달라고 선전포고를 했으면서 그녀의 마음에는 무슨 미련이 남았는지 연신 그의 그림자를 찾고 있었다. 누구보다도 그런 자신이 한심스러우면서도 마음이 향하고 눈길이 저절로 반응하는 것은 그녀의 의지가 아니었다.

그러나 언제나 밝게 웃는 성격답게 혜민과 호철 앞에서 금세 단아의 얼굴에는 해사한 미소가 떠올랐다.

"네. 좋습니다."

"그럼 함께 가시죠."

단아와 혜민, 호철은 함께 PX로 향했다. 역시 살가운 성격답게 혜민과 호철은 단아에게 한 마디라도 더 하기 위해 입이 쉴 틈이 없었다. 먼저 그녀에게 질문을 한 것은 역시 호철보다는 생각이 깊은 혜민이었다.

"요즘에 일하면서 힘드신 것은 없습니까?"

"없습니다."

"다행입니다. 워낙 수색대대가 훈련이 힘들다 보니 소대장이신 분들이 많이 힘들어하십니다."

"몸은 힘들지만 그만큼 보람도 있어서 괜찮습니다."

나란히 걷던 단아와 혜민 사이로 호철이 불쑥 끼어들면서 그녀를 칭찬하기 시작했다.

"역시! 소위님은 고운 마음씨만큼이나 성격도 너무 좋으십니다."

"아, 아닙니다."

호철의 직설적인 칭찬에 저절로 단아의 두 볼이 부끄러움으로 붉어졌다. 이를 지켜보던 혜민은 커다란 호철의 머리를 밀면서 그를 구박하기 시작했다.

"이놈아. 소위님 민망해하시잖냐. 그 큰 머리 치워!"

"아이, 상사님은 또 왜 그러실까. 제가 얼마나 상사님을 좋아하는데."

호철이 애교를 부리듯 혜민의 어깨에 얼굴을 비비자 순식간에 얼굴이 굳은 혜민이 그를 밀치며 사납게 소리쳤다.

"징그러워 이놈아!"

"하하하. 역시 저한텐 상사님밖에 없습니다."

"입에 침이나 바르고 그런 소리 해라!"

투닥투닥 싸우면서도 항상 같이 붙어 다니는 그들을 보는 단아도 저절로 기분이 좋아졌다.

"아! 너 그러고 보니 며칠 전에 클럽 갔었다며, 그 이야기 좀 해봐라."

혜민의 요구에 뭔가 일이 있었는지 호철의 얼굴이 살짝 붉어지며 혜민의 눈을 피했다.

"뭘 그런 걸 물어보고 그러십니까. 부끄럽게."

말끝을 흐리는 모습이 매우 수상했다.

"이놈 봐라. 이러니 더 수상하네? 그렇죠, 소위님?"

"아! 네."

단아는 갑자기 자신에게 묻는 혜민의 물음에 머쓱한 듯 머리를 긁으며 어색하게 웃었다. 그러고 보니 평소 호철의 성격답지 않게 몸을 꼬면서 두 볼이 붉게 변하는 것이 그녀의 호기심도 자극했다.

"아이, 그런 건 좀 물어보지 말아 주십시오. 저 정말 민망합니다."

"아니, 재미있게 놀았었냐는 질문도 못 하냐? 말해 봐! 응? 좋았구나?"

괜히 혜민은 놀리듯이 호철의 옆구리를 쑤시며 다그치기 시작했다.

"너 말 안 하면 얼차려 내린다."

군대는 계급만 높다면 웬만한 얼차려가 허용되는 사회. 그것을 누구보다 잘 아는 호철의 얼굴이 순식간에 일그러졌다.

"상사님! 그건 너무합니다!"

"그럼 빨리 말해, 짜샤."

혜민은 당당하게 호철을 바라보며 명령했다. 호철이 자꾸만 대답을 회피하려고 하자, 이제는 단아도 괜스레 궁금해져 조르기 시작했다.

"중사님, 저도 궁금합니다. 말씀해 주십시오."

저번 PX앞에서의 결단력 있는 단아를 본 이후로, 호철은 단아의 말 한마디에도 신경을 곤두세웠다. 해맑게 웃는 모습과는 다르게 군인다운 단단한 고집이 있는 것을 알게 되었기 때문이다. 지금도 웃고는 있지만 왠지 거역할 수 없는 느낌이 들었다. 호철은 더욱 부끄러워져 거대한 몸을 배배 꼬기 시작했다.

"자식이 안 하던 행동이나 하고, 드디어 미쳤구나!"

그 모습이 부러운 듯 혜민이의 호통이 터져 나왔다.

"아닙니다! 그런 거."

"그럼 뭐냐! 소위님도 궁금하다고 하시잖아. 빨리 말해!"

혜민의 집요한 추궁에 결국 호철은 피식 웃으며 사랑에 빠진 남자의 표정을 지었다.

"저…… 첫눈에 반한 여자를 만났습니다."

동시에 단아와 혜민의 얼굴이 기이하게 일그러졌다. 첫눈에 반한 여자? 호철에게 저런 표정이 있었다는 것도 놀랍건만, 그의 성격에 맞지도 않게 온몸을 뱀처럼 꼬고 있는 광경에 놀란 단아와 혜민의 눈빛이 허공에서 마주쳤다. 서로의 놀란 모습이 재밌어서 단아와 혜민은 큰 소리로 웃었다.

한참 소리 내어 웃다가 숨을 고르는 사이, 단아에게 서글픈 감정이 스쳐 지나갔다. 그러면 무슨 일이 있어도 이런 표정을 짓지 않겠지. 허나, 누군가 그를 변화시킬 수 있는 여자가 이 세상에 존재할 수 있다는 생각을 하자 괜히 화가 나기 시작했다. 단아는 괜히 호철에게 퉁명스럽게 물었다.

"예쁘셨습니까?"

"아…… 제가 본 여자 중에 가장 예뻤습니다."

하지만 그런 호철의 모습을 혜민은 부러움에 가득 찬 똥 씹은 표정으로 바라보았다.

"개 눈엔 똥밖에 안 보인다고 하던데……."

혜민의 말에 사랑에 빠진 남자의 표정이 깨져 버렸다.

"상사님! 어떻게 그렇게 말씀하실 수 있답니까! 저 너무 서운합니다!"

그렇게 그들은 계속해서 티격태격하면서 발걸음을 옮겼다. 다소 마음이 어지럽혀진 단아는 그 옆에서 조용히 걸으며 많은 생각을 하고 있었다.

그런데 목적지에 도착하니 웬일인지 소대원들이 하나둘씩 겁에 질린 얼굴로 PX에서 나오고 있었다. 그 원인을 먼저 발견한 혜민과 호철은 반듯하게 거수경례를 하며 그 대상을 향해 인사를 올렸다.

"필승!"

웃으며 호철을 바라보고 있던 단아도 살짝 반응이 느렸지만 반사적으로 인사를 했다.

"필승!"

단아의 볼이 실룩였다. 뭔가 불편한 것을 본 듯 그녀의 눈동자가 흔들렸다. 그녀의 앞에 그가 나타났기 때문이다. 강류욱, 그가 알 수 없는 눈빛으로 빤히 그녀를 바라보았다. 괜히 혼자서 움찔해 버린 그녀는 얼굴이 붉어져 그의 시선을 피해 버렸다.

"어! 여기에는 어인 일들이신가?"

그의 옆에서 테이블에 앉아 컵라면을 드시고 있던 대대장님이 인사를 건네 왔다.

단아의 심장이 거세게 뛰기 시작했다. 체력 단련실에서의 일이 있은 후 처음 보는 것이었다. 류욱이 그날 이후 바로 본부로 파견을 나가 3박 4일 동안 부대를 비웠기 때문이다.

갑작스럽게 마주친 덕분인지 머리를 울리듯 단아의 심장이 거세게 흔들렸다. 하지만 정작 그는 그녀 쪽을 힐긋 바라보더니 무심하게 고개를 돌렸다.

그 모습이 왜 또 서운한지. 무엇을 바라고 있던 것도 아니었건만 이상한 공허감이 그녀의 내부를 채웠다. 모든 감각이 그에게만 뻗어 나가는 착각이 들었다.

"저희들은 출출해서 컵라면 하나씩 먹으려고 왔습니다."

"그렇군. 나도 중대장이 본부에서 가져온 보고서를 받으며 컵라면 하나 먹고 있었네. 밤에 먹으니 더욱 맛있네. 자네들도 어서 가서 하나씩 먹어."

"네. 알겠습니다. 그럼 맛있게 드십시오!"

단아도 웃으며 대대장님께 인사를 드리며 자리를 옮겼다.

"맛있게 드십시오."

"아! 한단아 소위!"

"네. 대대장님."

얼른 그 자리를 벗어나고 싶은 그녀의 마음과 달리 대대장은 그녀를 불러 세웠다. 대대장님의 부름에 어쩌다 보니 그의 옆에 서게 되어 더욱 심장이 두근거리기 시작했다. 도대체 왜 이렇게 떨리는지. 단아는 떨리는 두 손을 감추기 위해 주먹을 더욱 세게 쥐었다. 손바닥에서는 어느새 땀이 나고 있었다.

"자네 큰오빠를 만났네."

순간 아무 표정 없던 류욱의 눈썹이 일그러졌지만 그것을 알아차리는 사람은 아무도 없었다.

"아! 그러셨습니까?"

"그래. 내가 어제 국군정보사령부에 갔다가 자네 큰오빠라는 사람을 만났네. 내 사단 마크를 보더니 넙죽 인사를 하더군. 얼마나 한단아 소위 걱정을 하던지. 하하하. 자네에 대한 오빠의 사랑이 대단하더군."

얼마나 자신을 걱정했을지, 눈에 휜한 오빠의 모습에 살짝 단아의 두 볼에 부끄러움이 돌았다.

"네. 제가 어릴 적에 어머니께서 일찍 돌아가셔서 오빠들의 품속에서 자란 덕분에 오빠들의 사랑이 남다른 거 같습니다."

"그래. 내 그 이야기도 들었네. 오빠가 잘생기고 능력이 좋으니 동생도 잘 키운 건가 하고 내 생각했네. 수색대대라서 힘든 점이 많은 텐데 견딜 만한가?"

"네. 괜찮습니다. 아직까지 배울 점도 많고 부족한 점이 많습니다. 앞으로 더욱 노력하겠습니다."

"하하하하. 그래그래. 나이가 어린 자네를 보니 마냥 내 딸 같구만. 그렇게 군기 들어 있을 필요 없어. 아! 배고플 텐데 내가 너무 잡고 있었구만. 어서 부사관들과 함께 가서 컵라면 먹어."

"네, 알겠습니다. 그럼."

단아는 인사를 하고 몸을 돌렸다. 그에게도 인사를 하였지만 그는 그런 그녀를 쳐다보지도 않았다.

단아는 그와 대대장님이 앉은 테이블 뒤로 가서 자리를 잡았다. 어느새 뜨거운 물을 부은 컵라면을 들고 온 혜민이 웃으면서 친절하게 건네주었다.

맛있는 라면의 냄새가 콧속으로 들어와 위장을 요동치게 만들었다. 역시 라면 냄새는 천국의 향기다. 저절로 군침 도는 냄새에 밝은 미소가 단아의 입가에 맺혔다. 그녀는 직접 준비된 컵라면을 가져다주는 혜민에게 고마움의 표시로 웃으며 컵라면을 받았다.

"감사합니다."

"맛있게 드십시오."

혜민도 단아에게 밝게 웃었다. 건네는 손과 받는 손이 순간적으로 겹쳤다가 떨어졌다.

혜민에게서 건네받은 컵라면을 열고서 나무젓가락을 뜯던 단아는 고개를 들었다가 표정은 그대로 굳어졌다. 그가 그녀를 빤히 바라보고 있었다. 그의 눈빛을 바라보자마자 숨이 턱 막혀 왔다.

온몸을 칭칭 감는 집요한 그의 눈빛. 마치 자신이 엄청난 죄를 지은 기분에 저절로 단아의 어깨가 움츠러들었다. 또 무엇을 잘못한 것일까? 지난번 체력 단련실에서 일을 추궁하시는 것일까? 내가 중대장님을 남자로서 보고 있다는 사실을 나무라는 것일까?

온갖 상념이 그녀의 머릿속을 빠르게 스쳐 지나갔다. 그의 눈빛이 집요하게 그녀만을 바라보고 있었다.

'왜 저렇게 쳐다보시는 거지?'

단아는 어디에 시선을 둘지 몰라 허둥대다 결국에는 라면에 시선을 고정하고 먹기 시작했다. 심장 소리가 크게 귓가를 맴돌았다. 보란 듯이 그의 눈빛을 외면하고 싶지만 이성과 다르게 반응하는 심장이 원망스러울 정도로 그녀는 안절부절못했다.

"소위님, 맛있으십니까?"

혜민이 그녀를 살갑게 챙기며 물어 와 단아는 살짝 고개를 들으며 대답해야만 했다.

"네. 너무 맛있습니다."

말끝이 흐려졌다. 웃으며 대답하던 단아의 눈에 그녀를 여전히 빤히 바라보는 그가 보였다. 그녀의 심장이 더욱 세게 뛰기 시작했다.

그의 눈빛은 위험했다. 단아는 웃음기가 사라진 얼굴로 다시 라면을 먹기 시작했다. 그렇게 맛있게 느껴졌던 냄새는 어디로 갔는지 아무 냄새도, 아무 맛도 나지 않았다. 그의 눈빛에 단아는 라면이 어디로 들어가는지 알 수가 없었다. 묵묵히 무슨 맛인지도 모르는 라면을 먹던 단아는 아직까지 그가 자신을 보고 있을까 하는 의문에 살짝 고개를 들었다.

'어머.'

다시 화들짝 놀란 단아는 더욱 고개를 숙여야만 했다. 그가 아직도 그녀를 깊은 눈빛으로 바라보고 있었기 때문이다. 게다가 다시 눈이 마주친 순간 그의 한쪽 입가가 살짝 올라가며 그녀를 향해 냉소를 지었다.

"콜록콜록!"

"어? 소위님. 괜찮으십니까?"

"이 물 드십시오."

갑자기 든 사레에 정신을 차리지 못하는 단아에게 호철이 물을 건네주었고 혜민은 단아의 등을 두드리기 시작했다.

"그러니 좀 천천히 드시지 그러셨습니까? 맛있다고 허겁지겁 드시는 거 보시고 이러실 줄 알았습니다."

혜민이 계속 기침하는 그녀의 등을 두드려 주었다. 하지만 아직도 그녀만을 빤히 바라보는 그의 눈빛에 단아는 눈치를 보아야만 했다.

흘깃 훔쳐본 그는 화가 난 듯한 눈으로 그녀를 바라보고 있었다. 도대체 내가 무엇을 잘못한 것인가. 눈빛만으로 사람을 죽일 수 있다면 바로 저 눈빛일 것이다. 단아는 엉뚱한 생각마저 들었다.

"괜……괜찮습니다."

"천천히 드십시오. 누가 뺏어 먹지 않습니다."

친절한 혜민의 걱정에 단아는 웃으며 그를 안심시켰다. 순간, 빤히 바라보던 류욱의 눈빛이 순식간에 사납게 번뜩였다. 그것을 목격한 단아의 머릿속으로 그의 목소리가 훑고 지나갔다.

'부대 내에서 헤프게 웃지 않는다.'

그제서야 그가 그녀를 날카롭게 바라보는 이유가 떠오르자 단아의 웃던 입가가 순식간에 굳어졌다. 또다시 체력 단련실에서 들었던 호통이 머리에서 울렸다.

'그딴 수작 다른 남자들한테는 통했을지 몰라도 나한테는 안 통한다. 그런 수법으로 군인 하려면 당장 때려 치워. 군인이면 군인답게 행동해.'

여자로서 수치심을 느끼게 하는 말을 듣자 그녀는 참지 못하고 그를 이성적으로 바라보고 있는 티를 내고 말았다. 그러나 그는 여전히 냉철하고 무뚝뚝하다. 이것은 거절이겠지. 분명한 결과인 것을 알면서도 괜스레 온몸의 힘이 빠지기 시작했다.

나는 무엇을 바랐던 것일까. 욱하는 마음을 참지 못하고 꺼낸 말이지만 중대장님을 남자로 생각하고 있다는 사실을 정확하게 고백하지 않은 것이 안심이 되었다. 하지만 한편으로 과연 돌려서 말하지 않고 직접적으로 말했더라면 결과가 달라졌을 수도 있었을까 하는 작은 미련이 드는 건 또 무엇일까.

바보 같다. 더 이상의 미련은 불필요하겠지. 저렇게 빈틈 하나 없을 거 같은 남자를 마음에 담아 봤자 나만 손해다.

떨리고 있는 심장을 부여잡은 단아는 흔들리는 모습을 보이지 않기 위해 노력했다. 입으로 들어가는 라면이 고무와 같이 아무런 맛이 느껴지지 않았다. 그녀가 그를 남자로 느끼고 의식하고 있다는 것을 자각할 사이도 없이 어느새 온몸의 세포는 그를 향해 반응하고 있었다. 한 여자의 마음 아픈 짝사랑은 그렇게 출발점도 모르는 채 시작되고 있었다.

뚜벅뚜벅. 텅 빈 특수 철제 복도를 걷는 남자의 실루엣은 모델과 같이 유려하고 걸음걸이는 곧고 단단했다. 하지만 마치 그의 주변으로 쇠와 같은 차가운 삭막함이 감돌았다.

금색 테두리를 두른 문 앞에 당도하자, 검은색 양복을 입은 경호원이 그를 아는 듯 정중히 머리를 숙이며 인사했다.

삭막하고 서늘한 분위기의 남자는 검색 장비에 보안카드를 대지 않고 묵묵히 앞만 바라보았다. 옆에서 그의 곁을 따라오던 요원이 직접 보안카드를 대고, 생체인식장비에 동공과 손바닥을 댔다.

삐—

인식을 마친 검색 장비에서 소리가 났다. 두꺼운 철제문이 철컥, 스르륵 하는 소리와 함께 열렸다. 남자는 긴 다리로 거리낌 없이 안으로 들어섰다. 안으로 깊숙이 들어서자 온통 회색빛인 침침한 분위기의 사무실에 한 중년의 사내가 큰 책상에 앉아 서류를 들여다보고 있었다.

미 국토부 동아시아 지주장에서 이제는 CIA 한국지부장까지 맡게 된 강석호는 육십이라는 나이답지 않게 앞에 있는 사람을 얼게 만드는 카리스마를 가지고 있었다.

명성답게 굳게 다물린 입술과 눈매가 매우 날카로웠다. 웬만한 사람은 첫 만남에 겁에 질릴 만큼 그의 온몸에서 카리스마와 냉철한 기운이 흘러나왔다. 이마의 주름살이 깊어지더니 자신의 앞에 선 채 미동도 없는 키 큰 사내를 매섭게 노려보았다.

"집에 안 들를 것이냐?"

강석호는 나이답지 않게 기운이 매섭고 강했지만 이에 꿈쩍도 하지 않는 앞에 선 사내에게선 숨소리도 느껴지지 않았다. 강석호의 주름살이 더욱 깊어지더니 대뜸 책상에 있던 재떨이가 사내에게 날아갔다. 그 동작이 굉장히 민첩하여 순식간에 이루어졌다.

퍽! 쨍그랑.

그대로 정확하게 날아온 재떨이가 무릎을 찍고서 떨어졌지만 사내는 피하지도 않고 미동도 없이 여전히 묵묵히 허공을 바라볼 뿐이었다. 강석호에게 저항을 하는 듯한 무언의 당당함이 사내의 전신을 휘감고 있었다.

충분히 피할 수 있었지만 일부러 피하지 않은 것이 분명했다. 날아오는 속도까지 더해진 무거운 재떨이를 무릎에 맞았으니 꽤 고통이 클 텐데도 얼굴 찡그림 한 번이 없으니.

그 모습을 본 강석호가 참지 못하고 벌떡 일어나 카랑카랑한 분노 섞인 목소리로 다그쳤다.

"너 같은 자식을 내가 언제까지 봐줄 것이라고 생각해! 내 호적에 올라가 있다고 자만할 생각은 추호도 하지 말거라! 넌 내 자식이 아니야! 네가 내 명을 거역할 때마다 다치는 이가 누구일지 되새겨 보거라."

그 순간, 담담하던 사내의 눈빛이 사늘하게 강석호를 바라보았다. 닮은 듯한 두 남자의 눈빛이 허공에서 강렬하게 맞부딪쳤다.

"그렇지! 그렇게 쳐다봐야지! 넌 그렇게 키워진 놈이니까! 교육받은 대로 그저 기계같이 살란 말이야! 시키는 대로만! 너는 생각조차 할 필요가 없어! 그러니까 개같이 살아!"

"……."

"넌 시키는 대로만 하면 된다. 너는 생각하고 판단할 필요가 없단 말이야! 그저 내 명령에 복종하고 따르면 그만이다. 다시 한 번 마음에 들지 않게 행동하면 용서하지 않겠다."

강석호는 자신이 할 말만을 하고서는 다시 가죽 의자에 몸을 묻었다. 투박하게 서류함을 열어 서류들을 들추던 그는 한 장의 종이를 꺼내 서 있는 사내에게 던졌다.

"국정원 소속 보안 과장 한단호의 신상이다. 그 자식이 너의 뒤를 캐고 다닌다. 우리의 일에 국정원이 개입되면 굉장히 복잡해지니까 네가 알아서 처리해. 우리의 일에 지장 없도록. 계속 날뛰면 없애 버려. 호성그룹이란 뒷배를 가진 놈이라서 날뛰는 정도도 남달라. 거슬리면 바로 처리해."

그에게 던져진 서류를 바라본 사내의 눈매가 가느다래졌다. 믿을 수 없는 것이라도 본 듯 살짝 흔들리는 눈동자에 그의 혼란스러운 마음이 일렁였다. 주먹을 쥐면서 참아지지 않는 구역질을 그는 간신히 참아 냈다.

지금껏 입을 다물고 있던 사내의 입술이 열리고 저음의 단단한 목소리가 튀어나왔다.

"그 인물은 쉽게 죽일 수 있는 인물이 아닙니다."

"뭐?"

강석호의 굵은 주름이 꿈틀거렸다. 한 번도 자신의 의견을 낸 적이 없었다. 그렇게 키웠고 그렇게 교육시켰다.

처음 보는 명령 불복종. 강석호의 눈매가 날카롭게 번뜩였다.

"명령 불복종이냐?"

"……."

사내는 더 이상 말이 없었다.

"좋다. 킬러 잭. 너에게도 감정이라는 것이 남아 있다는 것이냐? 터진 입이라고 잘도 지껄이는구나. 킬러인 주제에 목숨을 따지 않겠다는 것은 어떻게 받아들여야 되지? 명백한 명령 불복종 아니냐? 네가 discard(폐기)당하고 싶어서 아주 발악을 하는구나. 그럼 네가 대신 죽을 텐데?"

사내의 공허하던 눈빛이 그제서야 강석호의 날카로운 눈빛을 바로 바라보았다. 석호의 눈빛에 맞서듯 그 안에는 단단함이 서려 있었다. 뭔가 이질적으로 달라진 사내의 눈빛 안에서 석호는 자립의 의지를 읽었다.

"훗."

그것을 바라보던 강석호는 구부리고 있던 허리를 폈다. 뭔가가 달라져 있었다. 그것이 뭘까. 더욱 깊어진 그의 눈매가 사내를 더욱 악착같이 옭아맸다.

"언제든지 준비가 되어 있습니다. 차라리 저에게 discard를 명령해 주십시오."

사내는 마치 삶에 대한 미련이 없는 듯 무덤덤한 얼굴로 말했다. 그 모습을 본 강석호의 눈이 더욱 가늘어졌다.

'가소로운 것.'

그는 자신의 약점을 파고드는 아들을 매섭게 노려보았다. 그의 유일한 호적상 아들. 거슬리지만 그는 절대 아들을 죽일 수 없다. 그것을 알고 있기에 더욱 당당하게 어깨를 펴고 자신에게 대항하는 것처럼 느껴지는 아들의 모습에 강석호의 심기는 더욱 거칠어졌다. 이 자리에서 산 채로 찢어 죽이고 싶은 욕구가 그를 미치게 만들었지만 그는 절대 그럴 수 없었다.

"그래, 좋아. 내가 못 할 줄 알고? 세월도 이 정도 흐르면 마음도 변하는 법이지. 내가 그까짓 여자 하나에 미쳤던 시절도 끝났다는 거야. 자만하지 말거라. 아직 때가 아닐 뿐이다. 너도 내가 당한 만큼의 고통을 맛보기 전까진 절대 쉽게 죽을 수도 없게 만들 테니까."

입술에 잔인한 미소가 감돌았다. 아들이라 칭하는 이 앞에서 지을 수 있는 웃음이 아니었다. 웃음과 눈빛 속에는 진한 살기와 엇나간 증오가 담겨 있었다.

"지금까지 너의 행동에 벌을 내리지 않았지만 더 이상은 힘들다. 그러니까 한단호 처리해. 그놈 국정원 소속이고 호성그룹이라는 뒷배가 있는 만큼 네가 노출될 수 있는 상황이다. 니 선에서. 아니면 겁을 주든지. 그래, 그게 더 좋겠군. 그자 직급이 높고 뒷배가 단단한 만큼 쉽게 처리할 수 없을 테니 위협으로 해. 작전 명령은 곧 내려 줄 테니 오늘은 그만 가 봐."

그의 명에 사내는 기계적으로 고개를 숙이더니 미련 없이 방을
나섰다. 그가 방을 나가고 문이 닫히는 소리가 들리자 강석호 즉시
책상에 있던 크리스털 컵을 들어 문으로 던져 버렸다.

쨍그랑!

유리 파편들이 깨지면서 공기 중에 흩어진 파편들이 반짝반짝
빛나며 바닥으로 떨어졌다. 아름답게 부서진 유리 조각들을 바라보
는 눈이 붉어져 있었다. 참을 수 없다는 듯이 거친 숨을 돌리는데
거칠게 문이 열리고 그의 비서관이 들어왔다. 갑작스럽게 들어온
그의 등장에 강석호의 눈초리가 거세게 치켜 올라갔다.

"뭐야!"

"아, 국장님. 죄송합니다."

비서관은 거칠어진 숨을 고르며 간신히 그에게 대답했다. 무언가
급박한 일이 일어난 듯 보였지만 강석호는 그런 모습을 무시했다.
하루 이틀 보는 모습도 아니니. 설사 무슨 일이 일어났더라도 그가
급박할 이유는 없었다. 그는 거만한 태도로 깊게 의자에 앉았다.

"도대체 뭐야?"

짜증 섞인 목소리. 그 순간에도 석호는 여유롭게 보던 서류들을
다시 들추기 시작했다. 어서 빨리 말하고 나가라는 듯이. 그러나
다음 순간, 그는 더 이상 여유로울 수가 없게 되었다.

"사모님께서 쓰러지셨답니다."

사모님이라는 소리가 나오자마자, 그의 미간이 좁아지며 표정이
새파랗게 질려 갔다.

"뭐?"

조급하게 자리를 박차고 일어난 그는 순식간에 비서관에게 다가와 그를 다그치기 시작했다.

"언제? 도대체 왜? 의사는 불렀는가?"

"저도 자세한 사정은 모르겠습니다. 태국병원 한 박사님을 부르셨다는 전갈만 받았습니다."

"지금 바로 차 대기시켜."

그는 바로 나가려는 듯 양복 재킷을 급박하게 입기 시작했다. 하지만 인상을 쓰며 비서관이 그를 만류하기 시작했다.

"한 시간 후부터 간부 회의가 있습니다. 꼭 참석하셔야 합니다."

"미뤄."

이 순간 그를 말릴 수 있는 것은 아무것도 없다는 것을 비서관은 알고 있었다. 사모님께서 쓰러지신 것은 오늘 처음 일어난 일만은 아니었다. 그녀에게 일이 생길 때마다 보이는 강석호의 반응은 몇십 년째 변하지 않고 있었다.

결국, 비서관은 작게 한숨을 쉬면서 그를 따라 사무실을 벗어나기 시작했다.

"빨리! 좀 더 속도를 내란 말이야!"

강석호의 거친 재촉에 평상시에 걸리는 시간에 절반 만에 집에 당도했다. 검은 세단이 듣기 싫은 마찰음과 함께 급박하게 세워졌다. 호화스럽지만 고즈넉한 자택 앞에 세단이 세워지자마자 강석호는 비서가 문을 열어 주기도 전에 자신이 직접 문을 열고 뛰쳐나갔다. 권위적이고 언제나 흐트러짐 없던 그의 모습이 아니었다. 그는 거칠어진 숨을 숨기지도 못하고 안방으로 뛰어 들어갔다.

넓고 호화스러운 침대에 가냘픈 여성이 안쓰럽게 누워 있었다. 그녀는 넓은 침대의 하얀 이불에 폭 파묻힐 듯 작았다. 연신 식은 땀을 흘리며 허공을 바라보고 있던 그녀는 석호가 들어서자 눈빛이 더욱 탁하게 가라앉았다.

"은경아."

강석호는 한걸음에 그녀의 곁에 다가앉아 이불 위에 올려진 작은 손을 조심스럽게 그러쥐었다. 하얗고 작은 손은 세월의 흔적이 보였지만 여전히 아름다웠다. 작은 손이 강석호의 크고 단단한 손 안에 그대로 파묻혀 버렸다.

"도대체 어디가 얼마나 안 좋으면 쓰러져!"

목소리와 표정에서 걱정이 배어 나오고 있는데도 목소리는 퉁명스럽게 터져 나왔다. 강석호의 아내인 한은경은 쉰둘이라는 나이보다 한참 어려 보이고 아름다웠다.

하지만 그녀에게선 생명력이 느껴지지 않았다. 그저 남편의 모습을 바라만 볼 뿐 아무런 반응이 없었다.

"은경아."

그런 아내의 모습에 초조한 듯 그는 그녀의 이름을 불렀다.

"은경아, 여보. 말을 해 봐. 도대체 어디가 얼마나 안 좋은 거야?"

그녀의 대답이 없자 그는 매섭게 뒤를 노려보며 비서관을 닦달하기 시작했다.

"안성댁을 불러오도록 해! 빨리!"

그제서야 은경의 반대편 손이 그의 큰 손 위에 올려졌다. 그녀의 작은 접촉에 민감하게 반응하며 석호는 즉시 고개를 돌렸다.

"알았어. 알았어."

말하지 않아도 그녀의 의도를 알았는지 석호의 기세가 한풀 꺾였다. 그제서야 하얗게 뜬 은경의 입술이 살짝 들썩였다. 석호는 그녀의 미세한 움직임에 고개를 더욱 숙여 그녀에게 가까이 다가갔다.

"그러지…… 말아요. 나…… 괜찮아요……."

"그래. 그래야지. 그런데 도대체 왜 쓰러진 거래? 어제도 잠을 설치는 것 같더만. 무슨 고민이라도 있는 거야?"

그의 부드러운 물음에 은경의 큰 눈에 투명한 눈물이 맺히기 시작했다. 그 눈물을 보자 석호의 넓은 어깨가 그대로 굳어졌다.

"몸이 많이 안 좋은 건가?"

"아니……에요."

석호의 손길이 은경의 어깨를 쓰다듬었다.

"아프지 마. 아프면 싫다. 먹고 싶은 건 없어?"

"……."

그녀가 입술을 다물었다. 늘 있는 일인 듯 석호는 연신 그녀를 애처롭게 쓰다듬으면서 조곤조곤 그녀에게 말을 걸었다.

"내가 저녁에는 당신이 좋아하는 청담동 죽집에서 전복죽을 사올게. 내가 직접 끓여 주고 싶지만 요리에는 내가 소질이 없잖아. 당신에게 맛이 없는 것을 먹이고 싶진 않으니까. 그러니까 빨리 추스르고 일어나. 당신이 아프면 내가 아파."

그의 눈빛을 피하는 그녀의 모습마저 일상과 같은 것이었지만 석호의 심장이 아프게 여려 왔다. 하지만 하루 이틀이 아닌 일에 이제는 그녀에게 티를 낼 수도 없었다.

석호는 오히려 더욱더 가까이 그녀에게 다가갔다. 열 때문에 뜨거워진 이마에 그의 입술을 내렸다. 그 순간 탁하게 쉰 목소리가 흘러나왔다. 마치 오랫동안 기다렸던 소원을 말하듯 그녀의 눈동자는 그녀답지 않게 생생하게 빛나고 있었다.

"보고 싶어요. 내 아들."

터졌다. 금단의 구역에 발을 디딘 그녀의 눈빛은 처연하게 가라앉았다. 그래, 이제 말했으니 됐어. 말만으로 된 거야.

하지만 사람의 마음만큼 간사한 것이 있을까. 분명히 이루어질 수 없는 소원이라는 것을 알면서도 잠시간의 정적 속에서 그녀는 그에게 호소하듯 간절하게 그를 바라보았다.

그의 동공 안에 그를 바라보는 작은 여인이 가득 찬다. 하지만 그것은 한순간에 깨졌다. 마치 고요한 호수에 돌을 던진 듯 그녀가 꺼낸 한 마디의 말은 그를 온전히 무너지게 만들었다.

"쉬어."

좀 전과는 다른 삭막한 목소리. 그는 그를 향해 뻗어 오는 작은 손을 그대로 무시하며 돌아섰다. 작아진 듯 보이는 강석호의 등이 멀어진다. 그가 얼마나 상처받았을지 누구보다도 잘 아는 그녀의 눈빛이 깊어지며 눈가에 영롱한 물기가 맺히기 시작했다.

그는 문 앞에서 한동안 망설이듯 머뭇거렸지만 결국 문을 열고 그대로 나가 버렸다.

쿵.

거칠게 닫히는 문소리가 그의 분노를 나타내 주는 것처럼 느껴졌다. 방 안에 혼자 남게 되자 은경은 석호가 나간 방문을 바라보았다.

너무 늦어 버린 그들의 현실. 그녀는 그녀에 대한 그의 사랑을 알고 있었다. 그래서 시작한 이 생활은 지독한 열병과도 같은 벌이었다. 그런데 이제는 조금씩 그녀의 마음에도 빈틈이 생겨 버렸다. 그리고 살짝 벌어진 심장에 난 핏빛 상처가 더욱 벌어져 버렸다.

그가 나간 방문을 바라보는 눈길이 깊었다. 언제부터 달라졌는지는 그녀 자신도 모른다. 다만, 분명하게 달라졌다는 것만 알고 있을 뿐. 그 시기가 너무 늦은 거 같아 말을 할 수 있는 타이밍을 놓쳐 버렸다는 슬픈 현실. 은경의 볼을 타고 투명한 눈물이 흘러내렸다. 이젠 진실을 말하기가 어려워져 버린 원망스러운 지나간 세월. 그와 그녀의 아이.

"사랑하는 우리 아들을 나는 보고 싶어요, 여보."

3장.
천리행군

아침부터 뜨거운 열기를 식혀 줄 시원한 소나기가 쏟아졌다. 열기로 뜨겁던 공기가 다소 식는 듯 시원한 바람이 불기 시작했다. 하지만 연병장에 모인 훈련병들과 간부들은 몸을 때리며 시야마저 가려 버리는 비를 고스란히 맞고 서 있었다. 그 속에서 철같이 차가운 음성이 그들에게 명령했다.

"상의 탈의."

명령이 끝나자마자, 모든 병사들이 각 잡힌 동작으로 재빠르게 입고 있던 초록색 러닝을 머리 위로 벗어 던졌다. 단 한 사람 한단아 소위만이 그대로 러닝을 입고 있었다. 세찬 빗물에 러닝이 몸에 착 달라붙어 그녀가 여자라는 사실을 적나라하게 드러냈지만, 그녀의 눈빛은 단호하게 굳어져 있었다. 이 순간 그녀는 여자가 아니라 군인이기에 온몸에서 흘러나오는 기세가 사뭇 진지하면서도 도도했다.

멀리서도 뚜렷하게 보이는 그녀의 모습을 노려보며 강류욱 중대장은 윽박지르듯이 소리쳤다.

"수색대대에게는 이렇게 비가 오고 시계가 안 좋은 것이 침투하기에도 가장 좋고, 탈출하기에도 가장 좋은 기상이다! 좋은 기상을 주신 하늘에 감사하는 마음으로 이를 악물고 훈련한다! 또한 이번 강철 체력 훈련을 통해 다음 달에 있을 지옥의 천리행군에 부적합하다고 판단되는 병사들을 모두 추려 낼 것이다! 여기에는 어느 누구도 예외가 없을 것임을 명심해라! 전체 반동 준비! 반동과 함께 군가 시작!"

그의 거친 명령 아래 병사들이 일정하게 각이 잡힌 동작으로 어깨를 좌우로 움직이면서 움켜쥔 주먹을 위아래로 흔들었다. 거친 빗줄기 속에서도 병사들의 굵은 목소리는 묻히지 않았다.

"우리는 수색! 수색! 대대! 범호 수색대대! 가슴에 열정을 품고 부수고 파괴하는 용감한 수색대! 우리는 수. 색. 대. 대. 거칠게 나아가고 뜨겁게 일구어 낸다. 아자! 아자! 우리는! 해낸다! 악! 악! 악! 아자!"

무섭게 으르렁거리는 병사들의 표정이 엄숙하고 진지했다. 그러나 비장한 훈련 준비 중에 가장 냉철하게 판단하고 통솔하기로 유명한 강류욱 중대장의 속내는 무섭게 일렁이고 있었다.

스스로를 향한 욕을 곱씹으며 그는 정신을 집중하기 위해 노력했다. 도저히 훈련에 집중을 할 수가 없었다. 며칠째 그를 괴롭혔던 목소리가 귓가를 맴돌았다.

'나 너 좋아한다. 우리 사귀자.'

류욱의 날카로운 눈빛이 그녀와 조금 떨어진 곳에서 그의 훈련병들과 함께 서 있는 유준수 소위에게로 향했다. 떡 벌어진 어깨와 남성적인 몸매와 달리 유순하게 생긴 생김새가 여자들이 좋아할 만한 외모였다.

유 소위를 향했던 시선은 곧 다시 단아에게로 향했다. 체력 단련실에서 했던 질문은 나를 이성적으로 바라보고 있다는 의미인가? 혹시나 유준수 소위와 연인 관계가 된 건가? 혼자만의 생각 속에서 그의 이성과 다르게 뻗어 나가는 공상은 무섭도록 그를 옭아매고 빠져들게 만들었다.

거기까지 생각이 이르자, 저절로 그의 눈썹이 찌푸려졌다. 과연 대답을 무엇이라고 했을까? 류욱은 빗줄기 아래에서도 그의 시야에 또렷하게 보이는 그녀를 바라보았다.

상의 탈의를 한 거칠고 투박한 남자들 사이에 있는 그녀의 모습은 그의 이성을 흐트러지게 만들기에 충분했다. 멀리서도 그녀의 작은 몸은 그의 시야를 온전하게 차지했다.

빗줄기에 드러난 몸의 라인이 그의 생각을 더욱 거칠게 만들었다. 숨기고 싶다. 맨 처음 든 생각은 그것. 이 사내의 소굴 속에서 그녀는 숨기고 싶은 무서운 소유욕.

류욱은 그녀에게 향하는 눈길을 억지로 돌렸다. 그리고 더욱 거칠게 훈련을 명령하기 시작했다.

"이번 훈련을 통해서 소대원들의 체력뿐 아니라 간부들의 체력도 시험할 생각이니 모두들 정신 똑바로 차리도록!"

절대로 여자라고 봐주지는 않을 것이다. 그의 눈길이 다시 작은 단아의 얼굴을 훑어 내렸다.

"네!"

굵은 대원들의 목소리 사이에 울리는 청명한 목소리. 굵은 빗방울을 맞는 것이 그녀만이 아니건만 왠지 모르게 이 비가 오늘은 원망스럽다.

"모두 준비!"

그렇게 거친 빗줄기 아래에서 시작된 산악 체력 훈련. 훈련병들과 간부들은 각 잡힌 동작으로 빗줄기를 뚫고 산을 오르기 시작했다.

"아아아아악!"

녹음이 짙푸르게 우거진 숲 속에 남자들의 거친 신음 소리가 울려 퍼졌다. 경사가 진 오르막 산길을 타이어를 끌면서 올라가는 병사들의 얼굴은 한없이 일그러졌다.

"더 빨리! 더 빨리 하란 말이야!"

다른 병사들에 비해 한참 앞서 있는 한단아 소위의 입에서도 거친 고함 소리가 나왔다. 앞에서 소대원들을 이끌고 있는 그녀는 거침없이 훈련병들을 몰아붙이기 시작했다.

"이를 악물고 참아! 빨리! 더 빨리 뛰어!"

그들의 고통스러워하는 모습이 안타까웠지만 그녀는 더욱 그들을 채찍질했다. 그녀의 소속 훈련병들이 모두 그녀가 있는 곳에 당도하자 그녀는 쉴 시간도 주지 않은 채, 다시 산속을 헤쳐 나가기 시작했다.

사사삭. 사사삭.

그녀의 민첩한 몸은 거침없이 산속을 헤집었다. 온몸에서 끊임없이 땀방울들이 흘러내렸다. 수색대가 되기 위해선 민첩한 행동과 강한 체력이 기본. 육사에서 쌓아 뒀던 그녀의 기본 체력과 민첩한 행동이 빛을 발했다.

하지만 그녀에게도 오늘 훈련이 쉬운 건 아니었다. 강류욱 중대 장에게 부족한 모습을 보이고 싶지 않은 오기에, 거친 숲 속을 헤치며 이를 악물고 달리고 또 달렸다.

거친 빗줄기가 점차 옅어지면서 시야는 어느 정도 확보가 되었지만 질척해진 길은 그들의 발을 더욱 무겁게 만들었다.

사실 그녀는 간부였기 때문에 이렇게까지 할 필요는 없었다. 하지만 그에게 보여 주고 싶었다. 자신도 당당한 군인이라고, 자신을 만만하게 보지 말라고 그에게 보여 주고 싶었다.

덕분에 그녀의 채찍에 죽어 나가는 것은 그녀의 훈련병들이었다. 평상시에 그녀는 분명 훌륭한 간부였다. 훈련 때는 엄격하지만 공평하게 지시하였으며 생활관에서는 어느 누구보다도 따뜻하게 그들을 감싸 주었다.

그런데 오늘은 그녀가 달랐다. 어린 훈련병들은 그녀가 자신들을 천리행군에서 낙오되지 않게 하기 위해서 노력하고 있다고 생각하고 그녀를 원망하기보다는 더욱 이를 악물고 뛰었다. 그들을 따뜻하게 감싸 주는 상관에 대한 예우이자 존경하는 마음의 표시였다.

"조심히! 더 힘을 내서 꼭 정상에 제일 먼저 당도하자!"

단아의 음성이 숲 속을 가득 메웠다.

"네!"

단결된 병사들의 음성이 뒤따랐다. 거칠어지는 숨결 속에 단아는 더욱 세게 주먹을 쥐고서 앞을 향해 무거운 발걸음을 옮겼다. 덕분에 한단아 소위가 이끄는 조원 열다섯 명은 그날 체력 훈련에서 제일 먼저 정상에 도착하는 쾌거를 이루어 냈다.

정상에 모두 도착하자, 훈련병들과 간부들은 모두 조를 이루어 점심 식사를 준비했다. 훈련 중에 먹는 식사는 역시 발열식 전투식량이었다. 부사관인 호철과 혜민은 흐르는 땀방울을 닦지도 못하고 중대장의 점심을 챙겨서 그에게 다가갔다.

"중대장님. 여기 점심 식사 가지고 왔습니다."

"모두 앉지."

무표정의 류욱은 감정 없이 대답했다. 그의 주변에 있는 인물들은 그의 냉담한 태도에 익숙한 듯 자신의 전투식량을 발열시키느라 분주했다.

그 옆에서 호철만이 부산스럽게 주변을 두리번거렸다. 왠지 모르게 그가 신경이 쓰인 류욱이 호철을 주시하였다. 저 입에서 불쾌한 단어가 튀어나올 거 같다고 생각한 순간.

"한단아 소위님은 어디 계십니까?"

한단아란 이름에 반응하듯 류욱의 어깨가 움찔거렸지만 아무도 눈치를 채지 못했다.

체력 단련실에서의 일이 있은 후 그녀는 그를 무시하고 있었다. 마주칠 때마다 인사는 했지만 눈빛은 그를 바라보고 있지 않았다. 거슬렸다. 매우 거슬렸다.

자신의 눈앞에 어슬렁거릴 때도 거슬리더니 자신을 피하는 듯한 그녀는 더욱 거슬렸다. 게다가 알 수 없는 초초함이 그를 급습했다.

그의 상태를 알 길 없는 혜민은 자신의 전투량을 뜨면서 무심하게 대답하였다.

"소위님께서는 소대원들인 훈련병들과 드신다고 했어."

"아, 그러셨습니까. 안타깝습니다. 여기서 같이 드시면 참 좋을 텐데."

"소위님께서 워낙 훈련병들 챙기는 성격이시잖나. 얼른 우리도 식사하자고. 아! 그런데 오늘 진짜 한단아 소위님 다시 봤어. 여자인데도 체력이 대단하시더라고."

"맞습니다. 정상에 제일 먼저 도착하지 않으셨습니까. 대단하십니다. 정말로 존경스럽습니다."

"아! 중대장님, 대대장님께서 오늘 저녁에 소대원들과 회식을 하신다고 합니다."

전투식량을 발열시키던 류욱의 날카로운 눈매가 혜민을 바라보았다. 부글거리고 생각 많은 머릿속과 달리 그의 표정에는 아무것도 드러나지 않는 무표정이었다. 무서운 포커페이스 능력이었다.

"회식?"

굳어지는 그의 속마음과 달리 혜민은 기대된다는 듯이 목소리가 한 단계 높아졌다.

"네! 한단아 소위님과 유준수 소위님의 환영식 겸 해서 회식을 열어 주신다고 합니다."

"오늘 저녁 7시부터라고 합니다. 저희는 내려가자마자 회식 준비로 바쁠 거 같습니다."

류욱은 그저 고개를 끄덕였다. 류욱이 이 이야기에 관심을 끊자 혜민과 호철은 회식에 대한 기대로 시끄럽게 떠들기 시작했다.

"그래도 오래간만에 알코올을 마셔 보겠구나. 하아, 이게 얼마만이냐? 이렇게 체력 훈련한 후에 먹으면 바로 갈 텐데."

"맞습니다. 하하하."

그들의 대화는 무시한 채 류욱은 그저 묵묵히 밥알을 씹어 넘겼다. 밥알이 까슬까슬한 혀 위로 넘어갔다. 씹고 쌈키는 기계적인 일련의 행동이 그에겐 아무런 느낌을 주지 못했다.

무심결에 고개를 들었다가 멀리서 소대원들과 앉아 밥을 먹는 그녀를 발견했지만 그는 냉철하게 고개를 돌렸다. 사고를 지운다. 달라질 건 없었다. 그저 신경에 거슬리는 여자 하나가 생긴 것뿐이었다. 좀 더 시간이 지나면 없어질 흥미거리 그 이상은 아니리라.

"수색!"

하늘을 뚫을 듯한 함성과 함께 몇 백 잔의 종이컵을 치켜들었다. 작은 종이컵 안에는 시원한 맥주가 넘칠 듯 담겨 있었다.

"캬악! 시원하다."

힘들었던 산악 훈련 후에 먹는 시원한 맥주는 목을 넘어가자마자 아찔한 감각을 주었다. 온몸의 세포들이 민감한 반응을 일으켰다. 온몸으로, 손끝과 발끝까지 전율이 퍼져 나갔다. 역시 이 맛이야. 오래간만에 느껴 보는 알코올의 짜릿한 감각에 단아는 부르르 몸을 떨었다.

"아아! 너무 좋습니다!"

"소위님, 오늘 고생 많으셨습니다. 제가 한 잔 드리겠습니다."

"감사합니다!"

호철의 기분 좋은 권유에 단아는 넙죽 그에게 컵을 내밀었다. 하얀 거품이 넘칠 듯 맥주가 담긴 잔을 단아는 한 번 더 시원하게 비웠다. 시원하도다. 저절로 휘어지는 반달눈이 그녀의 기분을 고스란히 드러냈다.

"저희 범호 수색대대로 오신 것을 환영합니다!"

"저도 환영합니다!"

호철과 혜민의 환영 인사가 끝나자, 옆에 있는 까까머리 훈련병들도 연신 단아에게 환영 인사를 해 주었다. 단아는 귀여운 훈련병들의 머리를 쓰다듬어 주며 맥주를 한 잔씩 따라 주었다.

"소위님의 잔을 받게 되어 영광입니다. 감사합니다!"

"그래그래. 고맙다."

한 훈련병의 잔에 술을 따라 주고 인사를 주고받은 뒤 몸을 돌리던 그녀의 눈에 가장 끝자리에 있는 박근호 이병이 들어왔다. 이곳으로 자대 배치받은 지 삼 일이 된 새내기 훈련병이었다. 신입인만큼 군기가 바짝 들어서 주변 눈치 보기에 바쁜 모습이 귀여웠다.

하지만 단아의 눈길을 사로잡은 이유는 따로 있었다. 그녀와 비슷한 나이인 것이 분명한데도 유독 순박한 시골 소년같이 순진한 생김새와 어리버리한 모습이 그녀의 마음을 끌었다. 단아는 맥주캔을 들고서 박근호 이병에게 다가갔다.

그녀가 다가서자 당황했는지 얼굴이 붉어진 박근호 이병이 허둥지둥 관등성명을 댔다.

"이, 이병 박……박근호!"

허둥지둥대는 모습이 어린아이같이 귀여웠다. 동생 같은 모습에 단아의 입꼬리가 올라갔다.

"관등성명 안 해도 된다. 오늘 힘들었지? 내 잔 한 잔 받아라."

"네!"

두 손으로 깍듯하게 잔을 내민다. 단아는 시원한 맥주를 넘칠 듯 담아 주었다.

"마셔."

"네!"

근호가 고개를 돌리고 마시더니 그녀에게 잔을 내밀었다. 그녀가 잔을 잡자 근호가 허리까지 살짝 숙이고서 정중하게 술을 따라 주었다. 피식. 단아는 깍듯한 훈련병의 모습을 바라보며 웃지 않기 위해 어금니를 물었다.

불안하게 흔들리는 눈빛과 얼어 있는 동작이 귀엽게 비쳐졌다. 저렇게까지 굳어 있을 필요가 없는데. 살짝 안쓰러운 마음도 들어 단아는 조금이라도 마음을 편하게 해 주기 위해 말을 걸었다.

"나이는 어떻게 되나?"

"올해 스물입니다."

"그러면 고등학교 졸업하자마자 들어왔나?"

"네. 그렇습니다."

"나랑은 세 살 차이 나네."

단아의 대답에 근호가 살짝 눈을 들어 단아를 바라보았다. 그녀와 눈이 마주치자 근호가 얼굴이 홍당무와 같이 붉어지며 그녀에게 머리를 숙였다.

"죄, 죄송합니다!"

단아의 볼이 움찔움찔 움직이더니 결국 참지 못하고 웃음이 터져 버렸다.

"하하하하."

단아는 손으로 입을 가리고 고개를 숙였다. 터져 나오는 웃음에 광대가 아플 지경이었다. 그녀의 웃음에 근호가 당황했는지 빨갛게 달아올라 허둥지둥대는 모습이 밤톨같이 귀여웠다.

"하하하! 너…… 너 진짜……."

"소, 소위님."

얼마나 상관들이 군기를 잡았을지 이해는 간다. 군대의 생명은 군기이며 군기가 나태해지면 군대는 무너지는 것이니까. 하지만 단아는 훈련병들에게 어느 정도의 온기는 나누어 줄 필요가 있다고 생각했다.

강하게만 조이면 결국에는 부러지는 법. 부드럽게 만들어 부러지지 않게 하는 것도 상관의 책임이라고 그녀는 생각했다.

"아니야, 아니야. 혼내는 거 아니니까 주눅 들지 마. 내 나이가 소대장치고는 좀 어리지? 그래도 나 만만하게 보면 안 된다."

그녀가 장난스럽게 근호를 흘겨보았지만 근호의 반응은 즉각적으로 나타났다. 근호는 두 손을 허공에 대고 흔들면서 그녀에게 적극적으로 해명을 하기 시작했다.

"제, 제가 어떻게 그, 그런 마음을 먹겠습니까!! 절대, 절대 아, 아닙니다!! 다, 다만……생각보다 어, 어리셔서 놀랐을 뿐, 뿐입니다!"

말을 더듬어 가며 열심히 해명하는 모습에 단아는 또 피식 웃었다. 볼수록 순진하고 귀여운 놈이다. 모든 소대원들에게 공평하게 대해야 하지만 유독 어려 보이는 외모와 미숙한 행동이 그녀의 눈길을 끌더니 직접 얘기를 나누어 보니 더욱 정이 가기 시작했다.

단아는 그녀와 눈도 못 마주치고 땅을 바라보고 있는 근호를 따뜻하게 바라보았다. 그녀에게 동생이 없지만, 만약 동생이 있다면 이런 동생이면 좋겠다 생각했다. 이런 동생이 있다면 행복할 거 같았다.

문득 하늘로 먼저 간 둘째오빠 단우가 그리워지기 시작했다. 밤 하늘을 올려다보는 그녀의 얼굴 위로 깊은 슬픔이 스쳐 지나갔다. 우리가 평범한 가정에서 태어났다면 오빠와 이렇게 일찍 헤어지지 않았을까?

단아는 좀처럼 회식 분위기에 동조를 할 수가 없었다. 벌써 한쪽에선 노래방 기계를 가지고 와서 신명나게 노래 한 마당이 열리고 있었다.

차가운 공기가 한층 더 가깝게 그녀에게 다가오는 듯 한기가 온 몸에 돌았다. 미적지근해진 맥주가 싫어진 단아는 아예 소주를 한 병을 들고서 회식 자리를 빠져나왔다.

이제 더 이상 주변에 있는 사람들의 눈치를 볼 필요가 없다 생각이 되자, 마음이 풀어지고 몸이 풀어지며 술기운이 오르기 시작했다.

"하아."

밤의 서늘한 바람이 그녀를 살짝 스치고 지나갔다. 쏟아질 듯 가득한 별무리를 바라보며 단아는 인적이 드문 부대 내 산책로를 오르기 시작했다. 점점 어두워지는 풍경과 술기운에 기분이 들뜨고 몸이 하늘 위를 걷는 듯이 가벼워지기 시작했다. 취기가 오르고 있다는 것을 알았지만 그녀는 머릿속에 떠오르는 많은 생각들을 지우며 마냥 걸었다.

'나무 위로 올라가고 싶다.'

술에 취한 것을 알게 되자 단아는 혼자서 피식 웃었다. 그녀의 술버릇은 무엇인가에 올라타는 것. 주변에 사람이 있다면 그 사람에게 업혔고, 집에 오는 길에 술에 취하면 그녀는 근처에 있는 나무를 타고 올라갔다.

어릴 적부터 호신술로 배운 태권도와 검도 덕분인지 그녀는 유독 나무를 잘 올라갔다. 어릴 적에는 치마를 입고서도 나무에 올라가 있는 그녀를 보고서 오빠들이 사색이 된 것이 한두 번이 아니었다.

어렸을 때 곧잘 타던 나무는 성인이 되어서는 아무래도 올라가는 일이 줄어들었다. 그래서인지 술에 취할 때면 저도 모르게 나무든 어디든 오르는 버릇이 생긴 모양이었다.

그리고 그 버릇은 작은오빠가 하늘로 간 이후, 더 자주 나타났다. 나무 위로 올라가면 좀 더 오빠에게 다가가 있는 거 같은 생각이 들었던 것이다. 오늘도 나무에 올라가야 하는 날인가 보다. 그녀는 올라갈 나무를 찾아 주변을 두리번거렸다.

올라갔을 때 하늘이 잘 보일 만큼 높고 튼튼한 그녀만의 나무를 찾았다. 좀 더 걷다 보니 높은 은행나무가 보였다. 히죽. 단아는 다시 혼자서 웃었다.

까만 밤하늘을 든든하게 받치고 있는 은행나무가 마음에 든다. 작은 나무 의자 옆에 있는 은행나무 위로 단아는 척척 올라갔다. 술기운에 몸이 마음대로 움직여지가 않아 손이 까지고 팔꿈치가 쓸렸지만 그녀는 개의치 않고 묵묵하게 나무를 올라갔다. 앉을 만한 위치에 다다르자 그녀는 편하게 자리를 잡았다.

"하아. 좋네."

푸른 잎들 사이로 밤하늘이 가까이 그녀에게 쏟아졌다. 단아는 품속에 넣어 뒀던 소주 한 병을 꺼내 마시기 시작했다. 처음엔 알

싸하게 느껴지던 소주가 마치 물에 탄 듯 아무런 맛이 나지 않았다.

"아아. 달다, 달아."

그녀의 주량의 적정선은 이미 넘어 있었지만 그녀는 그저 밤하늘에 취해 버려 소주를 마셨다. 그러자 눈앞에 그리웠던 오빠의 모습이 보였다.

"오빠."

시원하게 다가오는 상쾌한 공기를 한 모금 마셨다. 그런데 애틋하게 바라보던 오빠의 모습이 사라지고 불쾌한 강류욱의 얼굴이 눈앞에 나타났다. 항상 그녀에게 호통만을 치는 무서운 사람. 자신을 싫어하는 사람. 자신을 경멸하는 사람.

"나 잘하고 있는 걸까?"

단아는 오빠에게 물었다. 정말 지금 자신이 이 길을 걷고 있는 것이 잘하고 있는 것일까. 이 마음을 어떻게 해야만 하는 것일까. 오빠의 염원처럼 훌륭한 군인이 될 수 있을까.

단아의 볼 위로 투명한 눈물이 흘러내렸다. 그동안 참아 왔던 울분이었다. 심장이 두근거리는 소리가 들려왔다.

혼란스럽다. 그녀는 생각했다. 뭔가가 달랐다. 그날 이후로 그를 제대로 바라볼 수가 없었다. 그녀를 싫어하는 사람인데 그를 싫어할 수가 없다.

생소한 감정. 알 수 없는 슬픔이 군인으로서의 자신보다 여자로서의 자신을 먼저 의식하게 했다. 그에게 받는 불호령도 군인으로서 상관에게 받는 질책이다 생각하면 되는 일이건만 그녀는 남자 대 여자로 그를 생각하고 있었기 때문에 상처가 되었다.

"하아. 이러면 안 돼. 정신 차리자."

단아는 고개를 거칠게 흔들었다. 하지만 그 남자의 눈빛은 쉽게 사라지지 않았다. 베일 듯 날카롭게 번뜩이던 눈빛으로 그녀를 바라봤었다. 어떻게 사람을 그렇게 바라볼 수 있을까. 온몸의 세포가 얼어붙는 생각마저 드는 눈빛. 자신의 무엇이 그를 그렇게 불쾌하게 만드는 것일까. 하지만 단아는 이내 다시 거칠게 고개를 흔들었다.

자신이 이곳에 온 이유는 하나다. 오빠의 염원을 이루어 주는 것, 그녀는 그것만 생각해야 했다. 이곳에서 무사히 복무를 마쳐야만 했다. 그러니 잡다한 감정 소비는 금물.

여자라는 굴레를 안고 이곳에서 살아남기 위해서는 한 가지의 밉보이는 감정도 큰 약점이 될 수 있었다. 단아는 여자로서 생겨나려고 하는 감정의 싹을 그대로 끊어 버렸다. 남은 소주를 왈칵 그대로 입속으로 쏟아 넣어 버렸다.

"크읔. 쓰다, 써."

소주의 맛이 이제는 쓰게 느껴졌다. 왜인지는 모르겠지만 마음이 쓰니 술조차도 더 쓰게 느껴지는 듯했다. 몽롱하게 느껴지는 기분에 단아는 그대로 눈을 감았다.

그래도 몸이 날아갈 듯 가벼워지는 느낌과 서늘하게 불어오는 바람에 그녀의 입가가 예쁘게 올라갔다. 기분이 갑자기 좋아지기 시작했다.

그의 시선은 언제나 그녀를 찾았다. 멀리 있으나, 가까이 있으나 그의 눈은 그녀를 좇았다. 그렇게 크게 호통을 치면서 자신의 주변에 어슬렁거리지 말라고 하였으면서도 입에서 나온 말과 다르게 그의 눈빛은 한시도 쉬지 못하고 그녀를 찾았다. 그것은 통제력을 잃어버린 행동이었다. 자신이 자각하기도 전에 그의 눈이 저절로 그녀를 찾고 있었다.

눈앞에 안 보일 때에는 손바닥에 땀이 맺힐 정도로 조급함이 느껴졌고, 눈앞에 보일 때에는 주변에 득실거리는 하이에나들의 모습이 그의 심기를 어지럽혔다.

그는 한시도 놓치지 않고 그녀를 살폈다. 가까이에 있을 순 없었지만 훈련에서 자신을 혹독하게 학대하는 그녀를 보면서도 그는 그저 아무런 행동도 할 수 없었다.

일 등으로 훈련을 마친 그녀에게 잘했다 한 마디 해 줄 수도 있지만 그는 그러고 싶지가 않았다. 군인으로서 당연한 모습이건만 무리하게 훈련하는 그녀의 행동은 그 나름대로 그의 심기를 어지럽혔기 때문이다.

뜨거운 햇볕 아래 거칠게 숨 쉬는 그녀의 숨소리가 마치 옆에서 들리는 것처럼 크게 다가와 그를 괴롭혔다. 사소한 모든 것이 그를 민감하게 만들었지만 그는 그녀를 어떻게 대해야 할지 알 수가 없었다. 그래서 그는 그저 묵묵히 바라만 보았다. 그녀의 뒤를 쫓았고 그녀의 목소리만을 들었다.

그러던 중, 회식 자리에서 몰래 빠져나가는 그녀의 등이 그의 시선에 포착되었다. 류욱은 그러면 안 되는 것을 알지만, 난생처음 대대장님께 거짓말로 피곤하다는 핑계를 대고서 그 자리를 빠져나오고 말았다.

어두운 숲길로 들어서는 모습에 그의 눈길이 날카롭게 번뜩였다.

여자가 겁도 없이 혼자서 돌아다니는 대담함에 그는 화가 났다.

이곳은 부대 안이다. 간호 장교 몇을 빼고는 온전한 남자들의 장소인 것이다. 남자들이 득실거리는 소굴에서 저렇게 막무가내로 다니는 그녀의 모습에 화가 나면서도 조급함이 들었다.

혹시나 그녀가 사라지는 방향을 누가 보고 따라가지나 않을까 그는 급하게 그녀의 뒤를 따랐다. 하지만 어느새 그녀는 시야에서 사라져 버렸다. 어두워진 숲길에서 그녀를 찾기란 쉽지가 않았다. 그는 예민하게 발달된 감각으로 세심한 소리에 귀를 기울이기 시작했다.

어디선가 물건이 떨어지는 소리가 들렸다. 류욱은 그곳으로 달리기 시작했다. 하지만 그곳에는 소주병 하나만이 바닥에 뒹굴고 있을 뿐, 사람의 흔적은 찾을 수 없었다. 류욱은 거칠게 머리를 쓸어 올렸다.

평소와 다름없던 그의 모습이 조금씩 흐트러지고 있었다.

'도대체 어디로 간 거야!'

방금 그 소리가 술병이 바닥에 떨어진 소리였다면 이 주변에 있다는 것이건만 도저히 그녀의 모습이 보이지 않는다. 그 순간 우지끈하는 나뭇가지 부러지는 소리가 났다. 류욱의 고개가 저절로 위로 향했다.

위를 바라 본 그의 미간이 일그러지고 굵고 검은 눈썹이 급속도로 치켜 올라갔다. 굵은 눈썹 아래 눈빛이 더욱 사납게 번뜩였다.

'저 여자가, 정말.'

류욱은 으드득거리며 이를 갈았다. 은행나무의 가지 위에 단아가 걸터앉아 있었다. 어떻게 저기에 올라간 것인지 생각할 겨를도 없었다. 그는 반사적으로 손을 뻗었다. 키가 큰 그의 눈높이 정도 되는 높이에 앉아 있는 그녀는 나무 줄기에 기대어 잠들어 있었다. 도대체 어떻게 저 위에서 태평하게 잠을 잘 수 있는 것인지 그는 이해할 수 없었다.

미치겠다. 그녀의 무게에 나뭇가지가 휘어지고 있는 것도 모르고 자고 있는 모습에 점점 화가 몰려왔다. 도대체 제정신이란 말인가!

류욱은 그녀의 다리를 흔들며 깨우기 시작했다.

"한단아! 일어나! 일어나라고!"

하지만 그녀는 요지부동. 저절로 한숨이 새어 나온다. 류욱은 심장이 새까맣게 타들어 가고 있는데 단아는 아직도 잠에서 깰 생각이 없어 보였다.

거친 말투와 다르게 그는 그녀가 떨어질까 봐 조마조마해져 심장이 두근거리기 시작했다. 얼른 그녀를 내려야 한다. 류욱은 그녀의 허리에 팔을 둘렀다. 그리고 조심스럽게 끌어당겨 그녀의 몸이 이쪽으로 기울어지게 했다.

그런데 그 순간, 이상한 감각에 단아가 눈을 번쩍 떴다. 나무 위에서 잘 자고 있던 몸이 옆으로 기울어지고 있었다! 단아가 놀라 몸부림치다 자신을 받치고 있던 류욱의 머리를 부둥켜 안았다.

"어어?"

털썩!

물컹한 감촉이 얼굴을 덮치자 그는 그대로 중심을 잃고 그대로 뒤로 넘어지고 말았다.

"으윽."

온 세상이 한 바퀴 돌아 그를 덮쳤다.

말랑. 넘어지면서 느낀 고통보다 얼굴에서 느껴지는 말랑한 감촉과 몸 위에서도 느껴지는 부드러운 느낌에 류욱은 단아의 허리를 안은 채 그대로 굳어지고 말았다. 자그마한 몸체가 그의 품에 온전히 안겨 버린 꼴을 인식하자마자 그의 사고가 굳어져 버렸다.

"으, 으윽……."

단아는 넘어지는 충격에 정신을 차리고 딱딱한 물체를 짚고 고개를 들었다. 그런데 손으로 짚은 게 뜨겁고 딱딱한 것이 땅바닥은 아닌 것 같았다. 손바닥 아래가 거세게 두근거리는 듯한 감각을 느끼며 그녀는 고개를 내렸다.

그리고 딱 마주친 눈빛에 단아도 그대로 굳어지고 말았다. 왜 눈앞에 그의 얼굴이 보이는 것일까? 내가 지금 꿈을 꾸고 있나? 내가 그를 보고 싶어 하니까 꿈속에 나타난 것일까?

하나로 묶어 놓은 머리가 바람에 사르락거리며 풀려 버렸다. 그녀의 머리카락이 두 사람의 시야를 가리듯이 아래로 쏟아져 내렸다.

가까이에서 바라본 그의 눈빛은 더욱 뜨거웠고 깊고 오묘했다. 그녀의 모든 감각을 끌어당기는 마성의 뜨겁고 거친 눈빛. 아득해지는 감각이 그녀를 뒤덮었다. 빠져들 듯 관능적인 그의 날카로운 눈빛에 단아는 숨을 쉴 수가 없었다.

술기운에 현실감각이 사라진 단아는 눈앞의 얼굴에 손을 대 보았다. 역시나 하늘은 그녀의 편인가 보다. 그를 꿈속에서나마 보고 싶다고 소원을 빌었더니 이루어진 것이다.

여전히 살아 있지 않은 것 같은 피부의 차가운 감각. 그를 조금 더 느껴 보고 싶은 간절한 염원과 지금 꿈을 꾸고 있는 것이라는 생각이 그녀를 용감하게 만들었다.

"살아 있는 거죠?"

항상 그에게 물어보고 싶었다. 살아 있는 따뜻함이 느껴지지 않는 그의 눈빛과 얼굴은 그녀를 고통스럽게 만드는 것이었다. 술기운으로 마음속에서 가둬 두었던 둑이 무너졌다. 그녀는 그의 눈빛을 바라보며 손가락을 들어 그의 얼굴에 대었다.

반듯하게 깎아진 이마부터 검고 굵은 눈썹, 높고 반듯한 코로 그녀의 손가락이 부드럽게 움직였다. 하지만 역시 꿈인 듯 그는 움직이지 않았다. 꿈이다. 그래도 좋다.

단아는 몽롱해지는 정신에 좀 더 그를 자세히 느끼기 위해서 두 손으로 소중하게 두 볼을 감쌌다. 그러자 살짝 일그러지는 그의 입술이 보였다.

입술. 얇고 길게 다물어진 입술을 단아는 엄지손가락으로 만져보았다. 솜사탕같이 부드럽다. 먹어 보고 싶다. 드는 생각은 딱 하나였다. 저 날카롭고 빈틈없는 남자의 입술은 무슨 맛일까. 자신에겐 절대 주지 않을 입술을 꿈속에서만이라도…….

단아는 조심스럽게 입술만을 바라보며 다가갔다. 그녀의 심장이 지축을 울리듯 거세게 떨리기 시작했다.

두근두근. 흐릿한 시야 속에 오롯하게 그의 입술만이 보였다. 딱 한 번만. 딱 한 번만.

"딱 한 번만."

내쉬는 숨결이 뜨거워진다. 조심스럽게 다가온 뜨거운 입술과 돌과 같이 차가운 입술이 만났다. 닿을 듯 말 듯 닿은 두 입술은 약속이나 한 듯이 모두 숨을 죽였다.

그 순간, 단아의 허리를 잡아 당기는 악력에 두 입술이 진하게 맞물려 서로의 숨결을 고스란히 느끼기 시작했다.

아아. 머리가 어지러울 만큼 부드럽다.

단아는 그대로 그녀의 체중을 실어 그의 입술을 느꼈다.

거칠고 차가운 눈빛을 가진 그의 입술은 이런 맛이구나. 솜이불에 누운 듯 포근함이 그녀를 감싼다. 좋다. 너무 좋다. 그녀의 심장이 거세게 두근거리기 시작했다. 그녀의 입가에 잔잔한 미소가 감돌기 시작하자 눈을 감은 두 남녀의 몸은 정확하게 맞물렸다.

'나 이 사람이 좋아.'

가질 수 없는 사람. 그래서 더 가지고 싶다.

욕심이 나는 그를 이렇게 꿈에서만이라도 얻을 수 있다는 안도감이 들어 단아의 길고 예쁜 속눈썹이 파르르 떨렸다.

잠이 온다. 뭔지 알 수는 없지만 미묘한 온기가 온몸으로 퍼져 그녀의 마음을 다독이기 시작했다. 살짝 감긴 눈가로 투명한 눈물 한 방울이 떨어져 내렸다.

졸리다. 이 느낌, 계속 느끼고 싶은데……. 이 순간을 영원히 기억하고 싶고 계속 그를 느끼고 싶건만 서글픈 마음을 다잡고 나니 그녀의 의지와는 상반된 졸음이 그녀를 덮치기 시작했다.

내 심장 소리가 이렇게 큰 걸까. 알 수 없는 두근거리는 감각을 느끼며 그녀는 깊은 잠 속으로 빠져들었다. 바람이 불어와 그들을 감싸 주었다. 마치 허공에 뜬 구름과 같이 그 순간은 그대로 정지해 버렸다.

✱

커튼이 모두 쳐져 있는 어두운 거실 한가운데에 구릿빛 관능적인 몸을 가진 남자가 하얀 매트리스 위에 엎드려 있었다. 커튼 틈으로 비쳐 오는 어렴풋한 붉은 빛이 그의 얼굴 위로 가느다란 줄기가 되어 비쳤다.

거실을 가득 채우고 있는 짙은 어둠 사이로 비친 작은 빛줄기에 그의 눈꺼풀이 번뜩 열렸다. 작은 빛줄기조차도 거슬린다.

그가 가질 수 없고, 그가 갈 수 없는 곳.

그의 동공에는 아무런 빛이 스며들지 못한 듯 깊게 가라앉았다. 반들반들 윤기가 나는 검은 대리석 바닥으로 된 넓은 거실에는 몇 안 되는 가구만이 놓여 있어 삭막했다. 사람이 살지 않는 것 같은 차가운 분위기가 주변을 메웠다.

이불이 미처 가리지 못해 드러난 그의 등은 넓고 탄탄했다. 가느다란 실루엣과 달리 움푹 파인 허리 라인과 세세한 근육으로 뒤덮인 팔과 몸이 조각같이 색스러웠다.

커튼 사이로 들어오는 붉은 빛을 피하기 위해 거칠게 고개를 돌리니 그의 미세한 잔근육들이 움직여 남성미를 한 없이 뿜어냈다.

"제발!"

미칠 듯이 괴롭다. 숨이 조이도록 답답한 가슴이 그를 짓누른다. 무엇이 그렇게도 그를 괴롭히는 것일까. 잭은 움켜쥔 주먹으로 매트리스를 거칠게 내려쳤다.

그것으로는 화가 풀리지 않는 듯 벌떡 일어났다. 상체를 따라 얇은 실크 이불이 스르륵 흘러 내려갔다. 흘러내린 이불을 그대로 밟고 일어난 그는 매트리스를 내려와 한 번에 회색 커튼을 열어젖혔다. 해가 뜨는 듯 불그스름한 빛이 넓은 창가로 쏟아져 들어왔다.

갑자기 튀어나오는 기억 속의 흔적. 미칠 것같이 떨어지지 않는 생각을 눈빛으로 끊어 버리기라도 할 듯이 그는 붉은 태양을 맹렬하게 노려보았다. 사라져. 제발.

점점 떠오르는 해가 뿜어내는 빛이 온몸을 감쌌다. 깊이를 알 수 없는 눈동자가 붉게 오르기 시작하는 햇빛을 쏘아보았다. 하지만 결국 그는 눈을 감고 한숨과 함께 큰 손으로 얼굴을 쓸어내렸다. 짜증스러운 탄식이 자신도 모르게 흘러나왔다.

"하아."

신음 소리는 탁하고 거칠다. 마음속의 충동적인 감각 하나가 그의 모든 감각을 고통스럽게 만들었다. 허스키한 낮은 목울림이 다시 울렸다.

날카로운 눈매가 한층 더 깊고 날카롭게 번뜩였다. 한숨도 잠을 못 잔 듯이 그의 얼굴은 푸석하고 거칠었다. 커튼을 다시 쳐 버린 그는 그대로 화장실로 들어가 샤워 부스 안에서 물을 틀었다. 여전히 뻐근하게 뒤틀리는 듯한 허리의 고통이 남아 있었다.

내려다보는 시선 아래 검붉은 그의 분신이 자신의 위용을 한껏 뽐내고 있었다. 하지만 그 모습은 마치 벌레를 보듯 경멸스럽게 느껴진다. 그는 차갑게 고개를 돌려 버린다. 선명한 살기가 그의 얼굴 위로 스쳐 지나가는 것을 어쩌지 못했다.

차가운 물줄기 아래 그의 온몸이 젖어 갔지만 그는 미동도 없이 모든 물줄기를 그대로 맞았다. 얼음같이 차가운 물의 온도에 점차 입술이 파랗게 질려 갔다. 얼굴로 센 물줄기를 받으며 용광로와 같이 뜨겁게 달구어진 몸을 식힌다. 밤새 그의 이성과 다르게 달아올랐던 몸이 순식간에 식어 가기 시작했다.

싫다. 돌아 버릴 정도로 싫다. 하지만 그는 방법을 모른다. 어떻게 해야 하는지. 어떻게 이 마음을 받아들여야 하는지.

온몸이 차갑게 식어 갔다. 그대로 모든 것을 잊고 싶다. 겉모습만 인간이던 허무한 존재에서 감정을 아는 뜨거운 남자로 바뀌려고 하는 자신의 변화에 그는 굴복하지 않았다. 그는 자신의 내면을 다시 냉정한 가면으로 감추어 버렸다.

✳

"으윽."

깨질 듯한 두통에 단아는 고개를 들어 주변을 둘러보았다. 아아, 내가 왜 여기에 있는 거지? 생각을 하기 시작하자 다시 두통이 몰려왔다.

"아, 정말."

단아는 두 손으로 머리를 받치며 생각을 하려고 노력했다. 여기는 부대 밖에 있는 간부들의 숙소였다. 여자인 덕분에 혼자서 쓰는 그녀의 방이었다. 내가 어떻게 여기에 왔지?

기억은 나무 위에 올라가서 잠이 든 것까지가 다였다. 그리고 꿈. 나무에 올라가서 꾸었던 꿈이 어렴풋이 떠오르자 다시 심장의 울림이 들리기 시작했다.

두근두근. 달아오르는 얼굴에 그녀는 무릎 사이로 고개를 묻어 버렸다.

"정말 미치겠다."

그의 긴 목덜미와 바람결에 흘러내린 머리카락 사이로 보이던 그의 우물같이 깊은 눈동자. 거친 쇠같이 딱딱하고 차가운 그의 얼굴.

하지만 그만큼 숨 막히도록 멋있던 그의 입술이 차례대로 머릿속을 스쳐 지나갔다. 저절로 단아의 손가락이 입술로 다가갔다.

그의 촉감. 꿈이었지만 선명하게 느껴질 만큼 부드럽고 촉촉하고 뜨거웠던 그의 입술. 그리고 그 사이로 느껴지던 서늘하고 매혹적이던 숨결. 단아의 온몸이 저절로 달아올랐다.

어떻게 꿈만으로도 이런 기분이 들 수 있을까? 부끄러워지는 마음에 온몸을 꼬아 댔다.

"아! 정말 내가 미친 것이 분명해."

손바닥으로 철썩철썩 두 볼을 두드렸다. 어느새 볼이 뜨거워져 있었다. 그를 떠올리는 것만으로 몸이 나른해지며 심장 속에서 피어오르기 시작하는 몽글몽글한 기분 좋은 감정에 단아는 벌떡 자리에서 일어났다.

이러면 안 된다. 이러면 안 된다, 하고 되새기지만 하루가 다르게 커져 가는 그에 대한 마음은 그녀도 어쩔 수 없는 일임에 분명했다.

하지만 이곳은 군대. 단아는 두근거리는 마음을 다잡았다. 다시 여자가 아니라 군인으로 돌아가야 할 시간이었다. 짝사랑을 하는 여자이지만 군인으로서 그것은 숨겨야 할 감정이다. 그녀는 다시 군인으로 돌아가기 위해 준비를 하기 시작했다.

모든 준비를 마치고 나서 그녀는 거울 앞에 섰다. 단정하게 입은 군복과 군화를 한 번 훑어본 후 잔머리가 나오지는 않았는지 마지막으로 확인했다. 반듯한 둥근 이마와 잘 그린 눈썹에 오뚝한 코가 유독 오늘따라 빛나 보였다.

평상시에는 간단하게 눈썹 정리를 하고 선크림, 메이크업베이스 만을 발랐지만 창백해 보이는 입술이 신경이 쓰이는지, 연한 핑크 빛 립글로즈를 들어 톡톡 입술에 두드렸다.

창백하던 입술에 단순히 립글로즈만 살짝 발랐을 뿐인데, 금방 얼굴색이 피면서 도톰한 입술이 반짝반짝 빛났다.

마음에 들어. 마지막 점검으로 틀어 올린 머리를 뒤돌아 확인하 고 모자를 들고 나가려던 순간이었다. 똑똑, 노크 소리가 들렸다.

"누구세요?"

"단아야, 나야."

헉. 단아는 단숨에 숨을 들이마셨다. 준수였다. 어떻게 그것을 잊고 있을 수 있단 말인가. 밝게 웃던 단아의 얼굴이 순식간에 굳 어지며 떠오른 생각에 미간이 일그러졌다. 난생처음 받아 본 고백 이건만 그녀는 새까맣게 잊고 있었다.

고백. 준수 오빠의 고백. 준수에게 미안한 마음이 든 단아의 목 소리는 떨려 나왔다.

"들, 들어와! 오빠."

문이 천천히 열리고 살짝 굳은 준수가 모자를 벗으며 안으로 들 어왔다. 그도 민망한지 살짝 그녀의 눈빛을 피했다. 그 모습을 보 자 단아의 마음이 아파 왔다. 친오빠와 같이 의지하고 소중하게 생 각하는 그에게 상처를 주었다는 생각에 마음이 아팠다.

단아는 그를 생각한다면 자신의 마음을 정확하게 알려 주는 것 이 맞다고 생각했기 때문에 고백을 받자마자 바로 그의 마음을 거절하였다.

그녀는 한 번도 준수를 남자로서 느껴 본 적이 없었다. 준수는 그녀에게 친오빠와 같은 사람일 뿐이었다. 같이 있으면 편하고 행복했기 때문에 그에게 많이 의지했다.

하지만 남자에게 느껴야 할 두근거림이나 설레임은 없었다. 그 차이를 이제는 누구보다도 극명하게 알아차린 지금, 그녀는 고백을 거절한 것을 다시 한 번 잘했다고 생각했다. 준수가 그 사실을 알게 된다면 더욱 슬퍼하겠지만 그녀가 그에게 해 줄 수 있는 것은 이것이 전부였다.

단아는 오히려 자신의 눈빛을 피하는 준수의 얼굴를 똑바로 바라보며 밝게 웃었다.

"여기는 무슨 일이야, 오빠?"

"아, 어제 술을 많이 마시는 것 같아서 걱정이 돼서 와 봤어. 속은 괜찮아?"

순식간에 걱정스런 눈빛이 된 준수가 단아를 바라보았다. 그는 언제나 그런 존재였다.

"응, 괜찮아. 조금 머리가 아프긴 하지만 괜찮아. 걱정해 줘서 고마워."

"그래도 이것 마셔."

그가 품속에서 '컨디션'이라고 쓰여져 있는 유리병을 내밀었다. 어? 단아의 눈빛이 흔들렸다.

"오빠. 아침에 밖에까지 나갔다 온 거야?"

유리 용기는 불미스러운 일이 일어날 수 있기에 부대 내에 반입이 금지되어 있었다. 덕분에 이런 유리병에 담긴 음료수는 PX나

의무실에서 살 수가 없었다.

"너 어제 술 많이 마시는 거 같아서 걱정돼서 가져왔어. 이거 마시고 사무실로 가."

"역시 내 생각해 주는 사람은 오빠밖에 없다. 고마워."

단아는 일부러 껄끄러운 분위기를 만회하기 위해 평상시처럼 밝게 웃으며 그가 내미는 컨디션을 받았다.

"내가 따 줄게."

단아가 병을 따려고 하자 준수는 바로 병을 빼앗아 단아가 먹기 좋게 열어 주었다.

"자. 얼른 마셔."

준수에게 미안한 마음이 든 단아는 더욱 해맑게 웃으며 준수가 주는 병을 받아서 모두 마셨다.

"음. 이거 마시니까 조금 낫다. 진짜 고마워, 오빠."

"응. 그런데 단아야?"

"응?"

준수의 눈빛이 진지해졌다.

"나 그래도 너 포기 못 한다. 네가 나를 남자로서 안 봐 주더라도 괜찮아. 그냥 나 혼자서만 좋아하는 거니까."

단아는 아무런 대답을 할 수가 없었다. 준수는 말을 마치자마자 바로 방을 나갔다. 한동안 단아는 그저 방문을 바라본 채 서 있었다.

"오빠, 미안해."

심장이 아프다. 혼자서 좋아하는 사랑이 얼마나 힘든지, 바라는 것이 없는 사랑이 얼마나 힘든지 이제는 그녀도 알게 되었기 때문에 더욱 마음이 아파 왔다.

"오빠, 정말 미안해."

하지만 마음도 없으면서 그에게 거짓말을 할 수는 없었다.

"우리 둘 다 바보다. 바보."

그 순간 서늘하게만 자신을 쳐다보는 그의 얼굴이 떠올라 버려 심장이 욱신거렸다.

"이렇게 불쑥 그의 생각이 떠올라 버리는데 어떻게 해."

한편으로는 준수를 좋아할 수 있다면 하는 바람이 그녀의 머릿속을 스쳐 지나갔다. 애태울 것 없이 서로가 서로를 좋아하는 만남. 하지만 그녀의 마음은 이성과 다르게 나아가고 있었다.

이 순간만큼은 저절로 반응하는 심장이 원망스러울 정도였다. 혼자서 하는 짝사랑이라 그에게 바라는 것이 없다고는 하지만 스스로 인정을 하고 나자 감정이 추스를 겨를도 없이 커져 가는 듯한 기분이 들었다.

더 이상은 안 돼.

단아는 다시 한 번 심호흡을 하며 사무실로 가기 위해 발걸음을 옮겼다. 오늘부터는 그를 더욱 멀리하며 조금이라도 그를 잊기 위해 노력해야겠다. 단아는 완벽한 군인의 자세로 자신을 다그치며 방을 나섰다.

오늘부터 그를 완전히 잊어버리는 거야!

다부지게 주먹을 쥐며 그녀는 발걸음을 옮겼다.

"헉."

단아는 숨을 멈췄다. 혼자서 다짐한 것이 무색하게 당황스럽다.

사무실로 향하기 위해 복도의 모퉁이를 돌자마자 마주치게 된 상황. 잠을 자지 못했는지 눈이 퀭하게 초췌해져 평상시보다 인상이 강하게 느껴지는 류욱이 모자를 쓰면서 다가오고 있었다. 심장이 급속도로 떨리기 시작했다.

"중대장님! 좋은 아침입니다!"

단아는 최대한 밝은 목소리로 말하기 위해 노력했다. 하지만 그녀의 목소리가 끝나기 무섭게 그의 표정이 일그러졌다. 게다가 평소답지 않게 살짝 놀라는 듯 보이는 그의 모습에 단아는 그에게 좀 더 다가갔다. 얼굴색도 좋지 못하고 목덜미와 모자 아래에 드러난 귓불이 붉어진 상태가 심상치 않아 보였다.

"중대장님. 어디 편찮으십니까?"

그녀는 언제 당황했냐는 듯 다가와 그를 올려다보았다. 불쑥 눈앞으로 다가온 단아의 얼굴을 본 류욱의 표정이 더욱 굳어졌다. 그는 그녀의 눈동자를 빤히 바라보았다.

"중대장님?"

푹 눌러쓴 모자 사이로 높은 코와 입술만 보이는 그가 냉정하게 그녀에게 말했다.

"신경 쓰지 마."

그는 한마디만 툭 던지고 그녀를 스쳐 지나가 빠르게 사무실로 들어가 버렸다. 단아의 심장이 그대로 쿵, 내려앉았다. 그가 들어간 사무실 문을 바라보는 눈빛이 흔들리고 있었다. 그에게 항상 당하던 불호령보다 방금 전 들었던 한마디가 더욱 깊숙이 마음속에 들어앉았다.

지금까지는 그녀가 잘못해서 상관에서 혼나는 것이었지만 방금 전의 행동은 분명한 거부였다. 아니, 그녀를 싫어한다는 분명한 표시였다. 단아의 고개가 숙여졌다. 역시 혼자서 좋아하는 것도 그에겐 피해가 되는 것일까?

쓸쓸한 마음속 질문에 대한 대답은 금방 알게 되었다. 다시 사무실에서 나온 그는 그녀를 본 척도 하지 않고 냉담하게 스쳐 지나갔다. 마치 사람이 없는 것처럼 그는 그녀를 그렇게 스쳐 지나갔다.

✳

국정원 보안과장실.

똑똑, 문을 두드리는 소리가 울렸다. 단호는 살펴보던 서류에서 눈을 돌려 문을 바라보았다.

"들어오세요."

문이 열리며 그의 비서관인 김 비서관이 정중하게 인사를 올리고 그에게 다가왔다.

"과장님. 새로운 사실을 알아냈습니다."

그가 그의 책상에 여러 자료들을 올려놓았다. 책상 한쪽에 놓아두었던 안경을 다시 쓴 단호가 서류들을 빠르게 살펴보기 시작했다. 동시에 옆에 선 김 비서관의 설명이 시작되었다.

"강석호. 현재 60세. 미국의 최고 첩보기관인 CIA에서 최고의 요원으로 인정을 받았을 정도로 탁월한 능력을 소유해 젊은 나이에 조직 최고의 자리인 미 국토 안보부의 동아시아 지주장 자리에 올랐습니다. 그러다, 얼마 전에 CIA 한국지부장이 되어 동양인 최초로 CIA 지부장이 되었습니다."

단호의 미간이 살짝 구겨졌다. 김 비서관을 올려다보는 눈길이 날카로웠다.

"그 정도는 원래 알고 있던 사실 아닌가?"

"네. 진짜 내용은 지금부터입니다. 그에 대해 깊이 조사하기 위해 그의 가족관계에 대해 알아보다 특이한 점을 발견했습니다. 그자의 아들이 범호 수색대대의 중대장이었습니다."

"범호 수색대대?"

놀라움에 단호의 눈이 커졌다.

"네. 이름 강류욱. 현재 30세. 엘리트 과정으로 육사를 졸업하고 미국에서 경제학 박사까지 딴 수재입니다. 그런데 아무래도 범호 수색대대에 강석호의 아들이 배치되어 있는 것이 수상합니다."

"그곳은 우리 단아가 있는 곳인데."

단호의 미간이 일그러졌다. 여동생 단아가 있는 곳에 위험인물의 가능성이 높은 인물이 있다니.

"네. 지금 현재 아가씨의 직속 상관이 바로 강류욱이라고 합니다. 아직까지 특별한 사항은 없지만 워낙 강석호라는 인물이 베일에 싸여 있는 인물입니다. 미국 CIA 소속이기에 갖가지 설들이 난무하지만 그가 한국에 적대적인 것은 확실합니다. 뒤에서는 강류욱이 강석호의 친아들이 아니라는 설도 돌고 있다고 합니다."

"진짜 아들이 아니다?"

"네. 그렇습니다."

단호의 눈빛이 깊어졌다.

"두 사람 DNA 검사는 불가하겠지?"

"강류욱은 군인이기에 가능하지만 강석호에게 접근하기가 어렵습니다. 워낙 움직임이 조심스럽고 조직 내에서만 움직이는 것으로 유명합니다."

"뭔가가 껄끄럽군. CIA 한국지부장의 아들이 군인이라. 강석호 보다는 강류욱을 중점적으로 조사해 봐."

"네, 알겠습니다. 그런데 혹시 저희가 찾고 있는 요원이랑 강류 욱을 연관시키시는 겁니까?"

"증거가 없다면 심증만으로라도 사건을 파헤쳐 나가야지. 생각 보다 우리의 곁에 더 가까이 있을 수도 있다는 생각이 든단 말이 야. 좀 더 깊게 조사해 봐."

"네, 알겠습니다."

김 비서관이 나가자 단호는 안경을 벗고서 피로한 눈가를 손가 락으로 눌렀다. 굳게 다물린 입술이 어지러운 심기를 보여 주었다. 다시 강류욱의 개인 신상 정보가 적혀 있는 자료를 보는 그의 눈길 이 날카로웠다.

"강류욱. 강류욱."

그는 몇 번이고 그 이름을 되새기며 눈길을 돌리지 못했다.

＊

"……싫어, 소개팅 싫어."

단아는 아랑이의 소개팅 권유에 연신 거부를 했지만 아랑이는 막무가내로 그녀를 몰아붙이고 있었다. 전화를 붙들고 싫다는 말만 반복하고 있는데 그녀가 있는 비상계단 아래에서 올라오던 검은 군 화가 멈추었다. 하지만 단아는 전화에 정신이 팔려 있어서 그 사실을 알아차리지 못했다.

– 도대체 왜 싫은데? 너 언제까지 짝사랑하는 남자 못 잊어서 그렇게 풀 죽어서 살 건데? 꽃다운 나이가 아깝지도 않냐?

"휴우. 알았어, 알았어. 그 소리는 이제 하지 마."

그에게 간접적으로 고백을 하고서 매몰차게 차였던 사실을 아랑이와 통화하면서 하소연을 하였던 것이 이 사달의 발단이었다. 역시 말하지 말걸, 하는 후회는 소용없는 이미 지나간 일이었다.

– 소개팅 나간다는 거지? 나간다는 거지?

단아는 못 말리는 친구의 요구에 그저 피식 웃었다. 그것도 모두 자신을 위한 행동임을 알기에 끝까지 거부를 할 수가 없었다.

"알았어. 소개팅 나갈게. 언제인데? 나 토요일에 서울에 가기는 하는데 아빠 회사에 행사가 있어서 가는 거고 일요일에는 오후 5시까지는 부대로 돌아와야 돼."

– 알았어, 알았어. 토요일 말고 일요일로 시간 잡도록 할게. 예쁘게 하고 와! 너 다리 예쁘니까 치마 입고.

"내 다리가 뭐가 예쁘냐? 칫."

단아는 겉치레인 칭찬이더라도 기분이 좋은지 피식 입꼬리가 올라갔다. 괜히 단아는 군복에 가려진 다리를 내려다보며 웃었다.

– 그래도 남자들은 여자들의 각선미에 껌벅 죽잖아!

"껌벅 죽긴. 내 다리는 예외야. 그래도 치마 입고 나갈 테니까 빨리 시간이랑 장소나 말해 줘."

– 12시. 워커힐 호텔 커피숍.

"워커힐 호텔? 너무 먼데……."

– 뭐라고! 그래서 안 오겠다는 거야? 야! 내가 이 소개팅 주선하

느라 얼마나 힘들었는지 알아?

흥분을 한 듯 아랑이의 거친 고함이 터져 나왔다. 이 선에서 그녀의 말을 들어주어야 한다는 것을 아는 단아는 얌전히 그녀의 청을 받아들였다.

"알았어, 알았어. 잔소리하지 마. 12시까지 워커힐 호텔. 그럼 나 이만 들어가 봐야 하니까 끊을게!"

- 너 늦으면 안 된다!

"알았어요! 그런데 그날 치마 입으면 힐도 신어야 해서 조금 늦을지도 모른다!"

탁. 단아는 자신의 할 말만을 한 채 전화를 닫아 버렸다.

피식. 괜히 웃음이 새어 나온다. 힐을 신어서 조금 늦을지도 모른다는 그녀의 대답에 지금쯤 전화를 들고서 씩씩거리고 있을 아랑이의 모습이 눈앞에 훤하게 보였기 때문이다.

저절로 입가에 웃음이 맺혔다. 정말로 며칠 만에 웃어 보는 웃음인지 모른다. 웃지 않고 지냈다는 자각도 없었다는 생각이 들자 조금 허탈한 느낌이었다. 단아의 얼굴 위로 씁쓸함이 스쳐 지나갔다.

그에게 냉정하게 거부당한 이후, 그녀는 그를 의식적으로 피했다. 하지만 오히려 그런 그녀를 기다렸다는 듯이 군인으로서 건네는 인사조차 받지 않는 류욱 덕분에 그에게 불호령 받을 일도 없었다. 완벽한 무관심.

차라리 전처럼 혼이라도 내 주면 그와 이야기라도 나눌 수 있을 텐데, 하는 미련한 마음까지 들 정도였다. 그녀를 무시하고 없는 사람 취급하는 그를 보는 단아의 마음은 하루하루 힘들었다. 일주일 가까이 지났지만 그의 태도는 여전히 바뀌지 않고 있었기 때문이다.

"휴우."

저절로 한숨이 새어 나왔다. 매일 밤 잘 시간이 되면 자신도 모르게 흐르는 눈물에 아침에 일어나면 눈이 부어 있었다. 마치 사춘기 시절의 소녀같이 미련스럽게 구는 자신이 한심스러웠지만 그만 생각하면 눈물이 나고 가슴이 아파 왔다.

도대체 언제 이렇게 그를 좋아하게 된 것일까? 자각할 틈도 없이 깊게 들어온 마음이 가끔은 그녀 자신도 놀라울 정도였다. 몇 번을 물어봐도 대답을 알 수 없는 질문이었다.

그나마 사무실에 들어가면 그를 볼 수 있다는 낙이 그녀를 견디게 만드는 것 같았다. 사무실에서도 그녀와 그의 훈련 시간대가 다르다 보니 함께 일을 하는 시간도 거의 없었지만 잠깐이라도 얼굴을 볼 수 있는 시간이 그녀에겐 매일의 낙과 같이 다가왔다.

"정말 한심하다. 한심해."

단아는 발길을 돌려 비상구를 빠져나갔다. 이번 소개팅을 계기로 새로운 사람을 만나다 보면 그 사람을 잊을 수 있을 것이다. 단아의 입가에 미소가 감돌기 시작했다.

오래간만에 입은 치마가 왠지 어색하게 느껴졌다. 소개팅인 만큼 하얀색 실크 원피스를 깔끔하게 입고서 긴 머리를 틀어 올린 단아의 모습은 군복을 입었을 때와는 다르게 상큼하고 나이다운 발랄함이 물씬 풍겨 나왔다.

사실 소개팅이라는 것에 나가는 걸 귀찮아했기 때문에 평상시였다면 아무리 단짝 친구인 아랑이의 권유라도 끝까지 나가지 않는다고 고집을 피웠을 그녀였다.

하지만 이번만은 그러지 않았다. 그냥 하나의 오기가 그녀를 이끌었다.

그에게 거부당한 서러움이랄까. 고백을 하고서도 대답도 듣지 못하고 내쳐진 여자의 얄궂은 심술이랄까. 당신이 날 싫어하니 나도 더 이상은 당신을 좋아하지 않을 거예요, 하는 혼자만의 오기이자 고집스러운 자존심이었다.

"휴우."

단아의 입에서 한숨이 새어 나왔다. 왠지 소개팅에 나가는 마음이 불편했다. 단아는 마음을 다잡으면서 오래간만에 신는 토오픈 힐에 조심스럽게 발을 넣었다.

우리나라의 최고급 호텔 커피숍에서 하는 소개팅. 그녀 앞에 앉아 있는 남자는 멀끔하고 괜찮았다. '훈남'이라고 불릴 수 있을 만큼 반듯하게 잘생긴 외모와 늘씬한 키, 깍듯한 매너까지 갖춘 괜찮은 남자였다.

하지만 단아는 좀처럼 앞에 앉아 있는 남자에게 집중을 못 하고 있었다. 그에게 폐를 끼치는 행동이라는 것을 알고 있지만 눈앞에서 맴도는 다른 남자의 얼굴에 단아의 얼굴은 딱딱하게 굳어 갔다.

"단아 씨? 단아 씨?"

소개팅 남자에게 집중을 못 하더니 기어이 한동안 정신도 놓고 있었나 보다. 퍼뜩 정신을 차린 단아는 현재 자신이 집중해야 하는 남자를 바라보았다.

"네? 아! 죄송합니다. 제가 오늘 좀 몸이 안 좋아서. 정말 죄송합니다. 방금 전에 뭐라고 하셨죠?"

그녀의 태도가 기분 나쁠 수도 있을 텐데 몸이 안 좋다는 단아의 대답에 남자의 얼굴이 급속도로 어두워지며 그녀를 걱정하기 시작했다.

"몸이 많이 안 좋으신 건가요?"

"아닙니다. 그 정도는 아닌데 약간 두통이 있는 거 같습니다."

"그럼 제가 약 좀 사다 드릴까요?"

남자의 호의에 단아는 질색을 하면서 손을 흔들었다. 과연 상사병에 약이 있을까 의심스러웠다. 그녀는 도둑이 제 발 저리는 기분에 그에게 더욱 미안한 마음이 들었다.

"아닙니다. 아니에요. 안 그러셔도 괜찮아요."

"하핫."

피식 웃는 그의 모습. 뭐지 이 사람? 단아의 표정에 그녀의 마음이 그대로 투영되었는지 그가 바로 사과했다.

"아! 죄송합니다. 군인이라고 들었는데 전혀 군인 같지 않으셔서 저도 모르게. 정말로 죄송합니다. 하지만 나쁜 뜻으로 웃은 것은 절대 아니니 오해하지 말아 주셨으면 좋겠습니다."

남자가 밝게 웃었다.

단아의 앞에 앉아 있는 남자는 바로 류욱의 친구이자 예전에 클럽에서 류욱과 함께 단아를 목격했던 정우였다. 정우는 앞에 앉아 있는 여자 덕분에 한껏 들뜬 상태였다.

처음 소개팅 상대가 군인이라는 친구의 말에 그저 재미 삼아 한 번 나와 본 것이었다. 그런데 어떻게 이런 횡재가 있을까! 소개팅 상대로 나온 여자는 류욱과 갔던 클럽에서 눈여겨보았던 그녀였다.

그때 눈길을 사로잡을 만큼 섹시하게 춤을 추고도 에프터를 거는 남자들을 거부하는 그녀를 보고서 남자 친구가 있다고 생각했는데 소개팅 자리에서 만나다니. 그의 입가가 저절로 올라갔다.

하지만 그가 단아를 여자로서 마음에 들어 했기 때문에 기쁜 것은 아니었다. 스테이지에서 춤을 추던 그녀를 바라보던 류욱의 눈빛이 다시 머릿속을 스쳐 지나갔다.

왠지 재미있는 일이 일어날 거 같은데?

정우의 입가가 슬쩍 올라갔지만 정우는 금세 즐거운 표정을 지우며 단아를 걱정스럽게 바라보았다.

"정말로 괜찮으시겠어요? 안색이 별로 안 좋아 보입니다."

"괜찮습니다. 제가 좀 긴장을 했나 봅니다."

"하하. 그렇다는 건 제가 마음에 드셨다는 건가요? 하하."

단아의 두 눈이 휘둥그레졌다. 항상 남자들 사이에 있어도 상하가 뚜렷한 관계의 남자들이었다. 이런 남녀 간의 이야기를 불쑥 꺼내는 그는 그녀를 당황스럽게 만들기에 충분했다. 오히려 류욱 같은 무뚝뚝한 분위기에 적응이 되어 있었는지 유들유들한 정우가 굉장히 거북스럽게 다가왔다.

"아! 죄송합니다. 장난친 거였습니다. 긴장하신 거 같아서."

자신을 들었다 났다 하는 남자의 태도에 단아의 속마음은 불쾌하게 일그러졌다. 유쾌한 성격이었지만 그녀는 그의 그런 태도가 마음에 들지 않았다. 오히려 우직하고 날카로운 류욱이 낫다는 생각마저 머리를 스쳐 지나갔다.

어머? 내가 지금 무슨 생각을 하고 있는 거야? 단아는 스스로 깜짝 놀라고 있었다.

'소개팅 와서 뭐하는 건지 모르겠다. 매번 앞에 있는 사람과 그 사람을 비교하고 있으니.'

"혹시 어디 부대에서 일하시고 계신지 여쭈어도 될까요?"

"아!"

그의 생각에 빠져 있던 단아가 놀라면서 정우를 바라보았다. 그녀는 무슨 생각을 했는지 단아의 두 볼이 살짝 붉어져 있었다. 그런 모습을 정우가 부드러운 눈빛으로 바라보았다.

"제6사단 범호 수색대대에 있습니다."

정우가 단아의 대답에 깜짝 놀라며 한 번 더 물어 왔다.

"범호 수색대대요?"

"네. 혹시 아시는 분이 계신가요?"

"아아, 아닙니다. 어디서 많이 들어 본 이름이라서. 하하. 군인 중에 아는 사람은 없습니다."

"네."

짧게 대답한 단아는 할 말이 없는지 찻잔을 들어 커피를 한 모금 마셨다. 무심결에 마신 커피에 아직도 거품이 남아 있었는지, 단아의 윗입술에 하얀 거품이 살짝 묻었다.

귀엽군. 알수록 매력 있다는 말을 이럴 때 쓰는 거겠지. 정우는 군인이면서도 딱딱하기보다는 말랑말랑한 분위기에 볼수록 눈길을 끄는 그녀가 점점 재미있어졌다.

'류욱 그놈은 여자에게 관심도 없으니 내가 그냥 확 꼬셔 볼까?'

"단아 씨. 저기, 여기."

정우가 자신의 입가를 가리키며 거품이 묻었다는 것을 알려 주었다.

"아!"

단아가 당황하며 휴지로 윗입술을 닦았지만 휴지에 밀린 거품을 미처 눈치채지 못해 입술 옆에 거품이 남아 버렸다.

"훗."

정우는 부드럽게 웃으며 손을 뻗었다. 그의 긴 엄지손가락이 부드럽게 볼에 남아 있는 거품을 닦아 냈다.

흠칫. 단아가 놀라는 것이 느껴졌지만 그는 손을 물리지 않았다. 오히려 당당하게 다가온 그의 손길에 단아가 놀라서 굳어지고 말았다.

"저기……."

"불쾌하셨나요?"

정우의 웃음기 밴 얼굴이 단아를 바라보았다. 단아는 테이블 아래로 작은 주먹을 꽈악 쥐었다. 이건 아니다. 더 이상 이 자리에 앉아 있을 수가 없었다. 순식간에 굳어진 단아의 얼굴을 바라보면서도 정우는 그저 웃는 표정으로 그녀를 바라보았다. 오히려 단아의 미간이 찌푸려졌다.

'도대체 저 남자는 왜 저렇게 실실 웃는 것일까.'

이 자리가 불편해지기 시작했다. 더 이상 자리를 지키고 있기엔 남자가 불편하기도 했고 끝없는 상념이 그녀를 괴롭히고 있었기 때문이다.

"저기……."

"네. 말씀하세요."

"죄송합니다만, 이름이 뭐라고 하셨죠?"

류욱의 생각을 하느라 그의 이름도 기억 못 하는 단아는 염치없게도 다시 눈앞의 남자에게 이름을 물었다. 그녀가 그에게 마음이 없다는 것을 간접적으로 느끼게 해 주는 행동이었다. 아니, 오히려 그에게 그녀를 차 주길 바라는 마음에서 나온 행동이었는지도 모른다.

"이정우입니다. 이정우. 제 이름 멋지지 않나요? 이정우."

"……."

단아는 대답 없이 그저 그를 바라보았다. 바뀐 그녀의 분위기가 느껴지지도 않는지 그는 여전히 웃으며 그녀를 바라보고 있었다.

"죄송하지만 솔직하게 말씀드려야 될 거 같네요."

단아는 커피를 한 모금 마셨다. 이번에는 입가를 깔끔하게 닦는 것을 잊지 않았다.

"저는 좋아하는 사람이 있습니다."

그녀는 정우의 눈동자를 바라보며 직설적으로 말했다. 이 정도면 기분 나빠 하겠지? 그러나 예상과 다르게 그는 이번에도 여전히 요지부동이었다. 계속 예상과 빗나가는 그의 모습에 오히려 단아의 이마가 살짝 일그러졌다.

도대체 이 남자 뭐지? 단아는 그저 빨리 말을 마치고 이 자리를 떠나야 되겠다는 생각으로 입을 열었다.

"죄송합니다. 오늘은 즐거웠습니다만……. 소개팅에 나와 놓고 이런 이야기 드려 죄송합니다. 정말 죄송합니다. 그럼 전 이만."

무례하기 짝이 없는 태도임을 그녀는 분명히 알고 있었다. 그러나 아닌 것은 아닌 것이다. 이 자리에 나와 보니 자신은 여기에 있을 자격이 없다는 생각에 그녀는 급해졌다.

자신의 마음을 모두 전하고 나자 이제는 가슴 밑바닥에서 맴도는 정우에 대한 미안함에 단아는 서둘러 자리를 뜨기 위해 가방을 들면서 몸을 돌렸다.

"잠깐요."

그녀가 돌아서는 순간 그의 커다란 손이 가냘픈 단아의 손목을 그러쥐었다. 동그랗게 뜬 단아의 눈이 그의 얼굴을 돌아보았다. 그는 해사하게 웃고 있었다. 동시에 단아의 얼굴은 한없이 일그러졌다.

"'좋아하는 사람' 이고 '사귀는 사람' 은 아닌 거죠? 지금 사귀고 있는 사람이 있는 건 아니니까 아직까지 나에게도 기회가 있는 거 아닙니까?"

"그런게 아니라······."

하지만 정우는 그녀의 말을 막으며 자신의 입장을 강조했다.

"저에게 기회를 주십시오. 단아 씨도 저에게 직접적으로 말씀하셨으니, 저도 단도직입적으로 말하자면 저는 단아 씨가 마음에 듭니다. 제가 단아 씨의 핸드폰 번호를 알고 있으니 또 연락드리겠습니다. 한 번만 더 만나 주세요."

"저는 연락 받지 않겠습니다. 죄송합니다."

단아는 서둘러 그의 손을 뿌리치고 그 자리를 박차고 나왔다. 처음으로 남자에게 받는 적극적인 구애가 싫었다. 그가 잡았던 손목에 남은 느낌이 끔찍하게 느껴졌다. 소름이 돋아 거부반응이 일어났다. 진짜 이러다가 남자도 못 만나고 처녀귀신 되는 것은 아니겠지?

쓸데없는 걱정까지 되었지만 단아는 도저히 그의 마음을 받아들일 수가 없었다. 단아는 거칠게 자동차 안으로 몸을 실었다. 류욱, 그가 미치게 보고 싶었다. 자신을 싫어해서 날카롭게 노려보기만 하는 그 남자가.

다시 류욱을 생각하는 단아의 심장이 행복감에 두근거리기 시작했다. 지독한 상사병이었지만 한번 담은 마음은 그녀 스스로는 버릴 수가 없는 진한 흔적과 같이 그녀의 온 마음을 차지해 버렸다.

남겨진 정우는 한동안 우두커니 그 자리에 서 있었다. 정우의 입가에선 야릇한 미소가 떠올랐다. 자신의 손을 뿌리친 여자라?

"재미있네."

그는 한동안 그녀가 사라진 방향을 응시했다. 그의 눈빛이 위험하게 번뜩였다. 알 수 없는 미소와 함께.

한동안 류욱의 날카로운 눈동자는 한곳을 노려보았다. 일요일인 오늘은 부대 내에 훈련이 없기에 그는 서류들을 바라보고 있었다. 흰 바탕에 써져 있는 글씨는 눈에 들어오지도 않고 계속 한 가지의 생각만이 그의 머릿속을 맴돌았다.

지금쯤 다른 남자를 만나겠지?

그녀와 다른 남자가 같이 서 있는 장면이 떠오르자, 저절로 서류를 든 손에 힘이 가해졌다. 류욱은 감정을 다스리기 위해 호흡을 가다듬었다.

"휴우."

불안하게 심장의 울림이 그의 귓가에 선명하게 들려왔다.

결국, 부대 내에서 있다가는 그가 무슨 행동을 할지 스스로도 장담을 할 수가 없었다. 류욱은 숙소로 돌아가기 위해 사무실을 나섰다. 그의 발걸음이 급박했다.

밝은 햇빛이 들어오는 복도 창가가 오늘따라 더욱 거북스럽게 다가와 그는 모자로 얼굴을 깊게 가리며 빛을 피했다. 그런데 그 순간, 그의 발걸음이 우뚝 멈추었다.

언제나 빛이라면 경멸을 하듯이 피하던 그답지 않게 다시 따가운 햇볕이 들어오는 창가로, 새하얀 빛을 향해 한 걸음을 디뎠다.

그곳에 빛과 같이 새하얀 원피스를 입은 그녀가 서 있었다. 눈부시게 빛나고 있는 그녀는 그의 시야를 온전히 차지해 버렸다. 그의 온몸이 그대로 굳어졌다.

부대 내 주차장에 차를 세운 단아는 고개를 들어 차에 달린 거울로 곱게 화장한 자신의 얼굴을 바라보았다. 다소 지워진 입술색을 보고 핸드백에서 핑크 코랄색 립글로즈를 꺼내 들어 입술에 한 번 더 덧발랐다.

입술을 오밀조밀 움직여 보니, 빛에 반사되는 반짝임이 예뻐 보였다. 만족감에 저절로 입가에 잔잔한 미소가 맴돌았다. 외출에서 돌아왔기에 바로 들어가서 군복으로 갈아입어야 했지만, 들어가는 잠깐 사이에 그를 만날 수 있다는 작은 희망이 그녀를 여자로 행동하게 만들었다.

오래간만에 입은 치마. 어찌 좋아하는 남자 앞에서 예쁜 모습을 보여 주고 싶지 않을까. 매일 쇠와 흙 냄새가 나는 군복만 입다가 이렇게 치마를 입으니 그에게 이런 모습을 보여 주고 싶은 여자의 마음이 그녀를 사로잡았다.

단아는 핸드백을 어깨에 걸고 초코파이 세 박스를 허리에 끼고서 차 문을 열었다. 다소 더운 바람이 불어왔지만 오래간만에 입은 하얀색 실크 원피스의 부드러움 감촉이 그녀의 기분을 더욱 들뜨게 만들었다.

단아는 다소곳한 발걸음으로 부대 내에 있는 사무실로 향하기 시작했다. 멀리서 훈련병들이 치마 입은 그녀를 힐끔거리는 것이 그녀의 시야에도 보였다.

그녀와 또래이지만 군대라는 조직 안에 갇혀 있는 그들을 볼 때마다 단아는 안쓰러움과 애틋함이 느껴졌다. 단아는 생긋 웃으며 그들을 향해 다가오라고 손짓했다.

그녀의 손짓에 당황하던 세 마리의 어린 양들이 서로 눈치를 보더니 쏜살같이 힘차게 그녀의 앞으로 뛰어왔다. 그들은 모두 높은 힐을 신은 그녀보다 한 뼘씩은 컸다.

그들이 다가오자 자그마한 단아의 모습은 순식간에 그들의 몸체에 가려져 보이지 않을 정도였다. 그 사이에는 그녀가 아끼는 훈련병인 근호도 있었다.

"필승!"

셋이 큰 목소리로 합창하듯 인사했다.

그녀는 더욱 깊게 웃으며 그들에게 초코파이 한 상자를 내밀었다.

붉게 상기된 얼굴로 그녀에게 눈을 고정하고 있던 세 훈련병들의 눈길이 일제히 초코파이로 돌아갔다.

"와아!"

여섯 개의 눈동자가 일제히 기쁨으로 거세게 흔들렸다. 이 삭막한 군대 내에서 몇 개 안 되는 훈련병들의 동무가 바로 이 초코파이 아니던가.

"얼른 받도록. 팔 아프다."

"감사합니다!"

"맛있게 먹어. 꼭 사이좋게 나눠 먹고."

"네!"

다시 그들에게 웃음 지으며 눈인사를 한 단아는 발걸음을 돌렸다. 뒤로 초코파이 한 상자에 티격태격하며 말싸움을 하는 어린 양들의 목소리가 들려왔다. 고개를 숙인 채 그들의 목소리를 듣고 있자니 저절로 피식 웃음이 새겨졌다.

'정말로 못 말린다니까.'

그녀와 비슷한 나이의 훈련병들이지만 때때로 어린아이 같은 그들의 순수하고 때가 묻지 않은 모습에 소소한 즐거움이 느껴졌다.

그녀는 자신만의 상념에 잠겨 치마를 곱게 차려입은 단아의 뒷모습을 부대 내에 있던 모든 훈련병들이 뚫어져라 바라보고 있다는 것을 알아차리지 못하였다.

이내, 사무실로 올라가는 계단에 다다르자 단아는 웃음 짓고 있던 고개를 들고서 앞을 바라보았다.

그 순간, 보조개가 팰 정도로 웃고 있던 그녀의 표정이 벼락 맞은 사람처럼 순식간에 굳어졌다. 조금 전까지만 해도 참으로 기분이 좋았건만 지금 바로 이 순간, 앞에 나타난 그의 군화 덕분에 그녀의 기분은 급속도로 어두워지기 시작했다.

그가 보고 싶던 그녀의 소원이 이루어지는 순간이었지만, 기대했던 마음과 달리 단아의 심장은 그대로 굳어졌다. 굳은 그의 얼굴이 그녀를 냉혹하게 바라보고 있을 거 같은 한기가 머리 위로 감돌았다.

고개를 살짝 들어 보니, 예상보다도 더 서늘한 그의 눈이 그녀를 뚫어져라 바라보고 있었다. 힐끗 머리에서 발끝까지 훑는 그의 시선에 그녀의 심장은 다시 거칠게 두근거리며 뛰기 시작했다.

이런 반응을 기대했던 것이 아닌데. 흘깃 올려다본 그의 표정은 역시나 아무런 표정이 담겨 있지 않았다.

혹시나 마주칠 수 있을까 생각하기는 했지만 진짜로 마주칠 줄을 몰랐다. 그러나 어쨌든 지금 눈앞에 계급이 생명인 부대 내에서 중대장님께서 친히 그 멋있는 눈을 부라리며 그녀를 째려보고 계셨다. 또 무엇을 잘못한 것일까?

단아는 점차 올라오는 궁금증과 두려움을 몰아내며 올라가지 않는 입가를 끌어 올리며 미소 짓기 위해 노력하였다. 그러다 보니 저절로 얼굴에 경련이 나며 이상한 표정이 되어 버렸지만 어쩔 수 없었다. 그의 주변으로 서늘한 한기가 심상치 않게 피어올랐다.

"필승! 외출에서 돌아왔습니다! 중대장님!"

그녀는 최대한 손끝에 힘을 주어 깍듯하고 힘차게 거수경례를 하고서 그의 답을 기다렸다.

'제발. 제발. 그냥 고개를 한 번만 끄덕여 주세요. 제발.'

이윽고 그의 입술이 열렸다.

"한단아 소위."

가라앉은 목소리는 후끈한 더위 속에서도 단아의 온몸을 서늘하게 식게 만들기에 충분했다. 단아는 저절로 움츠러드는 어깨에 힘을 주며 피하고 싶은 날카로운 눈빛을 올려다보았다.

"네! 중대장님."

류욱의 눈썹이 치켜 올라갔다. 무언가 굉장히 화가 난 모습에 단아의 등 뒤로 식은땀이 흘러내렸다.

"지금 나랑 장난하나?"

단아의 두 볼이 순식간에 창백해졌다.

"아……닙니다!"

내가 당신과 어떻게 장난을 하고 싶겠습니까! 당당하게 소리치고 싶었지만 그녀는 죽었다 깨어나도 할 수 없는 말이었다. 마음과 달리 밖으로 나오는 그녀의 목소리는 그녀가 듣기에도 덜덜 떨리고 있었다.

"그러면 지금 그 복장은 뭐지?"

"……?"

서늘하게 가라앉은 차가운 눈빛.

순간, 겁에 질려 버린 단아는 복장에 대한 해명도 못 한 채 멀뚱히 류욱의 얼굴을 올려다보았다. 그들 사이로 몇 초의 적막이 흘러갔다. 그러나 그마저도 오래가지 못하고 얼굴이 빨갛게 달아오른 그가 으르렁거리듯 낮게 소리쳤다.

"그 복장 뭐냐고 물었잖아!"

퍼뜩 정신을 차린 단아의 오른손에 들려 있던 초코파이 상자가 바닥으로 떨어졌다. 갑자기 류욱이 단아의 가냘픈 손목을 잡아당겼다.

"너 지금 반항하는 거야?"

"딸꾹! 딸꾹!"

차라리 소리를 지르면 덜 무서울 것이다. 낮게 가라앉은 굵은 목소리로 듣는 그의 서늘한 말은 그녀를 두렵게 만들기에 충분했다. 게다가 그의 얼굴이 급속도로 가까워지고 말았다. 갑작스러운 그의 고함에 너무 놀라 버린 단아가 딸꾹질을 시작했다.

"딸꾹! 딸꾹!"

변명도 하지 못했는데 딸꾹질이 나자 입을 막은 단아의 두 손이 파르르 떨려 왔다. 동그란 눈은 더 이상 커질 수 없을 만큼 커져 하염없이 그를 바라보았다.

그런데 류욱의 얼굴이 점점 붉어진다 싶었더니 그를 올려다보는 단아의 눈빛을 그가 먼저 피해 버렸다.

어머? 항상 레이저가 나올 듯이 뚫어져라 바라보던 눈빛이 먼저 그녀를 피했다. 왠지 모르게 급하게 돌아서는 그의 등이 긴장한 듯 굳은 것처럼 보였다.

"따라와."

"딸꾹."

멈춰야 하건만 딸꾹질은 멈추지 않는다. 단아는 새어 나오는 딸꾹질을 손으로 애써 막고 그의 광택이 나도록 깨끗하게 닦여진 검정 군화만을 바라보며 그를 뒤따라갔다.

'이제 죽었다.'

이 생각만이 머릿속을 맴돌았다.

떨리는 마음을 다잡으면서 열심히 따라가는데, 그 순간 머리 위에서 또 한 번의 벼락이 내려쳤다.

"바짝 따라오도록."

그새 그와의 거리가 한참 벌어져 있었던 것이다. 크게 소리치지 않았지만 으르렁거리듯이 잇새로 다그치는 목소리. 역시나 등에도 눈이 달린 듯 잠시 머뭇거리는 그녀를 알아챈 그가 무안을 주듯 그녀를 다그쳤다. 단아는 더욱 어깨를 좁히며 그의 뒤로 성큼 뛰어갔다. 하지만 급한 마음에 달려가다 오랜만에 힐을 신을 발이 삐끗, 미끄러지고 말았다. 단아의 둥근 이마가 그의 딱딱한 등에 헤딩하듯 부딪혔다.

"악!"

이마를 매만지다 섬뜩한 기분에 퍼뜩 고개를 들자, 무섭게 노려보는 눈빛과 이를 악물고 화를 참는 류욱의 입술이 보였다. 그녀가 보기도 싫은지 고개를 돌리는 그의 귓가가 그녀가 보기에도 분명히 심각하게 아주 심각하게 붉어져 있었다.

진짜 화났나 보다. 단아는 불안감에 엄지손톱을 깨물기 시작했다.

"죄송합니다."

"바짝 따라오라고 했지 붙으라고는 안 했다. 절. 대. 붙지 말도록."

절대를 강조하는 그의 목소리에 단아의 미간이 꿈틀대기 시작했다. 등 뒤에서 그를 향해 혀를 내밀었다. 그의 등에 부딪치며 놀랐는지 다행히 딸꾹질은 멈추었다.

'칫.'

무슨 사람 등이 저리도 딱딱하고 뜨거워? 처음 닿은 그의 등은 놀라울 정도로 단단하고 뜨거웠다. 투덜거리는 입과는 달리 두 볼이 붉게 달아오른 단아는 두 손바닥으로 볼을 누르며 그의 뒤를 따라갔다.

누구는 붙고 싶은가. 매정하기만 한 그가 원망스럽다. 그에 대한 불만에 입술을 내민 채, 그녀는 그의 등 뒤에 숨듯이 바짝 다가가 걷기 시작했다.

'참, 키는 진짜 크네.'

뒤에서 서 보니 힐을 신었어도 그녀의 머리가 그의 높은 어깨를 넘지 못해 앞에서 보면 그녀는 보이지도 않을 듯했다. 그 순간, 다시 그의 가라앉은 목소리가 들려왔다.

"고개 숙이고, 찍 소리도 내지 마."

그녀에게만 들리도록 살짝 고개를 숙이고 으르렁거리는 목소리에는 그렇게 안 하면 죽여 버리겠다는 강한 의지가 담겨 있는 것처럼 느껴졌다. 겁을 먹은 단아는 이유도 모른 채 그대로 고개를 숙이고 말았다. 살기 위해선 굴욕적이더라도 어쩔 수 없는 것이 군인의 기본 중의 기본이 아니던가.

그녀가 고개를 숙이자마자, 앞으로 조금 가던 그가 우뚝 멈춰 섰다. 그와 함께 단아의 발걸음도 멈춰지자 그와 동시에 우렁찬 인사가 들려왔다.

"필승!"

"필승!"

"잠깐."

인사를 하고 지나가려는 훈련병들을 류욱은 가라앉은 목소리로 붙잡았다. 지나가던 두 훈련병들은 그의 목소리에 발걸음을 옮기려다 우뚝 멈춰 섰다.

"저쪽 문이 잠겨 있더군. 다시 돌아가도록."

단아의 이마가 구겨졌다.

'어? 이 사람 왜 애들한테 가지도 못하게 하고 난리야.'

훈련병들에게 이상한 명을 내리는 그의 뒷통수를 한없이 노려보았지만 단아에게는 이 상황에서 그의 명을 거역하고 자신의 몸을 내밀 용기는 없었다.

"알려 주셔서 감사합니다. 필승!"

"필승!"

그들의 인사가 끝나자 다시 그는 냉정하게 걸어가 그의 사무실로 들어갔다. 자연스레 그의 등 뒤에 바짝 있던 단아는 사무실에 들어가기 무섭게 그에게서 떨어져 문 쪽에 서서 그를 바라보았다. 등 뒤에서도 찬기가 저절로 느껴졌다.

그는 그녀를 그대로 놔둔 채로 책상에 가서 앉더니 서랍장을 들추기 시작했다.

'진짜 잘생기긴 했네.'

이 상황에서도 그에 대한 감탄은 어쩔 수 없는 반응이었다. 무슨 걱정거리라도 있는 것인지 살이 좀 빠진 듯 보였다. 원래도 날카롭던 턱 선이 더욱 유려하게 날카로워져 그의 남성미를 강조하고 있었다.

왠지 모르게 마른 그의 모습에 마음 아파하는 자신이 한심스러우면서도 단아는 그에 대한 걱정을 멈출 수 없었다.

그 순간, 단아의 끊이지 않는 걱정을 단칼에 끊어 내듯 탁, 하는 거친 마찰음이 들렸다. 류욱이 서류함을 연 것이었다. 그는 그 속에서 두꺼운 옷 뭉텅이를 꺼냈다. 그것은 군인들이 입는 군용 판쵸 우의였다.

저게 뭐야? 단아의 눈동자에 의아함에 묻어났다. 비도 안 오는데 무슨 판쵸 우의?

"당장 입어."

"……."

군대에서는 '네?' 하고 반문을 할 수가 없는 것이 법칙. 그래서 단아는 반문을 하지도 못하고 그저 류욱의 얼굴을 빤히 바라보았다.

"입으라고."

그는 단아의 눈길을 피하며 그 우의를 그대로 단아의 발치로 던져 버렸다. 단아는 울컥 치밀어 오르는 반항심을 내리누르며 담담하게 자신의 발아래 떨어진 우의를 바라보았다.

그는 또다시 오해를 하고 있는 것인가? 항상 군대 내에서 여자라는 것을 강조하지 말라던 그였다. 순식간에 단아의 얼굴이 하얗게 굳어졌다. 치마를 내려다보는 단아의 입가로 실소와 같은 작은 탄성이 터져 나왔다.

차에서 내리기 전 혹시라도 그와 마주칠까 립글로즈를 덧바르면서 옷매무새를 다듬었던 자신의 모습이 머릿속을 훑고 지나갔다.

한심하다. 도대체 나는 무엇을 바랐던 것일까? 그에게 치마 입은 모습을 보여 주면 그가 자신에게 마음을 줄지도 모른다는 터무니없는 생각을 했던 것인가? 여자 혐오증이 있는 남자에게?

짧은 순간이었지만 그를 만날까 봐 발랐던 립글로즈가 그녀의 입술을 콕콕 찌르는 듯 불편하게 느껴졌다. 구차하고 미련한 변명이겠지만 이번만큼은 그에게 해명을 하고자 하는 뚝심이 그녀를 용감하게 만들었다.

"중대장님."

그가 불쾌한 표정으로 그녀를 바라보았다.

"저는 집안 행사로 인해 대대장님께 허락을 받고서 외박을 나갔다 온 것입니다. 그리고 복장도 허락받았습니다."

그녀는 당당하기에 그의 눈빛을 똑바로 바라보았다. 하지만 그는 묵묵히 책상에서 서류를 내려다보면서 날카롭게 명령했다. 목소리는 여전히 딱딱했고 이젠 그녀를 의식적으로 철저하게 무시하고 있었다.

"입으라면 입어. 지금 당장. 지금 입은 옷이 어울린다고 생각하는 것은 아니겠지?"

발치에 떨어져 있는 초록색 우의. 남성용으로 만들어진 우의이기에 입으면 단아의 발목까지 올 만한 길이였다. 때문에 단아는 평상시에도 군복 중에서 우의를 가장 싫어했다.

그런데 그에게 여자이고 싶은 이 순간, 치마 입은 모습 때문에 혼나는 상황은 그녀로서는 자존심에 치명적인 상처를 입는 것이었다.

코를 한 번 실룩거린 단아는 바닥에 떨어진 우의를 집어 들어 펼치기 시작했다. 우의의 잠겨 있는 단추를 푸는데 그의 차가운 목소리가 다시 들려왔다.

"집안 행사가 아니라 소개팅이겠지."

단추를 풀던 단아의 손이 그대로 굳어졌다. 어떻게? 그가 어떻게 안단 말인가. 하지만 굳어진 그녀가 보이지도 않는지 그는 명령했다.

"다시는 치마를 입고서 다니지 않는다. 적당히 어울리는 옷을 입어야지 그것도 참아 줄 수 있는 거야."

그 순간, 단아의 내부에서 무엇인가가 울컥 치밀어 올랐다. 그는 짧고 굵게 명령한다. 항상 그는 그런 사람이었다. 사람의 눈을 바라보지도 않고 자신 마음대로 했다.

그래서 그녀는 항상 그의 말을 따랐다. 그의 다소 일방적이고 거친 명령이 마음에 들지 않았고, 매일매일 그에게 혼이 나고 불호령을 받지만 그의 말에 반박을 한 적은 없었다.

하지만 지금 이 순간은 서글픔이 몰려와 눈물이 날 만큼 서글펐다. 그에 대한 마음이 깊어졌기 때문일까. 그에게 여자이고 싶은 마음이건만 보기 싫다고 우의를 입으라는 남자. 자신의 애타는 마음을 짓밟아 버리는 그가 원망스럽고 밉다.

왜 이런 오기가 나는지는 그녀도 알 수 없었다. 그냥. 그냥 이유 없이 서러웠다. 치마를 입고 있는데도 단 1초도 여자로 봐 주지 않는 그가 원망스러웠다.

단아는 작은 주먹을 불끈 쥐었다.

"중대장님."

"말해."

그때도 그의 눈길은 여전히 서류들을 향해 있었다. 대답이라도 해 주시는 것에 감사하다고 절이라도 올려야 될 것 같은 느낌이 들 만큼 그는 그녀에게 별다른 반응이 없었다. 귀찮으니 빨리 입고 나가라는 듯 그의 얼굴에는 싫은 기색이 역력했다.

"군인은 왜 치마를 입으면 안 되는 것입니까? 저는 오늘 허락을 받고서 입은 것입니다."

"내가 아는 선에서는 우리 부대 안에서는 치마가 허용되지 않는 것으로 알고 있다. 맞지 않나?"

윽. 단아는 아랫입술을 깨물었다. 반박할 여지가 없었기 때문이다. 그러나 다음 순간 단아의 심장이 쿵 떨어졌다.

"한단아."

그의 고개가 들리며 날카로운 눈매가 그대로 단아에게로 향한 것이다. 한층 암울하게 번득이는 날카로운 눈을 한 채 그가 벌떡 일어나서 그녀에게 성큼 다가왔다.

언제 그에게 반박을 했었는지 모르게 금세 단아의 표정이 굳어졌다. 이럴 때의 그에게서 벗어날 수 있는 방법은 없었다.

"군인으로서의 권위와 규율은 목숨이다. 여기가 군대라는 것을 잊었나. 너는 여자가 아니라 군인이다. 알겠나, 한 소위?"

그가 한 걸음씩 다가올수록 그녀는 주춤거리며 뒤로 물러났다. 단아의 눈빛이 흐리게 흔들렸다.

"……."

"다시는 치마 입은 모습을 내 눈에 보이지 마."

그가 한 걸음 더 그녀에게 다가왔다. 그녀의 등이 벽에 닿았고 더 이상 그에게서 도망갈 곳이 없었다.

턱. 그의 손이 벽을 짚으며 고개를 숙였다. 단아는 질끈 눈을 감았다. 그냥 눈이 감겼다. 그녀에게 다가오는 그의 얼굴을 바라보며 끝까지 그에게 반항할 힘은 그녀에게 없었다.

그가 점점 다가오는 것을 느끼고 싶지 않건만 그에게서 풍기는 시크하면서도 시원한 머스크 향이 그녀를 매료시키듯이 압도해 아무런 행동을 할 수가 없었다.

"군인이면 군인답게 행동해."

귓가로 그의 뜨거운 숨결이 닿으며 낮은 목소리가 숨 막히도록 들려왔다. 그와 함께 감겨 있던 단아의 눈도 번쩍 떠졌다.

그사이 그는 그녀를 바라보지도 않고 자리로 돌아가 다시 날카로운 눈매로 서류들을 훑어보기 시작했다. 그 모습은 마치 감정 따위 없는 로봇처럼 보였다.

"나가 봐."

"……필승."

문을 닫은 그녀는 주저앉지 않기 위해 온몸에 힘을 주면서 걷기 시작했다.

✱

휘황찬란하게 빛나는 클럽의 불빛 아래 아르마니 슈트를 세련되게 차려입은 류욱이 들어섰다. 그의 온몸으로 여자들의 끈적한 시선이 달라붙었지만 오늘따라 그의 눈빛은 더욱 가라앉아 있었다.

깊은 내실로 들어가자마자 불에 덴 것 처럼 뜨거운 가슴을 식히기 위해 그는 독한 양주 한 병을 그대로 목구멍으로 들이부어 버렸다. 양주에 식도가 타들어 갈 듯이 고통스러웠지만 그는 미간을 찡그릴 뿐 한 모금도 흘리지 않고 모든 술을 넘겼다.

다시 술병을 입으로 가져갈 즈음, 내실의 문이 열리며 그만큼이나 멋있게 슈트를 차려입은 정우가 들어왔다.

"어어? 친구, 왔으면 나를 불렀어야지!"

차가운 모습의 류욱을 보고서도 정우는 싱글벙글 웃으며 그의 옆자리에 털썩 앉았다.

"도대체 왜 그렇게 술만 푸는 건데?"

싱글벙글 웃으며 정우는 자신의 잔에도 술을 채운 후, 다리를 꼬고서 허공에 술잔을 돌렸다. 노란 호박색의 술과 투명한 얼음이 같이 섞이며 아름다운 빛깔을 뿜어냈다. 그 빛깔을 보고 있으려니 아이러니하게도 며칠 전에 만났던 여자가 생각난 그는 피식 웃음을 흘렸다.

"나 며칠 전에 소개팅 했는데 이상하게 끌리는 여자 만났어."

하지만 류욱은 그의 말은 듣지도 않는 듯 여전히 술만을 입으로 가져가고 있었다. 한 병을 그새 다 마셨는지 다시 다른 병을 따르려고 하는 그의 손을 정우가 무덤덤하게 제지시키자 그제서야 류욱이 정우를 보았다. 평상시보다 더욱 암담하게 가라앉은 그의 눈빛에 정우는 살짝 놀라는 흉내를 내면서 그에게 물었다.

"너 진짜 무슨 일 있냐?"

"술 내놔."

류욱이 쉽게 취하지 않는 것을 알지만 아무것도 먹지 않은 빈속에 독한 양주를 이렇게 들이붓다가는 큰일이 날 수도 있다. 정우는 일부러 그의 관심을 돌리기 위해 소개팅으로 만났던 여자의 이야기를 꺼냈다.

"너 저번에 클럽에서 네가 싫다고 했던 여자 기억나?"

그사이 정우에게서 다시 술병을 빼앗은 류욱은 관심이 없다는 묵음을 흘려보내며 투명한 크리스털 잔에 호박색의 양주를 따랐다. 흘러나오는 술을 막연히 바라보는 중에도 정우의 말은 이어졌다.

"그때 빨간색 미니스커트 입고서 이상한데 섹시하게 춤춘다고 내가 말했던 여자."

아무도 멈추지 못할 거 같던 류욱의 동작이 우뚝 멈추었다. 더욱이 흐트러져 있던 그의 동공이 또렷하게 정우를 바라보았지만, 정우는 자신의 이야기에 심취되어 그의 변화를 알아차리지 못하고 류욱의 흥미를 끌었다고 자만해 버렸다.

"너 기억나는구나? 자식. 나 그 여자와 며칠 전에 소개팅 했어."

정우는 그에게 자랑을 하듯이 소파에 한 팔을 걸치고서 술을 느긋하게 마셨다. 독한 양주가 식도를 타고 내려가는 짜릿한 감각이 훑고 지나가자 다시 그녀가 생각난다.

"클럽에서는 몰랐는데 하얀색 원피스에 머리를 질끈 묶고서 왔는데 역시 어리긴 어리더라. 가까이에서 보니 볼에 보송보송 솜털이 보이는데 그대로 깨물어 주고 싶더라고. 하하."

정우는 진심으로 행복한 감정에 웃음이 터져 나왔다. 그녀의 모습을 상상하자 왠지 모르게 기분이 좋아지고 있었다. 친구 앞에서 자랑을 하는 모습이 한심스럽다는 것을 알지만 그의 의지를 배반한 입술은 멈춰지지가 않았다.

"나에게 연락 먼저 하지 않는 여자도 처음이고. 내가 먼저 연락 먼저 해 보려고. 내가 꼬시면 당연히 넘어오지…… 어?"

"다시 말해 봐."

그 순간, 무섭게 다가온 류욱의 손길이 우악스럽게 정우의 와이셔츠를 끌어당겼다. 그제서야 본 류욱의 표정이 심상치가 않아 보였다. 정우는 살결을 타고 올라오는 한기가 느껴졌지만 그가 왜 이렇게 화가 난 것인지는 알 수가 없었다.

"너 도대체 왜 이래! 윽!"

정우는 황당함에 그의 손길을 풀려고 손에 힘을 주었지만 류욱은 부들부들 떨면서 정우의 멱살을 쥐고 있으면서도 손의 힘을 풀지 않았다.

심상치 않은 그의 행동에 정우의 머릿속으로 말도 안 되는 생각이 스쳐 지나갔다. 충격을 받은 듯 정우는 진한 질투로 이글거리는 류욱의 눈빛을 올려다보았다.

진하고도 탁하다. 그리고 그 안에 담긴 진한 진심.

주지 말아야 할 것을 주어 버린 남자의 애타는 흔적. 류욱과 다르게 다가오는 여자 밀어내지 않고 가는 여자 잡지 않는 신조로 여자들과의 방탕한 생활을 해 온 정우는 단번에 류욱의 깊은 내심에 자리 잡은 붉은 마음을 그대로 보아 버렸다.

어떻게 이놈이? 처음으로 든 생각은 놀라움이었다. 그리고 그다음은……

"너 설마……."

"그 여자 건드리지 마라."

"뭐라고?"

정우는 한층 가라앉은 눈으로 미쳐 날뛰는 듯한 류욱의 눈동자를 살폈다. 류욱은 자신을 향해 치미는 살기를 참기 위해 이를 악물고 있었다.

그가 지금 가지고 있는 이 마음을 말려야 한다. 정우의 머릿속으로는 그 한 단어만이 스쳐 지나갔다. 무슨 짓을 해서라도. 무슨 말을 해서라도.

"그 여자 건들지 말라고."

류욱은 정우에게 다시 새겨 주듯이 그에게 명령했다. 그의 눈빛의 붉게 타오르고 있었다.

설마 그 선까지는 아니겠지, 하는 마지막 동아줄을 잡고 정우는 그를 도발하기 시작했다.

"그 여자가 뭔데 네가 나한테 명령이냐?"

퍽.

그대로 류욱의 주먹이 정우에게 날아와 버렸다.

한 번의 공격으로 소파에 처박힌 정우의 입가가 터져 붉은 피가 흘러내렸다. 하지만 다시 다가온 류욱은 쓰러진 정우의 멱살을 억세게 쥐었다. 류욱은 이성을 잃고 자신의 내부에서 끓어오르는 감정을 숨기지 못하고 있었다.

"이 세상의 모든 여자들은 건들더라도 그 여자만은 안 돼."

쉽게 주지 못하는 마음이다. 그런데 그 마음을 주었다? 그것도 그의 정체도 알지 못하는 같은 부대 내의 소위를?

"하."

정우의 입가에 비웃는 듯한 조소가 맺혔다. 그들의 사랑의 결과는 뻔했다. 두 사람 중 하나는 파국으로 끝날 것이라는 것을. 걷잡을 수 없는 사태가 일어나기 전에 그의 현실을 깨닫게 해 주어야 했다.

"그럴 수 없다면?"

"뭐?"

여자에게 눈길도 돌리지 않던 강류욱이 이런 반응이라면 심각하다라는 것을 정우는 충분히 알고 있지만 그녀는 분명히 며칠 전 소개팅에 나왔다. 정우는 순식간에 상황 판단을 끝냈다.

대단하신 강류욱이 짝사랑이라. 속 탈 만도 하지만, 여기서 멈춰야 한다. 정우의 입가에 냉소가 떠올랐다.

"홋. 네가 지금 여자한테 빠져 있을 때가 아니지 않냐?"

류욱의 주먹이 허공에서 멈추었다.

"태국 검은 손들의 낌새가 심상치 않아. 그리고 우리에게 진심이 가당키나 하다고 생각하냐? 우리 주변에 있는 이들이 얼마나 위험한지 누구보다 잘 아는 네가?"

순식간에 정우의 눈빛이 변했다. 싱글싱글 웃으면서 짓던 눈빛이 아닌 다른 사람의 것처럼. 살기를 담은 냉혹한 눈빛으로 류욱을 올려다보았다.

"너, 그 여자 사랑하냐?"

"닥쳐."

류욱의 입가로 냉혹한 웃음이 지어졌다. 정우의 눈빛이 한층 더 가라앉았다. 역시나, 라는 듯이 그는 거만하게 웃으며 류욱을 바라보았다.

"그래. 너는 그런 놈이니까. 그래 좋아. 네가 때린다면 얼마든지 맞아 줄게. 하지만 정신 차려. 너에게 그런 감정은 너를 위협하는 걸림돌만 될 뿐이야."

"닥치라고!"

류욱의 심기를 미치게 만드는 정우의 말에도 류욱은 그저 죽어라고 그의 와이셔츠를 붙든 채 부들부들 떨 뿐이었다. 그가 할 수 있는 행동은 더 이상 생각이 나지 않았다.

정우의 눈빛이 더욱 냉혹한 광기로 뒤덮였다.

"네가 여자를 가지는 방법은 그 여자를 죽이는 거 아닌가?"

핏빛의 웃음이 정우의 입가로 잔인하게 지어졌다. 그 웃음을 바라보는 류욱의 표정이 처참하게 굳어져 갔다.

"정신 차려."

정우가 류욱을 밀치고서 내실을 빠져나갔다. 황망한 표정으로 소파 위로 쓰러진 류욱은 아무런 감정이 담기지 않은 표정으로 허공만을 바라보았다. 정우의 말이 맞았다. 이미 결과는 정해져 있는 것이니까.

✳

"과장님!"

평소의 태도와 다르게 급하게 들어오는 비서의 태도에 서류를 바라보던 단호의 반듯한 이마가 구겨지며 비서관을 올려 보았다.

"무슨 일이야?"

사건을 조사하던 상황을 방해받은 게 불쾌한 듯 그의 얼굴에는 단단한 한기가 맴돌았다. 앞머리를 뒤로 반듯하게 넘긴 헤어스타일과 반듯하게 다려진 새하얀 와이셔츠는 그의 성격을 나타내는 듯 빈틈이 없이 말끔하게 각이 잡혀 있었다.

"죄송합니다. 워낙 급하게 들어온 일급 정보라……."

일급 정보라는 말에 순식간에 표정이 바뀐 그가 급하게 비서관에게 다가가 그의 손에 들린 서류를 채 가듯이 가져가 들춰 보기 시작했다. 조사해 온 자료들을 볼수록 단호의 눈빛이 깊어졌다.

뭔가 놀라운 것을 본 듯이 어느 순간, 그의 눈동자가 커다랗게 변하면서 비서관을 바라보았다.

"이 자료가 확실한가?"

"확실합니다. 군인의 신분이라 모든 정보는 사실대로 작정된 것입니다. 그 블랙요원이 나타난 날짜와 강류욱 소령이 국군정보사령부로 파견을 나가는 등의 이유로 부대를 비운 날짜 등이 거의 일치하는 것을 볼 수 있습니다. 교묘하게 날짜를 조작하였지만, 이 정도면 그 강류욱 소령을 의심할 만한 충분한 증거가 된다고 생각됩니다."

무언가 큰 충격을 받은 듯 단호는 책상을 짚으며 서류들을 움켜쥐었다. 설마 아니겠지. 아닐 것이다. 하지만 항상 불길한 직감은 현실로 일어나곤 한다는 것이 그의 발목을 붙잡았다.

"그자가 우리 단아의 정체에 대해서 알고 있는 것은 아니겠지?"

"아직 그 점까지 파악하진 못한 것으로 판단됩니다. 만약 알게 되었다면 바로 처리를 하였을 것입니다. 지금까지 전례로 보건대 만약 아가씨께 이상한 낌새를 발견했다면 즉시 그 자리에서 의심의 씨앗을 제거했을 것입니다."

"의도하진 않았는데 어떻게 이렇게 만날 수가 있는 거지. 혹시나 단아가 위험하지는 않겠지?"

위험하지 않다고 한다면 그건 100% 거짓말일 것이다. 그것은 보안과장인 그가 가장 잘 알고 있을 것이다. 그런 그가 비서관에게 이런 질문을 한다는 것은 위험하지 않다는 말을 듣고 싶은 것일 것이다. 누구보다도 단아, 그녀를 사랑하는 큰오빠로서 그는 한 치의 모자람이 없는 사람이었다.

하지만 비서관은 도저히 그에게 위험하지 않다고 말할 수 없었다. 펼쳐지는 상황의 전개가 심상치 않게 돌아가고 있었다. 더욱이 강류욱이라는 인간에 대한 조사를 계속할수록 그의 정체는 미궁 속에 잠긴 안개와 같았다.

어린 시절의 가족 기록들은 조작된 흔적이 가득했다. 또한 강석호의 호적에 그가 올라 있기는 하지만 강석호는 공식적인 자리에서 한 번도 그의 아들에 대한 언급을 한 적도 없었다.

표정을 숨기지 못하는 비서관을 바라보며 단호는 어금니를 사리 물었다. 왠지 직감적으로 강류욱이라는 자의 정체를 알아 갈수록 위험할 것이라는 신호가 그의 머릿속에서 시끄럽게 울렸다. 이 느낌이 지나가는 염려로 그치기를.

"지금 당장 단아에게 연락을 취해서 이곳으로 오라고 해."

"네. 알겠습니다."

비서관이 사무실을 나가자, 지끈거리는 두통에 단호는 핏발이 선 눈가를 세게 누르며 의자에 깊게 몸을 뉘었다.

"하아."

강류욱이 그가 찾던 블랙요원이라는 사실보다도 그가 단아의 곁에 있다는 사실이 그를 예민하게 만들었다. 우연의 일치라고 믿으면 되는 일이건만, 왠지 모르게 이 현실이 우연의 일치라고 할 수만은 없다는 느낌이 들었다.

단아, 그녀만은 무슨 일이 있어도 지킬 것이다. 설사 핏빛이 짙은 혈투가 그의 앞에 펼쳐진다고 해도 그는 절대 물러설 생각이 없었다.

고개를 든 단호의 눈빛이 검은 빛으로 위험하게 번뜩였다.

✱

똑똑똑.

대대장실의 문을 군인답게 딱 세 번 깔끔하게 노크를 한 강류욱 소령의 표정은 기계와 같은 무표정이었다.

"들어와."

엄중한 목소리의 답이 들어오자 류욱은 문을 열고 안으로 들어섰다. 깔끔하게 정리되어 있는 원목가구가 군인의 사무실이라는 것을 잊게끔 따뜻하게 다가왔다. 이 방의 주인인 대대장은 류욱을 따뜻하게 맞았지만 자리에서 일어나지는 못하고 있었다.

"필승! 부르셨습니까."

"아, 강 소령. 가까이로 오게. 이미 알고 있겠지만 내가 어제 교통사고를 당해서 발목이 부러졌지 뭔가. 부끄러운 일이지."

"아닙니다. 다리는 괜찮으십니까?"

말로는 걱정하고 있지만 여전히 표정의 변화가 없는 류욱을 바라보는 대대장은 걱정이 되기 시작했다. 어쩔 수 없는 일이라 류욱을 부른 것이긴 하지만 왠지 마음이 놓이지 않아 말문을 열기가 어려웠다.

"그래. 걱정해 주어서 고맙군. 그런데 내가 자네를 부른 이유는 부탁 한 가지를 하기 위함일세."

"네. 말씀하십시오."

딱 떨어지는 군인의 말투. 전형적인 군인의 표본과도 같은 FM 군인의 자세를 보이는 류욱을 바라보며 대대장은 속으로 한숨을 쉬었다.

한 번도 류욱은 그의 심기를 거스른 적이 없는 인물이었지만 이번에 내릴 명에는 어떤 반응을 보일지 알 수 없었기 때문이다. 어쨌든 그도 남자이긴 하지 않은가. 하지만 다른 방법은 없었다.

"내일부터 천리행군이 아닌가? 자네는 특수 군인인 만큼 천리행군도 여러 번 해 본 것으로 알아. 그러니 이번 천리행군도 자네가 어련히 잘 이끌 것이라 믿지만 이번에는 한단아 소위가 포함되지 않는가?"

표정이 없던 류욱의 얼굴이 살짝 경련이 일듯 움직였지만 그것은 찰나의 순간이었다. 류욱은 자신의 감정을 숨기기 위해 주먹 쥔 손에 힘을 주었다. 충분히 알고 있던 사실이건만 다른 남자의 입에서 나오는 그녀의 이름만으로도 불쾌함이 몰려왔다.

한편으로는 벌써부터 남자들의 거친 훈련에 그녀를 대동하고 이끌어 나갈 생각을 하니 마음이 놓이지 않았다. 불쾌감이 그의 이성을 마비시키고 있었다. 하지만 그런 감정을 내보일 수 없으니 더욱 허리를 꼿꼿이 세우며 대대장을 곧은 시선으로 바라보았다.

"다른 것은 지금까지 한단아 소위가 잘 해 왔기에 크게 걱정은 하지 않지만 잠자리 문제가 심히 걱정이 되네. 막사나 길가에서 다 함께 잠을 잘 때는 걱정하지 않지만 훈련 도중 은거지 구축으로 밤을 지새울 때는 걱정이 되는군. 한 명이 자기에도 부족한 공간에 두 명이 머물러야 하니 말일세. 자네 생각은 어떠한가? 그렇다고 한밤중에 남자 혼자서 머무는 것도 위험한 곳에 여자 혼자 머물도록 하는 것도 안 될 거 같고. 내가 요즘 아주 그 문제 때문에 머리가 다 아파."

심각한 문제인 만큼 대대장의 표정은 엄숙하게 굳어졌다. 류욱도 이미 생각하고 있던 문제였다. 하지만 막상 대대장의 입에서 그녀의 이야기가 흘러나오자 자신 말고 다른 이가 그녀를 걱정한다는 생각에 신경이 거슬렸다. 그의 목소리가 평상시보다 더욱 가라앉은 채 나왔다.

"저도 지금 고민 중인 문제입니다. 한단아 소위 혼자서 은거지에서 밤을 새우는 것은 위험하다고 생각합니다."

"이번 훈련에는 나도 불참을 하게 되었으니 총책임자인 자네의 소관에 맡기겠네만, 나는 웬만하면 잠자리에선 자네가 곁에서 지켜 주었으면 좋겠네."

이성적으로 생각했을 때 그 제안은 불쾌하게 여겨졌다. 고민하던 부분이기는 했지만 왜 자신이 그녀를 지켜야 하는지 신경 쓰고 싶지 않았다.

하지만 다른 한편으로는 그의 손안에 식은땀이 생기기 시작했다. 다른 남자가 그녀를 지키게 하는 것은 생각할 수도 없다. 그 상황을 혼자서 상상하는 것만으로도 그도 모르는 사이에 심장 소리가 점차 커지고 있었다. 조급함이 몰려왔다.

치열한 고민 중에 있지만 겉으로 보기엔 변화가 없는 류욱을 바라보며 대대장은 한없이 걱정을 풀어 놓았다.

"한창 때인 사내들이고 특히 천리행군을 하면서는 얌전하던 애들도 정신을 차리지 못하는 일이 부수기수지 않은가. 혹시 밤중에 진통제를 많이 먹은 놈들이 환각 증상을 핑계로 한 소위에게 나쁜 짓을 할 수도 있는 일이고. 게다가 행군 도중 대원들이 유일한 낙이 음담패설이지 않은가? 간부들도 그것을 알면서도 묵인해 주었지만 이번에는 한 소위가 있으니 신경이 쓰일 수밖에. 자네가 특별히 한단아 소위를 곁에서 철저하게 보호해 주었으면 하네. 지금까지 그녀를 여자로 생각한 적은 없었네만 한 소위가 우리들과 성별이 다르다는 것은 엄연한 사실이니 어느 정도의 보호는 필요하다고 생각하네."

"네. 알겠습니다."

대대장은 이런 문제에도 표정 변화가 없는 류욱을 보고 얼마간은 안심했다.

대대장은 단아와 비슷한 또래의 딸을 가진 아빠의 입장에서 그녀가 진심으로 걱정되었다. 소대장을 맡고 있는 그녀를 이번 훈련에서 뺄 수도 없는 노릇이고, 큰일이 생기겠나 싶었지만 그것은 모르는 일이었다.

대대장님의 긴 당부의 말씀이 끝나자 류욱은 대대장님이 언제나 믿음직스러워하는 멋지게 각 잡힌 군인의 인사를 하고 그의 사무실을 나왔다.

등 뒤로 문을 닫은 류욱이 고개를 들었다. 날카로운 눈빛은 심하게 흔들리고 있었다. 분명히 알고 있던 사실이건만 그녀가 천리행군에 참가하는 것이 심하게 거슬리기 시작했다. 그의 단단히 굳은 입매가 살짝 일그러지고 있었다.

400km 천리행군의 날이 밝았다. 천리행군은 대대전술종합훈련의 일환으로 실시되는 훈련으로 적지에 침투한 특수전 부대가 작전을 마치고 복귀할 때 공군이나 해군 지원을 못 받거나 단위부대 독자적으로 아군 지역까지 되돌아올 때 실시하는 것이다.

40km의 일반 행군의 고통을 고스란히 알고 있는 단아는 400km라는 긴 거리를 간다는 것 자체가 머릿속으로 상상이 되지 않았다. 며칠 전부터 천리행군에 대한 부담감과 걱정으로 이 날이 오지 않기

를 바랐건만 드디어 천리행군 첫날의 아침은 밝고 말았다.

사실 그녀는 천리행군이라는 말만으로 안색이 창백해질 정도로 체력이 좋지 않은 것은 아니었다. 그녀는 말하자면 약간의 공황상태에 빠져 있었다. 이제는 류욱을 생각하는 것만으로도 사고의 모든 것이 흐려지고 혼란스러운 마음만이 자리 잡은 것이다.

마음을 접어야 한다는 것에 확실한 명분과 타당성 있는 이유들이 있었지만 그것은 이미 그녀의 이성적 판단으로 될 수 있는 문제가 아니었다.

며칠 전 걸려왔던 전화 한 통이 빠르게 그녀의 머릿속을 훑고 지나갔다.

- 단아야.

분명히 큰오빠의 목소리였지만 엄숙한 목소리 속에는 친오빠로서 전화를 한 것이 아니라는 의미가 강하게 담겨 있었다. 이것은 빠르게 파악하지 못할 그녀가 아니었다.

역시나 큰오빠의 전화임에도 표정이 굳은 단아는 딱딱하게 대답하며 긴장되는 마음을 다잡기 위해 노력해야만 했다. 그녀가 원하는 길은 아니었다. 그러나 가족의 생명이 달린 길을 그녀가 평생을 모른 척 할 수는 없었다. 그래서 그녀는 선택해야만 했다. 상황에 대한 원망 같은 것들은 가슴에 조심히 묻어 두고.

- 너의 주변에 저쪽의 블랙요원이 있다.

예상하지 못했던 상황은 아니지만 범호 수색대대에 들어온 이후, 전혀 낌새를 느낀 적이 없었다. 갑작스러운 정보에 그녀의 얼굴에 놀라움이 번졌다.

누구지? 전혀 눈치를 채지 못했는데? 설마 하는 의구심과 함께 한 사람의 얼굴이 스쳐 지나갔다. 아닐 거야. 아닐 거야, 제발.

그녀가 의식하지 못한 사이 긴장감으로 인해 손바닥은 식은땀으로 흥건히 젖어 있었다. 대답을 기다리는 몇 초의 시간이 그녀에겐 몇 분, 몇 시간과 같은 정적을 느끼게 만들었다.

– 강석호의 아들 강류욱. 너희 중대장이 의심된다.

땅이 꺼지는 기분이 이런 기분일까? 심장을 누군가가 움켜쥐듯이 극심한 고통이 몰려왔다. 단아가 아무런 대답이 없자, 조급해진 단호의 음성이 들려왔다.

– 단아야. 단아야? 너 그놈과 무슨 일 있는 건 아니지?

떨리는 음성을 다잡아야 했다. 요원 중에서도 상급 요원에 속하는 그의 오빠에게 그녀의 감정을 들킬 수는 없었다. 이렇게 충격적인 소식을 전해 들었으면서도 요원의 기본 철칙대로 자신의 감정을 숨기기 위해 감정을 컨트롤하기 시작하는 자신의 모습이 한심스럽게 느껴졌다. 구역질이 날 만큼 꼬여 가는 현실의 작태에 그녀의 다리에 힘이 풀리기 시작했다.

하지만 숨겨야 한다. 어차피 어느 누구에게 말을 할 수도, 축하를 받을 수도 없었던 짝사랑이니 지긋지긋해서라도 버려야 한다.

"이미 조사해 봤잖아."

큰오빠에겐 항상 다정하던 단아의 목소리가 딱딱하고 삭막해졌다. 그 목소리가 마음 아픈지 걱정스러워하는 듯 단호는 단아의 안부를 묻기 시작했다.

– 괜찮은 거지? 네가 낌새를 알아차리지 못할 정도면 아직 그쪽에서 너를 표적으로 삼지는 않은 것 같다. 몸조심해.

불쑥 단아의 작은 가슴에 원망의 불길이 일었다. 이렇게 꼬여 버린 현실이 그녀의 오빠 탓이 아니라는 것을 분명히 알고 있는데 터질 듯 조여 오는 답답한 마음이 누군가에게 원망과 화를 쏟아 내고 싶어 했다. 단아의 표정이 일그러지며 울분 섞인 고함이 터져 나왔다.

"그렇게 걱정이 되었으면 나를 그저 평범하게 키웠어야지! 굳이 나까지 요원으로 키워야 했어? 가족이라는 이유만으로 위험에 처할까 봐 기본적인 교육을 한 것이라는 지긋지긋한 핑계 대지 마! 나는 알고 싶지도, 배우고 싶지도 않았다구! 오빠와 아빠는 나에 대한 걱정 때문이었다고 말하지만 그것 때문에 내 인생이 꼬여 버린 거야!"

탁.

그대로 휴대폰의 통화 종료 버튼을 누르고, 배터리를 강제로 분리시켜 버렸다. 간신히 컨트롤하던 눈물이 터져 나왔다.

"읍. 읍."

단아는 울음소리도 내지 못하고 눈물을 삼켰다. 가슴에 불을 지핀 듯 뜨겁게 올라오는 울음에 온몸에 힘을 줄 수가 없었다. 가슴은 응어리가 진 양 답답함에 숨이 막혀 왔다. 그가 위험 대상이라는 사실이 마음이 아픈 것이 아니다. 그가 나를 멀리했던 이유가, 혹시 그것이었던 걸까?

처음부터 나에게 그는 남자였지만 그에게 그녀는 표적이었을 수도 있다. 그래서 그렇게 미워하고 멀리했던 것인가. 수많은 추측과 생각들이 머릿속을 훑고 지나갔다.

그를 향한 마음을 접어야 하는 이유가 이제는 피할 수 없는 숙명이 되어 버렸다. 그런데 왜일까? 오히려 마음을 접어야 한다니 마음이 그녀의 이성과 다른 방향으로 흘러가기 시작했다.

그의 뒷모습이 그렇게 마음 아팠던 것은 그 이유 때문이었을까? 빛의 영역이 아닌 검은 어둠의 영역이 얼마나 위험하고 외로운지 누구보다도 그녀는 잘 알고 있었다.

어릴 적 아빠와 오빠는 그녀의 신변에 위험이 생길까 봐 걱정이 많았다. 그래서 기본적인 교육이라는 명목으로 그녀에게 요원의 교육을 받도록 했다. 그러나 그 결정이 내려진 순간 그녀는 이미 이세계에 발을 내디딘 것과 마찬가지였다. 아예 이 세계를 몰랐다면 짝사랑이라도 편하게 할 수 있었을까?

밤새 울음소리조차 내지 못한 단아의 눈물이 볼을 타고 흘러내렸다. 하지만 역시나 시간은 그녀의 마음의 고통과는 다르게 흐르고, 다가올 시간은 기다림이 없어도 다가와 있었다.

단아는 그녀의 몸무게의 절반이 넘는 군장을 어깨에 메고 위장크림을 얼굴에 칠한 채였다. 군인의 신분으로 연병장에 서 있는 지금 그녀의 얼굴은 굳어 있었지만, 류욱이 그녀의 시야에 들어온 이후로 심장은 떨림으로 두근거리고 있었다.

위험한 남자. 그를 멀리해야 하는 이유가 하나 더 늘었지만 그녀의 모든 세포는 여전히 강류욱의 군화의 움직임에도 민감하게 반응하고 있었다.

그녀처럼 군장을 메고 전투모 아래 드러난 얼굴에 위장크림을 칠한 그가 범호 수색대대의 모든 부대원들이 준비를 마치고 대열하고 있는 연병장의 단상 위에 나타났다.

작은 얼굴 덕분에 눈은 전투모에 거의 가려져 있었고, 위장크림으로 인해 그의 분위기는 한층 더 어두워져 있었다. 단아는 위장크림을 칠한 자신의 얼굴을 그에게 보여 주기가 싫어 그의 시선을 피해 버렸다.

"모든 대원 각 조별 소대장을 중심으로 움직인다! 오늘은 첫날이니 낙오자가 없이 PT지점까지의 35km를 채우도록 한다! 1조부터 출발!"

그녀가 더 생각할 틈도 없이 행군이 시작되었다.

기본 체력 덕분인지 약 20kg이 넘는 무장을 어깨에 짊어지고 걸어가는 행군도 첫날과 이틀째까지는 수월하게 이어졌다. 그러나 역시 삼 일째 막사에서 잠을 자다 보니 온몸이 쑤시며 근육통이 시작되었다. 그 정도면 다행이지만 단아는 다른 대원들보다도 훨씬 큰 어려움에 처해 있었다.

오늘 아침, 여자로서 한 달에 한 번씩 오는 마술이 시작되어 다섯째 날인 오늘은 평소보다 발걸음이 느려지고 있었던 것이다. 평소에도 생리통이 꽤 있는 편이라, 훈련 중인 지금은 저조된 컨디션과 스트레스로 인해 생리통이 심상치가 않았다.

업친 데 덮친 격으로 피의 양이 다른 여자들보다 많은 그녀는 여름이라는 현실적 제약에 몸도 씻지 못하는 훈련 속에서 자신의 몸에서 나는 피 냄새를 다른 이들이 눈치채지 못하게 하기 위해 신경까지 곤두서 있었다. 저절로 점차 뒤처지는 그녀가 느껴졌는지 2조의 마지막에서 통솔을 하던 준수가 힐끗 뒤를 돌아보며 그녀에게 다가왔다.

"한단아 소위, 힘드십니까?"

준수의 상냥한 물음이 왠지 오늘따라 더욱 달갑지 않게 다가왔다. 곁에 있는 대원들 덕분에 가까이 다가와서 비 오듯 흐르는 땀을 닦아 주지는 못하고 있었지만 그의 눈빛만큼은 그녀에 대한 걱정으로 가득 차 있었다. 그 눈빛이 부담스럽게 느껴져 단아는 고개를 돌려 버렸다.

게다가 누구더라도 지금은 그녀의 곁에 가까이 오는 게 싫었다. 저절로 단아의 인상이 급격히 구겨지며 그를 향해 거부의 의사를 내보였다.

"아닙니다. 어서 자리로 돌아가십시오. 저는 괜찮습니다."

평소보다 딱딱한 대답이었지만 준수는 공과 사가 뚜렷한 단아가 훈련 중이다 보니 거리를 두는 것이라 안일하게 생각하고 말았다.

"좀 더 힘을 내십시오. 조금만 더 가면 점심 식사를 할 겁니다."

"신경 써 주셔서 감사합니다."

그녀는 다시 딱 잘라 대답했다. 준수는 어쩔 수 없이 그녀에게서 떨어졌지만 걱정이 수그러들지 않는지 연신 그녀를 힐긋거리며 자리로 돌아갔다.

그제서야 앞을 보면서 걷는 그를 보며 단아는 고개를 숙이고 한숨을 내뱉었다.

저 앞에서 1소대를 통솔하고 있던 류욱의 눈빛이 전투모 아래에서 서늘하게 가라앉았다.

울컥 치미는 노기에 그의 안색이 어두워졌다. 오늘따라 그녀가 뒤처지고 있다는 것을 민감하게 파악하고 있었지만 그녀에게 쏠리는 관심을 끊어 내기 위해 일부러 대원들을 더욱 몰아치기 시작했다.

"전 대원 더욱 박차를 가한다! 오늘 일정의 PT지점를 2km 추가하겠다! 점심은 길가에서 주먹밥으로 해결한다!"

"네! 알겠습니다!"

대원들의 땀에 젖은 얼굴이 더욱 일그러졌다.

검은 군화가 뜨거운 햇볕 아래 반짝인다.

아프다. 단아는 온몸에서 통증을 느끼고 있었다. 검은 군화 속에서 뭉개지고 있는 발바닥은 송곳으로 쑤시는 고통을 호소했다. 뜨거운 열기에 피어오른 아스팔트 위의 아지랑이가 점차 흐리게 보이자 단아는 고개를 흔들며 어깨 위에 멘 군장을 앞으로 당겨 작은 몸에 묶었다. 그녀의 입술은 핏기 없이 새하얗게 들뜨고 있었다.

'이겨 내야 한다. 약한 모습을 보이면 안 된다.'

그녀는 마음속으로 몇 번을 다짐하고 다짐하며 마음을 다잡았다. 그러나 의지와 달리 몸은 점차 식은땀으로 흥건해졌다. 그녀의 이마 위로 식은땀이 송골송골 맺혀 위험스럽게 흘러내리고 있었다.

점차 흐려지는 시야에 그녀의 발걸음이 불안하게 흔들리기 시작했다. 그녀의 두 다리는 걷고 있지만 정신은 흐려지고 있었다. 눈이 감긴다. 시야가 좁아지고 있었다.

단아의 옆에서 걷고 있던 박근호 이병은 연신 눈길로 단아를 살폈다. 어쩐지 오늘따라 그녀의 상태가 좋아 보이지 않았다.

깊게 눌러쓴 전투모로 인해 얼굴을 자세히 살필 수는 없었지만 안색이 창백한 것이 좋아 보이지는 않았다. 대열을 이탈할 수는 없기에 근호는 연신 그녀를 살피며 행군을 하였다.

점심시간에도 그들은 중대장의 명령으로 15분 동안 논길에 앉아서 식어 빠지고 맛이 없는 주먹밥을 먹어야만 했다. 가뜩이나 힘든 단아는 밥을 넘길 기력조차 없어 대원들과 조금 떨어진 곳에 주저앉아 이제는 감각조차 없는 발목을 주무르기 시작했다.

아흑. 저절로 새어나오는 신음 소리. 하지만 여기에서 해결할 수 있는 일은 없었다. 군장에서 진통제를 꺼낸 단아는 세 알을 꺼내서 물도 없이 삼켜 버렸다.

약의 쓰라린 맛이 감돌았지만 시간이 조금 지나도 고통은 줄어들 기미가 보이지 않았다.

아랫배가 뒤틀리기 시작하며 울컥울컥 아래로 피가 나오는 느낌에 단아는 살짝 논두렁에 기댔던 등을 억지로 일으키며 혹시 피가 새어 바지에 묻지 않도록 자세를 바꾸었다.

그 순간, 그녀의 눈 아래 검은 군화 한 짝이 나타났다.

"어디가 안 좋은가?"

심장이 뛰고 귓가가 멍해진다. 그다. 고개를 들어 앞에 있는 사람이 누구인지 확인하지 않아도 그녀는 알 수 있었다. 류욱이 자신의 앞에 나타나서 그녀를 내려다보고 있다는 것을.

단아는 의지를 배반한 채 울컥울컥 피가 새어 나오는 것을 느끼며 자리에서 일어났다. 순간 갑자기 일으킨 몸으로 인해 현기증이 일어났지만 단전에 힘을 주며 참아 냈다.

그의 앞이다. 그의 앞에서만은.

"아닙니다."

전투모 아래 살짝 드러난 류욱의 눈길이 꼼꼼하게 단아의 위아래를 훑었다. 항상 연분홍빛으로 빛나던 그녀의 입술이 새하얗게 변해 있어서 그녀의 상태가 좋지 않다는 것을 알고 있었지만 그는 거침없이 명령을 내렸다.

"그럼 똑바로 따라와라. 오늘따라 3조가 유독 뒤처지고 있다는 것을 모르진 않겠지? 오후에도 이런 식이면 오늘 밤에 책임을 면치 못한다는 것을 잊지 말도록. 알겠나?"

"네. 으읍."

억눌린 신음이 새어 나왔다. 천근만근 같은 몸으로 걷고 있는 지금의 상황이 왠지 모르게 원망스럽게 느껴졌다. 그 앞에서만은 한없이 약해져 버리고 마는 자신을 절실히 깨달아 버렸다.

자신의 한심스럽게 느껴져 단아는 입을 다물어 버린 채, 부동자세를 유지했다.

그들 사이로 정적이 맴돌았다. 1초가 지나고 2초가 지나고, 약 10초가 지나자 그가 굳게 닫혀 있던 입을 열었다.

"똑바로 해. 여자라고 봐주는 거 없으니까. 괜히 엄살 피우지 마."

목소리는 많은 생각이 담긴 듯 느리고 낮았지만 그는 언제나처럼 그녀를 혹독하게 대하였다. 그 한마디를 남긴 류욱은 뒤돌아 가 버렸다. 그가 한참 멀어져 가자 그제야 단아의 창백하게 굳어진 얼굴이 들렸다.

고개를 들자, 눈은 붉게 충혈되고 화를 참는 듯한 단아의 얼굴이 햇빛아래 드러났다. 밝은 햇빛 아래에서 그녀의 하얀 얼굴빛이 더욱 도드라져 보였다. 작은 식은땀들이 목 언저리에 맺혀 떨어져 내리고 있었다.

'그래도 내가 여자라는 자각은 있나 보네요! 내가 언제 여자라고 봐 달라고 했어요? 도대체 나를 여자라고 생각하지도 않으면서 언제나 그 여자! 여자! 여자! 나도 당신에게 여자이고 싶은 마음은 없어! 그렇게 한 번씩 와서 염장을 지르지 않아도 나는 참을 거란 말

입니다! 절대 당신에겐 아프다는 소리 하지 않을 겁니다!'

소리 없는 악을 그의 등 뒤로 온 힘을 다해 내지른 단아는 쓰러지 듯 땅바닥에 주저앉아 그의 등을 노려보았다. 밉고 또 밉다. 그가 싫다. 그가 너무 싫다.

이제는 정말 버릴 수 있다. 이 정도면 할 만큼 했다. 그가 자신을 노리고 있는 요원일 수도 있다는 말까지 들었는데 왜 마음을 못 버리겠는가. 단아는 냉정하게 그의 뒷모습을 외면해 버렸다.

설사, 그가 블랙요원이 아니더라도, 아니, 그녀가 표적이 아니더라도 그런 것들을 뛰어넘어 그녀는 그가 자신을 진심으로 싫어한다고 단정 지었다.

아픈 몸 때문에 마음까지 약해졌는지 오늘은 심장이 욱신거리며 아픔을 호소하기 시작했다. 아이같이 목 놓아 울고만 싶었지만 단아는 속으로만 소리를 내며 울기 시작했다. 이제는 정말로 그를 마음에서도 내보내야 할 것 같았다.

✳

특수 군사시설로 보이는 건물 주변으로 검정 제복을 입은 군인들이 삼엄한 경계를 서고 있다. 특수 카메라와 보안센서가 외부인의 침입을 삼엄하게 감시하고 있었다. 창문이 없는 건물 위로 통신용 안테나와 위성 수신 안테나만이 설치되어 있는 모습이 그곳이 보통의 건물들과는 다른 곳이라는 걸 드러냈다.

건물 앞에 검은 세단이 세워지고, 그 안에서 표정이 어두운 강석호가 내렸다. 그는 주변 군인들의 안내를 받으며 안으로 들어섰다.

온통 철재로 만들어진 건물 깊숙이 들어갔다. 여러 개의 문을 지나 마지막인 듯한 하나의 문 앞에 섰다.

강석호가 출입문 앞에 서자 저절로 문이 열리며 붉은 레이저가 쏘아져 나와 그의 발치를 가리키며 그를 안내하기 시작했다. 안으로 들어가는 것은 그와 직속 비서관뿐이었다. 그들이 들어가고 난 뒤 철문은 자동으로 닫혔고 삼중의 보안 시스템이 다시 작동을 시작했다.

하얀 연기가 자욱한 안으로 들어서자마자 강석호는 그 공간에 유일하게 존재하는 회색 책상으로 다가갔다. 책상 위에는 검은 상자가 놓여 있었다. 그가 상자에 달린 잠금장치를 풀자, 검은색 저격 라이플이 위용을 드러냈다.

자욱했던 하얀 연기가 걷히고 벽을 따라 전시된 여러 종류의 라이플이 모습을 드러냈다. 그는 각각의 총들을 날카롭게 살펴보기 시작했다.

"모두 확실한 것들이겠지?"

"걱정 마십시오. 몇 번씩 확인 절차를 거쳤습니다."

"그래, 수고했네. 이번 일은 실수가 있으면 안 돼. 잭이랑 연락은 해 봤나?"

"지금 훈련 중에 있어서 연락이 되지 않습니다."

"흠."

무엇인가가 마음에 들지 않는 듯이 강석호의 얼굴빛이 어두워졌다.

"국정원 한단호의 움직임은 어떠한가?"

"잭에 대해서 면밀히 조사를 한 것으로 파악되고 있습니다. 그래도 일급 정보는 알아내지 못했을 겁니다. 걱정 마십시오."

"그래. 그랬겠지. 그래도 그쪽에서 기어오르면 확실하게 처리해. 괜히 국정원 소속이라고 머뭇거리지 말고."

"그런데 잭의 뒤를 조사하고 있는 국정원 소속 한단호 과장의 여동생이 현재 범호 수색대대의 소대장으로 근무하고 있다는 것을 파악했습니다."

장치들을 살피던 강석호의 날카로운 눈길이 순간 멈추었다.

"여동생이 범호 수색대대?"

"네, 그렇습니다."

"그 여동생에 대해서 자세히 조사해 봐."

"네, 알겠습니다."

그는 다시 눈길을 돌려 검은 장치들을 살펴보기 시작했다. 하지만 뭔가 할말이 있는 듯 비서관이 자리를 뜨지 못하고 머뭇거리고 있었다. 고개를 돌리고 있던 강석호가 날카롭게 입을 열었다.

"할 말이 있으면 얼른 해. 뜸 들이지 말고."

비서관은 석호의 말에 어렵게 말문을 열었다. 역시 석호를 속이는 행동은 그가 할 수 있는 일이 아니었던 것이다.

"얼마 전 본가에 도련님께서 다녀가셨습니다."

"훗. 그 녀석이 언제부터 도련님이었나?"

냉혹한 일갈. 강석호가 뒤를 돌아 비서관을 날카롭게 바라보았다. 그의 눈빛은 차갑게 식어 있었다. 마치 동물원의 조련사와 같이 그는 능숙하게 비서관의 숨통을 조이기 시작했다.

"다시는 그놈을 그렇게 부르지 말거라. 너라도 두 번의 용서는 하지 않을 테니. 그 더러운 놈에게 그런 단어는 쓰지 마라."

자신이 주제넘었다는 자각에 비서관은 그에게 깊게 머리를 숙였다.

"죄송합니다."

하지만 바로 한풀 꺾인 강석호의 목소리가 머리 위에서 울렸다.

"그녀가 좋아하던가?"

저절로 아픈 한숨이 새어 나오는 듯했지만 비서관은 바로 정신을 차리고 그런 주제넘는 감정은 숨겼다. 그에게 있어 쓸데없는 오지랖은 목숨을 내놓을 만큼 위험한 것이었다. 고개를 든 그는 덤덤하게 전해 들은 이야기만를 전하기 시작했다.

"사모님께서 크게 기뻐하시면서 그분과 함께 식사를 하셨다고 합니다. 그러고서 그분이 돌아가실 때는 끝까지 말리시면서 대문 밖까지 나와 마중을 하셨……."

"그깟 놈을!"

그녀가 직접 대문 밖에까지 나와 마중을 했다고 하는 부분에서 강석호는 일갈하며 화를 냈다. 그에겐 한 번도 해 주지 않던 것을 그놈에게는 스스럼없이 해 주었단 말인가.

그 작은 것에도 그녀의 사랑을 듬뿍 받는 그놈에게 질투가 나고 만다. 항상 표정을 숨기는 그이지만 그녀의 이야기에는 한없이 무너지는 그를 알기에 비서관은 담담히 바닥을 바라보며 그가 분을 삭이기만을 기다렸다.

벌써 30년이 넘었지만 그는 언제나 자신을 봐주지 않는 한 떨기 꽃을 바라보는 사내일 뿐이었다.

"나가 봐."

비서관은 무거운 발걸음을 떼어 그곳을 빠져나왔다. 닫히는 문 사이로 바라본 강석호는 여전히 뒷모습을 보인 채 한곳을 바라보고 있었다. 예순이라는 나이가 믿겨지지 않을 만큼 큰 키와 떡 벌어진 어깨. 웬만한 40대와 같은 체력과 미려한 얼굴은 전성기 때의 모습을 그대로 간직하고 있는 듯한 단단하고 훌륭한 미남자였다.

게다가 특유의 날카로운 카리스마는 나이가 들수록 더해만 가서 웬만한 이는 그의 앞에서 숨소리조차 내지 못했다.

하지만 그런 그가 이 세상의 오직 한 사람 앞에서는 처참하게 무너지는데, 그분이 바로 사모님이었다. 강석호의 음울해 보이는 뒷모습을 바라보는 비서관은 심란한 얼굴로 깊게 한숨을 내쉬었다.

벌써 30년째이다. 그날의 악몽 같던 일이 있은 이후 그는 사랑하는 여자를 가진 가장 행복한 남자이자 껍데기만을 가진 가장 불행한 남자가 되었다.

처량하게 한곳을 바라보는 강석호의 눈빛과 킬러로 키워진 잭의 아무것도 담겨 있지 않은 황량한 눈빛이 함께 머릿속을 훑고 지나갔다. 왜 갑자기 두 사람이 떠오른 건지 이유는 알 수 없었다.

왜 강석호의 눈빛 위로 킬러 잭의 눈빛이 겹쳐진 것일까. 닮은 듯, 하지만 닮지 않은 두 남자의 눈빛이 비서관의 머릿속을 채우기 시작했다.

✳

결국 일이 벌어졌다. 천리행군 중 가장 힘들다는 여섯째 날 오후에 단아는 오르막길을 올라가던 중 그대로 쓰러져 버렸다. 그녀가 쓰러지자 곁에 있던 대원들이 그녀를 부르짖었다.

"소대장님!"

신경을 안 쓰는 듯 단아를 면밀히 주시하고 있던 류욱의 심장이 덜컹 내려앉았다. 그녀가 쓰러지는 모습을 목격한 그는 순간 세상이 멈춘 것같이 느껴졌다.

이 순간만큼은 그의 상황과 현실을 돌아볼 사고조차 할 수 없었다. 쏜살같이 달려온 그는 모든 대원들을 제치고 그녀에게 다가갔다.

"비켜."

한 번도 본 적 없는 표정으로 다가온 그는 모두를 물러서게 만들더니 그녀를 살피기 시작했다. 창백하게 질린 얼굴과 얼마나 물어뜯었는지 피가 맺힌 입술을 본 그의 이마가 살짝 일그러졌다.

진통제를 먹는 걸 분명 봤는데 어디가 좋지 않아서 이렇게까지 참은 것일까. 그때 그의 예민한 감각이 공기 중에 퍼진 비릿한 혈향을 감지했다.

"군의관 어디 있어!"

왠지 모르게 그의 목소리가 조급한 듯 거칠게 터져 나왔다. 거역할 수 없는 강력한 그의 기운에 모두가 숨을 죽여야만 했다.

"여기 군의관 왔습니다!"

빠르게 군의관을 데려온 박근호 이병이 소리쳤다.

"빨리 살펴봐."

평소와 다르게 다그치는 듯한 강류욱 중대장의 서슬에 군의관은 겁에 질려 단아를 살펴보기 시작했다. 그사이 다른 소대장들이 대원들을 정리하였고 단아의 곁에는 군의관과 준수, 류욱만이 남겨졌다. 한동안 단아의 맥박과 눈동자 등 여러 가지를 살피던 군의관은 결론을 내렸다.

"탈수증상이 심한 것으로 판단됩니다. 그리고 며칠째 음식을 못

드셨는지 약간의 영양실조도 보이는 것 같습니다. 그런데 뭔가 고통스러운 것을 참으신 거 같은데 그것을 모르겠습니다."

군의관의 표정이 어두워졌다.

"행군이 힘들어서 그런 것만은 아니다?"

날카로운 류욱의 지적에 군의관은 동의를 표시했다.

"네. 그렇습니다. 맥박과 혈압이 모두 정상입니다. 다만 무엇인가 고통스러워하셨던 것 같은데…… 그런데 그것이 무엇 때문인지는 여기에서 판단할 수가 없습니다. 겉으로 드러내시지 않는 것을 보니 외적으로 다치신 것은 아닌 것 같습니다."

말을 하는 군의관의 두 볼이 살짝 붉어진 듯 보이자 류욱은 그 모습이 심기가 거슬렸다.

"제대로 말해."

"중대장님. 그것……."

말을 하지 못하는 군의관의 모습에 류욱의 미간이 깊어졌다. 주변 사람들을 의식하는 군의관의 눈치를 파악한 그는 모두를 물러가게 만들었다.

"모두들 자리로 돌아가도록."

"저도 여기 있겠습니다."

단아에 대한 걱정으로 자신도 이곳에 남기를 원하는 준수가 류욱의 명령에 거부 의사를 표시했다. 류욱의 반듯한 이마에 핏줄이 곤두섰다.

"됐어."

어딜 감히.

무표정인 듯 보이지만 날카롭게 번뜩이는 눈빛 아래 준수의 대답이 끝나기 무섭게 차가운 일갈이 내려졌다. 그 이후로, 그들 사이로 정적이 감돌았다. 준수가 이윽고 발걸음을 돌려 멀어지자 류욱은 한동안 단아를 내려다보더니 군의관을 날카롭게 노려보았다.

"정확한 병명이 무엇인가?"

"안쪽 주머니에 진통제와 철분제를 가지고 계셨습니다. 이 약을 섭취하신 것으로 보아 생리통……."

군의관이 얼굴이 빨갛게 달아오르며 말을 끝내지 못했다.

"그렇다면 확실하게 병원으로 이송할 필요가 없는 건가?"

"네. 그렇습니다."

"군의관은 이만 물러가 보도록."

예상하지 못했던 명령에 군의관은 그저 그를 올려다보았다. 어느새 류욱은 그녀의 군장을 벗겨 내서 어깨에 메더니 그대로 단아를 가볍게 안아 올리고 몸을 돌려 걸어갔다. 그 모습을 본 군의관은 놀라 한동안 류욱이 사라진 곳을 멍하니 바라보았다.

그는 그렇게 단아를 품에 안은 채 자리를 벗어났다.

"으읍."

단아가 작게 신음을 내뱉자 류욱은 작게 놀라며 그녀의 몸이 흔들리지 않도록 조심스럽게 발을 내디뎠다. 단아는 보기에도 작고 아담했지만 안아 보니 더욱더 작고 가볍게 느껴졌다.

'이런 몸으로 잘도 버텼군.'

무엇보다도 그녀가 여자라는 사실이 군복을 입고 있음에도 민감하게 느껴졌다. 평상시에 체력 훈련을 위해 러닝머신과 웨이트 트레이닝을 열심히 하는 것으로 알고 있건만 그녀의 온몸은 솜사탕같이 부드럽고 말랑말랑했다.

그 느낌은 이상하면서도 기분 좋게 다가와 그는 자신도 모르는 사이에 신음을 삼키며 그녀를 더욱 조심스럽게 고쳐 안았다.

류욱의 명령에 따라 계곡 가장 가까운 자리에 그들의 은거지가 구축되었다. 원래의 훈련 중에는 산중턱에 흙을 파내고 한 명이 자기에도 부족한 공간에서 두 명이 들어가서 자야 했지만 그는 처음으로 FM을 벗어나서 간이식 텐트로 은거지를 만들라고 명령했다.

다른 대원들과 다소 떨어진 자리였지만 그는 앞뒤를 생각하지 않고 명령을 내렸다. 쓰러진 한단아 소위의 빠른 회복이란 명분이 있기는 했지만 그는 묵묵히 모든 이들의 시선을 무시하였다.

작은 텐트 안에 단아를 조심스럽게 눕히고 삼십 분 동안 링겔을 맞췄지만 단아는 쉽게 깨어나지 못했다. 류욱은 텐트 주변을 서성이면서 연신 손목시계를 쳐다보았다.

누군가를 걱정해 보기는커녕 다친 사람을 살펴본 적도 없는 그는 연신 초조한 듯 단아를 내려다보며 주변을 떠나지 못했다.

천리행군 동안 무리하게 몸을 썼기에 충분히 일어날 수 있는 일이건만 그는 도저히 마음을 놓을 수가 없었다. 대체 왜 이렇게 눈을 안 뜨는 것인지, 링겔이 부족한 건지, 군의관의 소견이 잘못된 건 아닌지, 온갖 종류의 걱정이 그를 괴롭히기 시작했다.

결국 텐트 안으로 들어온 류욱은 날카로운 눈빛으로 잠들어 있는 단아의 작은 몸을 훑어 내렸다.

다리 끝까지 내려온 그의 눈에 검은 군화에 감싸인 발이 보였다. 분명히 손도 대기 싫을 것이었건만 그 안에 몸만큼이나 작은 발이 뭉개져 있을 생각에 도달하자, 자각을 할 새도 없이 손이 저절로 뻗어 나갔다.

그의 안에서 그녀를 챙기고 싶은 마음과 무시하고 밖으로 나가고 싶다는 생각이 무수히 싸워 댔지만 결국 그는 그녀에 대한 걱정에 굴복했다. 자신이 그녀를 돌보지 않고 나간다면 분명히 다른 대원이 와서 그녀를 돌볼 테니까.

그것은 죽어도 싫다. 그는 직접 단아의 군화를 벗겨 내고 두꺼운 양말까지 벗겼다. 그 속에서 새하얗고 조그마한 발이 나왔다. 역시 그녀만큼 작고 아담한 발.

류욱의 미간이 꿈틀거렸다. 여자의 발을 처음 보는 것도 아니건만 이상한 감정이 그를 강타했다. 행군에서 남자들은 누구나 극심한 체력적 한계를 느끼며 기본적 욕망에 대한 자제력이 흐트러지곤하니 그도 그런 것이라 단정 지어 버렸다.

행군을 하다 보면 온몸이 망가지지만 제일 볼품없이 변하는 것이 바로 발이었다. 딱딱한 군화로 인해 통풍이 되지 않아 물집이 터지고 땀에 불은 발은 징그럽게 일그러지며 심하면 발톱까지 빠지게 된다.

그런데 그의 눈에 그녀의 발은 새하얗고 작아 보이기만 하였다. 남자들만큼 발냄새가 심하게 나지도 않았다. 마찰을 줄이기 위해 분을 발랐는지 어렴풋이 아기 분 냄새도 났다.

하지만 역시 육 일째 이어지는 행군 때문에 물집 방지 패드를 붙이지 않은 발가락 끝에선 물집이 터져 피고름이 새어 나오고 있었으며 새끼발가락에는 피가 맺힌 밴드가 덕지덕지 허술하게 붙어 있었다.

그가 조심스러운 손길로 새끼발가락에 붙어 있는 밴드를 벗겨 내자, 역시나 예상했던 대로 새끼발톱이 빠져 붉은 핏물이 주르르 하얀 발등으로 흘러내렸다.

자신의 발은 더 심한 상태이건만 저절로 류욱의 미간에 깊은 주름이 생기며 인상이 써졌다. 그는 조심스러운 손길로 핏물을 닦아 내고 새끼발가락을 지혈하기 시작했다. 소독을 위해서 물수건으로 남아 있는 분과 핏자국을 말끔하게 닦아 내니 본연의 새하얀 발이 더욱 도드라지며 많은 상처들이 보였다.

터진 물집은 고름을 빼야 하기에 건드리면 안 된다. 그는 능숙한 손길로 작은 상처들에 연고를 조심스럽게 바르고 꼼꼼하게 밴드를 붙였다. 일련의 과정을 마치고 상처가 심한 새끼발가락에 밴드를 붙이려는 순간이었다.

"까아아악!"

텐트 안에 여자의 높은 비명 소리가 가득 울렸다. 불쾌한 소음에도 류욱은 심드렁한 얼굴로 뒤로 빼려는 가냘픈 발목을 덥석 붙잡았다. 발목이 그의 손안에 고스란히 잡혔다.

어느 순간, 하늘이 검게 변하더니 의식을 잃었다. 시간이 얼마나 지났는지 모르겠다. 겨우 정신이 든 단아는 어두운 공간에 적응을 하기 위해 눈을 깜박거렸다.

이곳이 어딘지 알 수는 없었지만 누군가가 그녀의 발을 조심스럽게 치료하는 느낌이 들었다. 모든 신경의 중심이라는 발을 치료하고 있기 때문인지 치료하는 이의 매우 섬세하고 능숙한 손길이 고스란히 느껴졌다. 준수나 군의관일 것이라 생각한 그녀는 감사 인사를 하기 위해 고개를 살짝 틀어 올렸다.

"까아아악!"

귀신이라도 본 듯 단아는 경련을 일으키면서 소리를 질렀다. 그대로 온몸이 굳어지면서 동공이 더 이상 커질 수 없는 만큼 커졌다.

눈앞에 보인 것은 류욱이었다. 그녀의 발을 치료하고 있는 사람이 그라는 사실을 그녀는 믿을 수 없었다. 아직 꿈속인 것일까? 꿈일 것이다. 하지만 꿈이라도 그렇지. 왜 하필 못나고 냄새나는 발일까. 이건 꿈속이라도 싫단 말이다.

현실인지 꿈인지 판단할 틈도 없었다. 단아가 놀라서 허겁지겁 류욱에게서 발을 숨기기 위해 다리를 빼내는 순간, 류욱의 큰 손이 피하는 얇은 발목을 억세게 잡아당겨 버렸다.

'으악.'

더 이상 소리를 지를 수도 없어서 단아는 입을 막으며 그를 동그래진 눈으로 올려다보았다. 울고 싶다. 코끝이 찡하게 울렸다. 그의 손에 잡힌 발을 빼고 싶었다.

무슨 말이라도 해 주면 좋으련만 이 민망한 자세를 피하기 위해 몸부림쳐도 그는 묵묵히 발목을 놓아주지 않았다.

"가만히 있어."

어둠 속에서 듣는 그의 목소리를 더욱 낮고 그윽했다.

그의 손길을 거부하는 단아의 행동은 류욱의 마음에 심한 파장을 불러일으켰다. 괜한 오기와 고집이 생겼다.

그에 맞서듯 그녀도 고집을 부렸다. 류욱의 날카로운 눈길을 피하며 그의 손에서 벗어나려고 버둥거리는 가냘픈 발목. 누가 이기나 해 보자. 어둠 속에서 그의 눈빛이 한층 더 가라앉았다.

그는 보란 듯이 더욱 세게 발목을 그러쥐었다. 왠지 모르게 그를 거부하는 그녀의 행동이 그를 자극시키고 있었다. 류욱은 입꼬리를 올리며 그녀를 비웃었다.

"가만히 있어. 내가 너를 어떻게 할 거란 생각을 하는 건 아니지? 주제넘은 생각이라고 생각하지 않아?"

단아는 흠칫 놀라 숨을 몰아쉬었다.

"저도 압니다. 그러니 놓아……."

다시 그의 손에 잡힌 발목을 빼기 위해 힘을 주었지만 도저히 빠지지가 않았다. 발목의 피부로 그의 뜨거운 손바닥 체온이 그대로 느껴지고 있어 그녀의 속은 새까맣게 타들어 가고 있는데 그런 것도 모르고 놔주지 않는 그가 너무나도 원망스러울 지경이었다.

"나도 너를 치료해 주고 싶은 마음은 없어. 이것은 내 직책에 대한 책임이니 괜히 오기 부리지 말고 가만히 있어."

그의 말을 무시하면서 잡힌 발목을 도도하게 빼내야 한다는 것을 이성적으로는 알고 있었지만 몸은 그의 말에 따라 점차 힘이 빠지기 시작했다.

그러자 단아는 조금 다른 쪽으로 생각이 들기 시작했다. 그는 진심으로 치료에만 목적이 있는지도 모른다. 그녀 혼자서 그를 좋아하고 있으니 그녀만이 그를 남자로 보고, 예민하게 반응하고 있는 것일지도.

그 생각에 미치자 단아는 묵묵히 온몸에 힘을 빼고 다시 치료를 시작하려는 그를 바라보기 시작했다. 어둠 속에 있지만 그의 날카로운 눈빛과 이목구비의 윤곽은 빛을 잃지 못했다.

"상처가 많으니 움직이지 마."

매섭게 말을 했던 것과 다르게, 기다란 그의 손가락이 세심하게 움직이며 새끼발가락에 밴드를 붙였다.

어두운 공간에 오로지 두 사람의 숨소리만이 맴돌았다. 슬프다. 처음 보는 그의 세심한 행동이 깊게 박혀 마음이 아프다. 치료를 하면서 닿는 접촉에도 단아가 흠칫 놀라자 류욱의 눈물점이 꿈틀거렸다. 그때였다. 단아에게 구세주 같은 목소리가 텐트 밖에서 들려왔다.

"중대장님. 한 소위는 깨어났습니까?"

준수의 목소리에 단아의 표정은 급속도로 밝아졌고 류욱의 표정은 급속도로 어두워졌다.

"조용히 해."

그녀에게만 들리도록 으르렁거리는 목소리에 준수에게 대답을 하려던 단아는 심상치 않은 류욱의 분위기에 그대로 입을 다물 수밖에 없었다. 류욱은 두 눈을 멀뚱히 뜨고서 그를 바라보고 있는 단아의 눈을 피하며 당당하게 거짓말을 했다.

"아직 깨어나지 않았다. 자신의 자리로 돌아가도록."

"네. 알겠습니다. 깨어나면……."

"돌아가."

여지를 주지 않는 그의 대답에 다시 돌아가는 준수의 발걸음 소리가 들리고, 황당함에 단아는 멀뚱히 그를 바라볼 수밖에 없었다. 거짓말을 한 것에 대해 자각을 느끼지도 못하는지, 그는 당당하게 상처만을 살피며 무심하게 툭 말했다.

"그렇게 볼 필요 없어. 심하게 아픈 것도 아니면서 여러 사람이 주변에 얼씬거리는 것이 싫을 뿐이니까. 내가 귀찮아."

단아는 그의 단호한 대답에 상처를 받아 버렸다. 심하게 아픈 것도 아니면서. 그 말에 울컥 치미는 감정을 감추기 위해 단아는 그에게서 얼굴을 돌리고 텐트의 벽면을 바라보았다.

자신을 싫어하면서도 굳이 이렇게까지 치료를 해 주는 그가 얼마나 싫을까 생각하니 죽고 싶을 만큼 수치스러움이 몰려왔다.

한편 자신을 외면하는 그녀의 모습에 류욱이 작게 실소를 머금고 그녀의 옆얼굴을 바라보았다. 자신이 지금 하고 있는 행동이 얼마나 어이없는 것인지 분명히 알고 있었지만 도저히 멈춰지지가 않았다. 그녀 앞에서는 언제나 모든 통제 능력을 벗어나 행동하고 있었다.

게다가 준수의 목소리가 들렸을 때, 밝아지던 그녀의 얼굴이 생각나자 그의 안에 불쾌함을 담은 짜증이 올라왔다. 그는 그녀에게 발라 주던 연고와 밴드 상자를 그대로 텐트 구석으로 던져 버렸다.

'그래. 누가 이기나 한번 해보자.'

류욱의 눈빛이 위험하게 빛났다. 갑자기 난폭해진 기운을 인지한 단아가 슬그머니 눈을 돌려 그를 바라보는 순간, 단아의 입에서 두 번째 작은 비명소리가 새어 나왔다.

"까아아악! 지금, 지금 뭐 하시는…… 읍."

단아는 자기가 낸 큰 소리에 한 번 더 놀라 두 손으로 입을 막은 채, 눈물로 글썽거리며 그를 올려다보았다. 지금 자신의 눈앞에서 일어나는 일에, 그리고 고통에 그대로 숨이 막혀 왔다.

"압!"

류욱은 물집이 터져 버린 단아의 왼쪽 두 번째 발가락을 쥐더니 날카로운 바늘로 찔러 고름을 뺐다. 그의 표정은 소름 끼치도록 변화도 없이 진지하고 엄숙했다. 그의 표정에 단아는 숨을 쉬는 것도 잊어버리고 그대로 자지러져 버렸다.

"으윽."

거침없이 바늘을 놀려 고름을 뺀 그는 자꾸만 벗어나려는 얇은 발목을 잡아 가면서 치료를 이어 갔다.

"압! 하, 하지 마십시오!"

단아의 거부에 류욱의 날카로운 눈매가 단아를 노려보았다.

"조용히 해. 이렇게 고름을 빼지 않으면 내일 더 고통스럽다는 것을 모르지 않을 텐데?"

"압……압니다! 의무, 의무 막사에 가서…… 치료받겠습니다."

바늘로 치료를 하는 것이 아파서 피하려는 것만은 아니었다. 조선시대에는 아녀자가 남편에게만 발을 보여 주었다는 이야기도 있지 않던가? 그런 발을 지금 그의 눈앞에 고스란히 드러낸 것이다. 그가 자신의 발을 만지고 고름이 흘러나오는 발가락에 집중을 하고 있는 모습은 단아의 숨을 넘어가게 만들기에 충분했다.

그렇게 멀어지라고 호통치고, 면박을 주고, 가까이 오지 말라고 하던 사람이 멀어지려고 하면 붙잡고, 치료를 해 주지 않아도 된다고 해도 오히려 자신이 해 주겠다고 째려보고 있는 것이다.

180도 변해 버린 모습에 어떻게 반응해야 할지 몰랐다. 그의 손에서 발을 빼내기 위해 시종일관 꼼지락거려도 그의 손아귀의 힘은 쉽게 풀리지 않았다.

"이제…… 그만해 주셔도 됩니다. 제발……."

이제 단아는 빌기 시작했다. 제발 저의 발을 놓아주십시오, 하고 애절하게도 빌어 보고, 울먹이면서 부탁도 드려 보았지만 발가락

하나에 집중된 그의 시선을 흐트러지게 만들지 못했다.

그는 그녀의 모든 반응을 내리누르면서 묵묵부답으로 일관했다. 오히려 왜 이렇게 몸이 허약한 거냐, 여자아니고 군인이라더니 이것도 어려운 거냐, 하는 구박이 더 마음이 편할 것 같건만 류욱은 단아의 발가락을 신중하게 치료할 뿐이었다.

그녀의 발을 절대로 다른 남자에게 보일 수 없다는 그의 생각을 모르는 단아는 죽을 듯한 이 상황을 벗어나고픈 마음만이 한가득이었다.

결국 마음을 놓고 체념해 버린 단아는 질끈 두 눈을 감고 온몸을 떨어야만 했다. 민감한 발가락 끝에서 느껴지는 그의 차가운 손길을 묵묵히 인내해야만 했다.

"윽."

신음을 다르게 오해한 류욱은 그녀의 고통을 무시하듯 더욱 세게 발목을 쥐었다.

"아파도 참아."

말을 냉정하게 하면서도 류욱은 상처를 세심하게 바라보았다. 그때까지도 단아는 야수 앞에 던져진 작은 동물처럼 몸을 잔뜩 웅크리고 두 눈을 감고 있었다.

"그렇게까지 거부할 필요 없어. 나도 지금의 이 상황이 심히 마음에 들지 않으니까."

그는 무덤덤하게 말했다. 마치 그녀에게 조금의 이성적 감정도 없다는 것을 숨기지 않는 말투였다.

"뒤꿈치를 치료하도록 하지."

그의 손길이 바지를 걷느라 종아리를 타고 올라왔다. 그녀의 말랑말랑한 종아리가 손끝에서 느껴지자 다시 사나운 감정이 치밀어 올랐다. 허리춤이 뻐근해지는 감각에 그의 미간이 급격하게 일그러졌다.

'정말 미친 것이 틀림없어.'

몇 번의 천리행군을 경험했던 그는 체력적 한계를 느끼는 훈련 중에도 남자로서의 본능적 괴로움을 느낀 적이 한 번도 없었다. 그런 그에게 몸의 반응은 당황스러우면서 불쾌하게 다가왔다.

지금까지 온몸을 혹사시키면서 밀어내던 그녀에 대한 마음을 이제는 더 이상 밀어낼 수 없다는 것을 예견하는 마지막 시한폭탄을 떠안은 기분이었다.

류욱은 마지막 자존심으로 더욱 퉁명스럽게 명령했다.

"꿈틀대지 마. 나도 너에게 손대고 싶은 마음은 추호도 없으니까."

"그러니 그냥 저를 의무 막사로 보내 주세요!"

어디서 그런 힘이 나온 것일까. 그의 말 한 마디 한 마디에 무너지던 자존심이 조금은 남아 있었나 보다. 단아는 결국 참지 못하고 그에게 소리를 지르며 그의 손길을 밀쳐 버렸다.

"가만히 있으라고 했지!"

하지만 어찌 그녀가 그의 손을 뿌리칠 수 있을까. 뿌리치려 할수록 그녀의 손목을 붙잡은 그의 손이 단단하게 내리눌러 버렸다. 그는 거칠게 숨을 쉬면서 그녀를 노려보았고, 단아는 그의 눈길을 다시 한 번 피해 버렸다. 작은 텐트 안에 두 개의 숨소리가 서로 얽혔다.

"날 봐."

단아는 고집스럽게 고개를 돌리지 않았다.

"내 눈을 보라고."

"……."

"명령이다."

단아의 눈이 류욱의 눈을 원망스럽게 올려다보았다.

"내가 분명히 말했었지. 내 주변에서 어슬렁거리지 말라고. 다시 언급한다. 신경 쓰이게 하지 마. 나에게 이렇게 치료받고 싶지 않다면 다시는 다치지 마. 몸 간수를 하지 못하는 것은 온전히 자신 탓이니까. 괜히 다른 사람에게 피해 주지 말라고."

단아는 자신의 신분도 잊은 채, 얄미운 말만을 하는 그를 노려보았다. 하지만 그는 그녀를 무시한 채 까진 뒤꿈치에 연고를 발랐다.

'그렇게 싫으면 하지 말라구요!'

말이 목구멍까지 올라왔지만 그녀는 그 말을 하지 못했다. 그녀는 이제 눈을 돌리지 않고 그를 내려다보았다.

그들 사이로 무거운 정적이 흘렀다. 왠지 모르게 그녀의 상처를 치료하는 그의 모습은 말과는 다르게 다정하고 조심스러워 보였다.

'내가 정말 미쳤나 보다. 헛것이 보일 정도이니.'

단아의 눈가로 눈물이 떨어질 듯 물기가 어렸다.

어두운 텐트 안에서 만들어진 음영에 싸인 그의 모습은 어둡고 아팠다. 또다시 보게 되는 그의 등.

한쪽 무릎을 꿇고서 상처를 살피는 그의 뒷모습은 표범과 같이 음울하고 매서웠다. 저 남자의 뒷모습은 아프다. 그냥 아프다.

칠흑같이 어두운 텐트 안에서 그는 마치 어둠에 동화될 듯 희미하고 작았다. 분명 그녀의 곁에 앉아 있건만 어둠이 그인 듯 그가 어둠인 듯 그와 어둠 사이의 경계선은 없는 것처럼 느껴졌다.

단아의 눈빛이 한층 더 깊어졌다. 그곳에서 당신은 지금 어떤 어둠 속에 있나요? 얼마나 아파했던 건가요? 지금 이 순간도, 그리고 앞으로도 절대로 입으로 물어볼 수 없는 질문이 그녀의 입가를 맴돌았다.

무의식적으로 그의 등으로 뻗어 나가려는 손끝을 단아는 억지로 그러쥐었다. 저 등을 안을 수 있다면 그녀는 모든 것을 포기할 수 있을까?

"잠시 나가서 병사들 정리하고 올 테니까 자고 있어."

상념을 깨는 차가운 목소리. 퍼뜩 정신을 차린 단아의 표정이 순식간에 담담하게 바뀌었다. 방금까지의 애틋한 눈길은 흔적도 찾아볼 수 없을 정도로 그녀의 표정도 놀랍도록 능숙하게 변하였다. 그리고 동시에 류욱의 말뜻을 알아차린 단아의 표정은 다른 의미로 일그러졌다.

"서, 설마 오늘 저와……."

아픈 듯 기운이 없는 목소리에 류욱은 마음이 아파 왔다. 왠지 그녀를 아프게 만든 것이 자신인 것 같았다. 그런 자신이 치가 떨리게 싫으면서도 답답한 속내는 오히려 어린아이와 같이 엇나간 방향으로 터져 나왔다.

"어쩔 수 없는 일이었다. 괜히 엄살 부리지 마."

그녀의 거부가 무서웠던 것일까. 그는 그녀가 하려는 말이 무엇인지 안다는 듯이 단칼에 무시해 버렸다. 살짝 붉어진 얼굴을 한 그가 그녀의 눈을 피하며 한마디로 상황을 일축시켜 버렸다.

"오늘부터 은거지에서 밤을 보낼 때에는 나와 한 조다. 자라."

살짝 시선을 비킨 그의 날카로운 눈아래 볼이 붉어진 듯 보였지만 그것은 찰나의 순간 어둠 속으로 사라졌다. 한동안 단아는 허공에 시선을 매단 채 그대로 굳어 있었다.

그가 나가 버려 혼자가 된 작은 텐트 안에서 그녀는 조용히 자신의 군장을 바라보았다. 어쩔 수 없다. 단아는 쓴물을 삼키며 떨리는 심장을 진정시키기 위해 군장 깊숙이 숨겨서 가지고 온 작은 물병을 꺼냈다.

"이렇게 쓸 줄은 몰랐지만 역시 가져오길 잘했네."

단아는 머뭇거림도 없이 물병을 열어 벌컥벌컥 들이켰다.

"카악! 쓰다, 써."

물병에 담긴 것을 한 번에 다 마신 단아의 눈빛이 순식간에 흐트러졌다. 약간 달뜬 숨결이 느껴지더니 단아는 그대로 텐트 구석으로 가서 몸을 웅크렸다.

액체의 효과인지 순식간에 그녀는 깊은 잠의 늪으로 빠져 버렸다. 더불어 그와 한 공간에 있다는 자각에, 그녀의 현실을 잊어버리게 만들던 두근거림을 멈추지 못했던 심장박동도 정상으로 돌아가기 시작했다. 이럴 때는 잠이 최고다.

그가 치료해 놓은 그녀의 발에는 촘촘하게 붕대와 물집 방지 패드가 붙어 있었다. 단아의 새하얀 발이 어두운 텐트 안에서도 하얗게 빛나고 있었다.

텐트 앞에서 한동안 서성이던 류욱은 헛기침을 한 번 하고서 텐트 안으로 들어갔다. 이유는 알 수 없지만 뭔지 모르게 얼굴로 피가 쏠리는 듯한 기분이 들었다.

"흠. 흠."

괜히 텐트 안을 바라보지도 못한 채 텐트의 입구를 단단히 봉하고 있는데 뒤에서 굉장히 가냘픈 숨소리가 들렸다. 그의 손동작이 그대로 멈추었다. 스르륵 뒤를 돌아본 그는 으르렁거릴 수밖에 없었다. 공기 중으로 떠도는 분명한 알코올 향기가 맡아졌다.

두 사람이 눕기에도 좁은 텐트 덕분에 류욱은 한눈에 그녀의 상태를 확인할 수 있었다. 그의 심기가 불쾌하게 일그러졌다. 그렇게 싫었단 말인가? 술의 힘을 빌려 자야 할 만큼?

정확한 이유는 모르겠지만 류욱은 자존심이 상해 버렸다. 하지만 그는 금세 마음에 평정을 찾았다. 어둠 속이다. 그에게 익숙한 것. 그에게 유일하게 허용되는 시간.

그는 숨을 죽이며 그녀에게 다가갔다. 깊은 숲 속인 덕분에 적막감은 숨이 막히도록 그를 옭아맸다.

그 순간 두근, 선명하게 심장이 울렸다. 작은 소리에도 민감하게 반응하는 그의 감각이 모두 곤두섰다. 두근. 그의 깊어진 눈빛이 잠에 취한 듯한 단아를 내려다보았다. 그는 마치 무엇인가에 홀린 듯이 그렇게 시선을 고정시켰다.

점차 빨라지는 적막 속의 박동 소리. 한 번도 원망해 본 적은 없었다. 그가 선택한 길은 아니었지만 강제적으로 어둠 속으로 들어선 것은 아니었다. 그래서 후회해 본 적도 누군가를 원망해 본 적도 없었다. 하지만 이 순간, 왜 코끝이 매워지는 것일까.

그의 반듯한 미간이 심하게 일그러졌다. 들린다. 죽어 있다고, 그에겐 존재하지 않는다고 생각했던 것이 뛴다. 뛰는데, 나도 뛰는데, 누군가에게 매달려서라도 그에게도 뛰는 심장이 있다고 소리치고 싶은 답답함이 그를 숨 막히게 만들었다. 그도 사람이었나 보다. 단단하게 다물어진 입매가 어둠 속에서도 심하게 떨리기 시작했다.

한 번만. 딱 한 번만. 숨이 막히는 듯한 간절함. 가질 수 없어도 이 순간만 한 번만. 그는 한평생 빌어 본 적 없는 기도를 이 세상에 있을 그 누군가에게 빌었다. 처음 하는 기도. 처음 하는 행동. 그의 길고 반듯한 손이 그녀를 향해 다가갔다. 손끝이 파르르 떨렸다.

훈련 도중이므로 야간 훈련 중에는 작은 빛조차도 낼 수 없는 것이 수색대의 원칙이었다. 덕분에 칠흑 같은 밤하늘 아래 깊은 숲 속에 은거지를 구축한 그들은 짙은 어둠 속에 함께 있었다. 류욱의 긴 손가락이 조심히 단아의 얼굴로 다가갔다.

떨리는 듯 몇 번을 주춤거리던 그는 간신히 단아의 얼굴을 가리고 있는 잔머리를 걷어 냈다. 부드럽다. 그는 무엇인가를 참는 듯 아랫입술을 깨물었다. 안 된다. 더 이상은 안 된다. 그의 얼굴 위로 많은 고통과 번민이 스쳐 지나갔다.

작다. 그녀를 볼 때면 항상 그 생각이 먼저 들었다. 작고 아련하다. 이러한 몸으로 어떻게 군인이 되고, 수색대에 지원한 것인지 생각할수록 그의 심장이 뻐근하게 조여 오는 듯 고통이 수반되었다.

한 번도 자신이 가질 수 있는 감정이라고 생각하지 못했던 감각들을 그녀는 일깨웠고, 그를 흔들었다. 아마도 처음 겪는 혼란을 가져다주는 그녀가 밉고 싫었던 것 같다. 그러면서도 그의 눈길은 언제나 그녀를 찾고 있었다. 그것은 그가 할 수 있는 통제의 범위를 벗어난 일이었다.

삼십 년 가까운 세월 동안 그는 무채색의 담담하고 암울한 세상 속에서 무수한 감정들을 버리고 또 버렸다. 하지만 단 하나, 이제 그의 밑바닥에 남은 마지막 하나를 움켜쥐게 만드는 그녀만은 도저히 버릴 수가 없다.

하지만 그렇다고 무엇을 할 수 있을까?

그녀와 평범한 사람들과 같이 데이트를 하고 연애를 할 수 있을까? 살얼음 위를 걷는 듯 하루하루를 살아가는 그에게 있어 그런 것은 꿈과 같은 허망한 생각임을 누구보다도 그는 잘 알고 있었다. 그의 임무는 정체를 숨긴 채, 상부에서 내려오는 명령만을 이행하는 것.

블랙요원은 정체가 발각되는 즉시 상부의 폐기 처분이 내려오는 인간으로서의 기본적인 권리를 잃은 기계와 같다. 그런 그에게, 여자?

"홋."

류욱의 미려한 입술 끝에 날카롭고 섬뜩하지만 자조적인 비웃음이 맺혔다. 그와 연결된 모든 존재들은 생명의 위협을 받게 된다. 여자라는 존재는 그에게 있어 거추장스러운 장애물에 불과할 뿐 아니라, 오히려 그의 약점으로서의 빌미를 제공할 수 있는 추적 장치가 될 수 있음을 그는 누구보다 명확하게 인지하고 있었다.

하지만, 모르겠다. 도대체 그 자신이 이 여자에게 무엇을 바라는 것인지. 이 여자와 무엇을 하고 싶은 것인지.

그러나 모두 알고 있음에도 단 하나의 생각만이 그의 머릿속을 깊숙이 지배하고 있었다.

'이 여자만은. 제발 이 여자만은 가지고 싶다.'

어둠이 가져다준 짧은 선물과 같은 시간에 류욱은 떨쳐 내지 못하는 욕심이 담긴 눈빛으로 단아를 내려다보았다. 밀어내고, 호통치고, 혼내고, 면박을 주고, 다그치던 것들이 영상과 같이 그의 눈앞으로 스쳐 지나갔다.

그와 함께 그의 말 한마디 한마디에 변하면서 민감하게 반응하던 단아의 표정과 말들이 함께 그의 심장을 욱신거리게 만들었다.

'군인으로서 안 된다면 여자로서는 받아 주실 수 있으십니까?'

반반한 얼굴을 한 번도 감사하다고 생각한 적 없었다. 오히려 이 얼굴을 보고 다가오는 여자들을 그는 경멸하고 귀찮게 생각했었다. 임무 수행을 하면서 접근을 시도했던 여자들에게 받았던 수많은 고백들과 선물들을 그는 단 한 번도 깊게 생각해 본 적조차 없었다.

그러나 그녀가 한 도발은 분명하게 달랐다. 가질 수 없는 여자라는 것을 분명히 알면서도 그는 흔들렸고 그의 신체 안에도 다른 사람들과 같이 심장이라는 조직이 존재한다는 사실을 그는 민감하게 느낄 수 있었다.

류욱은 도톰한 단아의 아랫입술을 지그시 엄지손가락으로 눌렀다. 엄지손가락으로 전해진 짜릿한 전율이 척추를 타고 흘러내렸다.

마치 처음 여자의 입술을 마주한 순수한 소년과 같이 떨리는 느낌이 고스란히 느껴지는 듯 류욱의 눈매가 한순간에 날카롭게 가라앉았다. 한 번만 더. 한 번만 더 느끼고 싶다.

깊게 가라앉은 어둠이 그에게 용기를 준 것일까.

류욱의 얼굴이 점차 단아에게로 기울어졌다. 숭고한 기도를 올리는 듯 그의 눈도 부드럽게 감겼다. 숨기지 못한 감정을 드러내듯 입술이 살짝 떨려 왔다. 좁은 공간인 덕분에 둘의 사이가 금세 가까워졌다. 그의 심장은 북을 두드리듯 심하게 쿵쿵거리고 있었다.

그녀 고유의 향기가 그의 온몸을 감싸듯이 전해져 와 몸이 따뜻해진다. 조심스럽게 다가간 그의 입술이 꽃잎 위에 앉듯이 사뿐히 내려앉으려는 순간.

바스락.

움직임이 멈춰졌다. 두근거리던 심장과 함께. 기계적으로 류욱의 몸이 서늘하게 가라앉기 시작했다. 그의 눈이 다시 떠졌다. 그 눈동자 안에 단아의 얼굴이 고스란히 비쳤다. 단 한 번의 기회조차 허용되지 않는 것이 현실인가 보다.

그의 눈은 깊게 침전되었다. 그 안에 담긴 것은 분명한 상처였다. 하지만 한 번 눈을 감았다 뜨자 그의 눈빛은 완전히 달라져 있었다.

그녀를 더 이상 바라보지 못하고 그는 어둠에 잠긴 허공으로 시선을 돌려 버렸다. 이 마음이 허용되지 않는다면 숨겨서라도 그는 지켜야 했다.

다시 그는 어둠 속으로 스스로 발걸음을 옮겼다. 어느새 터져 버린 아랫입술에서 배어 나온 붉은 핏물을 그는 손등으로 닦아 냈다. 붉은 핏물이 짙은 상흔과 같이 그의 마음에 새겨졌다.

잠결에 움직이면서 흘러내려 간 담요를 담담하게 단아의 목 끝까지 올려 준 류욱은 짙은 어둠 속의 누군가를 매섭게 노려보았다. 마치 자신의 암컷을 지키기 위해 몸을 웅크리며 공격할 틈을 기다리는 수컷과 같이 그의 모든 세포가 평상시보다 민감하게 반응하고 있었다. 그는 다시 깊은 내면 속으로 그의 마음을 숨겨 버렸다.

✳

발자국 소리에도 살결 위로 소름이 돋는 깊은 어둠 속에서 검은 복장의 인영이 나와 자신의 존재를 알렸다. 깊게 모자를 눌러쓴 고개를 살짝 든 잭이 사납게 으르렁거렸다.

"뭐야."

"훈련 도중이므로 직접 찾아왔습니다. 무례를 용서하십시오."

검은 그림자가 정중하게 인사를 했지만 인사를 받는 잭은 못마땅한지 매서운 기운으로 그의 모든 행동을 무시하고 있었다.

"본론이나 말해."

"처리하시랍니다."

"……."

조심스럽게 내미는 검은 봉투를 잭은 다소 머뭇거리며 받아 들었다. 안에 들어 있을 서류를 꺼내 보고 싶지 않은 기이한 감각이 그의 뒷목을 훑고 지나갔다. 하지만 자신의 작은 행동마저 면밀히 살피고 있는 요원의 눈초리를 그는 모르지 않았다.

훈련받은 이의 매서운 눈길이 그의 행동 하나하나를 주시하고 있었다. 그는 자신의 혼돈을 들키지 않기 위해 더욱 깊게 고개를 숙였다.

서류를 꺼내는 손이 살짝 떨리는 듯 그의 동작이 느리게 이어졌다. 서류에 든 이름을 본 순간, 그의 동공이 심하게 흔들렸지만 그는 확인을 마치자 다시 서류를 봉투 안으로 집어넣고 담담한 듯 입술을 다물었다.

"한단호 과장이 현재 추적을 강화하고 있습니다. 서류에 든 자료는 한단호 과장의 여동생인 한단아의 신상명세서와 저희 쪽에서 알아낸 것들입니다."

"본론만 말해."

자세하게 얘기하는 요원의 분위기가 심상치 않았다. 무엇인가가 있는 것이다. 그녀가 그저 한단호의 여동생일 뿐이라면 그가 여기에까지 급하게 찾아오지 않았을 것이다. 왠지 모르게 드는 긴장감에 잭은 살짝 고개를 들어 어둠 속에 파묻힌 듯 흔적이 없는 또 한 명의 블랙요원을 날카롭게 노려보았다.

"스파이일 가능성이 있습니다."

심장이 쿵 내려앉는 느낌이 이와 같을까. 다리에 힘이 빠지는 감각에 잭은 재빨리 다리에 힘을 주었다. 겉으로 그의 동요가 드러나지 않았음에도 그를 지켜보던 블랙요원이 눈이 가느다래졌다. 잭은 날카로운 눈매를 가리며 사납게 일갈했다.

"알았다. 가 봐."

"믿고 있겠습니다."

한마디에 담긴 의미를 그라고 모를까. 머리를 숙이며 공손한 듯 말했지만 그 안에 담긴 의미는 달랐다. 그가 그녀를 처리하지 못한다면 그다음의 순서는 자신이라는 뜻을 내비친 것이다. 블랙요원은 그를 건방지게 시험하고 있었다. 더 이상의 혼돈은 없었다.

"건방지게 굴지 마라."

"죄송합니다."

잭이 고개를 돌리자. 블랙요원은 소리도 없이 순식간에 사라졌다. 그가 어둠 속으로 사라지는 모습을 잭은 돌아보지도 않았다. 다소의 시간이 지나자, 조심스럽게 서류를 다시 꺼내 자료들을 살펴보기 시작했다. 한단아의 신상명세서와 함께 그녀의 일생이 담긴 자료들이 **빽빽**하게 담겨 있었다.

한 장의 서류를 넘기는 순간 그의 군화 위로 한 장의 사진이 뚝 떨어졌다.

"하아."

그의 미려한 입가로 진한 웃음이 맺혔다.

"하하하."

새하얀 윗니가 드러날 정도로 웃어 젖혔다. 어이가 없는 듯한 웃음소리가 깊고도 슬프게 일그러졌다.

재미있네. 역시나 재미있어. 잭은 쓰러지듯 주저앉아 긴 손가락을 **뻗어** 그의 잘 닦여진 매끈한 검은색 군화 위에 떨어진 사진을 들어 올렸다.

다시 몸을 일으킨 잭의 고개가 살짝 기울어진다. 사진이 마음에 들지 않는 듯, 마치 신기한 생물체를 바라보는 듯 그의 눈은 삭막하게 굳어져 있었지만 입가에는 진한 조소가 맺혀 있었다.

한동안 그 사진을 보던 그의 웃음이 점차 사라져 갔다. 삭막하게 굳어져 있기만 하던 눈가가 허망한 듯 일그러졌다.

"하. 그래, 난 벗어날 수 없었던 거야."

지긋지긋한 올가미지만 그가 선택한 인생이었다. 그의 앞에 놓인 굴레와도 같은 현실. 그에게 있어 마음이라는 것이 진정 가질 수 있는 것이었던가?

사진 속에서 한 남자가 한 여자의 뒷모습을 하염없이 바라보고 있었다. 사진 속 남자의 가슴팍 명찰에는 강류욱이라는 세 글자가 선명하게 새겨져 있었다.

강류욱.

"이 이름을 버린다면 살 수는 있는 것입니까?"

✳

똑똑똑. 간결하지만 묵직한 노크 소리가 들리자, 불이 켜져 있지 않은 서재에서 검은 밤하늘을 올려보던 강석호는 미동도 없이 대답했다. 거부할 수 없는 힘을 가진 자의 목소리.

"들어와."

그의 허락이 떨어지자 서재 안으로 들어간 블랙요원은 공손하게 그에게 고개를 숙였다.

"반응이 어떻던가?"

"처리하겠다고 하셨습니다."

"그래?"

흥미가 일어난 듯 요원 쪽으로 의자를 돌린 강석호의 굵은 눈썹이 치켜 올라갔다.

"그 여자를 죽이겠다? 직접?"

"네."

"하하하. 재미있군."

호탕한 듯한 웃음이었지만 눈매만큼은 매섭게 요원을 노려보았다. 날카롭게 명령하는 그의 미간이 순식간에 굳어졌다.

"면밀하게 감시해. 설마 그놈이 여자를 마음에 두었을 리는 없겠지만, 만약 그렇다면 상황이 더욱 재미있어질 테니까."

강석호의 매끈한 입술이 비웃는 듯 비틀어졌다. 앞으로 상황이 어떻게 될지 알 수 없지만 왠지 기대가 되는 듯 그의 얼굴 위로 나타난 기대감은 숨길 수 없었다.

요원이 나가는 모습을 바라보며 강석호는 어둠 속의 허공을 날카롭게 노려보았다.

'너의 아버지의 죄를 네가 받는다고 생각해라. 잭. 그러니 나를 원망하지 말거라. 내가 사랑하는 여자의 마음을 평생 얻을 수 없었던 것처럼 너도 그 고통을 한번 겪어 봐야지. 마음을 가지지 못했던 너에게 생긴 마음이라. 재미있군. 기대가 돼. 한번 준 마음을 죽도록 끊어 내 보아라. 너는 절대 그 마음을 버리지 못할 것이다. 설사, 네가 스스로 죽는 한이 있더라도.'

4장.
미로의 늪

군화에 갇혀 내딛는 한 걸음이 힘들지라도 시간은 흐르는 물과 같이 멈추지 않았다. 덕분에 열흘이 넘는 천리행군도 기어이 끝이 났다. 부대 숙소로 돌아와 모든 감각이 사라진 지금은 침대에 몸을 기대고, 천장을 바라볼 수 있게 되었다.

하지만 단아는 천리행군이 끝나고 가지게 된 휴무의 기쁨이 절실하게 느껴지지 않았기에 천장을 바라보는 표정에도 감정은 없었다.

천리행군에 참가하였던 모든 대원들이 이박삼일 동안 주어진 전투 휴무(힘든 훈련 뒤에 주는 특별 휴가) 덕분에 온몸을 부르르 떨면서 환호성을 질렀지만 그녀는 그들처럼 기뻐하지 못했다.

결코 훈련이 끝났음이 홀가분하지 않은 것은 아니었다. 천리행군의 명성에 맞게 지독하게 힘든 훈련이었다. 처음으로 겪어 본 천리행군은 몸이 가진 한계를 시험하며 이성이 날아가는 극한의 훈련과 같았다. 어떻게 자신이 부대로 복귀했는지 돌아오는 며칠의 기억은 희미하기까지 했다.

하지만 그녀만은 훈련 후의 보상을 즐길 수 없었다. 그녀의 머릿속은 한 사람에 대한 생각으로 가득 차 있었다. 절대 아니라고, 아닐 거라고 생각하고 싶은 자신의 마음대로 현실을 보고 싶었으나, 현실은 그녀에게 매정하고 혹독했다.

훈련에서 돌아오자마자 그는 부대에서 외출을 하였다. 그 사실만으로 그가 블랙요원이 맞다고 단정 지을 수는 없으나, 불안감에 휩싸여 현실로 되지 않기를 바라는 직감은 언제나 그녀가 바라는 것과 반대로 이루어지곤 했으니까.

류욱은 그녀가 쓰러진 날 치료를 해 준 이후, 그녀를 철저하게 무시하고 멀리했다. 차라리 호통이라도 쳐 주고 면박이라도 주었으면 하는 마음에 그녀는 훈련 내내 그의 뒷모습을 바라보았지만 그는 철저하게 그녀를 외면하고 무시로 일관했다.

나는 무엇을 바라는 것일까? 그가 블랙요원이 아니기를? 아니면 블랙요원이더라도 자신을 바라봐 주기를? 그러면 모든 것을 버릴 수 있을까? 가족과 지금까지 내가 쌓아 왔던 세월들을? 나는 왜 그 사람을 이렇게까지 마음에 담은 것일까?

하지만 결론은 하나로 응축되어 버렸다. 그는 나를 싫어한다. 그럼에도 그녀는 그의 마음을 갈구하고 있었다. 그가 요원이든 아니든 그것은 중요한 것이 아닌 듯 요원일 수 있다는 의구심이 드는 순간, 자신의 생명과 직결된 문제인 만큼 바로 그에 대한 마음은 잠잠해져야 되는 것이 이론적인 절차였다.

그러나 아니다. 그에게 다가갈 수 없다는 방패막이 생기자 오히려 점점 더 초조해지고 조급해하고 있었다.

머리가 지끈거리는 듯 단아가 팔을 이마에 대고 눈을 감자, 하얀 볼을 타고 눈물이 흘러내렸다. 마음껏 울고 싶은데, 목 놓아서 울고 싶은데, 그녀는 울 수 없었다. 머릿속에 든 모든 생각을 버리고 싶다.

왠지 모르게 목이 마르기 시작했다. 쓴 술 한 잔의 위로라도 받고자 하는 그녀의 피가 뜨거워지기 시작했다.

더 이상 부대 안에 있을 수가 없었다. 외출을 신청하고 오피스텔로 들어온 류욱은 거칠게 군복을 벗기 시작했다. 훈련 동안 쌓였던 먼지와 땀에 젖은 군복은 그의 기분만큼이나 더럽고 지저분했다.

상의를 벗어 던지고 그는 주저앉듯 매트리스 위에 걸터앉았다. 구릿빛 탄력적인 상반신의 잔근육들이 고통을 호소하며 뻐근하게 그의 온몸을 조여 왔다.

"하아."

답답한 듯 머리를 쓸어 올리며 그는 이마에 손을 댄 채 깊게 숨을 들이마시고 내쉬었다. 가슴속에 용암 덩어리가 들어찬 듯 답답함이 그를 미치게 만들었다. 여러 번의 천리행군을 경험했던 그였지만 이번처럼 녹초가 된 적은 없었다.

그날 밤, 잠시 누렸던 꿈을 책망이라도 하듯이 그에게 다가온 현실은 그를 무너지게 만들기에 충분했다. 상부에서 요원이 가져다준 자료를 읽은 이후, 그는 철저하게 그녀를 외면하고 무시하는 것으로 거리를 두기 위해 노력했다. 하지만 그러면 뭐할까. 그의 신경은 민감하게 그녀를 의식하고 있는데.

조여 오는 근육의 통증에 그는 미간을 좁히며 샤워 부스로 걸어 들어갔다. 하의를 벗고, 양말을 벗자 피멍이 들고 물집은 터져 흐르는 엉망진창의 발이 나타났다. 이번에는 제대로 치료를 하지 않은 덕분에 발의 상태는 더욱 심각했다. 그제서야 터진 물집의 통증에 류욱의 미간이 심각하게 구겨졌다.

문득 발을 보자, 그의 크고 강한 발 위로 작고 하얀 발이 겹쳐 보였다.

"읔."

류욱은 작게 신음을 내뱉었다. 의식적으로 그녀를 피하고 멀리하면 무슨 소용 있을까. 그는 밤마다 그녀가 잠들어 있는 틈에 그녀의 발을 치료하고 돌보아 주었다.

그녀가 요원일지도 모른다고, 스파이의 위험이 있는 인물이니 처리하라는 상부의 명령이 떨어졌음에도 그는 빛 속에서는 그녀를 멀리하고, 어둠 속에서는 그녀의 상한 발을 치료해 주고 있었다.

'하아. 미친 게 틀림없어.'

회환에 잠긴 탄식이 터져 나왔다. 입안이 소태를 씹은 듯 쓰다. 이러면 안 된다고, 그녀에게 다가가면 안 된다고 자신을 채찍질하면서도 그는 그러지 못했다.

군인의 신분 아래 남자와 여자의 구별은 없다. FM의 정신에 입각한 그는 누구보다 그 사실을 명확하게 인지하고 있다. 그러면서도 의무관에게 그녀의 발을 보이지 못했다.

쓸데없는 고집이고 이기심이라는 것을 안다. 그러면서도 그는 옹고집을 피웠다. 그녀의 하얀 발을 누구에게도 보이고 싶지 않은 그의 속마음은 이미 그녀를 자신의 여자로 인식하고 있었지만 머리로는 그것을 인정하지 못하고 있었다.

그러면서 혼자 끙끙 앓았다. 낮에는 그녀를 밀어내고 무시했다. 허나 밤은 그를 솔직하게 만들었다.

차라리 작은 어깨를 흔들면서 의무관에게 가라고, 나는 너를 다치게 할지도 모르니 내 말 따위는 무시하고 의무관에게 치료받으라고 해야 했다. 하지만 그는 그녀에게 다가오지 말라는 말은 잘도 하면서 다른 남자에게서 발을 치료받으라는 말은 죽어도 할 수 없었다.

발 한 번 의무관에게 보이는 것이 무엇이라고.

이토록 이성을 통제 못 했던 적이 있을까. 그는 괴로운 듯 얼굴을 쓸어내렸다. 이제 그도 점점 지친다. 얼마나 더 버리고 얼마나 더 무시하고 멀리해야 하는 것일까. 이제는 몸을 혹사시킬수록 그녀에 대한 생각이 점차 진해지고 있었다. 그리고 그녀를 원하는 몸은 거의 한계에 이르고 있었다.

문득, 하얀 햇살 아래 그 빛만큼이나 새하얀 원피스를 입고 맑게 웃음 짓던 단아의 모습이 떠오른다. 단단하게 굳어 있던 그의 입술은 의식할 사이도 없이 풀어졌지만 그의 표정만큼은 더욱 애처롭게 일그러졌다.

결국, 그는 떠오른 말간 얼굴 덕분에 뻐근해진 아랫배의 고통에 신음을 삼키며 샤워 부스의 물을 거칠게 틀어 버렸다. 얼음과 같이 차가운 물줄기가 상처로 얼룩진 발 위로 떨어져 상처를 헤집었지만 그는 모든 고통을 느끼지 못하는 듯 미동이 없었다.

그는 아파도 참으라고, 무조건 참으라고 배웠다. 그리고 그는 고통을 느끼지 못하게 되었다. 아마도 극한의 신체적 고통을 참는 훈련 덕분으로 모든 신체적 고통에 무뎌졌을지도 모른다. 그래서 지금까지 그는 아프지 않았다.

"윽."

잇새로 신음이 터져 나왔다. 그런데 이제는 아프다. 훈련으로는 배우지 못했던 가슴이 아프고 심장이 뛰고 두근거린다. 그가 이제껏 느껴 보지 못했던 욕망이 그녀를 보면 꿈틀거리고 일어난다. 그건 남자의 욕망이면서도 뜨거운 감정이었다.

하얀 햇살 아래 빛처럼 웃던 얼굴을 떠올리는 그는 이미 그녀 앞에서 남자였다. 강류욱도 아니고 그는 그저 살아 있는 한 남자였다. 얼음같이 차가운 물줄기가 그의 온몸을 적셔 버렸다. 어린아이의 발걸음처럼 서투르게 피어나는 심장의 존재를 얼려 버리려는 것처럼.

✳

청와대 접견실의 소파에 앉아 있는 호성그룹 총수 한백훈은 금색의 청와대 마크가 그려진 잔을 들어 올려 뜨거운 차를 한 입 마셨다. 뜨거운 녹차가 두근거리는 마음을 다독여 주었다.

대한민국 제일의 그룹을 이끄는 총수로서 이 나라의 경제를 쥐락펴락하는 그였지만 이 순간은 그에게도 긴장감을 가져다주었다. 전직 비서실장으로 모셨던 대통령의 아들이자 현 대통령을 만나는 자리였기 때문이다.

얼핏 담담해 보이지만 긴장한 기색이 역력한 눈빛이 주변을 둘러보았다. 그때 접견실로 청와대 홍보기획관인 이은아가 들어오자 백훈도 벌떡 자리에서 일어났다.

"대통령님 오십니다."

뒤이어 문을 열고 현재의 비서실장 김상훈과 대통령이 함께 들어왔다. 대통령 박원호는 백훈을 보자마자 반갑게 악수를 청했다.

"어서 와요. 오시느라 수고하셨습니다."

"그동안 무고하셨습니까. 대통령님."

"그럼요. 어서 앉으세요."

대통령은 자리에 착석하자마자 백훈의 표정만큼이나 걱정스럽게 굳은 얼굴로 급하게 말문을 열었다. 그의 얼굴색이 어두워 보였다.

"이렇게 갑자기 찾아오시라 해서 미안합니다. 하지만 사안이 사안인 만큼 내가 걱정이 앞서서 서둘러 오시라 했습니다."

"송구스럽습니다."

"그런 말은 마세요. 급한 일이니 본론부터 시작하겠습니다. 자료를 먼저 보면서 얘기합시다. 김 비서."

대통령의 부름에 비서는 한백훈 회장의 앞에 자료를 내밀었다.

"여기 있습니다."

백훈은 담담하게 자료를 들어 읽기 시작했다. 첫 장에는 전 일본 총리에 대한 암살의 움직임에 대한 내용이 있었다. 그 시점이 전 총리가 내한하는 때라는 것이 문제이긴 하지만 암살기도는 예측했던 내용이었다. 그러나 다음 장에 담긴 내용을 읽는 백훈의 표정이 점차 굳어졌다. 이내 고개를 든 그가 걱정스럽게 물어 왔다.

"CIA 쪽의 행동이 수상하다니요? CIA 쪽에서 이번 리켄 전 총리의 암살을 도울 것이라고 생각하시는 겁니까?"

"그것은 100% 장담할 수 없어요. 다만 우리는 야마모토 리켄 전 총리를 무슨 일이 있어도 지켜야 합니다. 나라의 위신이 걸린 문제입니다."

대통령의 대답에 백훈은 다시 자료로 시선을 돌렸다. 그러자 대통령은 조급한 듯 설명을 하기 시작했다.

"저번에 한 회장의 말을 듣고 우리 국정원에서도 긴급하게 준비를 하였습니다. 하지만 이것은 단순한 암살 계획이 아닙니다. CIA가 이 계획에 암묵적으로 뒤를 봐주는 것은 미국 정부의 입장이라고 볼 수 있습니다."

"저도 그렇게 생각합니다."

"하지만 이번 내한을 해 주시는 야마모토 전 총리는 우리의 미래에 든든한 뒷받침을 해 주실 분입니다. 그러니 통일을 극구 반대하고 있는 미국 쪽에서 요원들을 파견할 것이라는 건 어느 정도 타당성을 가지고 있기에 묵과할 수가 없습니다. 이번에도 NPS의 도움이 필요합니다. 경호실장과 회의 결과, 경호처만으로는 역부족이라는 결론에 도달했습니다. 뒤에서 후방 지역을 보호해 주세요."

백훈은 깊게 생각하지도 않고 대통령을 향해 대답했다.

"저는 평생을 이 나라에 헌신할 각오로 살아온 사람입니다. 저희 요원들을 파견하겠습니다."

이 얼마나 든든한 소리인가. 대통령은 그런 백훈을 바라보며 미소 지었다.

"한 회장 같은 사람이 곁에 있어서 얼마나 든든한지 모릅니다. 내가 이번에 한 회장의 넓은 안광에 정말 탄복했습니다. 어떻게 NPS와 같은 조직을 만들 생각을 하셨는지. 주변의 열강 때문에 힘든 이 시기에 나에게 단비와 같은 존재입니다. NPS가 국가 안보에 얼마나 힘이 되는지 모릅니다."

"아닙니다, 대통령님. 저는 그저 저희들의 소신을 지킬 뿐입니다."

NPS(national preservation service), 국가보안원.

그곳은 현 대통령의 아버지였던 13대 대통령 때 만들어진 비밀 조직이었다. 80년대 미국과 주변 강대국들의 간섭이 심해지면서 국정원과 안보부의 국가 안보에 관한 모든 사안들은 미국 CIA 및 FBI에게 노출되어 있는 것이나 마찬가지였다.

이로 인해, 13대 박범근 대통령은 직접 비밀조직을 생성하기에 이르렀다. 그것이 바로 NPS로 미국의 눈을 피하고 대통령이 절대적으로 신뢰할 수 있는 조직이 되었다. 내국은 핵무기가 없기 때문에 비밀리에 핵에 대한 조사를 시행했고, 특급, 1급 국가 기밀들은 국정원이 아닌 NPS에서 관리되어 왔다.

겉으로 보기에 한백훈은 호성그룹의 총수이지만, 전직 비서실장으로 13대 대통령을 곁에서 모신 이후로 비밀리에 만들어진 NPS를 이끌고 있었다. 그래서 남들의 이목을 피하기 위해서 비서실장에서 사퇴를 하고 경제계 쪽으로 눈길을 돌린 것이다.

한백훈은 NPS 국장의 자리에 앉아 있었으며, 그의 아들인 한단호는 겉으로는 국정원 보안과장을, 뒤로는 NPS 총팀장으로 작전을 직접 이끌고 있었다. 그리고 실무 작전 팀으로 현재 상하이에 파견되어 있는 9명의 작전 파견 팀이 NPS의 비밀 요원으로 작전을 수행 중에 있었다.

대통령조차도 해외에 파견되어 있는 실무 작전 팀을 만난 적이 없었지만 언제나 대통령은 그들을 걱정했다. 나라를 위해 목숨을 아끼지 않는 그들에게 그가 해 줄 수 있는 것은 실질적으로 많지 않았다.

"하지만 명심하세요. NPS가 나라를 위해 움직이는 조직이기는 하지만 사람의 생명 또한 중요합니다. 항상 조심, 또 조심해 주세요."

"네. 알겠습니다."

대통령은 겉으로는 표현하지 못했지만 깊은 눈빛으로 백훈을 바라보았다. 당신들의 목숨보다 중요한 것은 없다는 그의 눈빛을 읽은 백훈은 대통령에게 머리를 숙여 인사했다.

언제나 작전을 나가는 순간은 떨리고 두려웠지만 나라를 위해서 이 한 목숨 바친다면 후회는 없을 것이라 그는 생각했다.

✳

돈이 있다 하는 사람들은 그들만의 비밀스런 공간을 즐겼다. 초호화 M호텔의 지하에 위치한 클럽의 입구는 그 명성답게 고급스러운 대리석 인테리어가 돋보였다. 신분을 입증하는 회원권을 제시한 정우는 특유의 유들유들한 미소를 띠운 채 클럽의 내부로 들어섰다.

얇은 소재의 스카이블루 셔츠, 화이트 팬츠는 그의 패션 센스를 돋보이게 만들어 주었다. 오늘은 어떤 여성을 만나 시간을 보낼까 생각하며 들어선 그의 손가락에는 하얀 담배가 끼워져 있었다.

긴 손가락으로 담배 하나를 돌리면서 들어선 그의 입가에는 여성들을 유혹하는 페로몬의 향이 강하게 풍기는 미소가 지어져 있었다. 그가 들어서자마자 지배인이 나와 그의 앞에 머리를 숙였다.

"오셨습니까."

"그래. 안으로 들어가지."

"네. 안내해 드리겠습니다."

정중하게 모시는 지배인의 뒤를 따라 걸으며 정우는 오늘 물은 어떤지 습관처럼 홀을 한 번 둘러보았다. 하지만 그를 향해 손 인사를 하면서 엉덩이를 들썩이는 여자들은 저마다의 미모와 멋진 몸매를 뽐내고 있었지만 그는 썩 내키지 않았다.

그녀들이 남성을 유혹하기 위해 입은 야한 옷이 구역질이 날 듯 역겹게 느껴졌다. 언제나 손만 뻗치면 닿을 곳에 여자들을 두고 살던 정우였는데, 이제 지겨워진 걸까. 그도 나이를 먹으면서 정신을 차리는 것일까. 오늘은 왠지 깔끔하게 술만을 마시고 싶다는 생각이 문득 들었다.

그는 내실을 거부한 채, 전체의 홀을 볼 수 있는 바에 앉았다. 시끄러운 음악 소리 속에 파묻힌 사람들의 웃음소리와 여자들의 유혹의 손짓, 그리고 그런 여자들을 향해 다가가지 못해서 안달이 난 남자들의 음흉한 눈빛이 섞여 이곳의 분위기를 한층 더 흥분되게 만들었다.

정우는 자신에게 눈빛을 보내는 여자들의 시선을 피한 채, 투명한 크리스털 컵에 담긴 술을 마셨다. 목이 타들어 가는 듯한 뜨거운 술이 그의 꽉 막힌 듯 답답했던 속을 시원하게 풀어 주었다. 이곳 세계에 들어온 지도 어느새 십 년. 십 년이면 강산도 바뀐다는 말이 있지 않던가.

하, 그래. 강산도 바뀐다는데. 문득 머릿속으로 그의 멱살을 잡고서 단아를 건드리지 말라고 다그치던 류욱의 모습이 스쳐 지나갔다. 그를 알고 지낸 지도 칠 년이 거의 지나가고 있었다. 짧지 않은 시간.

그 속에서 그들은 철저하게 인간이 가진 최소한의 감정까지 모두 던져 버렸다고 생각했다. 그런데 남아 있었던 것이다. 짙은 어둠 속에 침전되어 있던 폭풍이 휘몰아치듯 류욱의 눈빛은 위험할 만큼 초조했었다. 그는 이미 넘지 말아야 할 선을 넘은 것이다.

정우의 입가가 치켜 올라갔다. 오만하고 도도한 듯하지만 그 모습은 쓰리도록 외로움이 사무친 자의 표정이기도 했다. 유들유들하게 행동하는 가벼운 겉모습과 다르게 사람들에게 보이지 않는 그의 모습은 류욱만큼이나 검고 음울했다.

크리스털 잔에 부딪치면서 흩어지는 술의 빛깔이 차갑고 부드러웠다. 시간이 흐를수록 그의 눈빛이 점차 깊어지고 있었다. 그가 이 세계에 발을 디딘 것은 스스로의 의지였다. 하지만 류욱은 아니었다. 반은 자신의 의지였을지 몰라도 반은 현실에 굴복한 무의식적인 행동임이 분명했다.

항상 류욱은 그가 갈 수 없는 곳에 대한 갈망이 강했다. 그래서 더욱 의식적으로 빛이 있는 밝은 곳을 피했다. 그런 그에게 빛이 다가온 것이다. 햇빛을 피하던 그의 눈앞에.

정우의 눈에도 맑고 빛나는 작은 여자였다. 류욱의 눈에는 어떻게 보였을지, 그의 반응을 보면 알 수 있었다.

정우는 소개팅을 위해 호텔의 커피숍으로 들어오던 단아의 얼굴을 떠올렸다. 군인답지 않게 말간 얼굴과 투명하게 사람을 바라보는 눈빛은 올곧고도 깊었다.

류욱이 가장 싫어하는 눈빛이지. 어느새 정우의 입가에도 잔잔한 웃음이 묻어 있었다. 어쩌면, 어쩌면이라는 작은 희망이 그를 구할 수는 없을까.

술을 너무 많이 마셨나 보다. 쓸데없는 망상까지 드는 것을 보니 말이다. 정우는 고개를 흔들며 나약해지려고 하는 마음을 다잡기 위해 노력해야만 했다.

하지만 그 순간, 독한 술기운에 느려지던 몸의 세포가 긴장을 한 듯 곤두섰다.

"단아야, 나가서 술 깰 만한 거 사 올 테니까 잠깐만 기다려!"

뒤에서 들리는 하나의 이름. 그 이름이 그의 뒷목을 서늘하게 만들었다.

뒤를 돌아보자, 한눈에 상황을 파악할 수 있었다. 술에 취한 한 단아를 두고서 친구인 듯한 여자가 홀을 나가고 있었다. 그런데 문제는 그녀의 옆에 남자가 있다는 것이었다.

정우의 눈이 가느다래졌다. 그녀는 소개팅에서도, 클럽에서 처음으로 만났던 날에도 남자들을 철저하게 거부했었다. 하지만 지금 그녀는 남자가 음흉한 시선으로 따라 주는 술을 그대로 마시고 있었다.

하지만 상황은 거기에서 멈추지 않았다. 단아가 술에 취해 테이블에 엎드려 버리자 남자는 재킷 안주머니에서 무언가를 꺼냈다. 바로 그들에게 다가가려던 순간, 정우의 몸이 멈추었다.

음흉한 놈이 하얀 가루를 자신의 잔에 담긴 술에 타더니 급히 마신 것이다. 정우의 미간이 심각하게 구겨졌다. 쓰레기 같은 놈. 저절로 입에서 욕지거리가 나왔다. 저건 정력제나 최음제가 분명했다.

그는 저들 사이에 끼어들려고 했던 마음을 바꿨다. 아직은 시간이 있는 것 같으니까. 위험한 순간이 오면 자신이 아닌 그가 제지를 시키면 될 것이다. 정우는 급하게 품속에서 휴대전화를 꺼내 류욱의 번호를 눌렀다. 몇 번의 신호가 가지 않았지만 전화 받는 기척이 들렸다.

- 뭐야.

정우의 가슴이 탁 막혀 왔다. 류욱의 탁한 목소리에 그의 가슴이 뭉개지듯 답답하게 아려 왔다. 목소리에서 침전되어 있는 깊은 고뇌와 고통이 고스란히 느껴지는 것이 그의 착각은 아니리라.

그의 몸부림이 눈앞에 펼쳐지는 망상에 정우의 미간이 일그러졌다. 너 얼마나 더 참을래? 그 목소리가 목 끝까지 치밀었지만 류욱에게 전면전은 유리하지 않은 방법이었다. 그는 단단한 만큼 그대로 부러질 것이다.

"M호텔 클럽. 한단아 곁에 표적 하나."

뚝. 전화는 그렇게 류욱의 성격만큼이나 단호하고 차갑게 끊어졌다. 끊어진 전화를 내려다보는 정우의 입매로 살짝 미소가 지어졌다. 능청스러운 미소가 아닌 어딘지 모르게 서글픔이 느껴지는 웃음이. 어쩌면. 어쩌면이라는 작은 빛이 그의 친구에게만은 오는 것인가. 왠지 모르게 정우는 이 순간 류욱이 미치도록 부러워졌다.

모든 시간이 멈추고 호흡마저 멈추는 것만 같았다. 지금까지 그가 쌓아 왔던 고통과 같던 인내심이 정우의 한마디에 무너져 버렸다. 허망함을 느낄 사이도 없었다. 발아래로 땅이 꺼지는 듯한 착각에 그는 다리가 꺾일 정도로 일렁이는 감각을 견뎌 내야만 했다.

표적. 그것이 의미하는 것은 하나였다. 죽여야 한다. 그런 자가 그녀의 곁에 있다는 말 한마디에 그는 반사적으로 머릿속을 채우는 끔찍한 망상과 함께 움직이고 있었다.

클럽에 있는 음흉한 자의 시선 속에 있을 그녀를 생각하자 저절로 무시할 수 없을 만큼의 분노가 그의 이성을 갉아먹기 시작했다. 그가 가질 수 없는 여자. 너무 순수하고 맑아서 곁에 다가가기도 두렵건만, 지금 누구를 건드리고 있다는 건가. 순식간에 그의 머릿속은 그녀의 곁에서 치근덕거리는 벌레 떼들의 모습으로 가득 찼다.

지하 주차장에 있는 검은색 스포츠카에 올라탄 그는 모든 신호를 무시하면서 운전을 하기 시작했다. 검은 밤하늘 아래 비쳐지는 모든 불빛은 그의 분노를 잠식시키기에는 역부족이었다.

두근대는 심장과 함께 피를 토하는 듯한 초조함을 달래려 담배를 꺼내 입에 물었지만 그는 한시도 정신을 차리지 못했다. 만약 도톰하고 붉은 입술에 더러운 자들의 손이라도 닿았다면.

"죽여."

잇새로 으르렁거림이 새어 나왔다. 그는 허공에 그 더러운 자들이라도 있는 것만큼 매섭게 노려보았다. 눈을 느리게 감았다 뜨기를 반복했다. 그의 눈빛이 시간이 갈수록 차갑게 가라앉았다. 감정이 없는 눈빛에는 더 이상 이성에 기댄 자비가 남아 있지 않았다.

끼이익!

M호텔 앞에 강한 타이어 마찰음과 함께 검은색 스포츠카가 세워졌다. 거칠게 문을 열고 나온 류욱은 그대로 호텔 안으로 뛰어들어갔다. 검은색 와이셔츠에 검은색 정장 바지를 입고 있는 그의 주변으로 검은 아우라가 풍겨 서늘함이 맴돌았다.

아무도 그를 저지시키지 못했다. 회원권을 확인하려 지배인이 다가오자, 그는 다짜고짜 말을 꺼냈다.

"어디 있어."

간신히 한마디를 내뱉은 그의 목소리는 평상시보다 깊고 낮았다. 다소 갈라지는 듯 낮았지만 그만큼 더욱 섹시했다.

위험하게 흔들리는 류욱의 동공을 바라본 지배인은 저절로 척추를 타고 진한 두려움이 타고 올라오는 것을 느꼈다. 그것은 본능적인 자각과 같았다. 이자를 제지하면 안 된다는 본능의 목소리. 지배인이 홀로 안내를 하자, 류욱은 그사이도 참지 못하고 급하게 지배인을 지나쳐 안으로 들어갔다.

입구에 들어서자 홀의 전체적인 광경이 한눈에 들어왔다. 그리고 그의 눈빛은 정확하게 한 곳을 노려보기 시작했다.

그의 온몸의 피가 이제는 다른 의미로 차갑게 식어 가기 시작했다. 입에 문 담배를 옆에 있던 테이블에 비벼 끄는 와중에도 그의 시선은 내내 한곳에 고정되었다. 그리고 그는 다시 새하얀 담배를 꺼내 물고 라이터로 불을 붙였다. 그의 핏기를 가로챈 것처럼 하얀 담배 끝에 붉은 빛이 빛났다. 눈을 든 그의 깊은 눈매가 위험할 정도로 담담하게 으그러져 있었다.

M클럽에 도착한 류욱이 그녀를 바라보고 있다는 것을 알지 못하는 단아는 끈적한 남자가 건네는 약이 타진 술잔을 무의식적으로 받아 마셨다. 반항하는 심보인지도 모른다. 술이 먹고 싶어 온 곳에서 한 번도 한 적이 없는 행동을 그녀는 하고 있었다.

마음이 추워서, 너무 추우니까 사람의 온기가 그리웠나 보다.

아니다. 오기이자 반항일 것이다. 당신 말고도 나도 남자 만날 수 있다, 하는 풋내 나는 엇나간 반항인지도 모른다. 그를 잊을 수 있다. 이 세상에 그 말고도 남자는 넘쳤다.

그녀는 클럽에 와서 처음 자신에게 다가오는 남자를 밀어내지 않았다. 남자의 얼굴만 봐도 류욱의 얼굴이 떠올라서 곁에 앉은 남자를 쳐다보지도 못하면서 단아는 남자가 따라 주는 술을 그대로 마셨다.

끈적한 시선, 음흉한 목소리, 시시때때로 기회를 엿보며 그녀의 몸 주변을 맴도는 손길을 그녀가 모를 리 없다. 이런 자들에게서 이 작은 몸뚱이 하나 보호하기 위해 그렇게 신분도 속이면서 교육을 받았는데. 그녀는 지금 자신을 보란 듯이 풀어 놓고 말았다.

부모를 선택해서 태어나는 것이 아니듯 위험한 부모 밑에 태어난 건 그녀가 바란 게 아니었다. 그러나 자신의 의지와는 상관없이 그 환경에 맞춰 살아야만 했다.

직접 작전에 투입되진 않았지만 주변에 도사리고 있는 위험으로부터 목숨을 위협받지 않기 위해 그녀는 그곳의 세계를 알아야만 했다. 차라리 알지 못했더라면 더 낫지 않았을까. 하지만 이제 와서 생각한다고 달라지는 것은 없었다.

답답한 속에 독한 술이 들어가니 더 쓰리다. 술 한 잔으로 풀어질 속이 아니건만 그녀는 기계적으로 술잔을 입으로 가져갔다. 또 한 잔을 들어 마시려는데 밀어냈던 남자의 끈적한 손이 단아의 허벅지를 타고 올라왔다.

"왜 이렇게 술만 마실까?"

단아의 머리 위로 남자의 위험한 눈빛이 맴돌았지만 딴 곳에 정신이 팔린 단아는 그것을 알아차리지 못하고 있었다.

똑같은 남자인데 어떻게 이렇게 다를까. 그녀의 곁에 있게 해 주었지만 결코 자신의 몸을 만지게 해 줄 마음은 없었다. 만지지 말아 달라고 말했지만 그 남자는 앙탈하지 말라는 듯이 연신 그녀의 몸으로 달려들지 못해 안달이었다. 다시 허벅지를 쓰다듬고 있는 그 손을 제지하려던 순간이었다.

탁!

그들이 앉아 있는 테이블을 내려치는 거친 소음에 그곳으로 단아와 단아의 곁에 앉아 있던 남자의 시선이 돌아갔다.

그녀의 앞에 나타난 한 사람의 모습이 온전히 시야를 차지한다. 그리고 1초. 2초. 3초. 허공에서 마주친 차가운 시선에 시간이 멎은 듯이 단아의 온몸은 뜨겁게 달아올랐다 이내 차갑게 식어 가기 시작했다.

그들 주변을 둘러싼 모든 사람은 사라졌다. 귀가 먹먹할 정도로 시끄러운 음악 소리와 사람들의 소음은 없어지고 귓가에는 이명만이 울렸다.

망치로 머리를 얻어맞은 듯 느껴지는 어지러움에 단아는 간신히 의자를 붙잡아 몸을 지탱했다. 마치 이 자리에 오직 그와 그녀만이 있는 듯이 모든 것이 사라졌다.

하지만 그 상태는 오래가지 못했다. 정적과 같은 짧은 순간이 지나자 순식간에 곤두박질치는 심장과 함께 어둠이 그녀를 잠식시켰다. 불쑥 나타난 이는 바로 류욱, 그였다. 말도 안 된다. 왜 그가 여기에?

허공에서 마주친 그의 눈빛은 맹수의 것과 같았고 그 눈으로 그녀만을 매섭게 노려보고 있었다. 보이고 싶지 않은 모습을 보이고만 민망함과 당황스러움에 발밑이 꺼진 듯 천길 나락으로 떨어지는 것만 같았다.

류욱과 단아의 눈빛이 허공에서 정확하게 마주쳤다. 그의 눈빛은 정확하게 그녀를 바라보고 있었다. 아니, 마치 잡아먹을 듯이 노려보고 있었다는 것이 더 정확했다.

정신이 점차 흐려지면서 뜨거워지는 야릇한 몸의 반응에 단아는 아무런 행동을 하지 못하고 막연히 그를 올려다보았다. 그녀는 어떠한 동작이라도 취하고 싶었지만 몸이 움직여지지 않았다.

미처 퍼지지 않았던 약기운이 류욱이 나타난 충격으로 순식간에 온몸으로 퍼졌기 때문이다.

그런 그녀를 바라보던 류욱의 입술 끝에 희미하게 미소가 걸렸다. 냉혹하지만 시선을 돌릴 수 없을 만큼 아찔하다. 단아의 가슴이 철렁 내려앉았다.

날카로운 선이 살아 있는 블랙 슈트는 그의 눈빛만큼이나 치명적으로 아름답게 그와 어울렸다. 그에게서 뿜어져 나오는 압도적인 위압감은 모든 이들을 굳어지게 만들었다.

뚜벅뚜벅, 차가운 대리석 위로 그의 구두 굽 소리가 울렸다. 한 걸음 한 걸음 다가오는 그의 걸음걸이를 따라 음습한 아우라가 더욱 진해졌다. 단아와 음흉한 남자에게 다가온 류욱은 시선을 그녀에게 고정한 채 매끄러운 동작으로 소파에 놓여 있는 남자의 손을 틀어쥐었다.

"너, 너, 뭐……!"

그러나 남자의 고함은 뚝 끊겼다. 류욱은 보라는 듯이 시선은 그녀에게서 고정한 채, 고민도 없이 그대로 더러운 남자의 손을 꺾어 버렸기 때문이다. 남자의 고통에 찬 비명이 터져 나왔다.

"으아아악!"

고통에 남자가 몸부림을 시작하자, 얼굴에 표정이 사라진 류욱이 느긋하지만 유려하게 움직였다. 거칠게 아랫배를 후려친 그는 나자 빠지는 남자를 다시 끌어 올리더니 음흉하게 미소를 짓던 얼굴에 깔끔하고 빠르게 주먹을 내리꽂았다.

그 모습이 마치 영화의 한 장면을 보는 듯했다. 평범하지 않은 실력에 주변에서도 아무도 그를 말리지 못했다.

말려야 한다. 맞고 있는 남자의 생명을 위해서는 류욱을 말려야 한다는 생각이 그녀의 머릿속을 강타했다. 남자의 생명도 문제지만 그보다는 류욱 때문에라도 말려야 했다. 이곳에서 일이 커진다면 손해를 보는 것은 그임에 분명하기에.

약기운이 빠르게 퍼지고 있었다. 급박해지는 조급함을 안고 단아는 온몸의 고통을 참으며 이를 악물고 몸에 힘을 주면서 벌떡 일어났다.

"그만…… 그만하세요!"

우뚝. 누구도 멈추지 못할 것 같던 류욱의 주먹이 허공에서 멈추었다. 천천히 그녀를 돌아보는 류욱의 얼굴 위로 상처받은 이의 슬픔이 스쳐 지나갔지만 단아에게는 그런 모습을 알아차릴 겨를이 없었다. 그만큼이나 단아의 표정도 차갑게 가라앉아 있을 뿐.

"지, 지금 뭐하시는 거……죠?"

스르륵 몸을 일으킨 류욱의 시선이 정확하게 단아를 바라보았다.

"다시 한 번 말해 봐."

"지금 뭐하시는 거냐구요!"

마치 그녀가 한 말이 믿기지 않는 듯이 초점이 맺히지 않는 동공 속에서 무언가가 흔들렸다. 단아를 바라보는 눈빛은 깊고 암울했다. 그러나 그 속에는 그녀에게 무언가 말하는 듯한 눈빛이 있었다.

단아는 그의 그런 눈빛이 싫었다. 아프다. 왜 저런 눈빛으로 바라보는 건지. 갑자기 나타난 그가 밉고 원망스럽다. 누가 도와 달라고 했던가?

하지만 그런 생각의 밑바탕에는 뼛속까지 군인인 고지식한 그의 눈에 자신이 어떻게 비쳐졌을지에 대한 두려움이 있었다. 가벼운 여자로 비쳐질지도 모른다는 것이 너무 마음이 아팠다. 걱정에 극에 달하자 오히려 말끝은 사납게 나갔다. 마음과 다르게.

"저의 일에 신경 쓰지 말아 주세요! 이렇게 사적인……!"

하지만 그녀는 말을 모두 끝내지 못했다.

"악!"

그가 말을 막듯이 거친 동작으로 단아의 팔을 세게 그러쥐었다. 그의 힘에 끌려간 단아는 순식간에 숨결이 느껴질 정도로 그와 가까워졌다.

단아의 심장이 쿵, 바닥으로 떨어져 내렸다. 반사적으로 그에게서 멀어지기 위해 한 발자국 뗀 순간, 그는 다시 그녀를 잡아당겼다.

"네가 얼마나 한심한지 한번 보라고."

류욱은 기계와 같은 동작으로 소파에 널브러진 남자의 상의를 뒤지더니 하얀 가루가 든 봉지를 꺼내 테이블 위로 던졌다. 검은 빛깔의 대리석 테이블 위로 던져진 가루.

"그렇게 남자가 필요했나?"

흐려지는 정신 속에서도 가슴이 무너지는 듯한 충격이 그녀를 뒤덮었다. 정확한 정체는 몰라도 지금 상황을 반추해 봤을 때 저 가루가 무엇인지 추측하는 건 어렵지 않았다. 만약 그가 나타나지 않았다면? 그가 붙잡고 있지 않았다면 그대로 쓰러져 버렸을 만큼 그녀는 심하게 몸을 떨기 시작했다.

말도 안 된다. 정말 내가 미쳤나 봐. 하지만 후회는 이미 너무 늦은 상황이었다. 그제서야 흐릿해지는 정신과 뜨거워지는 몸의 감각에 납득이 가면서 두려워지기 시작했다. 힘이 빠지는 다리의 감각. 하얀 가루는 분명히 최음제일 것이다. 저것은 방금까지도 자신의 다리를 더듬던 남자의 옷에서 나온 것이니까. 음흉의 남자의 목적은 결국 그녀와의 하룻밤. 그녀의 몸.

치기 어린 반항심으로 시작된 장난의 결말이 결국 이것이었다. 음흉한 남자들의 손길의 종착점을 알고 있었으면서도 자신은 그들로부터 벗어날 수 있다는 자만심에 휩싸여 있었을 뿐이다. 온몸에 힘을 줄 수 없어 단아는 붉어진 아랫입술을 깨물었다.

약기운이 돌고 있는 모양인지 몸을 불쌍할 정도로 잘게 떠는 단아를 내려다보며 류욱은 거칠게 머리를 쓸어 올렸다. 그는 단아의 얇은 손목을 그러쥐었다.

놓을 수 없는 그녀의 손. 그 작은 접촉에도 그녀의 피부가 이상하게 뜨겁고, 맥박이 빠르게 뛰고 있다는 것을 그의 민감한 감각은 느낄 수 있었다.

그러나 다른 이유로 그의 얼음 같은 심장은 더 빠르게 뛰고 있었다. 무너질 듯 흔들리는 작은 단아를 내려다보는 류욱의 눈빛은 차가웠지만 깊은 내면은 뜨거워지고 있었다. 자신의 시선을 피한 채,

하얀 가루를 보면서 온몸을 부들부들 떨고 있는 단아를 내려다보는 류욱의 얼굴 위로 많은 번민이 지나갔다.

"젠장."

이 여자를 어떻게 하면 좋을까. 손을 놓아야 하건만, 단아의 손목을 쥐고 있는 류욱의 손힘이 점차 강해졌다. 한시도 그의 시야를 벗어나게 놔둘 수가 없는 그녀가 마음에 들지 않으면서도 언제나 그녀의 곁을 맴도는 자신의 한심함에 치가 떨려 왔다.

"아파요!"

제발 가만히라도 있든가. 단아는 그의 큰 손에 붙잡혀서도 시시때때로 불퉁한 표정으로 노려보며 그의 손아귀에서 벗어나려고 발버둥 쳤다. 약기운에 취해서 온몸을 떨면서도 그녀는 끝까지 그를 거부하고 밀어냈다.

그것이 시발점이 되었다. 처음에는 그저, 클럽에서 다른 남자들과 있을 그녀를 상상하는 것만으로도 화가 나 이곳까지 왔다. 그런데 자신의 앞에서는 그렇게 당당하면서, 다른 남자들의 손길을 제대로 거부하지도 못하는 걸 보고 분노를 느꼈다. 약에 취해 놓고도 그의 손길을 거부하는 그녀를 본 그의 강한 이성은 그대로 끊어져 버렸다.

기이할 정도로 그녀의 몸부림은 그의 욕망을 부채질하기 시작했다. 그녀를 밀쳐 내기 위해 참고 외면했던 그동안의 몸부림이 무색할 정도로 그는 한 번에 무너져 내렸다.

흔들리던 류욱의 눈빛이 짙어졌다. 복잡했던 번민도 사라져 버렸다. 그녀에 대한 감정으로 이미 지치고 잔뜩 달아오른 몸에 그는 굴복해 버렸다.

단아는 류욱의 손아귀에서 벗어나려고 몸부림을 쳤다. 자신이 약을 마셨다는 것을 알고 나자, 몸속으로 퍼지는 이상한 감각이 그녀를 뒤흔들었다.

팔목을 잡고 있는 접촉에도 몸은 민감하게 반응했다. 피부를 타고 흐르는 피가 뜨거워진다. 이상하고 야릇한 뭉클한 감각이 아랫배에서 몸 전체로 퍼지고 있었고, 그의 손에 붙잡힌 손목의 살결은 상상 이상으로 뜨거웠다.

단아는 그의 손길을 뿌리치고 이 자리에서, 그의 시선에서 벗어나고 싶었다. 하지만 무슨 오기인지 그럴수록 그는 그녀를 옭아매려고 했다. 항상 자신을 거부했으면서! 내려다보는 시선 속에는 한기를 담고 있으면서도 그는 그녀의 작은 움직임까지 통제하고 있었다.

"비켜…… 주세요."

간신히 힘을 주고 내뱉은 한마디. 시선을 피하고 있는 그녀와 그런 그녀를 내려다보는 류욱의 사이는 채 한 뼘이 되지 않았다. 거칠게 숨을 들이쉬고 내쉬는 그의 가슴 들썩임이 고스란히 느껴질 만큼. 점차 흐려지는 정신에 단아가 살짝 기울어지며 휘청거렸다.

류욱은 침묵으로 호통을 치듯 단아의 손목을 붙잡은 채로 걸음을 옮기기 시작했다. 어디에 가냐고, 왜 왔냐고 물어볼 힘도 없는 그녀는 그렇게 속수무책으로 그에게 끌려갔다.

1층에 올라와 어느새 호텔의 키를 받은 그와 함께 엘리베이터에 올라서며 로얄층의 버튼을 눌렀다. 그제서야 살짝 이상한 그의 행동에 단아는 그를 올려다보았다.

설마. 흐릿해지는 시야 속에서도 그의 앞에서만은 무너지고 싶지 않은 그녀의 오기가 고스란히 비쳐졌다.

"지금 뭐……하시려는 거예요? 여기는……."

하지만 더 이상 입을 열 수 없었다.

탁!

손으로 엘리베이터 벽면을 내려친 류욱의 얼굴이 그녀에게 순식간에 다가와 있었다. 흡. 저절로 숨이 멈췄다. 그녀를 바라보는 그의 눈빛은 섬뜩할 정도로 매서웠다. 그리고 얼굴에 닿는 그의 호흡은 그녀가 내뱉고 있는 숨결보다도 뜨거웠다.

"입 열지 마. 지금도 충분히 참고 있으니까."

으르렁거리듯이 내뱉는 그의 음성은 심각할 정도로 탁해져 있었다. 그녀를 바라보는 것이 싫은 듯 바로 고개를 돌리는 그의 모습에 단아는 이를 악물었다. 그가 여기에 어떻게 온 것인지, 왜 온 것인지는 더 이상 생각할 필요도 없었다. 호텔방으로 그녀를 끌고 올라가는 그의 분위기에 그녀는 입을 뗄 수가 없었다.

치욕스럽고 그의 손에 이끌려 가는 자신이 한심스러웠지만 그녀는 끝까지 그를 밀어내지 못하고 있었다. 솔직히 두려웠다. 약기운에 취해 시간이 지날수록 온몸의 피가 들끓고 감각이 날뛰어 무서워졌다. 한편으로 그녀가 위험한 순간에 나타나 준 그가 고맙게까지 느껴졌다.

흐려지는 시야 속에서도 미련스럽게 코끝이 매워진다. 목이 아파온다. 참아야 하는데, 참아야 하는데 손목을 쥐고 있는 그의 손이 너무 뜨거웠다. 그리고 그녀에게 느껴질 정도로 그의 손은 떨리고 있었다.

약을 먹은 것은 그녀임에도 그녀의 손목을 쥐고 있는 그는 심각할 정도로 떨고 있었다. 그는 그것을 알고 있는 것일까. 자신을 그렇게 싫어했으면서도 그녀를 도와주는 것은 왜일까. 마음을 받아주지 못하는 것에 대한 미안함인 걸까.

띵.

엘리베이터가 도착하자 그는 우악스럽게 그녀를 다시 잡아끌었다. 마치 인질을 끌고 가듯이 그의 손에 마음대로 움직이는 자신의 신세가 처량하고 불쌍하면서도 그녀는 그의 손을 뿌리치지 않았다.

이 상황은 무슨 상황이라고 해야 할까. 좋아하는 남자에게 몸을 주게 생겼으니 북을 울리며 노래라도 불러야 할까? 그런데 왜 이렇게 눈물이 앞을 가리는 것일까? 혹시 모르는 일이었다. 그가 자신의 몸을 취하고 나면 조금이라도 마음을 주게 될지.

그 생각에까지 이르게 되자, 시야를 가리며 고여 있던 눈물은 기어코 볼을 타고 흘러내렸다. 후드득 떨어지는 눈물을 닦아 내지도 못한 채 단아는 키로 객실의 문을 열고 있는 그를 올려다보았다. 거칠게 끌고 온 힘이 무색하게 그녀의 시선이 닿자 류욱의 손이 움찔하면서 키를 떨어뜨렸다.

"젠장."

그는 도망이라도 칠까 봐 두려운지 그녀를 잡고 있는 손을 놓지도 않고, 바닥에 떨어진 키를 주워 들었다. 키를 쥔 그의 손도 잘게 떨리고 있었다.

남자들은 감정이 없이도 잠자리를 가질 수 있다더니 그도 그런 것인가. 하지만 그녀는 더 이상 그를 밀어낼 마음이 없었다. 그에게 줄 수 있는 것이 이 몸뿐이라면 하룻밤의 상대라도 괜찮다.

마음은 그렇게 정했으면서도 심장을 쑤셔 대는 듯한 고통에 그녀는 다시 한 번 가시를 세우며 반항을 했다.

"놔주세요."

"조용히 해."

그녀의 의사는 철저하게 무시되어졌다. 그는 단칼에 그녀의 입을 막으며, 몇 번의 시도 끝에 문을 열고서 그녀를 집어 던지듯이 호텔방으로 밀어 넣을 뿐이었다. 감정 없는 동작. 그리고 감정 없는 표정.

"앗!"

그는 입고 있는 옷만큼이나 모든 것이 어두웠다. 마치 도망가지 못하도록 막는 것과 같이 세게 쥐고 있던 손목을 그는 방에 들어서자 거칠게 놓아 버렸다. 마치 더러운 것을 버리듯이.

그의 힘에 단아는 바닥으로 쓰러졌다. 차가운 대리석 바닥의 한기가 민감해진 피부를 타고 스며들었다. 차갑다.

"도대체 무슨 생각을 하는 거지?"

류욱이 거칠게 얼굴을 쓸어내리며 물었다. 그의 목소리는 섬뜩할 정도로 낮고 탁하다. 약기운이 퍼져서 모든 감각이 예민하게 곤두서 있었다. 온몸을 떨 정도로 몸을 가누지도 못하면서 그녀는 그를 향한 날카로움을 좀처럼 거두지 않았다.

"무엇을요?"

그가 직접 그 더럽고 추접했던 놈에게서 구해 주었는데 끝까지 그를 올려다보는 단아의 눈빛에는 원망스러움이 내비쳤다. 그것이 모든 것을 참고 있는 그를 낭떠러지 끝까지 몰아가고 있었다.

작은 어깨를 뒤흔들면서 나만을 보라 외치고 싶었다. 하지만 그 외침이 목에 가시가 되어 걸린 듯 입 밖으로 나오지 않았다.

허공에서 노려보는 류욱의 눈빛이 번뜩였다. 도대체 저 작은 머리는 무슨 생각을 하는지, 그의 머리는 터질 듯이 혼란스럽고 복잡했다. 그러면서도 몸을 잘게 떨고 있는 모습은 고스란히 각인되어져 그의 이성을 휘둘렀다.

다른 남자에게 몸을 내주고 있던 그녀의 모습이, 그리고 그의 시선을 피하는 그녀의 시선이 그를 아프게 만들었다.

이를 악물고 그는 으르렁거리듯이 내뱉었다.

"선택해 봐."

그를 올려다보는 단아의 큰 눈에는 투명한 눈물이 가득 고여 있었다. 넘칠 듯 그렁거린다. 어디에서 그 많은 눈물이 나오는지 알수 없을 정도로 후두둑 떨어져 내리는 눈물. 그녀는 그에게 고문을 하듯이 그를 매섭게 올려다보면서 흐르는 눈물을 닦지도 않았다.

돌아 버릴 것 같다. 그를 진정 미쳐 버리게, 상처받게 하는 방법을 그녀는 정확하게 알고 있는 것 같았다. 그녀의 행동 하나하나가 그를 자극하고 있다는 것을 그녀는 알까.

"뭘…… 말이죠?"

목소리가 떨린다. 그리고 심장은 더 크게 떨리고 있었다. 올려다보는 그가 너무 거대해 보여서. 그런데도 다른 한편으로는 약기운에 취한 자신의 곁에 그가 있다는 사실에 그녀는 자신도 모르는 사이 안심하고 있었다. 그러한 심정을 숨기기 위해 단아는 일부러 더욱 고개를 치켜들었다. 그리고 오만한 눈빛의 그는 어이없는 말을 던졌다.

"다른 남자랑 나."

허? 작은 실소가 터진다. 그 짧은 한마디에 모든 의미가 파악되었다. 마치 위기에 빠진 그녀를 마지못해 구해 줬다는 듯 보이는 그의 우월한 모습이 경멸스럽게 다가왔다. 그것이 거슬렸다. 그냥, 자신을 여자로 봐 주지도 않으면서 선행을 베푼다는 식의 태도가 밉고 원망스러웠다.

하지만 그러면서도 그를 밀쳐 내기가 두려운 자신의 진심이 심장을 고통스럽게 만들었다. 오히려 그녀의 몸은 그와 이 호텔방에 와 있다는 것을 인식할수록 뜨거워지고 있었다. 그녀는 마지막 발악과 같이 끝까지 그를 거부하고 말았다. 여자의 마지막 자존심이자 오기.

"가세요. 다른 남자를 선택……하더라도 당신은 아니에요."

그들 사이로 정적이 맴돌았다. 넘어설 수 없는 강이 그들 사이에 있는 듯 두 사람 사이에는 큰 장애물이 있었다.

"뭐?"

그녀의 말을 정확하게 듣고도 류욱은 다시 그녀에게 되물었다. 마치 못 들을 말을 들은 것처럼 머리를 울리는 충격에 그는 말문이 막혀 버렸다.

그의 성격만큼이나 굵고 검은 눈썹이 들썩였다. 류욱을 부정하는 말에 급격하게 구겨지는 그의 기운이 느껴졌지만 단아는 냉담하게 그의 시선을 피해 버렸다.

"다시…… 한 번 말해 봐. 다시 한 번 말해 보라고!"

서늘한 그의 기운이 강해지고 그가 억세게 단아의 팔목을 다시 붙잡았다. 아프게 쥐는 그의 손길에 악에 받친 단아의 고개가 올라가며 그를 올려다보았다. 그리고 보았다. 무언가를 참고 있는 듯한 눈 속에 담긴 감정. 그는 입술이 떨릴 만큼 분노에 찬 얼굴을 하고 있었다.

"그게 아니라 저는…… 흐읍!"

홧김에 마음에도 없는 말을 하고서도 그의 반응에 겁을 먹었다. 그러나 변명을 말하기도 전에 뜨거운 것이 단아의 입술을 그대로 막아 버렸다. 그대로 온몸이 굳어지고 숨이 멈춰 버렸다.

뜨겁게 다가온 그는 그녀가 더 이상 말할 수 없도록 조급하게 입술을 막아 버렸다. 그의 힘에 놀라 벌어진 단아의 입 안으로 들어온 뜨거운 혀는 무엇인가에 쫓기는 듯 조급하게 그녀의 혀를 송두리째 빨아 당겼다. 뜨겁고 아찔한 감각에 시야가 뿌옇게 번졌다.

"으흑."

넘쳐흐를 듯 뜨거워져 이제는 고통을 느끼는 몸에 단아가 그의 와이셔츠 자락을 붙잡으면서 잘게 몸을 떨었다. 그제야 그의 몸이 살짝 그녀에게서 떨어져 나갔다. 닿을 듯 말 듯 떨어진 그의 입술이 움직였다. 그는 간신히 한마디를 내뱉었다.

"나를…… 선택해."

"……."

그리고 그는 고통스럽게 애원했다.

"날 밀어낸다면 용서하지 않을 거야."

대답을 할 수가 없어 단아는 그저 손으로 붙잡고 있는 그의 와이셔츠를 자신에게로 살짝 끌어당겼다. 그것이 신호였을까. 그가 이번에는 매우 조심스럽게 단아의 입술 위로 입술을 내렸다.

뜨겁다. 그녀보다도 그의 입술이 더 뜨거웠다. 조심스럽게 들어오는 그의 혀는 그녀의 입술이 사탕이라도 되는 듯 조심스럽게 머금었다. 조금 전과는 완전히 다르게 조심스러운 그의 입술과 혀는 그대로 단아의 온몸을 녹아내리게 만들었다.

세 번째 입맞춤이지만 그녀와 호흡을 나누고, 그녀의 생생한 반응을 느끼면서 하는 입맞춤은 류욱의 이성을 잃게 만들기에 충분했다. 참을 수 없는 열기가 그를 뒤덮었다.

더 이상은 안 된다. 안 된다. 이성을 또 붙잡고 붙잡지만 그의 와이셔츠를 붙든 채 몸을 떠는 단아의 모습은 간신히 붙잡고 있던 이성의 끈을 끊어 내기에 충분했다. 그동안 참고 숨겨 왔던 무수한 노력이 물거품이 되는 순간이었다.

그는 그녀를 한 번에 들어 올려 침대로 다가갔다. 짧은 순간조차 놓을 수 없다는 듯이 그는 그 와중에도 그녀의 입술을 놓아주지 못했다.

마지막일지도 모르는 순간이 그를 더욱 애절하게 만들었기 때문일까. 그래서 더 조급한지도 모른다. 류욱은 모든 인내심을 끌어올려 침대에 단아를 눕히면서 힘들게 입술을 떼어 냈다.

그의 아래 누워 그를 올려다보는 그녀. 항상 그의 상상 속에 있던 그녀의 모습보다 실제로의 단아는 더욱 그를 미치게 만들었다. 뽀얀 살결과 그를 올려다보는 깨끗한 눈동자. 그 속에 담긴 눈물이 그의 모든 핏줄을 긴장되게 만들기에 충분했다.

숨 막힐 것 같은 조급함에 그는 모든 현실을 잊어버렸다. 딱 한 번만이라 자신의 이성에 되새기면서.

어느새 약에 취한 그녀보다 더욱 조급해진 그가 와이셔츠를 찢어 버릴 듯이 벗어 던졌다. 마치 그에게 주어진 시간이 얼마 없는 듯 그는 급하고 성급했다.

욕망에 잠식당해 버려 작은 몸을 내려다보는 그의 검은 눈빛의 음영이 짙어진다. 정확하게 단아의 눈을 내려다보는 그의 눈빛은 단아의 온몸을 녹아내리게 할 정도로 강렬하고 원초적이었다. 그러면서도 단아를 만지를 손길은 부드럽고 조심스러워서 그의 손길 아래 놓인 단아의 온몸은 열꽃을 피워 내기 시작했다.

볼을 붉히며 시선을 피하는 단아의 모습에 그는 결국 더 이상 참지 못하고 붉은 볼을 그대로 머금었다. 뜨거웠다. 그는 다시 단아의 입술을 삼키며 자신의 옷을 벗고 그녀의 옷을 벗겨 내기 시작했다.

"하앗."

그의 부드러우면서 소유욕이 가득한 입맞춤에 단아에게서 참지 못한 신음이 터져 나왔다. 어느새 둘 모두 알몸이 되었다. 그사이에도 류욱의 입술은 멈춰지지가 않았다.

그는 그녀의 가슴을 오랫동안 바라보다가 조급하게 입술로 가슴을 머금었다. 애절하면서도 성스럽게 다가온 입술이 그녀의 가슴 위를 욕심스럽게 탐하고 또 탐했다.

그는 그녀에게 취해 가고 있었다. 그녀의 향긋한 체향과 그녀의 살결. 그리고 그녀의 몸과 마음에 그는 점차 몽롱해져 갔다. 그는 그녀의 체향을 몸속 깊이 새기는 듯 그녀의 체향을 깊이 마셨다. 소유욕이 짙은 애무에 단아는 잘게 몸을 떨어야만 했다.

"흐웃."

결국 이불을 짓이기면서 참던 단아가 흐느끼자, 그제서야 류욱이 고개를 들고 단아를 내려다보았다. 그는 심각할 정도로 위험했다. 그에게서 볼 거라고는 생각도 못 했던 표정이었다. 어쩔 수 없는 상황에 그녀를 취하고 있으면서도 그는 너무 뜨겁고 간절하게 그녀를 내려다보았다. 그의 검은 눈빛이 온전히 그녀를 잠식해 버린다.

류욱은 아무런 말도 하지 않은 채 그녀를 내려다보았다. 흐려졌던 그의 눈빛이 살짝 돌아오면서 그는 자신의 아래 누워 온몸에 꽃이 피어 버린 단아를 훑어 내렸다. 그의 시선에 부끄러워진 단아가 몸을 비틀자 단번에 류욱은 단아를 제지해 버렸다.

"……모두 보고 싶어."

그가 거칠게 깨물어 민감하게 일어선 가슴과 그의 타액으로 번들거리는 가느다란 목선, 그리고 그의 입맞춤으로 도톰하게 부어 버린 붉은 입술이 그를 미치도록 유혹하고 잡아당겼다.

참지 못한 그는 다시 가슴을 덥석 물어 버렸다. 어느새 뽀얀 가슴 위로 붉은 꽃이 피어나 그녀를 달뜨게 만들었건만, 서글픔은 참을 수 없는 듯 단아는 큰 소리도 내지 못한 채 흐느꼈다. 그리고 그에게 애원했다.

"제발……."

뜨겁게 애무하면서도 그는 조심스러웠고 무엇인가를 망설였다. 단아의 손이 그를 향해 다가갔다. 그녀의 움직임에 그가 움찔거리며 귀가 붉게 변했다. 그녀의 몸짓에 무엇을 망설이는 듯 깊은 눈으로 그녀를 한동안 내려다보더니 미간을 좁혔다.

"아플 거야."

"하아. 괜찮……아요."

그라면 괜찮다. 모든 것을 줄 수 있다고 생각한 남자니까. 그녀가 다리에 힘을 빼자 그녀보다도 고통스러워 보이는 그가 단아의 다리를 벌리며 조심스럽게 안으로 들어왔다. 그 모습이 매우 엄숙하고 진지했다.

조금 전까지 그녀의 온몸에 열꽃을 피우던 거침없는 애무와 다르게 그의 얼굴 위로는 고통스러운 듯 여러 감정들이 훑고 지나갔다.

그는 매우 조심스럽게 그리고 그녀의 눈을 정확하게 바라보면서 몸을 포갰다. 처음으로 침입을 허락한 작은 동굴은 남자의 모든 것을 품기에는 너무 작고 연약했다. 차마 자신의 욕심만으로 한 번에 들어오지 못하고 얼굴을 일그러뜨리며 입구에서 맴도는 류욱의 행동에 결국 단아가 그의 목에 매달리면서 직접 몸을 그에게 가져다 대야만 했다.

"아훗. 너 정말."

그의 입에서 거칠고 뜨거운 신음이 터지고 그녀를 알 수 없는 눈빛으로 내려다보았다. 짙은 눈썹과 언제나 날카롭게만 보이던 그의 얼굴이 욕정에 취해 일그러졌다. 그러면서도 그는 입구에서만 머물 뿐 끝까지 들어오지 못했다.

안쓰러운 그 모습에 단아의 척추를 타고 전율이 흐르며 꽃물이 흘러내려 류욱의 남성의 끝 부분을 적시며 조이기 시작하자 그의 것이 더욱 커지는 것이 느껴졌다.

"하아. 미치……겠군."

류욱의 입에서 뜨거운 탄성이 터져 나온다. 단아는 작은 손으로 팽팽하게 긴장되어 굳어져 버린 류욱의 등을 부드럽게 쓰다듬었다. 그러자 그의 몸이 움찔하는 것이 느껴졌다. 그는 지금 자신의 욕망을 참고 있었다.

"……빨리…… 들어와 줘요."

"너무…… 좁아서 안 돼."

자신은 빨리 그를 느끼고 싶었다. 그녀가 그에게 매달리면서 부드러운 맨가슴을 그의 단단한 가슴에 서툴게 비벼 댔다.

"핫. 뭐하는 짓이야!"

그러면서도 더는 참을 수 없었는지 탄식을 내뱉음과 동시에 단번에 그녀의 몸으로 들어왔다.

"하앗."

"윽."

둘의 입에서 동시에 신음이 터져 나왔다. 맞닿은 부분이 불에 덴 듯 뜨겁게 둘을 옭아맸다. 단아의 작은 내벽은 처음 맞아들인 남성을 심각할 정도로 조이며 늪과 같이 빨아 당기기 시작했다.

그들 사이로 붉은 피가 흘러내렸다. 그리고 그는 자신의 것을 쥐고 흔드는 그녀의 내부가 주는 쾌락에 모든 이성을 잃어버리고 말았다.

참아 왔던 모든 것이 터져 버렸다. 그는 그녀의 온몸을 끌어안은 채 조급하게 단아의 붉은 입술을 탐욕스럽게 머금어 버렸다.

입술을 벌리자 뜨거운 혀가 그녀를 옭아매기 시작하고 그의 몸짓도 점차 빨라졌다.

목젖과 여린 내벽, 부끄러움에 자꾸만 도망치려는 혀를 한시도 놓아주지 않고 그는 빨고 핥으며 그녀를 울렸다. 덕분에 그녀의 신음은 그의 입술에 먹혀 버렸고, 참지 못한 류욱의 짙은 신음이 대신 흘러나왔다.

"읍."

굵고 탁한 그의 신음은 그녀의 몸에 쾌락을 일으켰다. 류욱이 굵은 신음을 낼 때마다 반응을 하듯 단아의 아랫배가 조이며 그의 것을 세게 쥐어 버리니, 그의 허리는 점차 집요하게 빨라졌다.

불에 덴 듯 뜨겁게 다가오는 열락이 그들을 잠식하는 것은 길지 않았다. 이미 흥분할 대로 흥분해 버린 그는 놓쳐 버린 이성에 그대로 온몸을 그녀의 안으로 밀어 넣었다. 처음 느껴 보는 쾌락에 그의 머릿속이 새하얗게 변해 온 세상이 그녀로 가득 차기 시작했다.

"하웃."

고통에 신음하고, 그에게 안겨 버린 말랑하고 따뜻한 작은 몸을 그는 온전히 자신의 안에 품어 버렸다. 한시도 놓치기 싫은 듯 그는 욕심스럽게 그녀의 온몸을 그러쥔 채, 자신을 놓아 버렸다. 뜨겁게 하나가 된 행위는 질척이면서도 애절했다.

신음조차도 뺏어 갈 듯 그는 그녀의 모든 것을 탐하고 욕심내면서 그녀를 취해 나갔다. 작은 숨조차 쉬지 못하도록 그는 작은 신음 소리조차 밖으로 새어 나가지 못하도록 끌어안았다.

덕분에 그들의 열락은 더욱 뜨거웠다. 하얗게 비워지는 머릿속을 느끼며 류욱은 그대로 자신을 놓아 버렸다. 참지 못한 욕심은 그 순간만큼도 단아의 입술을 놓아주지 않았다.

"윽!"

단말마의 굵은 신음이 그의 목을 타고 으르렁거리듯이 내뱉어졌다. 그리고 그렇게 그는 그녀와 하나가 된 채 그동안 참고 참으며 감춰 왔던 자신의 모든 것을 그녀의 몸속으로 터트리고 말았다.

아랫배로 퍼지는 뜨겁도록 아찔한 기운을 느끼며 단아의 몸이 풀썩 가라앉았다. 그렇게 붉은 꽃이 핀 작은 몸은 욕심스럽게 가두고 있는 류욱의 품 안에서 온전한 여자가 되었다.

5장.
당신을 선택한 대가

짧지만 강렬했던 열기는 그만큼 쉽게 식지 못했건만, 현실은 그들에게 많은 시간을 주지 않았다.

류욱이 맞닿은 몸을 조심스럽게 일으키자, 그들 사이로 맞닿은 부분이 질척한 소리를 내며 떨어졌다. 마치 그들을 이어 주고 있던 것이 끊어진 것처럼 온몸이 허전해져 버렸다. 그것을 차마 바라보지 못하고, 단아는 시선을 돌려 버렸다.

그들이 몸이 떨어지자 그 사이로 붉은 흔적이 아프게 흘러내렸다. 그 혈흔을 내려다보는 류욱의 얼굴 위로 번민이 지나갔다. 그는 그대로 몸을 일으켜 떨어진 옷들을 주워 화장실로 들어가 버렸다.

아무 말도 없이 그는 멀어져 갔다. 그렇게 뜨겁게 자신의 몸을 품고서도 그는 차갑게 그녀의 몸에서 떨어져 나갔다. 마치 방금 전 행위가 꿈속이었던 것처럼.

그 덕분에 뜨거워졌던 몸은 순식간에 식어 갔다. 약을 많이 먹진 않은 덕분에 혈관을 타고 흐르던 고통은 사라졌지만 이제는 다른 의미로 심장의 아픔이 그녀를 잠식했다.

몸은 멀어졌지만 그녀의 몸을 뜨겁게 안아 주던 그의 손길과 몸짓, 눈빛은 쉽게 잊어지지 않는다. 그런데 그는 그가 주었던 몸의 온기가 사라지기 전에 멀어졌다. 그 모습에 그가 정말 자신의 몸만을 원했던 거 같아 단아는 이를 악물고 울음을 삼켰다. 여기에서 울면 정말로 미련하다는 것을 아는데.

화장실에서 물소리가 들려왔다.

"흐읏."

급속도로 몸이 차가워지며 울음이 터졌다. 단아는 하얀 시트로 몸을 가려 버렸다. 자신의 몸 안에서는 아직도 그를 느끼는 듯 아랫배가 꿈틀거리고 아랫부분에서 질척이는 느낌이 고스란히 느껴지건만 그는 그녀의 흔적을 냉혹하게 씻어 버리고 있었다.

화장실에서 들려오는 물소리에 그녀의 마음이 무너져 내렸다. 현실을 외면하고 싶은 마음이 들었다. 단아는 하얀 시트에 얼굴을 묻고 작게 흐느끼기 시작했다.

이곳에서 당장 나가고 싶지만 처음으로 남자를 받아들였고, 짧지만 불 같았던 첫 잠자리에 그녀의 온몸은 고통을 호소하고 있었다. 특히 찢어져 버린 아랫부분에 남아 있는 화끈거리는 아픔은 두 다리에 힘을 줄 수 없게 만들고 있었다. 고개를 돌려 버린 단아의 얼굴 위로 눈물이 흘러내렸다.

어디서부터 잘못된 것일까. 그것이 이미 지난 것에 대한 후회임을 누구보다 그녀는 잘 알고 있었다. 그와의 하룻밤은 실수가 아닌, 그녀의 선택이자 마지막 마음과 같았으니까. 그의 마음과 상관없이 준 그녀의 마음이건만 왜 이렇게 마음이 찢어지도록 고통스러운지 모르겠다.

달칵.

한참이 지나서야 나올 거라고 생각했던 그는 금세 욕실에서 나왔다. 그의 기척이 느껴졌다. 이곳에서 공기가 되어 흩어져 버린다면 얼마나 좋을까? 처음으로 남자에게 온몸을 준 여자로서의 부끄러움과 차가운 그의 모습에 대한 상처로 단아는 더욱더 그녀의 몸을 숨겨 버렸다.

제발 그가 이곳에서 나가 주기를 바라는 마음과 한마디라도 그녀에게 해 주기를 바라는 마음이 치열하게 그녀를 괴롭혔다.

그 순간 아랫부분으로 차가운 공기가 느껴졌다. 몸을 가리고 있던 시트가 들쳐지더니 뜨거운 것이 그녀의 다리 사이에 닿아 왔다.

"흡."

순식간에 벌어진 일에 단아는 놀라며 다리에 힘을 주었다.

"다리 벌려 봐."

굵지만 사납지는 않은 목소리. 처음 듣는 낮지만 듣기 좋은 나긋한 음성에 단아의 어깨가 움찔 떨렸다. 솔직히 나긋하지는 않았지만 그녀에게만큼은 그렇게 들려왔다.

그의 목소리에 바로 심장이 뛰어 버린다. 왜 가지 않았을까? 하는 물음을 담아 그녀는 그를 향해 조심스럽게 고개를 들어 올렸다. 하얀 시트에서 고개를 들자, 하얀 물수건을 든 그가 그녀의 시선을 피한 채 그녀의 얇은 발목을 쥐고 있었다.

"지, 지금 뭐……."

그의 의도를 미처 파악하지 못한 단아는 몸을 살짝 일으켰다. 그에 맞춰 류욱은 힘이 빠진 단아의 다리를 벌리며, 조심스럽게 붉은 피가 흘러내린 부분에 정확하게 뜨거운 물수건을 가져다 댔다.

"흡."

그대로 숨이 막혔다. 아랫부분에 닿은 뜨거운 감각 때문만은 아니었다. 욱신거릴 정도로 붉게 달아오른 그곳을 그는 뜨거운 눈길로 내려다보고 있었다.

피해야 한다고 생각은 했지만 굳어진 몸은 쉽게 움직여지지 않았다. 그의 손길이 너무 세심해서 얼굴로 피가 몰리고 온몸이 굳어져 버렸기 때문이다.

어울리지 않을 정도로 세심한 손길이 다리에 묻은 흔적들을 닦아 내렸다. 왜 그 모습이 슬픈 것인지. 이유도 알지 못한 채 단아는 하얀 시트를 쥐고 붉어진 눈에서 눈물을 떨어뜨리지 않기 위해 노력했다.

그는 그녀를 여자로 보지 않는다. 그 사실을 그는 여러 번 그녀에게 되새겨 주었다. 그러니 그의 이러한 행동에 흔들려서는 안 되었다. 하지만 가슴 한구석에 남은 미련에 혹시나 하는 마음은 여전은 그녀를 뒤흔들고 있었다. 그것은 그녀를 더욱 미련스럽고 아프게 만들었다.

이미 그와 그녀는 이루어질 수 없는 사이인 것을 왜 그녀의 가슴은 인식하지 못하는 것일까. 누구보다 그 사실을 명확하게 알고 있으면서 그녀는 끝내 그 사실을 밀어내고 있었다.

역시나 춘몽이었던 것일까. 세심하게 아랫부분을 닦아 낸 류욱은 아무런 말도 없이 침대 옆에 있는 작은 협탁 위에 수표 한 장을 올려놓았다.

　내려놓은 수표에서 손을 떼는 류욱의 얼굴에는 씁쓸한 기운이 돌았지만 류욱의 행동에 충격을 받은 단아의 눈에는 그의 표정과 눈빛이 전혀 보이지 않았다.

　차가운 협탁 위에 올려놓은 것은 푸른빛이 도는 수표 한 장. 그 수표 한 장에 단아의 시선이 굳어지고 온 마음이 무너져 내렸다.

　차라리 그냥 나가 버리지! 왜! 도대체 왜 끝까지 그는 그녀를 괴롭히지 못해서 안달인 걸까! 상처받은 단아의 눈이 깊게 그의 등을 응시했다.

　"무슨…… 의미죠?"

　물음에는 어쩔 수 없이 울음기가 배어났다. 그것을 느꼈는지 뒤돌아선 그의 등이 작게 흔들렸다. 그래도 양심은 있는 것인가?

　"……."

　어렵게 꺼낸 한마디이건만 그는 무심한 표정으로 차갑게 대답했다.

　"하룻밤값. 택시 타고 가."

　그대로 등을 보이며 방을 나가는 그의 뒷모습을 향해 하얀 수건이 날아갔다. 동시에 수건을 던지면서 중심을 잃어버린 단아는 그대로 침대에서 굴러떨어졌다.

　"악!"

　아직까지 남아 있는 아랫부분의 고통과 함께 떨어지면서 부딪힌 무릎이 통증을 호소했다. 육체의 고통보다 마음의 고통 때문에 온몸이 붉어져 버렸다. 꿈틀거리며 몸을 일으키려는데 차갑게 나가던 그가 언제 다시 다가왔는지 넘어진 단아를 일으키려 손을 뻗어 왔다.

"비켜요!"

단아는 사납게 그의 손길을 뿌리쳤다. 여자로서 참을 수 없는 수치심이 그대로 터져 버렸다. 참고 또 참았던 눈물과 함께.

"가요! 가란 말이에요! 괜한 동정 필요 없어요."

단아는 거칠게 류욱의 가슴을 밀어 버렸다. 자신은 맨몸인데 그는 말끔하게 옷을 입고 있었다. 그 모습이 한없이 그녀를 초라하게 만들었다.

언제나 그의 앞에만 서면 그녀만 옷을 벗은 듯 부끄럽고 한없이 작아졌던 것같이 그녀의 심장이 아파 왔다. 그녀는 참지 못하고 울분을 토해 내 버렸다. 그의 앞에 맨몸을 보이고 있다는 민망함은 이미 사라진 지 오래였다.

"제발 내 앞에 사라지란 말이에요! 나도 당신 같은 남자 이제 경멸스러워요! 하룻밤 취했으니 이제 가요! 제발 내 앞에서 사라져 줘요!"

무릎을 꿇은 채 바닥을 짚고 있던 류욱의 주먹이 부들부들 떨려 왔다. 심장이 찢어지는 것이 이런 느낌인가. 무릎을 새운 채 고개를 숙이고 흐느끼기 시작하는 작은 몸은 한없이 작았다.

자신 때문에 더 작아진 몸. 온몸을 둥글게 말고서 어깨를 들썩이는 그녀를 그는 그저 하염없이 내려다보았다.

그의 잘생긴 얼굴이 허망하게, 그리고 고통스럽게 일그러졌다. 들린 손은 허공에서 몇 번이나 그녀에게 다가갔지만 결국은 그녀를 붙잡지 못했다.

바로 눈앞에서 자신 때문에 그녀가 우는데도 그는 아무런 행동을 취하지 못하고 결국 그대로 돌아서 버렸다. 온몸이 타들어 갈 듯 고통스러운데 자신은 그녀에게 다가갈 수가 없다.

탕.

닫히는 문소리 사이로 단아의 울음소리가 새어 나와 그의 심장을 옥죄었다. 그녀에게서 멀어지자 그의 얼굴이 순식간에 일그러질 대로 일그러졌다.

허망하게 뜨인 눈에서 눈물이 한 방울 흘러내린다. 미동도 없이 흘러내린 한 방울이 마치 그의 심장에서 흐르는 핏물과 같이 붉고 슬펐다.

그는 그대로 주저앉았다. 오열을 참고자 입을 틀어막은 그는 소리도 내지 못하고 방 속에 있는 단아보다 더 애달프게 울음을 토해 냈다. 가슴이 미어질 듯 아프고 답답함에 숨이 막혀 온다.

그럼에도 머릿속에선 그녀의 아래에서 흘러나왔던 붉은 피가 떠올라 그를 옭아매기 시작했다. 남자에게 처음으로 준 여자라면 누구라면 겪어야 하는 상처였지만 그 붉은 피에 그의 심장은 갈가리 찢어졌다.

당장이라도 문을 열고 그 때문에 울고 있는 그녀에게 다가가고 싶은 마음에 그는 온 힘을 다해 자신을 단속하며 바닥을 내리쳤다.

"단아야. 제발 울지 마라."

목이 메어 탁하게 갈라진 음성이 텅 빈 그의 마음 같은 복도를 울렸다.

✳

보안 검사를 거쳐 철제문을 열고 잭이 들어서자, 말끔하고 절제된 검은색 양복을 입은 남성들이 그를 향해 깍듯하게 인사를 올렸다. 하지만 무엇인가를 억누르듯 참고 있는 잭은 그들을 무시하며 홀의 가장 깊숙한 곳으로 거침없이 들어섰다.

보안센서로 그의 신분을 확인해야 하는 마지막 관문. 하지만 모든 절차를 무시하고 발걸음을 옮기는 그의 무례한 접근으로 인해 경보 신호가 정적만이 가득했던 그곳을 시끄럽게 울리기 시작했다.

빨간색 경보등이 울리면서 그를 향해 요원들이 다가왔지만 잭의 발걸음을 멈추게 만들기에는 역부족이었다. 온통 회색빛의 차가운 냉혹함만이 담긴 사무실로 절차도 무시한 채 당당하게 들어간 잭을 향해 경호원들과 요원들이 다가왔지만, 강석호는 그런 그들을 한 손을 들어 보이는 것으로 깔끔하게 제지시켰다.

황폐하게 비어 버린 마음과 같이 그의 눈동자도 텅 비어 있었다. 넓은 책상에 앉아 있는 강석호는 그런 잭의 모습을 흥미롭다는 듯이 바라보았다. 마치 자신이 만든 장난감이 이렇게 쳐들어올 것을 알고 있었다는 듯이.

"생각보다는 빨리 왔군."

나이가 들었지만 여전히 강단 있는 그의 입매가 유려하게 올라갔다. 기대했던 것보다 심각해 보이는 모습에 그의 예상이 빗나가고 있음을 느꼈지만 강석호는 자신의 내면을 숨기고 입을 열었다.

"그래, 이번 지시의 결과는?"

이미 모든 사실을 보고받았으면서도 거만한 눈빛으로 그는 잭을 바라보았다. 잭의 주변으로 한기가 스며들었다. 단 한 마디도 잭은 대답하지 않았다. 석상처럼 굳어서 서 있던 그가 움직인다 싶었더니 그대로 강석호의 앞에 무릎을 꿇었다.

털썩.

그의 앞에 숙이는 잭의 모습이 느린 화면같이 강석호의 머릿속을 가득 채웠다. 그제서야 강석호가 놀란 듯 의자에서 몸을 일으켰다.

"뭐하는 짓이야!"

사납게 일갈하는 호통에도 잭은 묵묵부답. 그대로 고개를 숙였다. 그런 잭을 바라보는 강석호의 눈빛은 급속도로 매서워졌다. 텅 비어 버린 눈빛. 항상 잔혹하리만큼 날카로웠던 잭의 눈빛은 분명히 달라져 있었다. 그 모습이 마치 자신의 예전 모습을 보는 것만 같아 강석호의 미간이 심각하게 구겨졌다.

분명히 자신이 바라던 모습으로 돌아온 잭이건만, 그의 모습 위로 자신의 과거 모습이 겹쳐지는 것은 무엇 때문이란 말인가. 말도 안 된다. 도대체 왜! 하필 왜 저 녀석에게서 그 30년 전의 내 모습이 비쳐지는 것이란 말인가!

강석호의 얼굴에 냉혹함이 감돌았다. 설사, 한순간 잭에게서 연민을 느꼈다 하더라도 그가 내릴 명령은 변할 수 없었다.

"죽여. 두 번의 번복은 없다."

그는 더욱 냉혹하게 명령했다. 이 상태에서 더 이상의 변화는 없을 것이다. 설사, 그것이 저 자식을 죽이는 일이 될지라도.

"저는 못 합니다."

어디서 무엇을 하다 돌아왔는지 잭의 목소리는 심하게 쉬어 있었다. 간신히 내는 목소리는 갈라져 흘러나왔다.

"명령 불복종은 무엇을 뜻하는지 네가 더 잘 알 텐데. 진정 그것을 원하는 것이냐? 이생에 대한 미련이 그렇게 없단 말이야? 내가 명령을 거부한 너에게 폐기를 명령하지 않을 거라는 오만한 생각을 품고 있는 것은 아니겠지. 목숨이 아깝지 않은 것이냐."

차갑게 내뱉는 목소리에도 잭은 한 치의 흔들림이 없어 보였다. 오히려 고개를 든 그의 눈빛은 정확히 강석호를 올려다보았다. 언제나 그는 강석호의 시선을 피해 왔었다. 하지만 지금은 매섭게 치켜뜨는 강석호의 눈빛과 정면으로 맞부딪치고 있었다.

"Discard 시키셔도 됩니다."

곧고 심연같이 깊은 결기에 강석호의 눈썹이 일그러졌다. Discard란 요원들의 경우 중요 인사를 탈출시키거나 정보수집 데이터를 본국으로 보내기 위해서 희생되는 일을 뜻했다. 즉, 작전을 수행하고서 자신의 목숨을 버리는 것이다.

훗, 하고 짧게 입꼬리를 올린 강석호가 느긋하게 팔짱을 끼며 그에게 다가갔다. 여전히 곧게 등을 펴고 무릎을 꿇고 있는 모습은 비굴해 보일 법도 하건만 그의 모습에서는 깨뜨릴 수 없는 동상과 같이 고독하고 은은한 결기가 흐르고 있었다. 그것을 깨뜨리고 싶어 강석호는 일부러 그를 도발하기 시작했다.

"설마 돌덩이 같은 네가 그 여자를 진정으로 생각한다고 말하려고 온 것은 아닐 테지? 너와 그 여자의 목숨을 놓고 거래를 하자?"

"그 여자를…… 제가 마음에 담았습니다."

"훗."

짧은 정적을 깨고 비틀린 웃음을 지으려던 강석호의 입가에 경련이 일었다. 분명히 얼마만큼은 예상하고 있었던 사실이건만 강석호는 입맛이 썼다.

오랫동안 참아 왔던 진실을 힘들게 입에 담은 잭의 눈빛은 예전과 다르게 분명히 감정을 담고 있었다. 그 눈을 바라보는 강석호의 눈빛은 처참하게 일그러졌다.

감정이 살아난 잭의 눈빛과 분위기, 그리고 목소리는 강석호를 옭아맸다. 잭의 모습 위로 자신의 옛적 모습이 계속 겹쳐져 그를 예민하게 만들었다. 말도 안 되는 생각이라는 자각과 함께 강석호는 더욱 자신의 내면을 숨기기 위해 차갑게 잭의 의사를 무시해 버렸다.

"그것이 가당키나 하다고 생각하느냐? 너는 사람이 아니야. 그것을 설마 모르는 건 아니겠지? 폐기가 결정되는 순간 네가 이 세상에 존재했던 사실조차 사라져 버리는 게 너의 운명이다. 그런데 마음을 담았다? 설사 그렇다고 하더라도 네가 다른 일반 사람들처럼 사랑하고 사랑받을 수 있는 존재라고 생각하는 것이냐?"

잭의 표정이 일그러졌다. 얼굴 위로 비친 것은 상처와 고통이 분명함에도 그 모습을 강석호는 기계를 바라보듯 담담하게 바라보았다. 그의 입에서는 잭의 모든 것을 무너뜨릴 만큼 잔인한 말이 서슴없이 나갔지만 강석호는 조금의 죄책감도 없는 듯 눈 한 번 깜박이지 않았다.

"버려. 네가 해야 하는 것은 마음을 버리는 것이다. 잠시 동안의 반황이라 생각해라. 너는 그렇게 길러진 놈이야. 감정을 가질 수 없어. 네까짓 놈에게 감정? 훗. 너무 큰 사치라 생각하지 않느냐?"

차가운 일갈. 그렇다. 그는 그렇게 키워지고 만들어진 기계와 같았다. 한 번도 그의 의사는 없었고, 그는 시키는 대로 살아왔을 뿐이다. 그것이 그가 살길이고 그가 가야 하는 길이었다. 그녀를 만나기 전까지는.

잭의 눈시울이 붉어지고 눈동자가 크게 일렁였다. 눈앞에 작게 몸을 감싸고 울던 단아의 마지막 모습이 보이는 것 같아 그의 심장이 조여 왔다.

그녀의 작은 손을 잡아 주며 자신의 마음도 그녀와 같다고 외치고 싶은 것을 구역질이 날 만큼 참고 또 참았다. 마음에 박혀 버린 뭉개지고 다친 그녀의 작은 몸과 상처받은 눈동자가 그의 마지막 인내심을 끊어 놓았다. 작은 여인. 그가 지키고 싶고 가지고 싶다고 느낀 첫 사람.

그런데 버리라? 버릴 수 있었다면 진작 버렸을 것이다. 이제 다 필요 없다. 이제, 그녀만, 그의 안에서 여인이 되어 준 그 작은 여자 하나만 지킬 것이다.

그 생각에 이르자, 울컥 올라오는 가슴의 고통에 그의 목이 막혀 왔다. 숨을 쉴 수 없을 것 같은 고통. 이대로는 더 이상 살지 못하겠다. 가슴에서 참고 참아서 웅어리져 있던 뜨거움을 그는 그대로 터트려 버렸다.

"저는 얼마나 더 버려야 하는 겁니까?!"

울분과 같은 고함이 터져 나왔다. 악을 쓰는 그의 목에 핏줄이 튀어나오고 온몸은 터질 듯 위태로워졌다. 주먹을 쥔 그의 몸은 심하게 떨려 왔다. 참고 또 참으며 산 인생. 피를 토하는 듯 그는 울부짖었다. 귓가로 단아의 울음소리가 울리고 있었다.

"얼마나! 얼마나 더 버려야 한단 말입니까! 제가 얼마나 더 무너지고 망가져야 마음에 차시겠습니까! 저는 아버지와 어머니를 모두 버렸습니다! 그리고 친구를 버리고 주변 사람들 모두를 버렸습니다! 그런데 얼마나 더 버려야 한다는 것입니까?"

허공에서 강석호와 잭의 눈빛이 정확하게 맞부딪쳤다. 일렁이는 잭의 눈빛엔 분명히 감정이 흐르고 있었다. 그것도 뜨거울 정도로 위험하게.

"하지만 그녀만은!"

핏발 선 잭의 눈빛은 그의 의지를 대변하고 있었다. 그녀만은 누가 뭐래도 지켜 낼 것이라는.

"……."

"……못 합니다!"

그의 붉은 눈에서 결국 눈물이 고이고 볼을 타고 흘러내렸다. 강석호의 눈빛이 굳어졌다. 감정을 담고 흐르는 눈물의 의미를 강석호, 그는 누구보다 잘 알고 있었다. 한 여자를 위해서만 흐를 수 있는 남자의 눈물을 그도 흘렸던 적이 있으니까.

"저의 모든 것을 내놓겠습니다! 저의 심장을 원하면 드리고 몇십 명, 몇 백 명을 죽이라고 하셔도 받아들이겠습니다. 하지만 그녀만은…… 그녀만은 못 합니다. 아니, 제가 지킬 겁니다. 제가 그녀만큼을 지켜낼 겁니다!"

"……."

"저는 이제 잭이 아닙니다! 잭이 아닌 강류욱이라는 남자로 살 것입니다! 그녀만의 한 남자로, 그녀만을 가지겠습니다. 모든 것을 무너뜨리십시오. 저의 모든 것을 무너뜨리셔도 원망하지 않겠습니다. 그러니 그녀만, 제가 그녀만은 바라볼 수 있게 해 주십시오."

"네가 설사 그 여자를 처리하지 않는다고 하더라도 내가 그 여자를 가만히 놔둘 것이라고 생각하느냐?"

결국, 마지막이구나. 모든 것은 그가 짊어지고 가야 하나 보다. 쓸쓸하지만 담담하게 그는 강석호의 머리를 울릴 만한 제안을 제시했다.

"이번 일본 전 총리의 암살, 제가 하겠습니다."

"뭐?"

놀란 강석호가 미간을 좁혔다. 숨기고 있는 의도를 파헤치기라도 하려는 듯 날카로워진 강석호의 눈빛이 류욱을 훑었지만 그는 조금도 미동하지 않았다. 그냥 홧김에 내뱉는 소리가 아니라는 것을 파악한 석호는 불쾌감을 느껴야만 했다.

"너, 그것이 무엇을 의미하는지 모르진 않을 텐데. 일본 전 총리 암살에 성공하든 실패하든 방아쇠를 당기는 순간 너는 국정원의 목표가 된다. 아마 그 자리에서 살아남지 못하겠지. 너의 목숨을 버리는 작전을 직접 수행하면서까지 그 여자의 안전을 보장받고 싶은 거냐? 그만큼 그 여자가 너에게 중요하다고? 그것이 네가 사랑하는 방식이냐?"

사랑이라는 단어에 류욱의 어깨가 움찔거렸다. 그리고 그는 핏발 선 눈으로 강석호를 매섭게 노려보기 시작했다.

"지금 사랑이라고 말씀하셨습니까? 이것이 사랑인 겁니까? 제가 사랑하는 것이 맞습니까?"

강석호의 말문이 막혀 버렸다. 다리에 힘이 빠지는 듯한 충격이 그에게 몰려왔다. 지금 사랑인지도 모르는 여자를 위해 목숨을 버리려는 놈을 바라보며 그는 어지러움에 회색빛 차가운 책상에 몸을 기대야만 했다.

"당신의 손에 자라고 당신의 명령에 따라 살았습니다. 그 시간

동안 감정을 받은 적이 없으니 감정을 주는 방법조차 배우지 못했지요. 그래서 제 목숨을 바칠 만큼 마음에 담은 그 여자에게 따뜻한 말 한 마디 해 주지 못했습니다!"

"너 이 자식……!"

"제가 선택할 수 있는 것은 이것이 최선입니다. 이 감정이 무엇인지 저는 알지 못합니다. 다만 그녀를 지키는 것이 제가 그녀에게 해 줄 수 있는 것이니까 제 목숨을 버리겠습니다. 제가 감히 마주바라볼 수 없을 정도로 아까운 여자입니다. 그러니까 약속해 주십시오. 이번에 그 암살에 성공한다면 그녀를 건드리지 않겠다고."

한 여자를 지키려는 남자의 눈빛. 그가 아무런 말이 없이 류욱의 날카로운 눈빛을 그대로 받아 내자 잭은 아니, 이제는 한 남자에 불과해진 강류욱은 그렇게 차가운 한기가 맴도는 사무실에서 조용히 사라졌다.

차가운 은색의 바다. 차갑고 냉혹한 바닥 위를 강석호는 한동안 멍하니 바라보았다. 류욱이 나가자 그는 알 수 없는 표정으로 한 곳을 바라보았다. 마치 무엇인가를 회상하는 듯이 그의 얼굴 위로는 다양한 생각과 번민들이 스쳐 지나갔다.

'지금 사랑이라고 말씀하셨습니까? 이것이 사랑인 겁니까?'

그 모지란 놈은 그게 사랑인지도 모른다. 그러면서도 자신의 목숨을 그 여자를 위해서 건다. 목숨을 줄 수 있을 만큼의 사랑을 하면서 그를 그렇게 만든 자신에게 이 감정이 사랑이냐고 물어왔다.

비서관이 상황에 대한 보고를 하러 들어왔지만 강석호의 눈빛은 돌아오지 못했다.

"지부장님."

조심스럽게 그를 부르는 목소리가 왜 이렇게 멀게만 느껴지는 것일까.

"……."

"괜찮으십니까?"

"……."

그의 머릿속으로 과거의 한 기억만이 펼쳐지고 있었다. 괴로운 듯 일그러지는 강석호의 눈빛, 비서관을 올려다보는 강석호의 표정이 처참하게 일그러져 있었다.

"혹시 예전 유전자 검사표를 다시 볼 수 있는가?"

한단호 과장의 자리로 급박하게 들어온 비서관은 얼마나 급하게 들어온 것인지 숨을 몰아쉬느라 말을 꺼내지 못했다.

"과……과장……님."

"뭔가?"

그 모습이 못마땅한 단호는 냉담하게 비서관을 올려다보았다. 일본 전 총리의 입국에 대한 보안 강화 문제로 정보국에 비상이 걸려 촉각을 곤두세우고 있는 상황에서 가볍게 행동하는 비서관의 모습은 미간이 일그러지기에 충분했다.

무엇이 급한지 비서관은 말은 하지도 못하면서 들고 온 사진만을 단호에게 내밀었다. 무례한 행동에 화를 내려는 순간, 그의 시야에 정확하게 사진 속 두 인영이 들어왔다.

허? 미간을 좁히며 자세히 들여다보았지만 사진 속 모습은 변하지 않았다. 땅이 꺼지는 충격에 그는 힘이 빠진 몸을 의자 등받이에 묻었다.

"이, 이게 뭐야?"

사진 속 상황으로 이미 모든 것을 파악했으면서도 그는 다시 비서관에게 질문을 던졌다. 아니라고, 아닐 거라고, 믿고 싶은 마지막 바람에 저절로 그의 목소리에 간절함이 배어 나왔다.

"아니……겠지?"

되묻는 간절한 물음에도 비서관은 죄를 지은 사람처럼 입을 다물 뿐, 흔들리는 단호의 시선을 피하고 있었다. 매서운 그의 시선에 겨우 입을 연 비서관은 그가 품은 두 가지 의문 중 한 가지만을 풀어 줄 뿐이었다.

"잭이 아가씨를 목표로 삼은 것은 아닌 것 같습니다. 저희 쪽에서 강류욱과 잭을 동일 인물로 파악한 것도 아직 모르는 거 같구요. 아가씨께서는 무사하십니다."

"그러면……."

하나의 의문은 사라졌다. 그러면 남는 것은 하나다. 머릿속으로 스쳐 지나가는 예상은 사진 속에 보이는 두 사람이 증명해 주고 있었지만 단호는 그 사실을 계속 외면하고 부정하고 또 부정했다. 항상 현장 증거에 있어서만큼은 이성적 냉정함을 고집하던 그의 모습은 이미 흐트러져 있었다.

"말을 해 보라고! 내가 생각하는 것이 아니라고! 조작된 것이라고 말하란 말이야! 어떻게 이 두 사람이 이런 사이일 수가 있어! 이런 사진을 지금 증거라고 가지고 온 거야! 이 두 사람은 직장 동료야! 얼마든지 함께 있는 사진이 찍힐 수 있다고!"

결국 참지 못하고 단호의 호통이 터져 나왔지만 현실은 냉혹했다.

"죄송합니다."

"네가 뭐가 죄송해? 네가 죄송하다고 해서 해결이 돼?"

현실은 그를 무너지게 만들기에 충분한데 죄송하다는 말 한 마디로 무엇이 바뀐단 말인가. 손에 쥔 사진이 단호의 떨림에 구겨지고 일그러졌다.

"하아. 이건 조작이야."

사진 속 인물은 정확하게 파악할 수 있었다. 그의 여동생과 강류욱. 다른 누구를 착각했다고 할 수도 없었고 착각하라고 조작했다고 생각할 수 없을 정도로 확실했다. 그러나 단호는 끝까지 현실을 외면하고 싶었다.

게다가 사진 속 배경은 호텔이다. 남자와 여자가 호텔에서 함께 찍힌 사진 속 여자가 여동생이었다. 아마도 다른 장소에서 찍힌 사진이라면 지금처럼 이 강류욱이라는 놈을 죽이고 싶은 괘씸함은 느끼지 않으리라.

지끈거리는 머리에 단호는 이마를 짚으며 거친 숨을 내쉬었다.

"어디까지 파악했나? 둘이 연인 사이야?"

다소 누그러지긴 했지만 그의 목소리는 거칠었다.

"그것이……."

비서관이 머뭇거리자 고개를 든 단호는 불쾌함에 벌컥 소리를 질렀다.

"뭐야! 머뭇거리지 말고 빨리 말하란 말이야!"

"사귀는 사이는 아닌 것으로 파악되었습니다."

단호의 반듯한 이마에 힘줄이 불거졌다.

"그, 그럼 지금 둘이 사귀는 사이는 아닌데 같이 호텔을 들어갔다?"

"……죄송합니다."

단호는 아찔함에 손바닥으로 이마를 받쳤다. 잭은 그가 피하라고 했던 인물이다. 게다가 그 사실을 그의 여동생은 알고 있었다. 그러면서도 국정원의 목표가 되고 있는 인물과 특별한 관계가 되었다. 아니지, 그 망할 놈이 우리 단아를 노리고 있는 것인지도 모른다.

그런데 그자가 위험한 것을 알면서도 단아는 그를 따라 호텔에를 들어갔나? 너무 갑작스럽게 찾아온 충격에 그는 쉽게 헤어 나오지를 못했다. 어릴 적 일찍 어머니를 잃은 그들은 남매였지만 단아는 그에게 있어서 딸과 같았다. 아니, 딸보다 더 소중하고 애틋한 여동생이었다. 그런데 제대로 뒤통수를 맞았다.

그러나 그런 배신감은 온전히 여동생인 단아가 아닌 류욱에게로 향하고 있었다. 분노에 다물린 그의 날카로운 턱 선이 파르르 떨렸다. 왼쪽 손으로 주먹을 쥐며 그는 간신히 분노를 참아야만 했다. 설마 아니겠지, 하는 마지막 끈은 붙잡고 있었지만, 가슴을 훑고 지나가는 미적지근한 바람은 불안하게 그의 심장을 쥐고 있었다.

"우리 단아는…… 지금 어디 있는가?"

어렵게 나온 한마디에 비서관은 기다리고 있었다는 듯이 답했다.

"이미 연락을 취해 놓았습니다. 거의 도착하셨을……."

똑똑똑.

말이 끝나기도 전에 노크하는 소리가 들려왔다. 단호와 비서관의 시선이 허공에서 그대로 마주쳤다. 대답은 없었지만 문은 그대로 열렸다. 그리고 초췌하게 야윈 단아가 그들을 향해 들어왔다.

그 모습에 충격으로 일그러졌던 단호의 표정은 다른 의미로 일그러지기 시작했다. 걸어 들어오는 단아의 얼굴 위로 담담함이 서려 있었다. 그 모습을 바라본 단호는 질끈 눈을 감아야만 했다.

그들 사이에선 한동안 아무런 말도 오고 가지 않았다. 누구도 먼저 입을 열지 못한 채 불안감은 시간이 갈수록 커져 갔다.

뜨거운 차 한 잔을 놓고 마주 앉은 두 남매는 서로의 얼굴을 피하고 있었다. 단아는 단호의 날카로운 시선을 끈질기게 피하고 있었으며, 날카로웠던 단호의 시선은 어느새 아프게 가라앉아 있었다. 결국, 참지 못한 단호가 어렵게 입을 떼어 냈다.

"……왜니?"

"……."

"……왜 하필 그 사람이니?"

오래간만에 만난 그의 여동생은 완전히 바뀌어 있었다. 그녀는 범호 수색대대 강류욱 중대장이 NPS의 표적이 되고 있는 '잭' 과 동일 인물이라는 것을 알고 있어서 고통스러워하는 것이 아니었다. 예전에 그 사실을 알아 버린 그녀가 이제 와서 그 사실로 인해 아파할 이유는 없었던 것이다.

무슨 일이 있었는지 눈은 팅팅 부어서 앞이 보이지 않을 정도가 되었는데 원래 약간 통통했던 볼살은 사라져 있었다. 그런데 어떻게 소리를 친단 말인가.

어떻게 그녀를 막아야 하며 어떻게 그녀를 말려야 하는지 단호는 생각할 수 없었다. 빠른 결단력과 추진력을 가진 그도 여동생 앞에서는 동생을 가진 오빠일 뿐이니까.

이토록 온몸으로 아프다고, 고통스럽다고 외치고 있는 그녀를 그는 추궁하고 몰아붙일 수 없었다. 심장을 옥죄는 고통이 느껴져 단호의 미간은 더욱더 구겨졌다. 그는 국정원 보안과장이기 전에 하나밖에 없는 여동생이라면 무엇이든지 해 주고 싶은 오빠이자 그녀의 보호자였다.

네가 잘못한 거라고, 미친 거라고, 정신 차리라고 호통을 치고 감금을 해서라도 막아야 하는 상황이건만 어렵게 한 발 한 발 걷는 것처럼 들어오는 여동생의 모습에 목까지 올라왔던 호통은 그대로 내려가 버리고 말았다. 정작 단호의 입에서 나온 한마디는 이것이었다. 왜 하필 그 사람이니.

그 한마디에 담긴 의미를 이미 단아는 알고 있을 것이다. 대답을 대신하듯 그녀의 눈에서 한 줄기의 눈물이 떨어져 내렸다. 안쓰러운 얼굴 위로 떨어지는 눈물은 안쓰럽고 슬펐다.

"……사귀는 사이야?"

그래서 그는 마지막 동아줄을 붙잡아야만 했다. 이미 사귀는 사이는 아닌 것 같다는 사실을 들었으면서도 그는 물어야만 했다. 하지만 웬걸, 그 한마디에 단아의 눈에선 눈물이 후드득 떨어져 내렸다. 그리고 시선을 돌린다.

"……미안해, 오빠."

눈앞이 하얘지는 듯한 현기증에 그는 이마를 짚었다. 말도 안 된다! 항상 온실 속에서 자라는 꽃과 같이 애지중지 기른 여동생이다. 그런데 사귀는 사이도 아닌 남자와 호텔에? 잭의 조직에선 이미 그녀를 목표로 삼고 있을 수도 있었다. 그러면서도 그와 하룻밤을 보냈다고? 그의 사고에서 그것은 있을 수 없는 일이었다. 그는 충격에 눈을 부릅뜨고 단아를 바라보았다.

"그, 그럼 사귀지도 않는데 같이 호텔에 들어갔다는 거야?"

그는 말을 내뱉으면서 떨고 있는 자신을 느낄 수 있었다. 그에 따라 목소리도 살짝 떨려 나왔다. 올라오는 분노에 그는 더 이상 말도 꺼내지 못한 채 탁자를 주먹으로 내려쳤다.

"강류욱…… 이 자식을!"

격분한 단호가 벌떡 일어나자 단아도 따라 일어나 그의 앞을 막았다.

"오빠! 제발! 그 사람 건들지 말아 줘!"

단호는 한 번 더 울컥하는 것을 느꼈다. 눈앞에 깜깜해지는 느낌에 단아를 밀쳤다. 힘이 없었던 단아는 작은 힘에도 몸을 감당하지 못하고 바닥에 주저앉았다. 그러나 그녀는 포기하지 않고 그의 바지를 붙잡았다.

팅팅 부은 눈과 당장이라도 쓰러질 듯한 위태로운 걸음걸이로 들어왔던 그녀는 무시할 수 없는 힘으로 그의 바지를 붙잡고 놓지 않았다. 동생에게서 볼 거라곤 생각도 못 했던 최악의 모습을 바라보는 단호의 눈가에 핏발이 서기 시작했다.

"너, 너……."

"오빠! 그 사람은 잘못 없어. 제발…… 제발! 그냥 모르는 척 넘어가 줘!"

단호는 아무 말도 할 수 없었다. 억장이 무너진다는 말은 이럴 때 쓰는 것인가.

"그놈 절대 그냥 못 둬!"

단호의 눈빛이 번뜩였다. 아마 류욱의 사진이 바로 앞에 있었다면 갈기갈기 찢어져 허공으로 던져 버렸을지도 모를 정도로 그는 강류욱에 대한 분노를 참을 수 없었다.

어떻게 키웠는데! 얼마나 애지중지 곱게 키웠는데! 결코 그런 놈에게 단아를 주고자 그렇게 키우지 않았다. 단호는 그의 다리를 붙잡은 채 오들오들 떨고 있는 단아의 어깨를 부여잡았다.

"내가 너를 어떻게 키웠는데! 이렇게 남자에게 상처받고, 버림받으라고 너를 그렇게 귀중하게 키웠는지 알아! 단아야. 정신 차려! 너도 알고 있잖아! 그놈은 블랙요원이야. 너에게 일부러 접근했을 수도 있어. 작정하고 접근한 놈한테 넌 그냥 잠시 홀린 것뿐이야. 그러니까 마음을 접어. 다시는 부대 내가 아닌 곳에서 그자와 만나면 안 된다. 알겠어?"

그는 치미는 화를 내리누르며 마지막 남은 인내심을 끌어모았다. 다그친다고 될 것은 아닐 것이다. 단아는 언제나 오빠의 말을 잘 들었으니, 구슬리고 토닥이면 마음을 돌릴 것이라고 그는 생각했다. 그러나, 현실은 그렇게 호락호락하지 않았다.

"내가…… 내가 그 사람 먼저 좋아한 거야. 내가 선택한 거야."

단호의 머릿속이 깨지는 듯한 충격에 움찔거렸다.

"뭐? 너 방금 뭐라고 했어?"

"내가 매달린 거야! 그 사람은 싫다는데도 내가 매달린 거야! 호텔에서도 내가 매달렸어! 그러니까 그 사람 제발 구해 줘, 위험하지 않게. 오빠라면 해 줄 수 있잖아."

잔인하다는 것을 안다. 누구보다도 그녀를 애지중지 키워 준 오

290

빠니까 지금 오빠의 심정이 어떨지 그녀는 잘 알고 있었다. 하지만 도움을 청할 사람도 오빠뿐이다. 그러니 오빠 앞에서만큼은 그녀의 솔직한 마음을 숨길 수 없었다. 그를 감싸기 위해 자신을 전부 드러내었다.

"그놈은 블랙요원이야! 블랙요원이 무엇인지 잘 알잖아! 블랙요원과의 감정이 가당키나 하다고 생각해? 결말은 뻔해! 왜 그 뻔한 불구덩이 속으로 들어가려고 하는 거야! 너 자꾸 오빠 마음 아프게 할래!"

자꾸만 피하려고 하던 단아의 시선이 그제서야 단호를 바라보았다. 상처받은 눈빛. 하지만 그는 그녀의 여동생을 잃을지도 모르는 상황에서 감정에 휘둘릴 수 없었다.

단아의 어깨를 쥐고 있는 단호의 손에 힘이 가해졌다. 한 번도 그녀에게 보이지 않았던 매서운 눈빛으로 그녀를 정확하게 바라보았다.

"정신 차려, 한단아! 지금 이건 그냥 하는 말이 아니야. 그놈과 너는 안 돼. 이 세상에 그놈이 유일한 남자라고 해도 너랑 그놈은 절대 될 수 없는 사이야."

오빠의 눈빛은 날카로웠지만 그 속에 담긴 것은 걱정과 사무치는 슬픔이었다. 그것이 훤히 보였지만 단아는 그것을 외면해야만 했다. 아파 오는 심장을 부여잡고 그녀는 단칼에 그의 말을 무시해 버렸다.

"블랙요원이든 아니든 상관없어. 그 사람은 나 안 좋아해. 나 혼자 좋아하는 거야. 아니, 사랑해. 정말로 사랑해."

"너……!"

단아의 말은 굳어진 단호에게 마지막 쐐기를 박았다. 모질고도 모질다. 그녀가 하는 건 위험한 사랑일 뿐 아니라 혼자서 하는 짝사랑이란다.

충격으로 일그러진 단호의 모습은 보이지도 않는 듯이 단아는 쉬지 않고 단호에게 애원했다. 자신의 잔인함에 치가 떨렸지만 그녀의 마음은 그녀를 조급하게 만들었다. 자꾸만 흐려진 시야로 뒷모습이 안쓰럽던 류욱의 모습이 아른거리고 있었다.

"제발 그 사람 보호해 줘. 내가 해 줄 수 있는 것은 없지만 오빠는 할 수 있잖아! 그 사람 요즘에 표정이 더 차가워졌어. 무슨 일이 있는 거지? 그런 거지? 나한테도 알려 줘, 제발. 응?"

더 이상 들어 줄 것도 없었다. 단호는 차갑게 그녀의 말을 무시한 채 몸을 일으켰다. 오빠는 심장이 찢어지는데, 그녀의 눈동자에는 한 사람만이 담겨 있었다.

단호의 마음은 여동생에 대한 걱정과 여동생의 마음을 아프게 만드는 그놈에 대한 분노와 증오로 얼룩졌다. 더 이상의 자비는 존재하지 않았다. 감정이 담기지 않은 딱딱한 목소리가 사무실을 감싸 안았다.

"그놈이 다음 주에 우리나라로 입국하는 일본 전 총리의 사살 임무를 맡았다는 정보가 들어왔다. 성공을 하든 실패를 하든 그놈은 작전을 수행하고 나서 폐기된다. 결코 살아 돌아올 수 없어."

"……."

충격으로 얼어붙은 단아를 단호는 설득하거나 회유하지 않았다. 다만, 그는 그녀를 위해서, 그리고 그놈을 위해서 냉정하게 하나의 제안을 제시했다.

"네가 만약 그에 대한 마음을 포기한다면, 그놈의 생명만은 보장해 줄 수 있다."

결국, 이렇게 되는 것은 우리의 결말이었던 걸까.

"그러니 하루 빨리 마음 접도록 해."

그녀의 대답도 듣지 않은 단호는 그녀의 침묵을 긍정으로 받아들였다. 그리고 그녀의 시선을 피했다.

항상 그녀에게만은 따뜻했던 단호는 지금은 누구보다도 잔인해보였다. 어쩌면 그녀가 다른 선택을 할 수 없다는 것을 잘 알고 있기 때문일 것이다.

단아는 눈가에 맺히기 시작하는 눈물을 거칠게 닦아 버렸다. 오빠에게 그를 구해 달라고 애원했지만 끝까지 단호의 앞에서 눈물을 보이고 싶지는 않았다. 이토록 오빠가 미웠던 적은 없으니까. 무너질 듯 위태로운 단아의 모습을 보면서 단호는 냉혹하게 단아의 심장에 마지막 화살을 쏘았다.

"너도 위험해지고 싶지 않으면 행동 똑바로 해. 다음 주 내로 다른 부대로 전출 명령이 내려질 거다. 그놈과 멀리 떨어지면 네 마음도 멀어지겠지. 이건 오빠로서가 아니라 네가 바라던 국정원 보안과장으로서 마지막으로 너에게 해 줄 수 있는 거야."

차갑게 사무실을 나가는 단호의 뒷모습이 점차 뿌옇게 흐려진다. 울면 안 된다고 다짐하고 다짐하지만 허물어진 마음속에는 눈물만이 고일 뿐이었다. 그녀에겐 그와 나눈 추억 하나도 없었다. 아니, 오히려 그에게 좋은 소리 한 번 들어 본 적 없고, 그의 얼굴을 마음 놓고 자세히 바라보지도 못했다.

그녀가 그에게 해 줄 수 있는 선물은 처음이자 마지막이 된다.

그녀의 마음만 숨기고 외면하게 된다면 그를 구할 수 있고 위험에 빠뜨리지 않을 수 있다는 자각은 그녀를 안심하게 만들었지만 동시에 그에 대한 마음을 버려야 한다는 슬픔에 마음이 무너져 내렸다.

이제 그녀는 강해져야 했다. 그를 위해 할 수 있는 마지막 일이 그녀의 머릿속으로 빠르게 스쳐 지나갔다. 위험해도 그를 위해서라면.

단아는 류욱을 향한 자신의 붉은 연심을 그대로 숨겨 버렸다. 자물쇠로 꽁꽁 채워서 숨겨 버린 단아의 얼굴 위로는 아무런 감정이 보이지 않았지만 눈빛 속에서는 알 수 없는 결기가 흐르고 있었다.

단호가 나가자 허겁지겁 들어온 비서실장의 기척을 느낀 단아는 뒤도 돌아보지 않은 채 울음기가 밴 목소리로 물었다.

"일본 전 총리 내한에 대한 자료를 좀 보내 주세요."

비서실장의 눈이 놀란 듯 커졌다.

"그건……."

"자료만 보내 주세요. 그 정도는 해 주실 수 있을 거라고 생각합니다. 오빠에게 말하시면 뒤처리를 하기 어려우실 겁니다. 그 사람과 도망이라도 칠 테니까."

마지막 단아의 말이 빈말이 아니라는 사실을 그는 직감으로 알 수 있었다. 비서실장은 살짝 고개를 숙이는 것으로 답을 대신했다. 살짝 비켜서 있는 표정 없는 단아의 작은 얼굴이 너무 애처로워서 그는 더 이상 그녀의 얼굴을 바라볼 수 없었다.

✳

운전을 하는 류욱의 시선은 올곧고 날카로웠지만 표정은 사라져 있었다. 마치 기계와 같이.

'잊을 수 있다. 잊어야 된다.'

수천 번 되새기고 되새겼던 말이건만 할 수 있을 거라고, 잊을 수 있을 거라고 생각했던 것은 오만이자 자만이었다. 아니, 처음부터 자신에 대한 오기이자 억지였을 것이다. 할 수 없다는 것을 알면서도 그는 항상 그렇게 살아왔듯이 그렇게 키워졌듯이 자신이 만든 상처를 그의 손으로 직접 헤집고 있었다.

그녀가 약을 먹었다는 어쩔 수 없는 변명이 있을지라도 그는 그 순간, 모든 이성과 마음으로 그녀를 원했다. 그녀를 처음 마음에 담은 이후, 온갖 방법을 동원해서 참아 왔던 욕정이 그는 억지를 부리고 핑계를 대면서 그녀를 원했다.

비겁한 변명으로 자신을 위로했다. 그녀는 그를 원하지 않았지만 그는 그녀를 원했다. 그래서 애원했다. 제발 나를 허락해 달라고. 그만큼 그는 조급했던 것이다. 그녀가 다른 남자를 선택할까 봐.

그녀의 마음을 알면서도 자신의 감정을 내보이지 못하고, 현실에 굴복하면서 몸을 학대하고 거부했던 지난 시간이 무색할 만큼 위태롭게 조이고 있던 고무줄은 허무하도록 그녀의 작은 손짓 하나에 무너졌다.

다른 남자를 원한다는 말에 덜컹 심장이 내려앉았다. 그녀를 못 가지면 죽을 거 같다는 목 타는 갈증까지 증폭되어 그를 잠식했다. 그렇게 그녀의 마음은 받아 주지도 못하면서 몸은 받아들였다.

오히려 애원하고 매달렸다. 자신의 몸을 받아들여 달라고. 미련스러운 짓이라는 것을 알면서도 그 순간 그는 그녀를 가지지 못하면 죽을 것만 같았다.

그러고서 그 애원이 무색하게 그는 그녀를 무너뜨리고 부서뜨렸다. 소중하고 작은 몸을 준 여자를 그는 낭떠러지 아래로 밀어 버렸다. 직접 그의 손으로. 그 순간 그가 할 수 있었던 최선의 행동이라고 이성은 생각하지만 심장은 아닌가 보다.

그도 심장을 가진 사람이라는 사실을 일깨워 준 여자. 그도 마음을 가진 사실을 느낄 수 있도록 해 준 여자. 그리고…… 인간의 기본적인 감정조차 가지지 못한 그를 좋아해 주었던 여자.

그에게 내민 떨리던 작은 손을 그는 무심하게 꺾어 버린 것이다. 온 마음으로 그녀를 원하면서, 그녀에게 모든 것을 주었으면서 그가 해 준 것은 정착 상처와 배신이었다.

그를 올려다보던 상처받은 눈빛. 그리고 그를 원망하듯이 말간 볼을 타고 흐르던 투명한 눈물이 그의 심장에 박혀 버렸다. 그 눈물을 닦아 주고 싶고 안아 주고 싶었다. 이기적인 자신으로 인해 다친 몸을 닦아 주고 쓰다듬어 주고 싶었다. 미안하다고. 잘못했다고 그녀에게 사과하고 싶었다. 따뜻하게 안아 주었어야 했는데. 그는 그러지 못했다.

이성이 돌아오자 맞이한 현실은 냉혹했다. 언제 애원했었는지 무색하게 그는 그녀에게 상처를 주어야만 했다. 그녀에게 따뜻한 말 한마디 할 수 없었고, 더러운 돈 한 장이나 내놓아야만 했다.

택시 타고 편안하게 돌아갔으면 하는 마음이었다. 그가 할 수 있는 작은 배려였지만 그녀에게 돈을 내미는 그의 행동을 어떻게 보여졌을지는 분명했다. 돈을 보고서 핏기가 없어지는 그녀의 얼굴 위로 비쳐진 감정은 경멸스러움이었다.

그는 자신이 돈을 꺼내면서도 욕지기가 밀려왔다. 돈을 꺼내는 자신의 손을 잘라내고만 싶었다. 그럼에도 그는 돈을 내밀 수밖에 없었다.

그러면서도 이기적이게도 속으로 자신의 마음을 알아 달라고 그는 악에 받친 듯 소리쳤다. 나의 마음이 아니라고, 제발 자신을 그렇게 바라보지 말아 달라고 하면서 그는 표정을 숨겼다.

미련스럽게 그녀가 그가 하는 진실을 알아듣지 못할 것을 알면서도 모질게 마음과 반대로 현실에 굴복한 말을 내뱉어 버렸다.

'하룻밤값.'

마지막으로 그는 모진 말까지 내뱉고 방을 나섰다. 심장은 모두 타 버려 재만 남은 것처럼 더 이상 고통조차 느낄 수 없었다. 목구멍이 막히고 코끝이 찡해져 더 이상 그녀를 바라볼 수조차 없었다.

"하아."

머릿속에서 지워지지 않는 기억에 류욱은 거칠게 숨을 내쉬었다. 가슴속에 멍이 생긴 것처럼 아팠다. 결국 그는 차를 오피스텔 앞에 세우고 눈을 감고 숨을 들이마셔야만 했다. 숨이 쉬어지지 않는 듯 뻐근하게 가슴이 조여 온다. 그리고 그는 두 눈을 감아 버렸다.

모든 곳이 그녀로 가득하다. 비록 그의 마음을 솔직하게 내보여 주지 못했던 순간이건만 류욱의 뇌리에는 온전히 그 순간만이, 그녀와 하나가 되었던 순간만이 생생하게 펼쳐졌다.

그와의 입맞춤에 떨리던 단아의 붉은 입술, 그의 와이셔츠를 붙잡고 매달리던 작은 손등, 그리고 그녀의 안에 들어가자 자신의 뜨거워진 분신을 조이던 그녀의 내부, 정신을 잃을 정도로 생생했던 쾌락은 생각만으로도 온몸이 부르르 떨려 왔다. 그의 어깨를 부여잡고 내뱉던 그녀의 예쁜 신음 소리가 귓가를 맴돌았다.

생각이 깊어질수록 날카로웠던 류욱의 얼굴이 순식간에 일그러졌다. 결국 그는 참지 못하고 거칠게 핸들을 내리쳤다. 탕. 탕. 탕. 화풀이를 하듯 몇 번을 내리쳤지만 가슴에 박힌 먹먹함은 사라지지 못했다.

비가 세차게 차창을 두드리고 있었다. 그것이 자신의 마음인 것만 같아 류욱은 멍하니 빗물이 흘러내리는 차창을 바라보았다.

그녀가 보고 싶다. 미련스러운 것을 알면서도 보고 싶다. 그가 다치게 했던 몸. 하얗고 말간 다리 사이로 흘렀던 핏물은 그의 심장을 조이게 만든다. 그를 품은 몸은 많이 아플 텐데 혹시나 아직까지 아프지는 않을까. 그가 너무 그의 욕심에 작은 몸을 세게 안은 것은 아닌지.

그런 생각을 하면서 깊게 한숨을 쉬다가 멈칫, 앞을 보며 멈추었다. 그의 날카로운 눈빛이 한곳을 매섭게 노려보았다. 세차게 내리치는 빗물 사이로 왜 그녀가 보이는 것일까? 생각할 사이도 없었다.

고민이 무색할 정도로 그녀인 것일까, 하는 생각이 들자마자 이미 몸은 빗속으로 뛰쳐나가고 있었다. 왜 저곳에 그녀가 있단 말인가! 차가운 바닥에 쓰러져 있는 작은 인영은 그의 심장에 칼을 찔러 붉은 핏물을 흐르게 만들기에 충분했다.

"한단아!"

그녀의 이름을 부르는 그의 갈라진 목소리가 찢어질 듯 빗속에서 메아리쳐 울렸다.

그에게 두려움은 사치이자 오만과 같다. 어릴 적 그는 다른 사람을 죽이지 않으면 그가 죽는 환경에서 키워졌다.

그러니 그는 칼을 드는 것에 망설이지 않았다. 아직은 죽고 싶지 않으니까 그는 칼을 들어야 했고, 명령대로 움직여야만 했다. 주변에 가시와 칼날이 항상 도사리고 있는 것은 당연했다.

그렇기에 두려움은 그의 목숨을 내놓는 행동과 같았다. 그렇게 키워졌고 그는 그렇게 살았다. 누구보다도 그 사실을 잘 아는 그가 난생처음으로 두려움에 손끝이 떨려 왔다.

차가운 바닥에 쓰러져 있는 인영을 발견한 이후 그는 거의 정신을 차릴 수 없었다. 아마도 그의 피부에 닿은 그녀의 피부가 너무 차가워 마치 이 세상 사람과 같이 느껴지지 않아서였을 것이다.

이 세상에 대한 미련은 없지만 그녀가 없는 세상은 그에게 아무런 의미가 없으니까. 잘못한 것이 너무 많아서 그녀에게 빌어야 하는데, 자신의 마음조차 아직 말해 주지 못했는데 이렇게 그녀를 놓을 수는 없었다.

그녀를 품에 안은 채 오피스텔로 들어온 그는 반은 정신이 나간 채, 비에 흠딱 젖은 단아의 옷을 벗겨 내렸다. 자신의 손으로 직접 단아의 옷을 벗기고 있다는 자각조차 느끼지 못하고 그는 숨을 멈추고 빠른 몸짓으로 그녀의 몸에 닿아 있는 차가운 옷들을 벗겨 냈다.

그의 머릿속에는 그녀의 체온을 뺏고 있는 옷가지를 제거해야 한다는 생각만이 그를 지배했다. 그녀의 맨몸에 핀 푸른 핏줄이 그의 숨을 멎게 만들기에 충분했기 때문에.

제발. 제발. 그는 난생처음으로 누군가에게 간절하게 기도했다. 비를 오래 맞았는지 추위에 몸이 얼어 버린 모습이 죽은 사람과 같이 미동이 없어 시간이 갈수록 두려움이 더해졌다.

그녀의 숨결은 너무 작아 들리지 않는다. 그는 조심스럽게 조그마한 코로 귀를 가져다 대어 보았다. 다행이 작게나마 내쉬고 있는 미세한 숨결이 이토록 고마울 수가 없다.

그는 옷을 모두 벗긴 맨몸의 단아를 안고서 욕조의 뜨거운 물속으로 들어갔다. 그가 가진 온기조차 그녀에게 주고 싶은 간절함에 온몸으로 그녀를 감싸 안는다. 뜨거운 물에서 피어오르는 하얀 수증기 사이로 하나가 된 그들의 모습이 부옇게 비쳤다.

물속에서 작은 등을 소중하게 보듬어 안은 류욱은 그녀의 맨몸에 연신 뜨거운 물을 끼얹었다. 축축하게 젖은 머릿결과 가느다란 목선이 가련하다. 얼마나 그곳에서 비를 맞고 있었던 걸까?

아무리 어쩔 수 없었다고 하더라도 그렇게 나오는 것이 아니었다. 그녀를 위해 한 행동이었다고 생각했지만 아니다. 아니었던 것이다.

짙은 후회가 그의 얼굴을 훑고 지나갔다. 뒤늦은 후회라는 걸 알면서도 그는 자신을 자책하고 또 자책했다. 품 안에 안은 몸이 너무 작아서 심장이 욱신거렸다. 그의 품 안에 있는 그녀의 몸이 너무 차가워서 류욱은 자신의 큰 손으로 단아의 차가운 몸을 쓸어내렸다. 그녀의 성격만큼이나 동글동글한 정수리 위로 그는 뜨거운 입술을 내렸다.

"미안하다. 내가 잘못했다, 단아야."

그녀의 귀에 대고 속삭이는 그녀의 이름은 슬펐다. 마음속으로 몇 십 번 몇 백 번을 불렀던 이름이건만 지금 이 순간은 슬프게 느껴졌다. 그에겐 한없이 소중한 이름. 두 눈을 감은 그의 속눈썹이 파르르 떨렸다.

그는 그녀에게 빌고 또 빌었다. 자신이 잘못했다고. 다시는 그러지 않겠다고. 그러니 제발 눈을 떠 달라고. 차갑고 냉혹하기만 했던 얼굴은 그녀를 안고서 빗장을 풀었다. 온몸을 짓누르는 죄책감과 고통은 그를 눈물조차 흘리지 못하게 만들었다.

너를 품에 안고서 나는 빈다. 아무것도 바라지 않을 테니 제발 눈만 떠 달라고. 이제 자신을 보지 않아도 되니까 제발 눈만 뜨라고. 너의 목소리, 너의 손짓, 그리고 너의 온기가 그립다고.

류욱은 말간 목덜미로 뜨거워진 입술을 눌렀다. 얇은 살결 위로 작은 맥박이 고스란히 느껴지니 안도감에 그의 심장은 더 빠르게 뛰기 시작했다.

그의 심장을 뛰게 만든 여인을 그는 애타게 바라보았다. 가면을 벗어던진 그는 그녀만큼이나 작고 초라했다. 그의 몸은 크고 단단했지만 작은 몸을 연신 쓰다듬고 뜨거운 물을 끼얹는 손은 애틋했다. 공허했던 마음에 차오른 하나의 온기인 그녀에게 그는 빼앗아 온 온기를 다시 불어넣었다.

그의 노력 덕분일까. 매끄러운 살결에 조금씩 온기가 돌며, 파란 핏줄에서 혈색이 돌기 시작했다. 그의 창백했던 얼굴색도 서서히 돌아오기 시작했다. 긴장과 걱정으로 거칠어졌던 그의 숨결도 차차 가라앉기 시작했다.

하얀 수증기 사이로 보이는 단아의 모습이 애처롭고 마음이 아파 그는 그녀를 자신에게 조금 더 끌어당겨 안았다. 다시 멀리 사라져 버릴 것만 같이 불안해서 그는 그녀를 더욱 세게 안았다. 다시는 보내지 못한다. 온전히 그의 품 안에 들어오는 작은 몸이 이토록 애틋하고 사랑스러운 것을.

반듯하고 둥근 이마에서 시작된 그의 올곧은 시선은 감고 있는 눈의 긴 속눈썹으로 내려와 작지만 예쁜 코, 뜨거운 수증기의 영향으로 살짝 뽀얗게 변한 볼로 움직였다.

살짝 벌어진 틈새로 달뜬 숨결이 새어 나오는 붉어진 입술을 그는 한동안 넋을 놓고 바라보았다. 손을 뻗기에도 조심스러운 그녀. 그의 눈에 안 예쁜 곳이 없지만 그를 유혹하는 붉은 입술에 홀린 듯 조심스럽게 입술을 내렸다.

두 입술이 닿는다. 단순히 입술과 입술이 맞닿은 순수한 접촉이지만 온몸이 녹아내릴 것 같은 부드러움에 그의 심장은 방망이질을 하듯이 뜨겁게 두근거리기 시작했다. 그의 심장 소리가 귓가에서 북을 두드리듯 들려왔다.

그녀가 아플까 봐 부드럽게 살짝 댄 입술이건만 그의 검은 속눈썹이 파르르 떨려 왔다.

더 이상 마음의 방향을 숨기진 않을 것이다. 그는 자신의 진실한 마음을 그대로 받아들였다. 더 이상의 고뇌는 그와 그녀를 갉아먹을 뿐이니까. 숭고한 입맞춤은 오래도록 떨어지지 못했다. 이 여자는 자신의 여자이다. 그가 지켜야 할 유일한 여인.

체온이 돌아온 그녀를 그의 침대에 눕히자, 그제야 긴장이 풀린 것인지 그는 자신의 집에 그녀와 단둘이서 있다는 자각이 들기 시작했다. 항상 외롭고 어두웠던 공간에 그녀가 있다는 사실만으로 집 전체가 따뜻해지면서 그를 들뜨게 만들었다. 하지만 그 자각의 시작은 그에게 큰 폭풍과 같은 풍랑을 몰고 왔다.

체온 유지를 위해서 젖은 속옷까지 벗긴 단아의 맨몸은 따뜻한 이불에 감싸여 있지만 그의 이성을 다른 쪽으로 이끌어 버리기에 충분했다. 그가 직접 그녀의 모든 옷을 벗겼으면서 이제야 당황한 그는 방에 널브러져 있는 옷들을 주우면서 표정이 굳어졌다.

다시 침대 곁으로 돌아온 그는 깊은 잠에 잠긴 단아를 내려다보았다. 혈색이 돌아오면서 뜨거운 물에 발갛게 상기된 단아의 두 볼은 그대로 깨물어 보고 싶을 정도로 탐스럽게 그를 유혹했다.

그는 멍하니 한단아에게 취해 그녀를 바라볼 수밖에 없었다. 예쁘고 작다. 항상 그녀를 보면 들던 생각. 그러나 그런 생각을 하는 것조차 그는 죄책감을 느껴야만 했다.

그녀가 깨면 무슨 말을 꺼내야 할까. 그가 준 상처에 그녀가 그를 멀리할까 걱정이 되었다. 만약 그렇게 된다면 어떻게 해야 할지 미간을 좁히며 생각에 빠졌다.

이제 모든 상황에 대한 걱정 없이 그녀를 볼 것이라고 다짐은 했지만 막상 그녀가 자신의 앞에 있자 머릿속에 비워지는 느낌이 들었다. 지금까지 그녀의 앞에서 호통치고 몰아세우고 명령만 했지, 그녀의 앞에서 자신의 마음을 보여 준 적이 없기 때문이다.

눈을 뜨면 호텔에서 몸을 섞고서도 무책임하게 돈을 던지고서 나간 그를 원망할 것이다. 만약 자신을 싫어하면 어떻게 할까? 아마 싫어하고 화를 낼 것이다.

다시 그녀와의 짧았지만 황홀하고도 끔찍할 정도로 되돌리고 싶은 순간이 떠오르자 저절로 그의 눈동자가 흐려졌다. 그 순간을 떠올리는 것만으로도 심장이 뻐근해진다. 그녀에게 미안해서. 죽을 만큼 미안해서.

생각을 할수록 겁이 난다. 혹시나 그녀가 일어나서 그에게 화를 내면 어떻게 해야 하는 것일까?

그는 한 번도 이성과의 사적인 만남을 가진 적이 없었다. 물론, 작전의 명목으로 목표물인 여성들의 유혹을 받아들이고 억지로 끔찍스러운 잠자리까지 간 적은 있었다. 학창시절에도 이성에 대한 관심도 없이 사회적 교류를 하지 못했으며, 지금까지 그는 무감각하게 기계와 같이 살아왔다. 그래서 마음에 담은 여자에게 어떻게 해 주어야 하는지, 화를 어떻게 풀어 줘야 하는지를 하나도 알지 못했다.

시간이 지날수록 초조함에 단아의 잠든 얼굴을 멍하니 바라보던 류욱은 문득 그녀가 깨어나면 빈속일 것이라는 생각이 들었다. 즉시 조심히 방을 나와 요리를 하기 시작했다.

집에서는 거의 음식을 섭취한 적이 없었지만, 주방을 뒤져 보니 쇠고기와 쌀은 있었다. 그는 한 번도 해 본 적 없는 죽을 끓이기 시작했다.

서투른 솜씨에 몇 번이나 그릇을 떨어뜨리기도 하고, 물이 넘치기도 했지만 단아가 잠에서 깨어날까 봐 소리를 숨기며 요리를 했다.

그녀가 이 죽을 먹어 주기를. 그는 간절하게 빌고 또 빌었다.

푸르스름한 여명의 새벽빛이 들어오는 방 안에 작은 인영이 꿈틀거렸다. 단아는 조심스럽게 눈을 떴다. 제일 먼저 보이는 것은 어두운 색의 벽지. 그녀가 싫어하는 색이다.

헉. 여긴 어디지? 생경한 방의 분위기와 가구들이 그녀에게 익숙하지 않다. 이곳이 부대 내 숙소나 본가가 아니라는 자각에 그녀는 벌떡 몸을 일으켰다.

"아야야."

저절로 신음이 나왔다. 온몸을 두드려 맞은 듯한 감각에 살짝 인상을 찌푸린 그녀는 뭔가 허전하다는 것을 느끼고 반사적으로 아래를 내려다보았다. 1. 2. 3. 정확히 3초 후에 그녀는 찢어질 듯한 비명을 이불 속에서 내뱉었다.

'헉. 이게 뭐지? 이 옷은 뭐야? 도대체 어떻게 된 거야!'

그녀는 남자의 옷으로 추정되는 크고 얇은 면 티를 입고 있었다. 넓은 목 부분으로 인해 흘러내린 티는 아담한 가슴골을 훤하게 보이고 있었으며 아랫단도 허벅지 근처에서 맴돌고 있었다.

불안하고 허전한 느낌에 앞부분을 들춰 보니 역시나 위아래 모두 속옷조차 입고 있지 않았다. 저절로 그녀의 두 눈에 눈물이 글썽글썽 맺히기 시작했다. 내가…… 내가 진짜 미친 거지?

주변을 살펴본 결과 이곳은 남자의 방이다. 점차 지끈거리는 머리에 단아는 이마를 짚으며 생각을 하려고 노력했다.

비를 맞으면서 걸었던 것까지는 기억난다. 그런데 갑자기 도중의 기억이 끊어져 있다. 빗물을 위안 삼아 류욱의 모습을 생각하면서 목 놓아 울다가 지쳐서 기운이 빠졌었고, 그다음은? 기억이 깜깜하다. 길가에 그대로 쓰러진 걸까? 그래서 어떤 남자가 나를 데리고 온 것일까?

이 와중에도 가장 먼저 떠오른 얼굴은 류욱이었다. 이 감정은 감춰야 하는 거라고, 지금은 강해져야 할 때라고 다짐해 놓고 그녀는 두려운 순간 반사적으로 그를 떠올리고 있었다.

두려움에 이불에 얼굴을 묻었다. 왜 미련스럽게 또 그 사람이 떠오르는 것일까.

그리고 이제는 그를 위해서라도 그녀의 이런 마음을 숨겨야 한다. 마지막으로 그녀가 해 줄 수 있는 것이 그것이니까. 그렇게 다짐했던 자신의 의지가 무색하게 그녀는 지금 이 순간 간절하게 그를 그리워하고 있었다.

얼마간의 시간이 흐르자, 정적이 감도는 이 방이 거북스럽게 다가오기 시작했다. 여기에서 벗어나야 된다. 이를 악문 단아는 한 발을 침대 밖으로 내밀었다. 이렇게 방 안에만 있는다고 해결될 문제는 아니니까. 방 안의 가구는 침대 하나가 전부였다.

유일하게 드는 생각은 쓸쓸함이었다. 이불도 검은색 벽지도 모든 것이 어두웠다. 왜 그런 방의 분위기가 무섭지 않고 심장이 아픈지 알 수 없었다.

이곳에서 나가기 위해 방문을 조심스럽게 연 순간, 그녀는 그대로 주저앉을 거 같은 두통에 벽을 손으로 짚으며 쓰러지려는 몸을 지탱해야만 했다.

한눈에 보인 것은 언제나 바라보던 등이었다. 항상 바라보면서 아프다고 생각했던 등이니까 그녀는 단번에 등을 보이고 서 있는 사람이 누군인지 알 수 있었다.

류욱이 이 집의 주인이라는 사실에 심장이 점차 두근거리기 시작했다. 그를 멀리해야 하는데 왜 이렇게 현실은 그녀를 아프게 만드는 것일까. 그녀는 멍하니 그의 뒷모습을 바라볼 수밖에 없었다.

여전히 그의 등은 넓지만 안쓰러웠다. 그의 어깨에 짊어진 짐과 그가 겪어 왔던 고통을 모두 알 수 없으면서도 그녀는 그의 등을 보며 숨이 막힌 듯 온몸을 움직일 수 없었다.

그렇게 시간이 얼마나 지났을까. 그녀가 서 있는 방문을 그가 힐 끔 쳐다보았다. 허공에서 머뭇거리고 있던 단아와 류욱의 시선이 그대로 마주쳤다. 돌아본 사람이나 바라보던 사람이나 놀라기는 마 찬가지. 둘 모두 소스라치게 놀라며 시선을 피했다. 류욱은 귓가가 붉어졌으며 단아는 두 볼이 발갛게 변했다.

"깼나."

류욱이 먼저 말을 걸었다. 부드럽게 말해야 한다고 자신을 다그치 고 다그쳤건만 반사적으로 나온 말은 여전히 무뚝뚝하고 차가웠다.

단아의 눈치를 보듯 살짝씩 그녀를 흘깃대는 류욱의 속눈썹이 살짝 떨린다. 그녀가 매섭게 그대로 나가버릴까 봐 걱정이었다. 그 의 선에선 최대한 다정하게 말하고 싶었으나 나온 목소리는 여전히 딱딱하고 삭막했다.

"이리로 오지."

그의 명령적인 어조가 못마땅한 듯 단아의 미간이 좁아졌다. 항 상 그는 그녀에게 자신의 곁을 맴돌지 말라고 명령했다. 정작 자신 이 그렇게 말했으면서도 호텔에 나타난 그는 위험에 처한 그녀를 구해 주었지만 평생 잊을 수 없는 상처를 남겨 주고 떠났다. 그러 면서도 지금은 아무 일도 없었다는 듯이 그녀의 앞에 나타나 그녀 를 혼란스럽게 만들고 있었다.

자신을 데려온 남자가 외간 남자가 아니라는 안도감과 함께 이 제는 그의 바람대로 그를 멀리해야 한다는 현실의 자각은 단아를 날카롭게 만들었다. 그녀의 마음을 숨기고 냉정하게 그를 대해야 하는 순간이 다가온 것이다.

남아 있지 않을 거라고 생각하고 있던 그에 대한 미련 덕분인지 심장은 여전히 두근거리고 있었다. 그리고 자신을 혼란스럽게만 하는 그의 모습에 가슴으로 울컥거리는 분노가 치밀었다.

"제가 왜…… 여기에 있는 것입니까?"

딱딱하게 굳은 목소리에 힘은 없었지만 그를 멀리하는 그녀의 분위기는 차가웠다. 그것을 못 느낄 그가 아니었다. 역시나. 자신을 원망스럽게 쳐다보는 눈동자가 류욱은 사무치게 마음이 아팠다.

아직은 그가 왜 그렇게 행동해야만 했는지 알려 줄 수 없다. 이제 넘쳐흐르는 마음을 숨기지 않겠다고 다짐했다. 그럼에도 남아 있는 현실의 장벽은 그녀에게 모든 것을 보일 수 없게 만들고 있었다. 그들 사이에 놓인 다리는 여전히 건널 수 없으면서도 그는 그녀를 깊은 눈매로 바라보았다.

"이리로 와서 앉아."

언제나 명령하고 호통치던 그였다. 그런데 이번만큼은 목소리가 뭔가 달라졌다는 것을 단아도 느낄 수 있었다. 겉은 무표정이지만 그녀를 빤히 바라보는 그의 눈빛에선 무언가를 호소하는 듯 진한 분위기가 흘러나오고 있었다.

쌍꺼풀이 없는 깊은 눈매가 그녀의 시선을 마주 보며 흔들렸던 것은 착각인 것만 같으면서도 단아의 몸은 조금씩 움직이기 시작했다. 그러면 안 된다는 것을 알면서도 단아는 조심스럽게 식탁으로 가서 앉았다. 여전히 표정은 마음에 안 드는 듯 굳어져 있었지만.

류욱은 그런 그녀의 모습을 한 순간도 놓치지 않고 주시하며 무엇인가를 조심스럽게 그녀의 앞에 내밀었다. 작은 그릇에 담긴 하얀 덩어리는 방금 끓인 듯 뽀얀 김이 올라오고 있었다. 죽인지 떡

인지 모를 음식에 단아의 눈빛이 순식간에 날카로워졌다.

"지금…… 병 주고 약 주십니까?"

말 한마디 한마디가 매섭다. 그에게 원망은 하지 못하면서 쏘아 보는 단아의 눈빛에 류욱은 어쩔 줄을 몰랐다. 겉으로 무감각한 척 숨기고 있지만 속마음은 그녀의 행동 하나하나에 민감하게 반응하고 움찔거리고 있었다.

"먹어."

그는 무심한 척 말했다. 부드럽게 자상하게 말해야 하건만 그 말 한마디가 어렵다. 어떻게 말해야 하는지도 모르겠다. 간신히 내뱉은 한마디가 고작 '먹어'라니. 그는 속으로 자신을 비난하고 책망하였다.

역시나 제발 먹어 보라는, 배가 고플 테니 한입이라도 먹으라는 그의 마음을 모르는 단아는 매섭게 죽인지 떡인지 모를 음식을 노려보았다.

그래도 그의 말을 쉽게 무시할 수 없었던지 단아는 힘이 없는 손을 들어 수저를 들고 떡 같은 죽을 한입 입으로 가져갔다. 다행이다. 긴장감에 참고 있던 숨을 내쉬며 류욱의 시선이 단아의 행동을 따라 끈질기게 움직였다. 한입을 입안에 넣은 단아는 맛도 느끼지 못하고 그대로 뜨거운 죽을 목구멍으로 넘겼다.

울컥. 가슴으로 무언가가 치밀어 오른다. 뜨거운 죽이 차가워졌던 그녀의 심장을 다시 뜨겁게 만든 까닭일까. 아니다. 그녀는 무서운 것이다. 항상 자신의 곁을 맴돌면서도 그녀에게 상처만 주는 그가 또다시 그녀에게 어떤 상처를 줄지 무서운 것이다.

더 이상의 혼란은 싫다. 그와 그녀의 사이에 놓인 현실의 벽을 인정해 버린 지금은 이미 늦어 버렸다. 다 늦어 버렸는데 더 이상 상처받기는 싫다.

뜨거워지는 가슴속 답답함을 느끼며 단아는 매섭게 숟가락을 식탁에 놓아 버렸다. 탁. 거친 마찰음은 그들 사이의 얼음을 깨뜨려 버렸다. 그녀의 변화에 놀랐는지 움찔거리는 류욱의 얼굴을 단아는 아무런 감정이 남아 있지 않은 눈빛으로 올려다보았다.

여전히 그의 얼굴 위로는 아무런 감정이 흐르지 않았다. 그런 사람이다. 알고 있던 사실이건만, 자신은 그의 작은 온기에도 쉽게 마음을 주고 쉽게 흔들리는데 여전히 그에게 있어 그녀는 아무런 의미가 되지 못하는 것만 같아 억장이 무너져 내렸다.

아마도 이런 죽 한 그릇 끓여 주는 것도 별것 아닐 것이다. 그냥 길에 쓰러져 있으니까 데려온 것일 것이다. 그 정도로 이 사람에게는 그녀와의 잠자리가 아무런 의미가 없었던 것이다. 지금 그의 앞에 앉아 있는 그녀는 온 마음이 무너지고, 그의 얼굴을 바라보는 것만으로 심장이 숨을 쉴 수 없을 만큼 뛰는데. 그래, 오히려 잘된 것이다.

그를 위해 결심한 결정이지만 마지막 선물쯤으로 생각하면 되는 것이지. 이제는 그를 버려야 하는 순간이 온 것이다. 아마도 누구보다도 이것을 원한 것은 류욱, 그일 것이다. 항상 거슬리던 자신을 버릴 수 있는 순간이 온 것이니까.

"저한테 원하시는 것이 무엇입니까?"

그녀의 날카로운 질문에도 류욱은 민망할 정도로 그녀를 빤히 바라볼 뿐이었다. 무엇인가를 호소하는 듯 그녀의 눈동자를 깊이 바라보는 시선에 마음이 아픈 것은 왜일까. 그래도 여기에서 무너질 수는 없는데.

"없어."

그의 굳은 입술에서 나온 한 마디. 생각했던 대로다. 그의 집에 그녀를 데려온 것은 그에겐 아무런 의미가 없는 것이다.

허공에서 마주친 눈빛은 아팠다. 담담하게 굳은 눈빛과 원망스러움에 치를 떠는 눈빛은 어느 누구도 쉽게 시선을 돌리지 않았다.

그렇게 버리고 갔으면서! 다시는 자신의 곁에 오지 말라고 했으면서! 그녀의 마음은 깊었다. 자신과 그의 내부에 있는 숨겨진 진실을 알게 되면서 그녀와 그는 결코 이어질 수 없는 현실이라는 것을 알면서도 떨치지 못했던 애틋한 마음이다.

그런데 그들의 앞에 놓인 현실은 냉혹하고 잔인했다. 그를 위해서 그녀의 마음을 숨겨야 하는 상황에 이르자, 그는 오히려 알 수 없는 눈빛으로 그녀를 방해하고 있었다. 청개구리도 아니고, 힘들게 결심한 의지를 흐트러지게 만들어 버리는 그의 행동은 그녀를 거슬리게 만들기에 충분했다.

결국, 그녀는 그의 앞에서 참고 있던 인내심을 놓치고 말았다. 속에 담고 있던 상처도 모두 그에게 쏟아 내고 그를 냉정하게 버려야겠다.

"제발! 제발!"

단아는 날카롭게 소리쳤다. 순간적으로 류욱의 눈빛이 굳어지며 탁자 아래 놓인 그의 주먹에 힘이 쥐어졌다.

"그런 눈으로 바라보지 마세요! 저의 고백을 거부하고, 곁을 맴돌지 말라고 하셨던 것 잊으셨어요? 거슬리니까, 중대장님의 눈앞에 나타나지 말라고 단칼에 내치셨지요. 중대장님께서는 잊으셨을

지 몰라도 저는 잊지 못했습니다. 저를 바라보시던 차가운 눈빛과 눈빛보다도 냉혹했던 말씀들을! 그래서 저는 그렇게 했습니다. 마음을 접었습니다. 그런데 왜 자꾸만 저의 앞에 나타나시는 겁니까?"

원하지도 않는 순간에 자신의 앞에 나타나 그녀의 마음을 흔드는 그가 원망스러워 한마디 하려던 것이었건만, 정작 그에게 원망을 호소하다 보니 그동안 쌓였던 것이 폭포수같이 쏟아졌다. 그의 앞에서 보이고 싶지 않았던 눈물조차 그녀의 의지와 상관없이 후드득 떨어졌다.

"……."

단아의 창백한 얼굴 위로 울음소리도 내지 못한 서글픈 눈물이 방울져 후드득 떨어지자 그런 그녀를 류욱은 아무런 말도, 미동도 없이 그저 바라보았다.

단아는 제발 한 마디라도 해 달라고 소리치고 싶은 걸 참았다. 그녀가 혼자 흥분하고 화를 내고 있음에도 아무런 미동이 없는 그는 생각보다 더 잔혹했다. 덕분에 아무에게도 말할 수도 없었고 아무에게도 축복받지 못했던 자신의 깊은 마음을 드러내 버리고 말았다.

"좋아했습니다. 많이 좋아했습니다. 그런데 그만큼 차갑게 내쳐졌어요. 그냥 좋아하는 마음을 말하고 싶었던 것이었습니다. 받아 달라는 것도 아니고, 내가 당신을 좋아하니 그 마음만 알아 달라고. 그런데 꼭 그렇게 냉혹하고 잔인하게 내치셔야만 했어요? "

그들 사이로 정적이 흘렀다.

"제가 중대장님 곁에 있는 것조차 싫어하셨어요. 중대장님께서는 저를 단 한 번도 간부로서도 군인으로서도 인정해 주시지 않았습니다. 그런데 하나의 인격으로도 인정해 주시지 않으셨으면서 왜 저의 앞에 자꾸만 나타나시는 겁니까?"

단아의 얼굴이 일그러질수록 무표정이던 류욱의 눈동자도 심하게 흔들리기 시작했다. 하지만 그는 여전히 그녀를 막연히 쳐다볼 뿐이었다. 한 마디라도. 제발 한 마디라도 그의 마음을 듣고 싶어서 그녀는 자신의 상처를 벌리고 헤집고 있건만 류욱의 태도는 오히려 단아의 가슴에 상처를 하나 더 만들고 있었다.

사람의 마음을 위로할 줄 모르고, 자신의 마음을 표현할 줄 모르는 그는 그저 주먹을 쥔 채 심장의 고통을 참을 뿐이었다.

울분에 찬 단아의 입술이 파르르 떨렸다. 이 말만은 하기 힘든 듯 그녀가 한참을 원망스럽게 류욱을 노려보다가 어렵게 말문을 열었다. 악에 받친 듯 매서운 그녀의 말이 류욱의 심장에 박히고 있었다.

"결국! 결국 몸까지 드렸습니다! 설사 약을 먹어서 어쩔 수 없었다고 생각하실지 모르겠지만 저는 당신이니까, 당신이니까 드렸던 겁니다. 몸이라도 드리면 한 번이라도 따뜻한 한마디 해 주시지 않을까."

"……."

무릎 위에 놓인 류욱의 두 주먹이 피가 통하지 않을 만큼 세게 쥐어졌다. 그게 아니라고 말해야 하는 입은 떨어지지 않는다. 그는 자신으로 인해 만들어진 그녀의 상처를 모두 허망하게 바라볼 수밖에 없었다.

"미련했어요. 망설임 없이 당신에게 안기겠다고 했던 저를 얼마나 쉬운 여자로 보셨는지 압니다. 그래도! 저는 몸과 함께 마음도

드렸던 겁니다. 제 마음을 알아 달라는 마지막 고백이었습니다. 그것이 저의 작은 바람이었습니다. 당신에게 바라는 것이 고작 그것이었는데! 따뜻한 한 마디! 그랬는데…… 그랬는데…….”

감정을 주체하지 못한 단아가 입술을 깨물자, 입술이 터져 피가 났다. 금세 부어오른 입술 위로 뜨거운 눈물까지 흘러내렸다.

“나는 당신의 앞에서 창녀가 되었지! 몸 파는 여자. 그것이 당신이 나한테 준 유일한 것이었어! 밤을 같이 한 여자에게 내미는 수표 한 장. 그 의미를 다른 의미라고 말할 생각이라면 하지 마. 그때는 그랬으면서 지금 와서 이렇게 가식 떨지 마.”

파작.

그의 마음을 담은 죽 그릇은 그대로 단아의 손에 내쳐져 깨져 버렸다. 깨진 죽 그릇과 같이 단아의 마음도 깨지고 그 파편은 류욱의 마음을 무너뜨렸다. 부들부들 떠는 단아의 온몸이 작은 새와 같이 작고 안쓰러웠다.

단아는 그녀의 모든 속마음을 보고서도 여전히 아무런 말을 하지 않고 막연히 바라보는 그의 무거운 시선에 숨이 막힐 것만 같았다. 단아의 눈빛이 표독스럽게 변했다.

“왜? 한번 자 보니까 내 몸이 마음에 들던가요?”

아니라고. 그런 것이 아니라고 말해야 하건만 그의 앞에 보이는 그녀의 상처는 깊었다. 말해 그녀에게 아니라고 말해야 하건만 그의 입은 쉽게 떨어지지 못했다.

“…….”

무릎에 올려져 있는 류욱의 주먹이 부들부들 떨려 왔다.

“다시는 제 앞에 나타나지 말아 주세요.”

멀어진다. 그녀가 멀어지고 있었다. 심장이 타는 느낌이 이런 느낌인 걸까. 그의 티 하나 걸친 그녀는 작고 왜소했다. 그런 그녀를 그는 무참히 무너뜨렸다. 그것을 누구보다도 잘 알고 있었다.

그래서 그는 그녀 앞에서 잘못했다고. 미안하다고 사과 한 마디 꺼낼 수가 없었다. 그가 만든 상처를 자신이 직접 헤집으면서 고통스러워하는 그녀 앞에서 그가 할 수 있는 것은 그런 그녀를 막연히 바라봐 주는 것뿐이었다.

그러니 그는 그녀를 놔주어야만 했다. 그가 그녀를 잡으면 위험하니까. 몸은 크고 나이는 먹었지만, 마음만은 갓난아기와 같은 그이기에 그가 그녀에게 해 줄 수 있는 것은 거의 없었다. 그의 마음을 밝힌다고 하더라도 그는 그녀에게 위험에 불과했다. 그녀의 목숨이 위험해질 것이며 그녀는 그를 유인하기 위한 표적이 될 수도 있었다.

하지만 못하겠다. 더 이상 참을 수가 없다. 이렇게 아프니까. 심장이 타들어 갈 듯이 아파서. 그는 그녀를 위해서가 아닌 자신이 살기 위해 그녀를 붙잡아야만 했다.

도어록이 열리는 소리가 들리는 순간, 류욱은 그대로 달려가 작은 몸을 자신의 두 팔로 단단히 안아 버렸다. 놓을 수 없다는 듯이 꽉 안아 오는 그의 등은 안쓰럽고 초조했다.

단아의 등에 닿은 가슴에서 그녀로 인해 뛰고 있는 그의 심장 소리가 들리기 시작했다. 쿵. 쿵. 그녀 앞에서는 한마디도 못 하던 그였지만 심장 소리만은 그녀에게 명확하게 들려왔다.

6장.
심장이 가는 방향

그대로 심장이 멈췄다. 작은 단아의 몸을 자신의 품속으로 가둬
버린 류욱의 심장은 벌판 위를 달리는 경주마와 같이 두근거리기
시작했지만 그 품에 가둬진 작은 심장은 그대로 멈추었다.

말로 전해 듣지 않아도 온몸을 흔드는 두근거림으로 그녀는 알
수 있었다. 그의 마음과 같은 뜨거운 입술이 가냘픈 목덜미에 닿았
다. 그의 뜨거운 온기가 그녀의 몸을 타고 흘렀고 그 온기를 따라
그의 떨림이 고스란히 전해졌다. 커다란 몸이 사시나무 떨듯 떨리
고 있었다.

"미안해."

"……!"

"미안하다."

"……!"

"……그런데 나는 모르겠어. 무슨 말을 어떻게 해야 하는지. 어

떻게 행동해야 하는지."

마지막 숨을 내뱉듯 그는 힘들게 한 글자 한 글자를 힘주어 말했다. 소리도 내지 못하는 남자의 눈물이 단아의 어깨를 타고 흘러내리니, 그 한마디에 온 세상이 굳어 버린 단아의 볼 위로도 눈물이 끊임없이 흘러내렸다.

그가 그녀에게 했던 행동들과 그때 보였던 그의 목소리 그리고 그의 눈빛이 주마등과 같이 그녀의 앞에 펼쳐졌다. 항상 그는 그녀를 말로는 밀어내면서도 그녀의 주변을 맴돌았고, 그의 삭막한 눈빛 속에는 그녀만이 담겨 있었다. 그녀의 앞에서는 그녀를 밀어내면서도 뒤로는 아파했던 것이다.

너무 늦게 알아 버렸다. 왜 몰랐을까? 도대체 왜 이제야 알게 된 것일까? 늦어 버린 탄식을 내뱉으며 단아는 눈물을 흘렸다. 그러나 그들에게 놓인 현실의 자각은 그녀를 그의 품속에서 마음껏 울 수조차 없게 만들었다.

체력 단력실에서 악에 받쳐 그의 몸을 혹사시키던 류욱의 모습이 스쳐 지나간다. 온 마음이 무너지는 것 같다.

그는 그렇게 자신을 채찍질하면서 자신의 마음을 숨기기 위해 노력하고 있었는데. 자신은 그의 노력에 기름을 들이부으며 부채질을 하였던 것이다.

그는 얼마나 아프고 힘들었을까. 참고 또 참았을 것이다. 자신의 심장을 도려내면서도 참았을 것이다.

위로는 오빠가 둘이나 있고, 어릴 때 엄마를 잃은 그녀를 주변 사람들은 안쓰러워하고 애틋해했다. 덕분에 그녀는 넘치도록 많은 사랑을 받으면서 자라왔다. 그래서 사랑을 받는 것이 익숙했고, 사랑을 받은 만큼 남에게 자신의 마음을 표현하고 사랑을 주는 데 주저함이 없었다.

하지만 류욱은 아니었다. 한 번도 누군가에게 사랑을 받아 본 적이 없으니, 자연스럽게 감정을 표현할 줄 모르고 자신의 마음을 주는 방법도 모른다. 감정이라는 것도 받은 적이 있어야 줄 수 있는 것. 받은 적도 없는 것을 주는 것은 애초에 불가능한 일과 같았다.

사랑을 받고 받은 사랑을 주는 데 거리낌이 없는 그녀는 몰랐지만 그는 사랑을 받는 것도 주는 것도 모든 것에 서툴렀던 것이다. 얼마나 그가 아팠을지, 얼마나 그가 혼자서 고통스러워했을지 이제야 느낄 수 있다.

항상 그의 뒷모습을 보면서 그토록 마음 아파했으면서 그녀는 정작 그의 앞모습만으로 그를 판단하고 있었던 것이다. 그의 진짜 모습은 뒷모습이었는데 몰라주었다. 말조차 하지 못했을 그인데, 그녀조차 그를 알아주지 못했다.

너무 늦은 깨달음. 이제는 알았다고 해도 달라질 수가 없게 되었다.

소리도 내지 못하고 자신의 어깨를 끌어안고 울고 있는 그의 몸을 그녀는 차마 마주 안아 줄 수 없었다. 그들의 현실에 심장이 찢어져 핏물이 배어 나오기 시작했다. 그녀의 오빠가 했던 말이 가시가 되어 가슴에 박혔다.

'네가 만약 그에 대한 마음을 포기한다면, 그놈의 생명만은 보장해 줄 수 있다.'

자신들의 현실로 그를 마주 안을 수 없다. 참혹할 만큼 비극적인 그들의 인연에 누군가를 원망하고 싶건만 그녀는 누구도 원망할 수 없었다. 자신과 그를 만나게 만든 하늘에 원망을 한다고 해도 현실이 달라지지도 않는데 원망이 무슨 필요가 있을까.

"……미안해. 내가 모두 미안하다."

단아의 어깨는 류욱이 흘린 눈물로 가득 젖어 갔다. 그럼에도 이 불쌍한 남자는 그녀에게 이 한마디만을 해 주고 있었다. 미안하다고. 미안하다고. 정작 그 말을 할 사람은 그녀임에도 그는 그녀에게 미안하다고 하고 있었다. 마주 보고 그녀로 인해 터져 버린 그의 상처를 안아 주어야 함에도 이를 악문 단아는 그의 손을 냉정하게 뿌리쳐 버렸다.

평상시였다면 불가능했겠지만 온몸에서 힘이 빠진 그는 그녀의 차가운 행동에 그대로 뒤로 밀려나 버렸다. 단아는 그를 뒤돌아보지도 못하고 그대로 그곳을 빠져나와야만 했다.

"한단아!"

뒤에서 그녀를 애타게 부르는 그의 목소리. 처음으로 그의 목소리로 듣는 그녀의 이름은 약해진 심장을 쥐고 흔들기에 충분했다. 이렇게 좋아하는데! 이렇게 사랑하는데! 그녀는 그를 위해, 그를 구하기 위해, 그를 밀어내야만 했다.

한 번도 듣지 못했던 목소리로 그녀를 부르는 그를 도저히 바라볼 수 없었다. 그녀의 마음을 들킬까 봐 무서웠다.

단아는 엘리베이터를 기다리지도 않고, 그에게서 한시라도 빨리 벗어나기 위해 계단을 뛰어 내려가기 시작했다. 그에게 보여 줄 수 없는 눈물이 앞을 가려 자꾸만 시야는 흐려지건만, 그에게서 빨리 벗어나야 한다는 의지는 그녀를 쉽게 무너지지 못하게 만들었다.

여전히 비는 내리고 있었다. 이대로 그에게서 도망쳐야 한다는 생각 하나만으로 단아는 무작정 빗속으로 뛰어들어 버렸다.

귀를 때리는 소나기는 그나마 그녀의 눈물을 가려 주려는 듯 세차게 내리고 있었다. 차가운 빗물에 그나마 남아 있던 온기가 점차 사라지는 순간, 그녀에게 세차게 떨어지던 빗물이 멈추면서 그녀의 등 뒤로 따뜻한 온기가 다가와 한가득 그녀를 감싸 안았다.

더 이상 가지 못하도록 막는 한 팔은 우산을 들고 있기에 한 팔로 그녀를 안았음에도 단단했다. 그리고 너무 따뜻했다. 차가웠던 그의 품이 이제는 그녀에게 그의 온기를 나눠 주고 있었다. 말을 하지 않아도 그녀에게 주는 그의 온기가 고스란히 느껴졌다.

"……몸이 차갑잖아."

단아는 미쳐 버릴 것만 같았다. 그는 그녀만을 걱정하고 있었다. 지금 누구를 걱정해야 하는지도 모르면서!

아니, 그는 그 사실을 누구보다 잘 알고 있을 것이다. 위험한 것이 누구인지, 그가 얼마나 위험한 위치에 있는지 알면서도 그는 그녀를 보호하고 있는 것이다. 그의 행동에 심장이 아프게 조여들기 시작한다. 미련스럽게. 이깟 비를 맞는 것이 얼마나 대수라고 그는 그녀를 소중하게 안고서 비를 막아 주고 있었다.

"놔요!"

그녀를 놓아주지 않는 류욱의 단단한 힘에 단아는 그의 손을 떼어 내려고 용을 쓰기 시작했다. 반듯하게 쭉 뻗은 그의 팔을 때리고 밀치고 생채기가 나도록 할퀴었다. 제발 놔 달라고.

여기에서 멈춰야 하건만 그의 손등에 피가 나도록 몸부림을 쳐도 그녀의 허리를 감싸고 있는 그의 팔은 떨어지지를 않았다. 자신의 팔에서 피가 나는지도 모르고 그는 아무런 신음도 내지 않은 채 그렇게 그녀를 안고만 있었다.

미련스럽다. 지독할 정도로 마음 아픈 그의 행동에 또 슬프고 마음 아파서 그녀는 참을 수가 없었다. 단아가 쉴 새 없이 흘린 눈물을 그녀가 만든 그의 손등 생채기 위로 떨어져 내렸다.

아프면 아프다고 소리라도 치고, 누가 때리면 때리지 말라고, 자신도 느낄 수 있다고, 고통을 느낄 수 있는 사람이라고 소리쳐야지!

그는 마치 통각이 없는 사람처럼 그녀만을 악착같이 붙잡고 있었다. 답답할 정도로 그는 그녀에게 매달렸다. 등 뒤로 느껴지는 그의 심장 소리가 그녀의 온몸을 두드리고 있었다.

"……놓아주세요! 제발 놓아 달라 구요!"

"……제발."

몸부림을 치던 단아의 힘이 풍선에 바람이 빠지듯이 한순간에 풀려 버렸다. 그녀의 손톱에 손등 가득 생채기가 나고서도 그가 내뱉은 단 한 마디는 '제발'이었다. 힘이 빠진 목소리에는 간절함이 가득 배어 있었다. 그녀를 자신의 품 안에 가득 안고서 비를 막아 주고 있으면서도 그는 그 한 마디를 힘들게 내뱉었다.

결국, 힘이 빠진 단아가 흐느끼면서 움직임을 멈추자 그는 팔을 풀고서 단아의 어깨에 자신의 카디건을 입혔다. 꼼꼼하게 단추를 잠가 주고, 한 손에는 우산을 쥐어 주었다.

그는 그녀에게 아파하고 애원하며 그의 모든 마음을 보여 주었다. 단 몇 마디, 그녀를 뒤에서 안아 주는 행동이 다였지만 그에겐 그것이 모든 것이고 그가 할 수 있는 최선이었다.

그렇게 그는 모든 것을 포기하고 그녀를 선택하였다. 한 번 내비쳐 버린 그의 마음은 진실하고 깊었다. 그의 애원에도 뒤돌아보지도 않는 단아에게 비를 맞지 않도록 우산을 쥐여 주는 류욱의 손은 심하게 떨리고 있었다.

"⋯⋯비 오니까 우산은 쓰고 가."

그렇게 조심스럽게 내민 우산이건만 단아는 그의 떨리는 숨결을 느끼며 그 우산을 그대로 바닥에 내동댕이쳐 버렸다.

자신에게 우산을 주면서도 그는 자신이 쓰고 갈 우산이 없다는 것은 생각조차 하지 못한다. 그 모습이 시리도록 보기 싫어서 그녀는 더욱 모질어져 버렸다. 질끈 감은 눈 사이로 피눈물이 흐르고 있었지만 그 눈물은 빗물에 바로 쓸려 내려가 버렸다. 비가 내려서 다행이다. 그녀의 마음은 숨길 수 있으니까.

단아는 그렇게 류욱에게서 도망쳐 버렸다. 그는 앞모습은 거짓이었지만 뒷모습은 진심이었다. 그리고 그런 그가 바라보고 있는 작은 여인은 앞모습은 진심이면서 뒷모습은 냉정했다. 자신을 버리고 가 버리는 단아의 모습을 바라보는 류욱의 얼굴 위로 한 줄기의 눈물이 흘러 추적추적 내리는 비와 함께 사라졌다.

택시를 잡아탄 단아가 그의 시야에서 없어지고서도 그는 그 자리에서 온몸이 젖고 있는데도 움직이지 못했다. 다행히 그의 얼굴 위로 흐르고 있는 눈물이 빗물에 보이지 않는 것을 안심하면서 그는 그녀가 내동댕이친 우산을 맥없이 바라보았다. 그래도 그는 한편으로 안심했다. 그녀에게 걸쳐 준 외투에 넣어 준 것이 아직은 따뜻할 테니까.

헌편 택시에 탄 단아의 외투에는 그가 넣어 준 물건이 살짝 튀어나와 있었다. 눈물을 겨우 참고서 꺼내 본 그가 넣어 준 물건에 그녀의 눈물보가 다시 터져 버렸다.

그가 걸쳐 준 외투에는 따뜻한 핫팩과 비닐에 싼 수표 한 장이 들어 있었다. 따라 나오는 그 짧은 시간에 그녀의 안위를 걱정하며 챙겼을 물건들이 그녀의 눈물을 뜨겁게 만들었다.

✳

정우는 귀에 대고 있던 핸드폰을 내리며 한숨을 쉬었다. 며칠째 류욱은 전화를 받지 않고 있었다. 연락이 안 되는 류욱이 걱정이 되기 시작한 정우가 류욱의 오피스텔을 찾았다. 잠금장치 키패드의 비밀번호를 누르고 지문 인식까지 끝마치자 출입문이 열렸다.

'하여간 보안은 진짜 철저하게 해 놨네.'

못마땅함에 혀를 차면서 들어선 정우는 현관에 들어서자마자 느껴지는 한기에 미간을 좁혔다. 이거 인간이 살고 있는 집이 맞지? 자주는 아니지만 가끔씩 찾아오곤 했었는데 평상시보다 냉한 집 안의 기운에 왠지 모를 섬뜩함이 발바닥을 타고 머리까지 올라왔다.

대리석 바닥이 깔린 거실로 들어간 정우는 흠칫 어깨를 떨었다. 거실의 풍경도 가관이었지만 소파에 앉은 채 담배를 입에 물고 이쪽을 쳐다보는 류욱의 눈빛에 그 조차도 섬뜩함을 느꼈다.

술을 얼마나 마셨는지 거실 바닥에는 술병과 물병만이 나뒹굴고 있었다.

엉망이로 널브러진 모습에 정우는 슬그머니 그에게서 멀어지면서 류욱의 눈치를 살폈다. 그와 왔음에도 담배를 물고서 술을 따르는 류욱의 모습은 정신이 쇠퇴하고 타락한 것처럼 보였다.

끝이 올라가 있는 검은 눈썹, 일그러진 미간으로 인해 그의 눈빛은 더욱 어둡고 그을려 보였다. 마치 뱀파이어와 같이 검고 음울하지만 퇴폐미가 흐르는 그의 분위기에 정우는 쉽게 그에게 다가가지 못했다.

"꺼져."

가득 따른 위스키를 마신 류욱이 거친 음성으로 말했다. 그 모습을 말없이 지켜보던 정우는 조심스럽게 그에게 다가가 앉았다. 혼탁하고 금방 사라질 듯 위태로워 보이는 류욱의 모습 같은 담배의 희뿌연 연기가 시야를 흐렸다.

"담배 잘 안 피우잖아."

류욱은 정우와 달리 절제력이 뛰어났다. 덕분에 작전의 일환으로 접하게 된 담배도 류욱은 꼭 필요한 경우가 아니라면 입에 대지 않았다. 그랬던 그가 테이블 위로 담배꽁초가 수북하게 쌓이도록 담배를 피우고 있다는 것은 위험 신호였다.

"도대체 무슨 일이야."

낮은 음성으로 물어도 그는 반응이 없었다.

"그 여자 때문이야? 호텔에서 들어가는 것 봤는데 잘 안 됐어? 너 여자 유혹하는 것 하나는 거의 신의 경지 아니었나?"

"쓸데없는 말할 거면 꺼져."

역시나. 류욱의 민감한 부분을 건드리자 그가 으르렁거리며 정우를 노려보았다. 모은 미간 아래 올려다보는 검은 눈빛에서 차가운 살기를 느낄 수 있었다. 그 눈빛을 차마 바라보지 못하고 슬쩍 고개를 돌렸다.

"내가 갑자기 사라지면 누군가 슬퍼할까?"

정우는 다시 류욱의 얼굴을 바라보았다. 이번에는 류욱이 그의 시선을 피하며 다시 술잔에 술을 따르고 있었다. 전혀 그답지 않은 말을 하고도 저렇게 태연하게 술을 마시는 류욱의 모습 위로 위화 감이 감돌았다.

"너 도대체 무슨 일이 있는 거야?"

그가 설사 류욱의 생각을 알게 된다고 하더라도 그를 말릴 수 없 다는 것을 정우는 알고 있었다. 하지만 이렇게는 아니다.

"말을 하라고!"

답답함에 정우도 참지 못하고 테이블을 내려쳤다. 그의 힘에 테이 블이 부르르 떨었지만 여전히 류욱은 미동조차 보이지 않았다. 그 모습이 답답하면서도 쓰러질 듯 위태로워 정우는 조바심이 났다.

"아버님께서 이번엔 무슨 작전을 주신 거야?"

빠지직. 굳은 채 감정이 흐르지 못하던 류욱의 표정이 그대로 깨 져 버렸다. 훗. 작은 조소가 그의 입가에 걸렸다. 그 모습이 너무 아파 보여 정우의 미간이 굳어졌다. 그 순간, 눈 깜짝할 사이에 다 가온 류욱의 손이 정확하게 정우의 목덜미를 쥐었다.

"윽."

신음을 했지만 정우는 그의 손길을 뿌리치지 않았다.

"아버지? 나에게 아버지는 없어. 너라도 다시 그런 소리를 입에 올리면 그 입을 찢어 버릴 거다. 조심해."

뿌리치듯 놔주는 류욱의 손길에 정우의 눈빛도 사늘하게 식어 갔다. 그리고 심장도 함께 식어 갔다. 그래도 요즘에는 괜찮아졌다 고 생각했는데.

'한단아'라는 그 여자 덕분에 류욱은 그의 인생에서 유일하게 감정이 흐르는 삶을 살고 있었다. 사랑이라는 것을 믿지 않는 정우이기에 류욱이 가진 감정이 일시적인 유희라 여겼다. 그에겐 그런 것이라도 필요하다고 생각했다. 그러나 예전에 위태로웠던 그로 다시 돌아왔다.

어둠 속에서 그는 더욱 침전되어 있었다. 그리고 그의 위태로움은 곧 무너질 것이라는 것을 정우는 예감했다. 그는 류욱의 절망을 붙잡아야만 했다.

"친아버지잖아!"

잇새로 내뱉는 정우의 목소리가 애절했다.

"알면서 도대체 왜 말을 안 하는 거야! 그분은 네가 친아들이라는 사실을 모르잖아! 말하라고! 말해!"

퍽!

그대로 날아온 류욱의 주먹이 정우의 턱을 가격했다. 힘이 들어간 주먹 덕분에 입안이 터졌는지 피가 흐르기 시작했다. 그러나 정우는 멈추지 않았다. 이번에는 그도 자신이 앞에 서 있는 류욱을 밀치며 왼쪽 턱으로 주먹을 날렸다.

"언제까지 이렇게 살래! 이렇게 어둠에 숨어서 사는 거 답답하지 않냐? 나처럼 이 삶을 즐기지도 못할 것 같으면 사실대로 말해. 강석호한테 네가 친 아들이라고 말하고 떳떳하게 살라고. 도대체 뭐가 두려워서 이러고 사는 건데?"

"복수하는 거다."

"뭐라고?"

"그의 가장 큰 약점이 내가 그의 친아들이 아니라는 거지. 그래서 그는 나를 보면서 괴로워해. 자신이 가장 사랑한 여자가 낳은 다른 남자의 아들로 나를 알고 있으니까. 그래서 나는 절대 내가 그의 아들이라고 말하지 않을 거다."

어쩌면 원망인지도 모른다. 자식을 몰라보는 부모에 대한 치기 어린 반항심. 하지만 이미 때는 늦어 버렸다. 짧은 순간이지만 류욱의 얼굴 위로 쓸쓸한 빛이 스쳐 지나갔다. 그 모습을 바라보는 정우의 얼굴은 류욱보다도 더욱 일그러졌다.

"그래서 NPS의 비밀 스파이 노릇을 한 거냐? 강석호에 대한 반발심과 복수로?"

사실 정우는 육군사관학교 교수와 전쟁과 평과 연구소 연구원을 역임하고 있었지만 실제 그의 직업은 NPS의 블랙요원이었다. 중국 상해와 칭다오에서 활동 중인 NPS의 연결망으로서 국내에서 정보활동을 펼치고 있었다.

그러던 중 유학시절 류욱을 만났고, 서로의 신분에 대해서 알게 된 정우와 류욱은 손을 잡게 되었다. 류욱이 미국토부 동아시아 지주장이자 CIA 한국지부장으로 있는 강석호의 개인 블랙요원으로 활동하면서 비밀리에 정우를 통해 NPS로 정보를 유출시키고 있었다. 그것이 그들의 오래된 관계의 시작이었다.

"……"

입가에 묻은 피를 닦고선 다시 가득 찬 술잔을 입으로 가져가는 류욱을 바라보며 정우는 쓸쓸함을 느꼈다. 그들은 어쩌면 외로운지 모른다. 그러나 가진 것이 없는 만큼 그들은 가지고 싶은 것도 없었다.

그렇게 살았다. 이 세상에 존재하지만 존재하지 않는 먼지와 같이 공기를 부유하며 살았다. 오랜 시간 류욱과 그는 같이했지만 한 번도 서로에게 친구로서도 동료로서도 의지를 하지 않았다.

그러나 왠지 지금은 외로운 거 같다. 류욱의 모습이 마치 숨기고 있는 타락한 자신의 모습을 비추는 거울 같아 그 모습을 보고 싶지가 않았다. 그래서 정우는 더 모질어졌다.

"그 '한단아'라는 여자가."

입으로 가져가던 술잔이 멈추었다.

"너를 목표로 한 스파이라면 어떻게 할래? 그 여자 오빠가 국정원 소속이던데 그럴 가능성이 아예 없지 않다는 것을 너도······."

"이정우."

술기운이 느껴지지만 분명한 어조로 류욱이 정우의 말을 멈추게 만들었다.

"나, 알고서도 그 여자 안았다."

"······!"

충격으로 정우는 머릿속이 쩍 하고 갈라지는 느낌을 받아야만 했다. 저 자식 지금 무슨 생각을 하고 있는 거야. 전혀 생각지도 못했던 방향으로 흘러가는 류욱의 모습을 정우는 막연히 바라만 보았다.

"나 며칠만이라도 숨 쉬고 싶다. 나의 진짜 모습으로. 그녀를 죽여야 하는 킬러 잭이 아니라 그녀를 마음에 담은 강류욱으로."

"홋."

정우의 입에서 날카로움이 사라진 순전한 조소가 생겼다. 우리의 진짜 모습? 킬러 잭이 아닌 사람 강류욱으로?

"네가 아무리 발버둥 쳐도 우리의 결말은 하나야."

더 이상 무너지는 류욱의 모습을 바라볼 수가 없는 정우가 몸을 일으켰다. 그리고 뒤돌아선 채 그 마음에 품고 있던 것을 말했다.

"네가 죽으며 그 여자는 과연 슬퍼하기나 할까? 그녀의 마음을 너는 온전히 믿냐? 누구보다 사람들을 믿지 않고 속여야만 하는 우리가? 그들도 우리를 속이고 있다는 생각을 못하면 결말은 하나야. 죽음."

정우는 그의 집을 나왔다. 한 걸음을 걸을 때마다 그의 눈빛이 탁하게 일그러졌다.

7장.
마지막 선택

9월로 달력의 월은 바뀌었으나, 청명한 하늘의 햇볕은 여전히 따가웠다. 넓은 연병장에서 체력 훈련을 받고 있는 훈련병들의 넓은 등에서는 더운 열기로 인한 땀방울이 연신 흘러내리고 있었다.

훈련병들의 이마에 그려진 땀방울은 시간이 갈수록 굵어지기만 했다. 그 모습을 바라보는 단아의 반듯한 이마 위로도 땀이 송골송골 맺혀 있었다.

"마지막으로 팔굽혀펴기다. 시간은 이 분이 주어진다. 마지막 훈련인 만큼 남은 힘을 모두 다하여 최선을 다하자. 실시!"

"실시!"

훈련병들이 일사분란하게 흩어져 자리를 잡고 팔굽혀펴기를 시작했다. 그제야 한단아 소위는 이마에 맺힌 땀을 훔칠 수 있었다. 작게 내쉬는 한숨이 지독하게도 쓸쓸하다.

오늘로 삼 일째. 류욱은 빗속에서 그녀가 사라진 이후, 연락은 없었다. 하지만 월요일에 부대로 출근하면서부터 그는 더 이상 예전의 그가 아니었다.

시도 때도 없이 그는 그녀의 주변을 맴돌았으며, 그녀가 오랫동안 맞은 비로 인해 감기가 들어 몸이 좋지 않다는 것을 알고 난 이후에는 각종 의약품과 음료수 등을 그녀에게 주지 못해 안달이 난 사람 같았다.

그는 마치 말을 못 하는 사람같이 그녀 앞에 불쑥 나타나 말없이 약만을 내밀었다. 덕분에 몇 번을 소스라치게 놀란 그녀에게 미안한 표정을 지으며 어쩔 줄 몰라 하는 그의 모습은 그녀의 굳은 다짐을 힘들게했다. 밀어낼 때는 그렇게 냉정하던 그는 무서울 정도로 그녀의 곁을 맴돌았다.

그럼에도 그녀는 그의 행동에 반응을 보이지 않았다. 처음에는 달라진 그의 태도에 당황스러움이 먼저였지만, 이제는 그의 의도를 파악할 수 있었다.

그는 생각보다 순수하고 진실했다. 그가 다짐해 버린 마음의 깊이가 너무 깊어 그녀조차 두려울 정도였다. 그는 모든 것을 포기해 버린 것이다. 그것이 무엇인지, 그것이 얼마나 대단한 것인지 그녀는 알지 못한다. 다만, 마음이 아플 뿐이고, 그런 그를 받아 줄 수 없을 뿐이다.

옆에서 그녀를 보좌해 주고 있던 부사관에게 뒷정리를 부탁한 단아는 연병장을 벗어나기 시작했다. 부대 입구에서 서성이고 있던 류욱이 그녀를 바라보고 있었다.

그의 시선은 온전히 그녀만을 향하고 있었다. 숨길 수도 있고,

모른 척을 할 수도 있건만 그에겐 그런 것은 없었다. 얼마나 고집이 강한지 알 수는 없으나, 그는 한번 먹은 마음을 쉽게 바꾸는 사람은 아닌 모양이었다.

작게 한숨을 내뱉은 단아는 그런 그를 무시하며 발걸음을 옮겼다. 한 발 한 발 움직임에도 그의 송곳 같은 시선이 그녀에게 닿는 것만 같아 온몸이 불편하다.

끙. 이를 악문 채 단아는 참았다. 여기에서 그에게 반응하면 모든 것이 무너지게 된다. 그녀만이 아니라, 그를 위해서 그녀는 표정과 마음을 숨겨야만 했다.

"……한단아 소위."

어렵게 그가 그녀를 불렀다. 그녀의 이름을 담는 그의 목소리는 낮고 그윽했다. 마음 아프게도. 단아는 발만 멈추고 그를 돌아보지 않았다. 다만 딱딱하고 각진 목소리로 대답을 하는 것만이 그녀가 할 수 있는 전부였다.

"……무슨 일이십니까?"

그는 그녀를 바라보아도 그녀는 그를 바라보지 않는다. 사선으로 그의 앞에 선 채, 단아는 그녀가 가야 할 곳만을 바라볼 뿐이었다. 허공에서 흔들리던 류욱의 시선은 단정한 단아의 옆모습을 하염없이 바라보았다.

"하실 말씀 없으시면 이만 가 보겠습니다."

단아는 한 발자국을 떼어 냈다. 짧은 순간조차 그녀를 옭아매는 그의 시선은 그녀를 힘들게 할 뿐이었다. 류욱을 무시하고 거부하고 있는 것은 그녀 자신이건만, 한 발자국 그에게서 멀어지는 발걸음은 돌을 매단 듯 무겁지만 했다.

약해지면 안 된다. 여기에서 무너지면 안 된다. 다짐하고 다짐했던 마음을 되새기면서 단아는 그녀가 바라보던 곳으로 발걸음을 옮겼다.

탁.

강한 손이 얇은 손목을 그러쥐었다. 부드럽게 쥐었음에도 놓을 수 없다는 듯이 힘은 강하고 고집스러웠다.

"이곳은 부대입니다. 놔주십시오."

손목을 타고 잘게 떨고 있는 느낌이 고스란히 전해졌다. 다시 한 번 차갑게 그를 내쳐야 하건만, 그 원망스러운 떨림 때문에 더 이상의 차가운 말을 내뱉을 수가 없다. 단아는 어금니를 물면서 심장에서 느껴지는 고통을 무시하기 위해 노력했다.

"······같이 점심 먹으러 가지."

쿵. 그대로 심장이 내려앉아 버린다. 질끈 감아 버린 속눈썹이 파르르 떨렸다. 삼 일 만에 처음으로 그가 그녀에게 말을 했다. 불쑥 내민 약봉지만큼이나 힘들고 힘들었을 한마디. 그럼에도 그를 돌아보지 않는 단아의 손을 류욱은 애처롭게 그러쥐고 있었다.

그런 그들의 위로 내리쬐는 늦여름의 뙤약볕은 따갑기만 했다.

간부 식당으로 함께 들어섰지만 그들을 주시하는 눈동자는 아무도 없었다. 모두가 식판을 들고서 배식을 받거나 밥을 먹기에 바빴다.

그러나 죄를 짓고 있는 덕분인지 단아는 연신 불편함에 주변을 의식하면서 배식을 받았다. 조금 더 냉정하게 선을 그었어야 하는 것인가 하는 후회가 머릿속을 맴돌았다. 그러니 저절로 깊은 생각에 빠진 단아의 표정은 굳어져 있었다.

"오늘은 중대장님과 함께 오셨네요. 힘드셨는지 안색이 좋지 않으십니다. 한 소위님."

"……아, 박 상병. 그런가?"

깊은 생각에서 빠져 있던 단아는 밥을 배식해 주는 박 상병의 따뜻한 인사에 퍼뜩 정신을 차렸다. 항상 배식을 해 주던 박 상병과 안면을 트고 지냈던 단아는 민망함에 두 볼 위로 붉은 기운이 물들었다. 그 모습을 바라본 박 상병의 눈초리가 파르르 떨렸다. 무덤덤하게 서 있던 류욱의 눈초리도 매서워졌다.

"많이 드십시오."

박 상병은 둥글게 눈웃음을 지으며 단아의 식판에 밥을 담아 주었다.

"고마워."

그에 답을 하듯 작게 미소 지은 단아는 바로 반찬을 받기 위해 몸을 돌렸다. 평범한 일상과 같은 일이니 그녀에게 특별한 것이 없었다.

"중대장님, 많이 드십시오."

박 상병은 평소의 성격답게 차례가 된 류욱에게도 따뜻한 인사와 함께 밥을 식판 위로 놓아주었다. 평상시였다면 살짝 고개를 끄덕이는 것으로 답을 하였을 중대장이 잠시 뜸을 들이는 듯 움직이지 않자 박 상병은 의아함을 담은 채 류욱을 바라보았다. 평상시에도 날카로웠던 눈매이지만 아무것도 담고 있지 않던 눈동자는 그를 매섭게 노려보고 있었다.

뭐지? 순간, 자신이 무엇인가를 잘못한 건 아닌지 놀란 박 상병은 조심스럽게 자신에게 의문을 던졌다. 등 뒤로 흐르는 차가운 식은땀은 주변을 한기로 뒤덮이게 만들기에 충분했다.

"전역이 언젠가?"

몇 초가 흘렀을까. 두 남자 사이에 놓여 있던 짧은 정적을 깨고 류욱의 낮은 목소리가 차갑게 물어 왔다. 낮은 목소리는 남자인 박 상병이 듣기에도 묘한 매력을 가진 음성이었다.

전역? 갑작스러울 정도로 황당한 물음에 잠시 의아함이 든 것도 잠시, 박 상병은 군인의 정신에 입각해 바로 질문에 대한 답을 내놓았다. 군인에게 있어 간부의 질문에 대한 생각의 주저함은 있을 수 없었다.

"육 개월 정도 남았습니다."

답을 들은 류욱의 미간이 눈에 띄게 굳어졌다. 자신의 전역이 그에게 무엇이 거슬리는 것일까? 류욱의 황당한 질문에 긴장해 버린 박 상병에게 류욱은 아무런 대답도 없이 앞으로 걸어가 버렸다. 차갑게 돌아서서 멀어져 가는 류욱의 뒷모습을 바라보는 박 상병이 고개를 기울였다.

최대한 식사를 하고 있는 간부들과 떨어진 자리에 자리를 잡은 단아는 묵묵히 식사를 시작했다. 매일 보던 식판이고, 익숙한 맛이건만 그녀에게 다가오는 류욱의 발소리만큼은 낯설게 들려왔다. 심장이 떨린다.

그의 고백을 듣고 난 이후부터 힘들게 한 다짐은 흔들리고 있었다. 그를 위해서 그를 멀리하고 마음을 숨기기로 어렵게 한 다짐이건만, 류욱의 당황스러운 변화로 인해 점차 그 다짐이 무너지고 있었다. 가깝게 다가오는 그의 기척만으로도 온몸이 녹아내릴 정도로 심장이 두근거리니 어찌해야 할지 모르겠다.

무덤덤한 척 식사를 하는 단아의 앞에 식판 하나가 놓였다. 단아는 굳이 그 식판이 누구인지 올려다보지 않았다. 한동안 서로의 식판만을 보며 식사를 시작했다.

앞에 앉아 있는 류욱 덕분에 단아는 거의 반은 정신이 나간 채 본능적으로 반찬을 집고 국을 떠먹었다. 덕분에 무의식적으로 그녀의 식판에는 하나의 반찬만이 눈에 띄게 줄어들고 있었다. 그의 앞에서 입을 크게 벌리고 먹거나, 식판에 지저분하게 국물을 흘릴까 봐 그녀의 무의식이 먹기 쉬운 나물 반찬만 골라 먹도록 한 것이다.

"……더 먹지."

그녀의 식판 위로 그가 나물 반찬을 옮겨 주었다. 젓가락으로 밥을 입에 넣던 단아의 몸이 굳어졌다. 그녀의 식판에 놓인 나물 반찬을 바라본 단아는 결국 참지 못하고 그를 표독스럽게 올려다보았다.

간부 식당인 이곳에서조차 티를 내지 못해 안달인 그가 마음에 들지 않았다. 혹시 모르나, 이곳에도 누군가 그들을 주시하고하고 있을 수도 있으니까. 그러면서도 그녀의 흘김에 흠칫 놀라는 류욱의 모습에 그녀의 심장도 욱신거리고 코끝이 찡하게 울려 왔다. 조금은 더 참아야 한다. 그녀는 약해지려는 마음을 다잡으며 다짐을 다시 자신에게 되새겼다.

"제발 하지 마십시오."

그녀가 듣기에도 매몰차도록 차가운 목소리가 섬뜩하게 울렸다. 단아는 이를 악물었다. 그를 밀어내야 하니까.

"저에게 원하시는 것이 무엇입니까?"

그녀를 빤히 바라보는 그의 눈동자가 흔들렸다. 항상 그녀에게 호통치고 밀어붙이던 때의 눈동자보다 옅어진 그의 눈동자 속에 단아의 모습이 고스란히 맺히고 있었다. 그는 한순간도 그녀의 시선을 피하지 않고 아픈 눈빛으로 그녀를 바라보았다.

제발 그런 눈으로 바라보지 말아요! 악에 받친 고함을 내지르고 싶은 걸 꾹 참는 그녀에게 그는 힘겹게 한마디 답해 주었다.

"……그런 것 없다."

잠긴 듯 갈라지는 그의 목소리는 힘겨웠다. 그가 안쓰러워 단아는 더욱 표독스럽게 그를 몰아갔다. 이곳이 식당이고 누군가 그들을 바라보고 있을 수 있는 공간이라는 생각은 그녀를 힘들게 만들기에 충분했다. 그러니 그녀의 연기는 더욱 냉혹해져 갔다.

"싫습니다. 하지 마십시오. 부담스럽고 거북스럽습니다."

그녀의 한 마디 한 마디마다 아무런 표정이 담겨 있지 않던 류욱의 표정이 일그러졌다. 굵고 검은 눈썹과 대조적인 혈색이 돌지 않는 입술을 깨무는 그를 바라보며 단아는 주먹을 그러쥐었다. 눈물이 흐를 듯 파르르 떨리는 눈가를 그녀는 힘을 주어 참아 냈다. 서둘러 식판을 들고 일어서려던 순간. 잇새로 내뱉은 갈라진 음성은 그녀를 또다시 굳어지게 만들었다.

"며칠만! 며칠만이다."

며칠이라는 단어가 망치가 되어 단아의 심장을 두드렸다. 그래, 며칠이다. 아마도 그 며칠이라는 시간이 류욱에겐 기회이고 단아에게는 지옥이 되겠지만. 며칠만 기회를 달라는 그에게 단아는 줄 수 있는 것이 없었지만 그는 그것을 알려고도 하지 않았다.

"……."

"그러고 나면 모든 것을 그만둘 거니까."

"……!"

"그 며칠만이라도 참아 주면 안 되겠나?"

그것이 무슨 말이냐고 물어야만 했다. 많은 의미를 담긴 말이지만 단아는 바로 그의 말에 담긴 의미를 파악해 버렸고 그를 말릴 수 없었다.

따뜻한 눈빛으로 한 번만이라도 그를 바라봐 주라는 몸속의 의지를 그녀는 깡그리 무시한 채, 상처받은 그의 눈빛을 무참하게 짓밟아 버렸다. 숨겨 버린 심장은 드디어 터져 갈가리 찢어지고 있었다.

"싫습니다. 더 이상 저에게 강요하지 말아 주십시오. 다시는 이런 일로 중대장님과 얘기하고 싶지 않습니다. 이토록 부대 내에서조차 선을 넘으시는 행동은 저를 불편하게 할 뿐입니다. 이기적으로 행동하지 말아 주십시오. 그럼 저 먼저 일어나 보겠습니다. 식사하고 오십시오."

온몸이 떨려 온다. 그럼에도 단아는 끝까지 자신의 내면을 숨겼다. 숨이 막히는 듯 심장이 조여 왔지만 여기에서 무너질 수는 없었다.

땅이 흔들리고 눈앞이 흐려졌다. 그녀를 보고서 인사를 해 오는 훈련병들이 스쳐 지나가도 그녀는 멈추지 못했다. 당장에 식당을 벗어난 그녀는 그의 시선이 느껴지지 않는 곳을, 그녀가 숨을 수 있는 곳을 찾고 찾았다.

결국, 그녀의 숙소에 까지 쫓기듯 숨어든 그녀는 문을 닫고 나서야 허물어지듯 주저앉아 버렸다.

"흑……. 읍."

더 이상 숨길 필요가 없는 곳에 온 그녀의 얼굴 위로 참고 참았던 눈물이 멈출 줄을 모르고 후드득 흘러내렸다. 너무 많이 참았나 보다. 투명한 눈물은 온 얼굴을 덮으며 바닥으로 떨어졌지만 그녀의 입에선 작은 소리조차 나오지 않았다. 아니, 아무 소리도 낼 수 없는 것이 맞다.

끅끅거리는 작은 신음을 내뱉으며 그녀는 꽉 막혀 버린 가슴을 두드리고 두드렸다. 가슴이 아플 정도로 때리고 때려도 막혀 버린 가슴은 뚫리질 못했다. 그녀를 올려다보던 그의 상처받은 눈빛이 눈앞에 아른거려서 그녀는 자신의 가슴을 때리면서 비명을 누르고 눌렀다.

당신을 도대체 어떻게 해야 하는 건가요? 나한테 소리치고 호통치던 그때의 기운은 모두 어디 갔나요? 왜 나를 버리지 못해요. 모두 다 알면서 왜 버리지 못해요! 차라리 나를 버리지. 당신 아프게 하는 나를 버려 버리면 될 것을 왜 하지 못하나요!

아무리 가슴을 때리고 뜯어내도 꽉 막혀 버린 돌멩이는 빠지지 못한다. 그가 달라고 한 며칠은 그의 마지막 소원이리라. 그는 결국 상부의 명령을 받아들여 모든 것을 짊어진 것이다.

알면서도 그녀는 그를 벼랑 끝까지 내몰았다. 메마른 땅에 올라온 가냘프고 애달픈 작은 새싹을 그녀는 발로 짓이겨 버렸다. 황폐한 대지에 부는 바람은 작은 새싹을 몰아내기 바빴다. 그녀가 작은 손 하나 내밀면 되건만 그녀는 끝가지 그런 그를 외면하고 밀어냈다.

그를 위한 행동이었음에도 왜 이렇게 가슴이 무너져 내리는 것인지 그녀는 알 수 없었다. 결국, 울고 울어서 지쳐 버려 눈물조차 나오지 않을 때가 돼서야 그녀의 눈물은 멈췄다. 더 이상 그녀의 눈에는 온기가 남아 있지 않았다.

✳

고급 룸 안의 테이블에는 빈 술병들이 뒹굴고 있었다. 안주로 나온 모둠 과일에는 먹은 흔적조차 없었다. 조도가 낮은 빛이 한 남자만을 비추었다. 남자는 기계와 같이 호박색의 술을 투명한 크리스털 잔에 따르고 지체 없이 입으로 가져갔다.

분위기만큼이나 매혹적으로 어두운 남자는 거침없이 술을 들이켰다. 독한 술의 기운에 취하고 있음에도 한곳을 바라보는 눈빛의 강렬함은 약해지지 못하고 같은 곳을 맴돌고 맴돌았다. 짧게 자른 머리만큼이나 굵고 짙은 눈썹 아래 짙은 음영의 눈빛은 고독하기도 하고 쓸쓸해 보이기도 하였다.

"여기서 혼자 뭐 해? 미련스럽게."

룸 안으로 들어선 정우는 독한 술 냄새에 인상을 구겼다. 지배인의 전화에 바로 달려오긴 했지만 생각했던 것보다 류욱의 상태는 심각해 보였다. 갈수록 심해지는군. 평상시의 성격답지 않게 정우의 눈빛도 한순간 깊어졌다. 두 가지의 얼굴을 가진 듯 달라진 정우의 표정도 류욱만큼이나 어두웠다.

"……도대체 어떻게 하려고 그러는데?"

달라진 분위기의 낮고 갈라진 목소리의 기운을 느낀 것일까. 흐려진 류욱의 눈빛이 그제서야 정우를 올려다보았다. 혈색을 잃은 류욱의 입술 끝이 조소를 띠운다. 그 모습이 왜 이렇게 안타까운지 모르겠다. 류욱, 그가 자초한 길이건만.

정우는 털썩 소파에 앉으며 한심스럽다는 듯이 또다시 술잔에 양주를 따르는 류욱의 기다란 손가락을 바라보았다. 얼마나 마신 건지 테이블 위로 비어 있는 양주가 두 병이 넘어가고 있었다. 위험하다.

"그만 마셔."

정우의 손이 제지시키자, 류욱의 날카로운 눈매가 그를 응시했다. 그 눈빛이 심각할 정도로 매서워서 정우는 그대로 손을 떼어냈다. 다시 가득 찬 잔을 입가로 가져간 류욱은 인상 한 번 찡그리지 않고 술을 넘겼다. 오히려 그 모습을 본 정우의 미간이 일그러졌다.

이해할 수 없다. 저렇게 아파하면서까지 그 여자를 놓지 못하는 이유가 뭘까. 호텔에서 있었던 일을 모두 지켜봤던 정우는 그날 약에 취한 그녀를 류욱이 취했을 것이라 생각했다.

그러면서도 괴로워하는 이유는 뭐란 말인가. 아무리 좋아하더라도 한 번 몸을 섞으면 그만 아닌가? 류욱보다도 여성에 대해 매우 이기적이고 편협한 사고를 가지고 있는 정우는 결국 참지 못하고 답답함을 호소해 버렸다.

"한 번 잠자리 가졌으면 버리면 되지 뭘 그래?"

퍽.

둔탁한 타격음과 함께 정우의 고개가 옆으로 돌아갔다. 정우의 입술이 터져 붉은 핏물이 턱으로 흘러내렸다.

"다시 말해 봐."

순식간에 당한 공격에 정신을 차리기도 전에 와이셔츠의 목깃을 잡아당기는 손길은 억셌다. 황당함에 고개를 돌린 정우는 불만스러움에 류욱의 목깃도 억세게 붙잡아 버렸다.

지나가는 바람이라고 생각했다. 누구보다도 절제력이 강하고 강단이 있는 친구니까. 그래서 처음에는 여자에 흔들리는 류욱의 모습이 정우의 흥미를 이끌었다. 처음으로 오아시스를 찾은 것 같은 호기심이 정우를 자극했었다. 그러나 호기심이 찰 때까지 물을 마시자, 드러난 오아시스의 밑바닥은 황폐할 뿐이었다.

반박하기 위해 주먹을 쳐들었던 정우의 입이 다물어졌다. 그리고 못 볼 것을 보아 버렸다. 자신의 두 눈으로 보고서도 도저히 믿어지지 않는다. 정우는 터져 나오는 신음에 터져 버린 입술의 고통조차 느끼지 못하고 입술을 깨물었다.

"……."

"다시 지껄여 봐."

음산한 류욱의 목소리는 그들의 공간을 맴돌았다. 삭막하게 비워진 동공에 정우의 모습이 그대로 비쳐 보였다. 흔들리지 않을 거 같던 그가 흔들리고 있는 것이다.

"너, 강류욱, 너……."

목깃을 쥔 류욱의 손의 떨림이 고스란히 정우의 감각을 타고 느껴졌다. 지금 그의 앞에 있는 남자는 그가 아는 강류욱이 맞지만 그는 강류욱이 아니다. 그가 아는 강류욱은 이렇게 아파하고 고통스러워할 수 있는 인간이 아니니까.

류욱의 눈빛이 매섭게 내려다보며 정우를 흔들었다. 그리고 류욱의 눈에 고여 있던 투명한 눈물은 기어이 떨어지고 말았다. 한 방울이지만 류욱은 그것을 느끼지 못하고 있는 듯 보였다. 마치 조각상에 흘러내린 눈물과 같이 이질적으로 어울리지 않았다. 정우는 친우의 눈물을 홀린 듯 바라보았다. 눈앞에서 흐르고 있는 것이 정말 눈물인지 믿을 수 없어서.

"한 번만 더 그렇게 지껄이면 친구고 뭐고 없어. 나를 욕하는 것은 참아 줄 수 있지만 그 더러운 입에 단아는 올리지 마라. 참는 것도 이번이 한 번일 거다. 명심해."

털썩. 류욱의 손에서 풀려난 정우는 온몸에 힘이 빠져 주저앉듯 소파에 몸을 기댔다. 단아. 단아란다. 흔들리는 정우의 눈빛이 다시 술잔을 기울이는 류욱을 멍하니 바라보았다.

"너, 너…… 진심이냐?"

"……."

여전히 답이 없다. 그럼에도 정우는 입가에 흐르는 피도 닦지 않은 채, 류욱에게 질문을 던졌다.

"너 도대체 어떻게 하려고 그래?"

"……."

"목숨이 아깝지도 않아? 그렇게 쉽게 포기할 거였으면 지금까지 왜 참고 참아 왔던 건데? 그까짓 여자 하나에……!"

파삭!

류욱의 손에 들려 있던 술잔이 결국 벽으로 던져졌다. 짙은 눈빛이 정확하게 정우의 눈을 바라본다. 그럼에도 정우는 그 눈빛을 피하지 않았다. 두 남자의 시선이 얽혔다.

"넌……."

갈라져 버린 류욱의 목소리는 듣기에도 고통스럽다. 무엇인가를 쥐어짜듯 물어 오는 그의 눈빛은 정우에게 진실하게 답을 구하고 있었다.

"……사랑을 믿냐?"

사랑. 사랑이란. 정우의 입가로 헛, 하는 탄성 섞인 조소가 맺혔다. 그리고 고개를 든 정우의 눈빛은 처참하도록 일그러져 있었다. 사랑이라고? 사랑? 지랄하고 있다.

"너, 지금 사랑이라고 했냐?"

"……그래."

"넌 지금 그 여자를 사랑한다고 생각하냐?"

"……."

"사랑이라. 사랑 좋지. 그런데 사랑이라는 거추장스러운 감정보다는 섹스가 더 좋지. 그 섹스에 사랑이 필요한 거지 사랑하기에 섹스가 필요한 건 아니니까. 여자들은 사랑한다고 하면 다들 쉽게 몸을 내주잖아? 훗. 요즘엔 너무 쉽다니까. 그래서 더 즐겁지만."

말을 하면 할수록 뭔가를 놓치고 있다는 답답함이 있었지만 이것이 정우가 가진 진심이었다. 그런 그 앞에서 류욱은 사랑 하나에 눈물을 보이고 술을 마시고 있다. 항상 거대한 산과 같던 류욱이 무너지는 모습은 정우에게도 그 정도로 충격을 가져다주었다. 류욱은 이번에는 정우를 때리지 않는다. 한 대 맞을 각오로 한 말이건만 담담하니 더욱 가슴이 쓰라리다. 이유는 알 수 없으면서도.

담담하게 술잔에 술을 채우는 정우를 바라보던 류욱은 정우의 얼굴 위로 자신의 예전 모습이 비치는 것을 보았다. 불과 몇 달 전 자신도 정우와 비슷한 모습을 하고 있었던 것이다.

"그건 사랑이 아니다."

술을 따르던 정우의 손이 그대로 멈추었다.

"넌 후회할 짓 하지 마라. 그냥 좋으면 좋다고 하고, 괜한 오기 부리지 말란 소리다. 깨닫고 나면 사랑할 시간도 부족하더라. 우리 같은 사람에게도 감정은 남아 있고, 우리 같은 남자를 사랑해 주는 사람도 한 명은 있으니까. 그런 여자가 나타나면 넌 잘해 줘라. 나 같이 후회하지 말고."

"……너 지금 뭐라는 거야. 씨발."

탁. 정우가 손에 들린 양주병을 거칠게 테이블에 놓자, 류욱의 시선이 다시 정우를 바라보았다. 그리고 무감각하던 류욱의 눈빛에 감정이 조금씩 흐르기 시작했다.

"멈췄다고, 살아 있지 않다고 느끼며 살았다. 그랬는데 그 여자를 보고 내 몸 안에도 살아 있는 심장이 있다는 것을 처음으로 알게 됐어. 처음에는 심장을 칼로 도려내고 싶더라. 여자 하나에 흔들리고 동요하는 내가 싫었으니까. 그래서 못되게 굴고, 밀어내고, 호통치고, 무시하고 할 수 있는 추접한 방법은 모두 썼다. 그런데 안 되더라. 내가 보지 않는다고 되는 일이 아니었어. 내 눈앞에 안 보이면 더 미치겠고, 다른 남자한테 웃어 주기만 해도 가슴이 타들어 가는 듯이 고통스러워. 그런 그녀가 나 같은 놈이 좋대. 하필이면 나 같은 놈이 좋다는데도 나는 받아들이지 못하고 밀어내기에 바빴다. 그랬던 놈인데도 나한테 다 주더라. 살면서 한 번도 행복하다고 생각한 적 없었는데 그날 단아를 품으면서 행복했다."

한 번도 보지 못했다. 십 년이 넘는 시간 동안 류욱을 지켜봐 왔으면서도 정우는 한 번도 저런 웃음을 본 적이 없었다. 입꼬리가 많이 올라가 있지 않지만 그는 진정으로 웃고 있었다.

눈동자 속에 감정이 흐른다. 행복했다던 그 순간을 생각하는지 황폐하던 류욱의 눈빛이 빛나고 있었다. 아파하면서도 그녀를 생각하면서 그는 진정으로 행복해하고 있는 것이다. 그 미련스러울 정도로 한심스러운 모습을 정우는 물끄러미 바라보았다.

"그렇게 여자에 대한 편협한 사고로 비하하지 마라. 어차피 나중에 너에게 모두 돌아올 거다. 진정한 마음을 나눈다면 그 마음만으로 충분하다. 몸을 섞지 않더라도 그녀가 나를 보고 내가 그녀를 볼 수 있다는 것만으로도 행복할 수 있더라."

"……."

류욱의 입가에 핀 웃음이 조금은 짙어졌다. 그러나 정우는 그 웃음이 위험하다고 생각했다.

"부탁 하나만 하자."

"……뭐?"

왠지 듣기 싫다는 강한 예감이 들었지만 간절해 보이는 류욱의 눈빛에 정우는 듣지 않을 수가 없었다. 설마 아닐 거라고, 아닐 거라고 생각하지만 어느 순간부터 강류욱이라는 남자는 그의 예상을 빗나가지 못하고 있었다.

"나 없어지면 단아를 부탁한다."

정우의 미간은 급속하게 구겨졌지만 류욱의 표정은 안심을 했다는 듯이 풀어졌다. 그 모습이 너무나도 슬퍼 보이고 비현실적이라 정우는 도저히 그를 막을 수가 없었다.

"이런 부탁 할 사람이 너밖에 없다."

"너……."

그 순간, 정적을 깨듯이 류욱의 양복 주머니에서 벨소리가 울리기 시작했다. 뭔가 불안을 감지한 것인지 류욱이 허겁지겁 휴대전화를 찾더니 낮은 목소리로 전화를 받았다.

"무슨 일이야?"

상대방에게 한마디를 듣자마자, 새파랗게 질린 류욱이 벌떡 자리에서 일어났다.

"애들 모두 풀어 수색 작전 실시하고, 내가…… 내가 지금 들어간다."

그답지 않게 목소리를 떨면서 불안하게 뛰쳐나가려는 류욱의 모습에 정우가 그의 손목을 붙잡았다.

"무슨 일이야?"

그를 돌아본 류욱의 얼굴은 그 어떤 때보다 심각해 보였다.

"단아가 사라졌대."

정우의 손을 뿌리친 류욱은 그렇게 나가 버렸다.

"하."

그대로 류욱이 앉아 있던 자리에 주저앉아 버린 정우는 술잔에 채운 술을 마셔 버렸다. 식도를 타고 흐르는 술이 뜨겁도록 아팠다.

그는 그대로 쓰러지듯 등받이에 몸을 기대고 천장을 바라보았다. 몇 잔을 마셨을 뿐인데도 머릿속이 어지럽게 일그러지고 있었다.

뿌옇게 흐려지는 시야 속에서 류욱의 마지막 뛰쳐나가던 표정이 일렁였다. 그의 음성도 어지러운 귓가를 맴돌았다.

'그건 사랑이 아니다.'

'나중에 너에게 모두 돌아올 거다.'

사랑이 뭐가 대수야? 눈에 보이지도 않는 것이 뭐가 그렇게 대단하다고.

그런데 오늘 진짜 사랑에 빠진 사람의 얼굴을 본 것 같다. 사랑을 알 수 없을 거라고 생각했던 강류욱이라는 남자의 얼굴에 핀 붉은 꽃을. 그러니 꺾고 싶은 시기심이 그를 부채질했다. 그런 꽃이 어디 있냐는 반항심과 오기.

자신이 지금까지 해 왔던 것은 가짜 사랑이라는 건데 왜 그 사실이 슬픈 것일까. 한 여자를 위해 뛰쳐나가던 류욱이 정우는 진심으로 부러우면서도 치밀어 오르는 열등감에 그것을 그는 순순히 인정할 수 없었다.

"이 세상에 사랑이 어디 있어. 이 세상에 사랑은 없어! 지배인!"

호출을 하자마자 VIP룸으로 뛰어 들어온 지배인에게 정우는 당당하게 외쳤다.

"예쁜이로 하나 들여보내! 돈 많이 줄 테니까 화끈한 애로 골라와!"

깊고도 긴, 그만큼 외롭기도 한 밤이 흐르고 있었다.

무슨 정신으로 부대로 복귀하였는지 그는 기억할 수 없었다. 다만, 정신없이 택시를 타고서 하나의 생각만 했던 것 같다. 그녀가 위험하다는 생각. 당장 그녀를 찾아야 된다는 생각.

택시 기사를 심각하게 재촉을 한 덕분에 류욱은 생각보다 빠르게 부대에 도착했다. 지갑에 있는 수표를 세지도 않고 택시 기사에게 건네주고 거칠게 택시에서 내렸다. 류욱이 내리자 행정보급관이 연병장을 가로지르며 허겁지겁 뛰어나오는 것이 보였다.

"중대장님!"

놀란 눈으로 그의 전신을 훑어보는 행보관의 모습에도 류욱은 자신이 현재 군복이 아닌 슈트를 입고서 부대로 복귀하였다는 자각을 하지 못하고 있었다. 항상 FM 군인 정신의 표본을 보여 주던 중대장의 믿을 수 없는 모습은 행보관에게 커다란 충격으로 다가왔다.

"찾았습니까?"

밑도 끝도 없이 묻는 중대장의 모습이 심각해 보여 행보관은 복장에 대한 언질도 해 드리지 못한 채, 묵묵히 대답을 했다.

"방금 유준수 소대장이 찾아서 오셨습니다. 현재 의무실에서……."

유준수? 젠장.

행보관의 말은 모두 끝마치지 못했다. 단아가 의무실에 있다는 말을 듣기 무섭게 류욱은 행보관을 지나쳐 뛰어가 버렸기 때문이다.

심상치 않은 중대장의 모습을 바라보는 행보관의 눈빛에 의아함이 서렸다. 부대 내의 비상 상황이었지만 야간 훈련 도중 길을 잃어버리는 일은 훈련 도중 가끔씩 일어나기도 하는 일이기 때문에 류욱의 보이는 반응을 행보관은 도저히 이해할 수 없었다.

의무실의 문이 노크도 없이 벌컥 열리자, 의무실에 있던 의무병과 준수, 단아의 고개가 일제히 문으로 향했다. 그리고 들어온 남자의 모습에 모든 이들은 경악을 금치 못했다.

거칠고 무례하고 문을 열고서 들어온 사람이 강류욱 중대장이라는 것도 놀라웠지만 그는 지금 말끔하게 몸에 핏이 되는 최고급 군청색 슈트를 입고 있었기 때문이다.

그런 시선들은 느껴지지도 않는지 무릎에 난 상처를 치료 중이던 단아를 향해 그가 갈라진 음성으로 물어 왔다.

"괜찮나?"

단아는 사복을 입은 류욱을 보자 그와 보냈던 호텔에서의 일이 떠올라 버렸다. 술을 마시고 있던 자리에 갑자기 나타났던 그와 지금의 모습이 비슷해 보였기 때문이다.

그의 몸에 딱 맞춘 듯한 짙은 색의 슈트는 그와 어울려서 강한 존재감을 뿜어내고 있었다. 미간을 좁힌 류욱이 답이 없는 단아를 한 번 더 다그쳤다.

"괜찮은 거냐고."

그녀를 내려다보는 눈빛에 숨이 막혀 온다. 호텔에서와 다른 점이 있다면 그의 표정은 지금은 그녀에 대한 걱정을 숨기지 못하고 있다는 것이었다. 온몸이 붉어지는 느낌에 단아는 어쩔 수 없이 그의 시선을 피해 버렸다.

"중대장님."

옆에 있던 준수가 류욱을 불렀지만 류욱은 준수의 말을 무시해 버리고 답이 없는 단아 대신 의무병에게 시선을 돌렸다. 단아를 바라보던 때와 다르게 서늘하게 변한 눈빛을 마주한 의무병의 이마에 식은땀이 흘러내렸다.

"얼마나 다친 건가?"

방금 전 한단아 소위를 바라보던 표정과는 순식간에 달라진 류욱의 목소리에는 거역할 수 없는 힘이 담겨 있었다. 저절로 의무병은 겁을 먹어 버렸다.

"심, 심하게 부상당하시지 않았습니다. 무릎과 팔, 얼굴에 작은 타박상……."

"작은 타박상?"

강렬한 류욱의 눈빛이 치료를 마친 단아의 무릎에 향했다가 다시 의무병을 노려보았다. 그의 눈에는 상처가 작아 보이지 않는다는 뜻이었다.

"뼈, 뼈에는 이상이 없으셔서……."

의무병의 얼굴에 당혹감이 스쳐 지나갔다. 그 모습을 바라보던 단아는 자신의 부주의로 인해 의무병만 곤란하게 만든 것 같아 마음이 무거워졌다. 흙길에 쓸린 덕분에 상처가 났을 뿐이건만 류욱의 매서운 눈초리에 죽어 나가는 것은 죄도 없는 의무병이었다.

"그만하십시오."

기운이 없는 단아의 목소리에 무언가 더 다그치려던 류욱의 시선이 단아에게로 향했다. 단아는 끝까지 류욱의 시선을 피한 채 조심스럽게 그를 말렸다.

"전 괜찮습니다. 제가 부주의하게 훈련에 참가하였던 탓입니다. 큰 상처가 아니니 걱정해 주시지 않으셔도 됩니다."

차갑게 류욱을 외면하며 내치는 단아의 음성에 류욱은 심장에 통증을 느꼈다. 그녀가 그를 거부하고 있었다. 아무리 그가 그녀를 바라보아도 그녀는 그를 바라봐 주지 않았다. 여기까지 힘들게 왔는데 모든 것이 허망하다.

류욱의 눈빛이 한층 가라앉았다. 그에게 남은 시간은 없건만, 단아는 그를 거북스러워하며 피하기에 급급해 보였다.

"치료는 모두 끝났습니다."

조심스럽게 의무병이 치료가 끝났음을 알리자, 단아는 자신을 뚫어져라 바라보고 있는 류욱의 시선을 피하며 준수에게 팔을 내밀었다. 큰 부상이 없다고는 해도 두 시간 가까이 숲 속에서 있었던 덕분에 혼자서 걷기에는 무리가 느껴졌기 때문이다.

"오빠. 나 좀 도와줘."

준수는 단아가 자신에게 손을 뻗어 오자 반사적으로 단아의 손을 붙잡기 위해 손을 뻗었다. 하지만 정작 단아의 손을 붙잡은 것은 준수의 손이 아닌 류욱의 손이었다. 아무런 말도 없이 준수의 손을 내쳐 버리고 단아를 붙잡는 류욱의 행동에는 단아에 대한 독점욕이 고스란히 내비쳤다.

류욱의 갑작스러운 행동은 경악 그 자체였다. 마치 질투하는 남자와 같이 단아의 손목을 중간에서 가로채는 류욱의 모습에 의무병의 얼굴은 충격을 받은 듯 새하얘지고 말았다.

"뭐, 뭐하시는 겁니까!"

"모두 나가."

류욱의 갑작스러운 행동에 놀란 준수와 의무병의 반응을 살필 겨를도 없이 단아가 그를 향해 외쳤고 그와 동시에 음산하게 낮은 류욱의 명령이 들려왔다.

"나가라고. 모두."

다시 류욱은 명령했다. 불만스럽게 그를 올려다보며 손을 빼내려고 몸을 비트는 단아를 그는 놓아주지 않은 채, 뒤에 서 있는 의무병과 준수를 날카롭게 노려보았다. 그제서야 움찔 놀란 의무병이 준수를 바라보았다. 빨리 나가고 싶은지 준수의 눈치를 살피자, 준수도 떨어지지 않는 발걸음을 억지로 돌려야만 했다. 두 사람 사이에 자신은 불청객에 불과할 거라는 것을 그는 알고 있었기 때문이다.

아마도 몇 주 전 보았던 단아의 모습을 보지 못하였다면 준수도 자신의 위치를 망각한 채 중대장인 류욱의 명령에 불복종을 하였을지도 모른다. 하지만 이제는 그럴 수가 없었다. 그가 들어갈 자리가 없다는 것을 아니까.

천리행군에서 류욱과 단아 사이에 기묘한 분위기가 흐른다는 것을 그는 알 수 있었다. 아니, 류욱이 단아를 바라보는 눈빛에서 그는 느낄 수 있었다. 분명히 중대장은 감정을 숨기기 위해 노력하고 있었지만 같은 여자를 마음에 담은 남자로서의 동질감에서 파생된 느낌과 직감으로 그는 알 수 있었다.

천리행군이 끝나고 며칠 뒤, 외출을 다녀온 단아는 잔뜩 초췌해진 얼굴로 돌아왔다. 걱정스러움에 다가간 그는 그 자리에서 멈춰 버렸다. 그녀의 몸에 새겨져 있는 붉은 흔적과 남자의 진한 체취가 그녀의 온몸을 감싸고 있었기 때문이다.

그리고 그날부터 단아의 눈 속에 담겨 있던 생기와 활력은 온전히 사라지고 말았다. 혼자 있는 시간이면 어김없이 단아는 허공을 바라보며 깊은 생각에 빠져 있었다.

그러면서도 자기도 모르게 강류욱 중대장을 의식하는 것이 눈에 띄었다. 그가 멀어지면 뒷모습을 하염없이 바라보면서도 그를 피하고 그의 동선을 의식적으로 생각하면서 움직였다. 그녀의 머릿속에는 오직 강류욱이라는 세 글자만이 들어 있는 거 같았다. 어느 자리에도 준수, 그가 들어갈 공간은 없는 것처럼.

며칠간 그가 보아 왔던 단아의 모습을 떠올린 준수가 힘없이 발길을 돌렸다.

준수와 의무병이 나간 의무실에서는 알 수 없는 적막감이 흐르기 시작했다. 그들이 나가자 온몸을 비틀면서 빠져나가려 애쓰던 단아는 얌전해졌다. 류욱에게 잡힌 손목에 쓰라림이 전해졌다.

여전히 그녀의 손을 놓지 않는 류욱의 손을 내려다보는 단아의 눈빛이 한층 가라앉았다. 여기에서 더 이상 갈 곳은 없었다. 그러나 류욱은 여전히 그녀를 붙잡고 놓아주지 않았다.

단아의 거부하는 힘이 풀어지자, 류욱의 기세도 순식간에 가라앉았다. 그는 안쓰러운 듯 실랑이로 인해 붉어진 단아의 손목을 부드럽게 쓰다듬었다. 그의 작은 접촉에도 몸이 달아오르자, 거부감은 순식간에 반항심으로 바뀌어 갔다.

"놔주십시오."

언제까지고 감정을 숨길 수는 없건만, 거침없이 다가오는 그가 그녀는 무서웠다. 그의 눈빛, 그의 숨결, 그의 몸짓은 언제나 그녀만을 향해 있었다.

"……놀랐어."

탁하게 갈라진 그의 목소리가 울렸다. 얼마나 그녀를 걱정했는지 목소리만으로도 그의 감정이 고스란히 전해졌다. 단아는 감정을 누르기 위해 어금니를 악물어야만 했다. 못됐다. 자신을 이렇게까지 모질게 만드는 그가 미워 단아는 더욱 표독스럽게 소리쳐 버렸다.

"도대체 언제까지 이러실 겁니까?"

그래도 여전히 그는 그녀의 손목을 놓아주지 않는다. 마치 그녀의 손목이 동아줄인 것처럼 그는 엄지손가락으로 부드럽게 단아의 손목을 쓰다듬었다. 숨겨진 그녀의 마음을 파헤치듯이 그의 손길은 조심스러우면서도 애절했다.

심장이 뛴다. 그리고 그녀의 맥박도 뛰고 있었다. 고집스럽게 외면하고 있는 자신의 숨겨진 마음을 그가 알아차릴까 봐 두렵다.

"제발 놓아주십시오. 제발요!"

다시 손목을 비틀었지만 그는 끝내 손목을 놓아주지 않았다. 감정을 숨기느라 깨물고 있는 아랫입술을 놓은 그녀가 그를 올려다보았다. 모질고 못난 놈이라 욕을 하면서 끝내 고개를 든 그녀는 그대로 숨을 멈춰야만 했다.

그는 강한 사람이다. 군인의 표본이라 할 수 있는 그는 언제나 흐트러짐이 없었다. 그런데 그랬던 사람의 눈이 울고 있다. 그 사람이 울고 있었다. 눈물이 흐르진 않았지만 눈동자가 울고 있었다.

가슴 밑바닥에 남아 버린 하나의 감정을 그는 더 이상 숨기지 못하고 있었다. 그것을 올려다보는 단아의 눈빛도 처참하게 흔들렸다. 그들은 아무런 말도 하지 못했다. 그저 서로를 하염없이 바라볼 뿐. 검은 눈빛과 맑은 눈빛의 동공에 맺힌 서로를 읽을 뿐이다.

"……"

"……"

누구도 말을 하지 못했다. 그리고 그는 끝까지 그의 마음을 목소리로 말하지 못했다. 그것이 마음 아프고 서글펐다. 그녀는 모든 것을 포기할 준비가 되어 있었지만 그는 아닌 것만 같아서. 마지막까지 그녀에게 솔직한 마음을 내비쳐 주지 않는 그가 원망스럽다.

말로 하지 못하는 마지막 메시지를 류욱은 그렇게 그녀에게 눈빛으로 전달했지만 그것은 어디까지나 눈빛일 뿐 단아가 바란 것이 아니다. 어쩌면 욕심일지 모르지만 그녀는 그것을 바랐다. 너무 큰 욕심이라는 것을 알면서도 그녀는 어쩌면 단 한 마디를 원하고 있는지도 모른다.

껍질을 벗고 나온 그의 온전한 속살을 보고 싶은 것이다. 그녀도 모든 것을 보여 주었으니 이제는 그의 차례였다. 허나 그는 끝내 그녀의 손목을 붙잡은 채 선을 넘지 못했다.

'바보.'

참지 못한 단아가 그를 밀치고 그곳을 벗어나기 전까지 그의 숨은 영원과 같이 멈춰 있었다. 마지막 끈을 끊어 버리지 못한 것은 그가 가진 두려움이었다.

✳

오후 훈련을 마치고 숙소로 들어온 단아는 땀에 젖은 군복을 벗었다. 부대 내에는 공동 샤워실은 있지만 여성 전용 샤워실은 없다. 군대라는 특성상 모든 것은 남성 위주로 이루어져 있었다.

그래서 그녀는 숙소에서 샤워를 해야만 한다. 부대 내 여성이 사용할 수 있는 샤워실이 있다는 것이 위험한 일이기도 했기에 시설이 좋기로 유명한 수색대대의 본관에도 그녀가 사용할 수 있는 곳은 없었다.

하지만 결정적인 문제는 온수가 나오지 않는다는 것. 9월의 늦더위가 기승을 부리고 있다고는 해도 차가운 냉수로 샤워하는 것은 쉬운 일이 아니었다. 긴 머리는 간신히 냉수로 머리를 감는다고 해도 몸은 그렇지 못했다.

똑똑똑.

한참 고민을 하고 있는데 노크 소리가 울렸다. 땀에 젖은 러닝셔츠를 입고 있는 것이 마음에 걸렸지만 숙소로 찾아오는 이는 준수가 유일했기에 단아는 생각 없이 잠가 놓았던 문을 벌컥 열었다.

"준수 오빠? 무슨 일······."

하지만 숙소 앞에 찾아온 이는 생각했던 인물이 아니었다.

'오빠'라는 단어에 류욱의 굵은 눈썹이 치켜 올라갔다. 오래 고민 끝에 어렵게 찾아왔건만 문을 열면서 반사적으로 유준수 소위를 찾는 단아의 반응은 그를 불쾌하게 만들어 버렸다. 그리고 고개를 내리자 땀에 젖은 러닝셔츠가 보였다. 덕분에 여성이 가진 고유의 실루엣이 고스란히 비치고 있었다.

류욱은 붉어지는 귓불을 느끼며 불퉁스럽게 나오려는 말을 한 번 삼켰다. 그를 밀어내면서도 다른 남자 앞에서 이런 모습을 보이려고 했던 단아의 태도가 그를 화나게 만들었다.

"유준수 소위를 기다렸나?"

그답지 않게 비꼬는 듯이 물었다. 평범한 듯 물어보고 있지만 그 안에 담긴 힐난의 빛을 단아도 금세 파악할 수 있었다.

변했다고 생각했지만 그의 태도는 여전했다. 어제 의무실에서 그녀를 내려다보던 눈빛이 무색하게 류욱의 눈빛은 차갑고 덤덤해 보였다. 그것이 그녀를 슬프게 만들었다.

"나가 주십시오."

그녀가 그를 밀어냈지만 류욱은 굳은 표정으로 그가 가져온 하얀색 물통을 묵묵히 내밀 뿐이었다.

"안에 놓고 나가겠다."

그가 들고 있는 물통을 바라본 단아의 눈빛이 흔들렸다.

"온수다. 차가운 냉수로 샤워하는 것이 여자에게 좋지 않다고 하더군."

누군가에게 들었다는 듯이 덤덤하게 말하고 있음에도 그의 말끝이 흐려졌다. 부끄러움에 볼이 붉어진 단아는 고개를 숙이며 그를 안으로 들어오게 만들었다.

가족과 같다고 생각하는 준수 이외에 처음 들이는 남자였다. 부대 밖에 있어도 군인의 신분으로 이용하는 숙소였다. 군인으로서, 여자로서 지켜야 할 선은 분명히 존재했다. 그럼에도 그녀는 그를 스스럼없이 안으로 들였다. 그가 강류욱이기에 가능한 일.

숙소 안으로 들어온 류욱은 숨을 들이마셨다. 군대는 남자들의 공간인 만큼 철 냄새와 함께 남성들의 고유 냄새가 사라지지 못하는 곳이다. 혼자 사는 남자들에게서 홀아비 냄새가 난다고 하는 것처럼 부대 안에서도 아무리 깨끗하게 청소를 하고 환기를 시켜도 남자들이 내뿜는 체취는 지워지지 못했다.

그러나 이곳은 아니다. 그만이 아는 단아의 체취. 그녀를 뜨겁게 안았던 날 밤에 취했던 그녀의 향이 몸속 깊숙이 스며들었다. 뻐근해지는 아랫배의 감각에 이를 질끈 문 류욱은 작은 화장실에 온수가 든 병을 내려놓고 바로 몸을 돌렸다.

그리고 또 보고야 말았다. 땀에 젖어 가슴의 실루엣이 고스란히 비치는 러닝셔츠. 제길. 류욱은 어금니에 힘을 주면서 주먹을 쥐었다. 저런 복장으로 유준수 소위를 맞이하려고 했단 말이지?

그냥 나가려고 했다. 그녀의 숙소에 어렵게 찾아온 이유는 온수를 전해 주기 위해서지 그녀를 혼내기 위해서 온 것은 아니었으니까. 그럼에도 그는 결국 참지 못하고 불퉁하게 묻고야 말았다.

"이곳에 유준수 소위가 자주 오나?"

부끄러움에 시선을 피하고 있던 단아의 시선이 그를 올려다보았다. 그 시선에는 그의 말에 상처받은 빛이 역력하게 드러났다. 실수를 했다는 자각이 바로 들자, 그는 괜스레 한 번 더 불퉁거렸다. 마음은 그렇지 않으면서도 이런 상황에서 여자에게 어떻게 자신의 마음을 표현해야 할지 그는 몰랐다.

"부대 내에서는 항상 빈틈을 보이지 않도록 처신을 잘해야 된다. 그런 차림새로 숙소 문을 열어 주면 어떡하겠다는 거지?"

힐난조의 질문은 딱딱하고 차가웠다.

"지금 질투를 하시는 겁니까?"

일부러 단아는 돌려서 말하지 않았다. 질투? 다른 남자에게 그녀를 보이는 것이 싫으니 질투가 맞다. 그러면서도 류욱은 그녀 앞에서 그것을 고스란히 드러낼 수 없었다. 지금도 귓불이 뜨거워지고 있었다. 류욱은 내심 진심을 들킨 것에 깜짝 놀라면서도 겉으로는 담담한 척 표정을 풀지 않았다.

하지만 역시나 류욱의 모습은 서툴렀다. 그가 미우면서도 그녀 앞에서만은 흐트러지고 약해지는 류욱의 모습에 단아의 마음이 무너져 내린다. 그녀의 눈에는 왜 그의 진심이 자꾸만 보이는지 모르겠다. 심장이 조여 오기 시작했다. 차라리 보이지 않았으면 좋겠다. 그랬으면 좋겠는데 힘들게 내뱉는 한마디조차 그의 목소리는 떨리고 있었다.

"흠. 말도 안 되는 소리라고 생각하지 않나?"

빗속에서 뒤에서 안아 주던 그의 온기와 숨결, 그리고 의무실에서 자신을 붙잡고 놓아주지 않았던 그의 손, 그녀를 내려다보던 눈빛은 분명히 가시를 세우고 있는 고슴도치 속에 숨겨진 살결과 같이 부드럽고 진지했다. 그러면서도 그는 또다시 자신의 진심을 피하고 있었다.

그것이 슬펐다. 자신의 감정을 고스란히 내비치지 못하는 그의 모습이 슬퍼서 단아는 자신이 지금 해야 하는 모습을 잊어버렸다. 뜨거워진 심장은 그녀를 그의 앞에서 진실한 여자로 만들어 버렸다.

제발 그냥 솔직해지면 안 되나요? 그 한마디가 그렇게 하기 힘든 건가요? 자신의 마음을 언제까지 그렇게 숨기고 있을 건데!

가슴속에 쌓이던 울분이 드디어 터지고 말았다. 해선 안 되는 말임을 알면서도 그녀는 기어코 그를 더욱 아프게 만들었다.

"그럼 지금까지 저에게 보여 주셨던 모습은 모두 거짓이셨습니까? 언제까지 그렇게 숨기만 하실 겁니까? 네? 도대체 언제까지!"

허공에서 눈빛이 마주쳤다. 더 이상 그의 눈빛을 피하지 않는 단아를 내려다본 류욱은 간신히 쥐고 있던 인내심의 끈이 그의 목을 조여 오는 것을 느꼈다. 여기에서 무너지면 끝이다. 그런데 그녀가 그를 원하고 있었다. 숨기고 밀어내던 손을 내리고 그를 온전히 바라보고 있었다. 항상 그를 향해서 거침없이 진심을 보여 주던 그 눈빛으로.

맑고 깨끗한 피부만큼이나 아련한 눈빛으로 그를 올려다보고 있었다. 탁, 하고 그의 숨통을 조이고 있던 끈이 끊어지는 것을 느꼈다.

'오늘 하루만 죄를 짓고 지옥 가겠습니다.'

질끈 눈을 감으며 감정을 주체하지 못한 뜨거운 입술이 내려와 단아의 입술에 닿았다. 입술에 닿은 그의 숨결을 느끼며 단아의 눈이 감겼다. 그리고 참고 있던 눈물이 주르르 투명한 볼 위로 흘러내렸다. 참고 있었나 보다. 그가 다가오기를, 그가 보여 주기를. 그는 그녀를 붙잡지도 못한다. 그저 닿은 것은 붉어진 두 입술뿐.

화인을 찍듯 맞닿은 입술은 그만큼 뜨겁고 애절했다. 맞닿은 두 입술이 약속이나 한 듯 파르르 떨렸다. 숨죽여 몰래 죄를 짓는 듯 그들은 그렇게 고통스러운 입맞춤으로 서로의 숨결을 마실 수 있는 마지막 순간을 함께했다.

먼저 멀어진 것은 단아의 입술이었다. 살짝 떼어 낸 얼굴 사이로 내리뜬 단아의 속눈썹이 파르르 떨렸다. 그러나 그녀는 이내 강단 있는 눈빛으로 음울하게 가라앉은 류욱의 눈을 올려다보았다. 마지막 기회. 두 사람 사이에 남은 강을 건너기를 바라며 그녀는 애원했다.

"제발……."

빗속에서 그가 그녀에게 했던 유일한 말처럼 그녀는 그에게 애원했다. 단 한 마디만 해 달라고. 한 마디만 해 준다면 그녀는 그를 위해 모든 것을 버릴 준비가 되어 있었다. 그러나 바보 같은 그는 끝내 그 한 마디를 내뱉지 못하고 그녀의 눈을 피해 버렸다.

"미안하다."

"……!"

도망치듯 멀어지는 그의 발걸음 소리를 들으며 주저앉은 단아는 그대로 목 놓아 울기 시작했다.

"바보! 흐윽!"

더 이상 참을 수 없어서 곪은 상처가 터지고 말았다. 복도를 가로지른 류욱의 검은 군화는 모퉁이를 돌자마자 그대로 멈추었고, 검은 그림자를 드리운 그곳에 그는 자신을 숨겨 버렸다.

작은 방에서 나오는 흐느낌이 들리지 않을 때까지 그곳에서 그는 그렇게 서 있을 뿐이었다. 손톱이 살을 파고들 정도로 꽉 쥔 주먹만이 그가 그나마 살아 있다는 것을 보여줄 뿐, 얼굴 위로는 어떠한 감정도 보이지 않았다.

D-day 1

대리석 바닥재처럼 온 집 안은 차갑다. 목을 조르는 것처럼 음습한 상막함에 피가 차가워진다. 온기라고는 느껴지지 않고, 사람이 살고 있다고 믿어지지 않을 만큼 삭막한 집은 넓지만 그민큼 음울하고 쓸쓸했다.

거실의 구석에 놓인 최신식 러닝머신 위를 달리는 남자의 얼굴 위로 집 안의 모습과 같이 아무런 삭막한 기운이 감돌았다. 짙은 음영이 진 눈빛은 위로 치켜 올라간 눈썹만큼이나 매섭다.

한곳을 응시하며 그는 달렸다. 일정한 속도로 움직이는 모습. 옷을 걸치고 있지 않은 가슴과 등의 근육이 그의 움직임에 따라 유려하게 움직인다. 남성미를 진하게 내뿜은 그는 숨을 쉬고 살아 있는 존재였다. 그러나 그에게서 생명력은 느껴지지 않는다.

삐—

한 시간이라는 타임이 끝나자 러닝머신이 알람을 울렸다. 그 소리에 정신을 차린 남자가 stop 버튼을 무의식적으로 누른다.

"하아. 하아. 하아."

벅차오르는 숨소리가 머리를 가득 메운다. 뜨거워진 몸과 다르게 심장은 다시 차갑게 식어 갔다. 어두운 공간에 유일하게 비추던 달빛에서 나온 남자는 걸치고 있던 바지와 땀에 젖은 팬티를 벗고서 샤워 부스 안으로 들어갔다.

차가운 물줄기를 맞으며 검은 머리카락을 뒤로 모두 넘기자 그의 반듯한 이마와 날카로운 이목구비가 더욱 부각되었다. 거울에 비치는 남자의 얼굴선은 한층 깊고 예리해져 또렷한 음영을 드리우고 있었다.

거울 속에서 그 선을 따라 내려가던 남자의 시선이 운동으로 인한 열기로 붉어진 입술 위에서 멈추었다.

마치 처음 보는 경이로운 작품을 만지듯이 남자는 자신의 입술을 조심스럽게 쓰다듬었다. 만지면 부서질 듯 섬세하게. 그와 함께 그의 눈빛은 점점 아련하게 젖어 갔다. 어둠 속에 맺힌 작은 물방울과 같이 그의 눈빛이 촉촉하고 깊게 가라앉았다.

남자가 왼쪽 가슴에 자신의 큰 손을 대어 본다. 무엇인가가 들리는 듯 눈을 감고 숨을 들이쉰 그는 차가운 물줄기 아래에서 몸이 굳어졌다.

들린다. 선명하게 뛰고 있는 심장의 박동 소리가. 살아 있는 존재라는 것을 알려 주는 작은 소리에 그의 속눈썹이 파르르 떨렸다. 그 순간, 그의 짧은 시간을 깨뜨리는 전화벨 소리가 울리기 시작했다. 눈을 뜬 남자의 눈빛에 담겼던 아련함은 순식간에 사라지고 없었다.

물에 젖은 몸 위로 샤워 타월만 두른 그는 급할 것이 없는 발걸음으로 전화가 울리고 있는 거실로 들어갔다. 구릿빛 피부 위로 차가운 물방울들이 흘러내린다.

감흥 없이 화면에 뜬 전화번호를 본 그의 동공이 살짝 커지며 아랫입술을 깨물었다. 차가웠던 아까의 모습과 다르게 긴장을 한 듯 몇 번 헛기침으로 목을 가다듬은 그는 귀에 핸드폰을 가져갔다.

"여……."

– 여보세요?

먼저 음성이 들린 것은 상대방이었다. 예상하지 못했던 음성인 듯 그의 굵은 눈썹이 구겨졌다.

"누구십니까?"

전화번호는 그녀였지만 목소리는 기대했던 그녀가 아니었다. 바로 방어적인 태세로 변한 그의 목소리가 삭막하게 차가워졌다. 그녀의 전화루 전화를 건 다른 사람. 그나마 남자가 아니기에 그는 이성을 가다듬었다. 서늘한 그의 목소리에 상대방이 움찔하는 기색이 느껴졌지만 그는 상관하지 않았다.

– 강, 강류욱이라는 사람 핸드폰 아닌가?

그의 이름을 알고 있는 사람이다. 쌍꺼풀 없이 가늘게 뜬 그의 눈빛이 허공에서 번뜩였다. 본능적으로 경계를 하기 위해 힘을 주자 근육들이 뭉치며 팔뚝 근육 사이의 힘줄이 도드라져 버린다.

"맞습니다만."

– 아휴. 내가 맞게 전화를 했구만. 여기 어느 처자가 술을 마시다가 기절을 했어. 기절을.

푸념을 하는 아줌마의 목소리에 그제서야 긴장을 하고 있던 류욱의 몸이 풀어졌다. 그러나 기절을 했다는 말에 그는 곧 날카로워졌다. 시시각각으로 자신이 반응하고 있다는 것을 그는 알아차리지 못하고 있었다.

"그곳이 어디입니까?"

성급하게 그가 물었다.

– 아! 여기가⋯⋯.

주소를 들은 그는 조급하게 전화를 건 여자에게 부탁을 했다. 그의 심장이 다시 두근거리고 있었다.

"꼭 그곳에서 어디 가지 못하게 잡아 둬 주십시오. 그리고 남자들이 말을 걸거나 곁에 앉지 못하도록 부탁드립니다."

– 그려요. 아이구. 빨리 와요, 빨리. 처녀의 주변으로 늑대들이 득실거린다우.

신에게 전화를 해 준 포장마차 아주머니가 이토록 고마울 수가 없었다.

그는 순식간에 차 키를 들고서 집에서 나갔다. 한쪽 방에 설치되어져 있는 검은색 컴퓨터 모니터들에서는 여전히 빛이 새어 나오고 있었지만 그런 것을 끄고 나갈 정신은 없었다.

아주머니가 알려 준 포장마자로 들어간 류욱은 한 번에 주변을 훑어보았다. 그의 시선 끝에 파란 테이블에 혼자 앉아 소주를 마시고 있는 단아의 뒷모습과 함께 그런 그녀를 쳐다보고 있던 다른 테이블의 남자가 보였다. 이상한 기운을 느꼈는지 시선을 돌리던 남자의 시선과 류욱의 눈빛이 마주쳤다.

내 여자라고 일갈하는 듯한 날카로운 기운의 류욱의 눈빛을 느꼈는지 그가 움찔거리며 눈을 내리깔았다. 류욱은 빠르게 단아에게 다가갔다. 더 이상 신경 쓸 가치도 없는 놈이었다. 테이블 위의 소주 두 병은 이미 비워져 있었다. 불만스러운 듯 굵은 눈썹이 더욱 치켜 올라갔다.

"아이구. 왔네, 왔어."

고개를 돌린 곳에 앞치마를 두른 푸근한 인상의 아주머니가 그를 보며 인상을 찌푸렸다.

"젊은 여자가 술을 마시며 얼마나 애타게 강류욱이라는 이름을 부르던지 내가 다 마음이 아프더만. 자네가 강류욱이 맞지?"

류욱의 심장이 욱신거렸다. 그가 왔음에도 단아는 반쯤 엎드려 거의 기절해 있었다. 남은 소주잔이 기울어져 하얀 손등 위로 소주가 흐르고 있었다. 군인이면서도 햇볕에 그을리지도 않은 보들보들한 손. 그의 심장을 온전히 취해 버린 작은 손 위로 흐르는 술이 그를 아프게 만들었다.

"둘이 사귀는 사이인가? 그러게 왜 그렇게 여자를 아프게 하나, 내가 보니깐 자네를 많이 좋아하는 것 같구만. 내가 뭐라고 참견을 할 순 없지만 어찌 되었든 조심히 데리고 가요. 여기까지 헐레벌떡 온 걸 보면 그쪽도 마음이 전혀 없는 것은 아니구만."

"……."

생김새는 잘생긴 청년이 자신의 푸념에도 반응이 없자, 아줌마의 호소는 더해졌다. 첫인상은 치켜 올라간 굵은 눈썹만큼이나 매서웠지만, 기절한 여자를 바라보는 눈빛이 진실해 보였기 때문이다.

"그리고 처자의 얼굴이 예뻐서 그런지 남자들이 얼마나 붙든지. 내가 아는 사람이라고 하면서 주변에 앉지 못하게 해서 그렇지 큰일 날 뻔했어. 저렇게 예쁜 처자를 왜 그냥 놔둬. 절대 다시는 그러지 마."

대답은 없으면서도 류욱의 눈썹이 구겨지는 것을 포장마자 주인인 아줌마는 정확하게 보았다. 쯧쯧. 불쌍한 청년이로고.

아무 말도 하지 못하는 류욱을 보면서 한참을 설교를 하던 아주머니는 쯧쯧거리면서 자리를 비켜 주었다.

류욱은 귀로는 아주머니의 말을 듣고 있었지만 눈은 단아를 물끄러미 바라보고 있었다. 술에 취한 단아는 엎드려서도 연신 도톰한 입술을 벙긋거리며 중얼거리고 있었다.

"강류욱. 강……류욱. 이 나쁜 노옴."

물기 어린 목소리였다. 옆자리에 앉은 류욱은 이쪽으로 보며 엎드린 단아의 볼에 내려온 머리카락을 귀 뒤로 넘겨 주며 부드러운 볼을 쓰다듬었다. 술을 마셔서 붉어진 볼이 너무 예뻐 보여서 그의 입가에서 작게 호선이 그려졌다. 이제는 그녀만 보면 반사적으로 입 꼬리가 풀어졌다. 불치병과 같은 치명적인 상흔. 하지만 고칠 수는 없다.

"강……류욱. 나쁜 놈. 바보. 멍……충이."

그리고 그의 이름을 부르는 그녀의 목소리가 마음 아파서 그의 얼굴은 다시 구겨졌다. 그녀의 입으로 불러 주는 이름.

강류욱. 아마도 누군가가 지어 준 이름일 것이다. 그러나 자신의 이름이 이토록 듣기 좋은지 그는 알지 못했다. 아니, 아마도 그 이름은 허울뿐이라고 생각해서 그랬는지도 모른다. 그러나 도톰한 입술로 불러 주는 그의 이름에 그의 심장이 뻐근해진다.

테이블에 술값으로 만 원을 꺼내 올려 두려던 그는 문득 생각을 바꿔 수표 한 장을 올려놓았다. 남에게 뭔가를 베풀어 본 적이 없었다. 그럴 필요도 없었고 무엇보다 그가 그러고 싶지 않았으니까. 그러나 그는 난생처음으로 타인에게 고마움을 느꼈다. 그녀가 술에 취했을 때 그에게 전화를 해 준 아주머니에게.

직접 감사하다는 말씀과 함께 계산을 해야 하는 거겠지만 그는 그런 것을 배운 적이 없었다. 누구도 그에게 감사하는 법을 가르쳐 주지 않았으며, 사회적으로 미성숙한 덕분에 그런 모습을 보고 느끼지도 못했기 때문이다.

그는 그토록이나 자신의 감정을 표현하거나 사회적으로 타인을 대하는 데 서툴렀다. 그래서 그는 수표 한 장을 올려놓는 것으로 자신의 마음을 전했다.

류욱은 자신의 품으로 단아를 가볍게 안아 올렸다. 작게 떠는 감각에 품속으로 더 끌어당겼다. 술에 취해서 추웠는지 단아가 그의 가슴으로 파고들었다. 그녀에게 온기를 진해 주고 싶건만, 사신의 몸에는 남아 있는 온기가 없는 것만 같아 그는 빠르게 자동차로 들어와 조수석에 단아를 눕혔다. 그리고 따뜻한 담요로 목까지 단아를 덮어 준 그의 차가 조심스럽게 출발했다.

침대에 품에 안고 온 단아를 조심스럽게 눕힌 류욱의 시선이 아스라이 가라앉는다. 날카로웠던 눈매는 눈꼬리가 처져 냉혹한 기운이 비치지 못했다.

조심스럽게 부드러운 머리카락을 귀 뒤로 넘겨 준 그는 주먹을 쥐면서 울컥거리는 심정을 내리눌렀다.

여기에서 그만둘 수는 없었다. 그녀에게 가기 위한 마지막 조건이다. 그는 그것을 이루어야만 했다. 그때까지 그녀가 원하는 그 한마디, 그의 마음을 말할 수 없어 자신을 자해하고 속이면서 참아야만 했다. 그런데 아프다. 할 수 있을 거라고 생각했는데 자신 때문에 괴로워하는 단아를 바라보는 그의 심정은 더 고통스러웠다.

너를 가지기 위해 욕심을 부린다. 내 욕심 때문에 네가 아픈 것은 아닌지 걱정되고 무섭다. 내가 고통스러운 것은 참을 수 있는데 네가 아픈 것은 참기가 힘들다. 혹시나 내가 돌아왔을 때 네가 나를 봐 주지 않을까 봐. 네가 혹시나 다칠까 봐. 이런 것밖에 해 줄 수 없는 나를 너는 용서해 줄 수 있겠니?

반듯한 이마에 조심스럽게 입술을 내린 그는 쉽게 입술을 떼지 못했다. 그녀의 온기가 그의 심장을 울렸다. 입술을 떼어야 하는데, 미련스러운 마음은 조금 더 그녀를 느끼고 싶어 한다.

힘들게 입술을 뗀 류욱은 마지막처럼 그녀를 내려다보았다. 검은 벽이 사라진 그의 얼굴은 안쓰럽게 일그러져 있었다. 순수하게 흔들리는 눈동자는 아련하고 맑았다. 한 여자를 깊은 마음에 담아 버린 남자의 표정은 슬펐다.

몸을 일으킨 그는 따뜻한 물을 담은 대야와 흰 수건을 가져와 술기운에 고통스러워하는 단아의 작은 손을 닦기 시작했다. 그답지 않게 그는 긴장했다.

그의 손에 쥐어지는 손이 너무 작아서 그는 아기의 손을 닦듯이 조심스러운 손길로 차가운 손을 따뜻한 수건으로 감싸고 온기를 전했다. 발은 여전히 천리행군의 흔적으로 딱지가 생겨 있거나 물집의 흔적이 남아 있었다. 손을 잡으면서는 긴장되어 작게 울리던 심장이 발을 잡자 더욱 크게 울리기 시작했다.

혹시나 깨지나 않을까 힐끔 자고 있는 모습을 올려다본 그는 크게 숨을 내쉬었다.

"휴우."

귓가에서 심장이 울리는 듯한 고동 소리가 들렸다. 큰 그의 발과는 다르게 작고 말랑말랑한 발은 열 개의 발가락조차 앙증맞고 귀여웠다.

'정말 작고 귀엽군.'

천리행군에서는 어두운 막사 안에서 살펴보느라 자세히 보지 못했지만 지금은 불빛이 밝았다. 밝은 불빛 아래에서 보게 된 단아의 발은 그를 온전히 사로잡아 버렸다.

혹시나 그녀가 그의 심장 소리에 깨지나 않을까 하는 두려움 속에서 그는 작은 발을 감쌌다. 새하얗고 보드라운 발이 느껴지자 경련이 일듯 그의 어깨가 움찔거렸다.

참고 있던 서글픔이 갑자기 몰려오기 시작했다. 다시 이 발을 만져 볼 수 있을까, 하는 마음에 그는 아랫입술을 깨물고 터져 나오려는 신음을 참았다. 코끝이 시큰거리는 것을 느끼면서도 그는 작은 발을 정성스럽게 닦았다. 그가 해 줄 수 있는 것은 이것밖에 없으니까. 그의 마음을 보여 줄 수 있는 것도 이 시간밖에 없었다.

여러 번 닦았는데도 아쉽다. 결국 그는 참을 수 없는 울컥거림을 느꼈다. 지끈 눈을 감아 버린 그는 두 손에 작은 두 발을 쥔 채 발등으로 뜨거운 입술을 내렸다. 성스러운 입맞춤과 같이 순수하고 아름다운 맹세의 서약이었다.

'이 여자만큼은 지킬 수 있도록 해 주십시오.'

누구에게 이 기도를 올려야 하는지 그는 모른다. 그저 진실한 마음에 담긴 간절함만이 그가 가진 전부이기에 그의 전부를 걸어 그녀를 위해 기도한다. 고개를 든 그는 그의 손 안에 놓여 있는 작은 두 발을 내려다보았다.

음울하게 가라앉아 버렸던 눈빛에 영롱한 눈물이 차오르기 시작했다. 어쩌면 마지막일지도 모른다는 절박함이 그를 약하게 만들었다. 한 번도 두렵다고 생각한 적 없었다. 검은 총구로 목표물을 조준하면서도 그는 인간적인 연민조차 느껴 본 적이 없었다. 그렇게 훈련받았으면 그렇게 키워졌다.

하지만 지금은 두렵다. 죽을까 봐 두려운 것은 아니다. 이 여자의 작은 두 발을 다시 잡을 수 없을 것만 같아서 그는 무섭다. 가느다란 눈꼬리 끝에서 결국 흘러내린 눈물 한 방울이 볼을 타고 하얀 발등으로 떨어졌다.

'나는 두렵다.'

뗑.

고개를 돌리자 시선 끝에 작은 시계가 하나 보였다. 새벽 두 시. 정각을 울리는 알람 소리에 순식간에 그의 표정이 일그러지더니 다시 냉혹하게 변했다.

날카로워진 그의 눈빛은 점차 어두워졌다. 마치 자신을 냉혹하게 몰아치듯 그는 잠깐 보였던 얼굴을 지워 버렸다. 그리고 이내 그의 얼굴에서는 아무런 감정도 보이지 않았다.

그는 이불을 다시 꼼꼼하게 덮어 주고서 몸을 일으켰다. 수건을 대야에 걸쳐 놓은 그는 그렇게 발걸음을 돌려 버렸다.

하지만 그는 방문을 열기 전에 한동안 망설였다. 무엇인가를 깊게 생각하던 그는 품속에서 지갑을 꺼내더니, 수표 두 장을 꺼내 침대 옆에 있는 탁자에 올려 두었다. 그 위에 메모지를 놓은 그는 반듯한 글씨체로 그가 할 수 있는 유일한 말을 전했다.

〈택시 타고 집에 가도록.〉

글씨는 쉽게 썼으면서도 마침표를 찍은 볼펜의 잉크는 넓게 번져 갔다. 더 많은 말을 쓰고 싶었던 고민의 흔적처럼. 그리고 그는 마지막 흔적처럼 진하게 단아의 이마에 깊은 입맞춤을 하고서 몸을 돌렸다.

질끈 감은 두 눈의 속눈썹이 파르르 떨렸다. 방을 나서는 그의 등은 넓고 단단했지만 누구보다도 안쓰럽게 울고 있었다.

허나 그는 몰랐다. 내내 잠이 들었다고 생각했던 단아의 눈꼬리가 파르르 떨리고 있었다는 사실을.

띠리릭.

현관문을 닫는 잠금장치의 소리가 들리자 단아의 눈꼬리로 가느다란 눈물 한 방울이 흘러내렸다. 두명하게 젖은 속눈썹을 들어 눈을 뜬 단아는 조심스럽게 몸을 일으켰다. 시선을 돌린 곳에는 수표와 그의 메모가 한 장 놓여 있었다. 심장이 욱신거린다.

그렇게 뜨겁게 입을 맞추고서도 정작 써 놓고 간 메모지의 내용은 별거 없어서 그녀의 입가에 작은 미소가 걸렸다. 손을 뻗어 그가 놓고 간 수표와 메모지를 쥔 그녀는 작게 중얼거렸다.

"여전히 바보 같은 당신. 또 수표를 놓고 가면 어떻게 하라는 거예요."

호텔에서는 그의 수표에 상처를 받았다. 처녀를 준 여자에게 그가 준 것은 수표 한 장이었다. 그리고 그는 또다시 그녀의 옆에 수표를 놓고 떠났다. 술에 취해 기절한 그녀를 그의 집에 데려다 놓고선 남몰래 두 발에 몇 번이나 뜨거운 입맞춤을 해 주었으면서.

바보 같은 그 남자는 그녀가 듣고 싶어 하는 한 마디는 못 해 주면서 그녀의 발을 쥐고서 뜨거운 눈물을 흘렸다. 단아는 심장의 고통을 느끼며 발등에 남아 있는 그의 눈물을 쓰다듬었다.

그때는 몰랐다. 그가 왜 수표를 주고 갔는지. 그래서 그녀는 울었다. 그가 원망스러워서 그를 때리고 밀쳐 냈다. 하지만 이제는 그가 안쓰러워서 그녀는 운다. 너무 늦게 알아 버린 것이 미안하다.

그는 그런 남자다. 자신이 해 줄 수 없는 것을 아는 남자이고 표현을 하지 못하는 남자이다. 겉모습은 완벽하고 빈틈이 보이지 않지만 그만큼 속살은 부드러운 남자이고, 서툴렀다.

수표를 내려놓고서도 그녀의 이마에 뜨거운 입맞춤을 하던 그의 심정이 어땠을지 생각하자 가슴이 미어졌다. 수표를 쥔 단아는 그곳에 입술을 묻었다. 마음 아파하면서 놓고 갔을 그의 마음이 고스란히 그녀의 심장을 울렸다.

입술을 깨물며 이불을 걷어 낸 단아는 수표와 메모지를 바지 주머니에 넣었다. 흘러내린 머리카락을 질끈 묶어 올린 그녀는 흐트러짐 없이 그의 침대에서 일어났다.

침대 옆에 있는 작은 시계를 들여다본 단아는 작게 주먹을 쥐었다. 시간이 다가오고 있다. 내리뜨고 있던 눈빛을 들어 올린 그녀의 눈빛은 한기를 담은 듯 강렬하게 빛났다.

침대 한쪽에 놓여 있던 자신의 가방으로 다가간 단아는 옷 한 벌을 꺼내 갈아입기 시작했다. 입고 있던 무늬가 있는 티셔츠와 청바지를 벗은 그녀의 눈빛이 삭막하게 가라앉았다.

검은색 민소매에 활동하기 좋은 검은색 반바지를 입고 긴 머리를 풀어 헤친 채 야구 모자를 깊게 쓴 덕분에 얼굴의 대부분이 가려졌다.

긴장감에 다시 침대를 돌아본 단아는 그가 놓고 간 수표를 손에 쥐었다. 그의 온기가 남아 있는 흔적이 두려워지려고 하는 그녀의 마지막 미련을 다잡아 주었다. 여기서 무너지면 모든 것이 수포로 돌아간다.

가방을 쥔 단아는 미련 없이 방을 벗어났다. 그녀의 등 뒤로 식은땀이 흐르고 있었지만 그녀의 얼굴 위로는 어느 감정도 비쳐지지 않고 있었다. 이제 모든 것이 시작이었다. 감았다 다시 뜬 그녀의 눈빛이 섬뜩하게 가라앉아 음울하게 굳어진다.

거실에 서서 집을 한 번 둘러보았다. 세심하게 모서리를 훑어보니 CCTV는 없다. 마치 모델하우스의 집인 것처럼 최소한의 가구만의 있는 그의 집은 사람이 살지 않는 것처럼 온기라고는 느껴지지 않는다.

다시 집을 둘러보면서 움직이던 단아가 방 앞으로 다가갔다. 그 방 만이 문고리 위에 잠금장치가 되어 있었다.

긴장이 되는 듯 크게 호흡을 몇 번 한 그녀는 다시 방문의 모서리들을 바라보며 감시 카메라가 있는지 살폈다. 감시 카메라가 없는 것을 파악하자 문 앞에 무릎을 굽히고 앉아서 가방에서 굵은 모가 달린 브러시와 초록색 가루를 꺼냈다. 비밀번호 판에 초록색 가루를 묻히고 브러시로 가루를 털어 내자 지문의 흔적이 나왔다.

검은 장갑을 끼고서 지문을 따라 비밀번호를 눌렀다. 운이 좋게도 단번에 비밀번호가 해제되는 소리가 들렸다. 가방에서 스네이크 캠(초소형 카메라)을 꺼내 벽에 등을 댄 채 아래쪽 문틈으로 조심스럽게 스네이크 캠을 집어넣었다.

안쪽의 모습이 LCD 영상장치에서 비춰졌다. 창가에 늘어선 회색 노트북들과 각종 기계장치들과 소총 및 저격 라이플이 분리되어 전시되어 있었다.

단아의 몸이 살짝 휘청이며 바닥에 주저앉았다. 예상하고 있었던 사실이건만, 그가 블랙요원이라는 증거는 또 다른 충격으로 다가왔다. 아마도 그녀는 마음속 저 깊은 곳에 그의 정체가 잘못된 판단일 수 있다는 미련이 남아 있었는지도 모른다.

한동안 바닥을 응시하고 있던 단아는 고개를 흔들더니 몸을 일으켰다.

저벅저벅 들어간 그녀의 얼굴에 아무런 표정이 드러나지 않았다. 단아는 책상에 흩어져 있는 종이들을 들추기 시작했다.

서울의 위성사진과 각종 자료들을 빠르게 훑어 내려갔다. 그러던 눈길이 한 곳에서 멈췄다. 초록 위성사진 속 장소는 시청 광장이었다. 그녀의 손길이 길을 따라 주변의 건물들을 짚어 나갔다.

동선과 위치를 파악한 그녀는 뒤를 돌아 방을 한 번 둘러보더니 한쪽에 쌓여 있는 검은 상자 중 가장 작은 상자를 열었다. 그곳엔 특수 제작해서 트리플이 들어 있었다. 총 안에 실탄이 들어 있는지 확인하고 큰 배낭에 분리해 넣었다.

무엇이 부족한 듯 느껴지는 느낌에 아래 상자에서 발견한 작은 권총 하나를 허벅지 주머니에 넣었다. 모든 장비를 챙긴 그녀는 마지막으로 한쪽에 있는 컴퓨터로 다가가 각종 서류를 뒤지기 시작했다.

영문으로 된 파일들이 열리고 순식간에 각종 사람들의 상세 정보가 펼쳐졌다. 순식간에 지나가는 파일들이 무수히 많고 복잡했지만 단아의 눈길은 한 가지도 놓치지 않고 내용을 살폈다. 그 순간, 지나가는 한 장의 사진에 단아의 눈매가 그대로 굳어졌고, 마우스를 움직였다.

"으흡."

담담하기만 하던 입가에서 작은 신음이 터져 나왔다.

"흐으읍. 흐윽. 당신 정말……."

단아가 그대로 의자에 주저앉아 버렸다. 흐릿한 시선은 화면에 뜬 사진만을 바라보았다. 창백한 두 볼에 눈물이 흘러내렸지만 눈물을 지워 내지도 않았다. 시간이 멈추어 버린 것처럼 화면만을 바라보았다.

그 화면에는 단아의 핸드폰에 저장되어 있는 사진 중 한 장이 떠 있다. 개나리색 민소매 쉬폰 원피스를 입고서 웃고 있는 그녀의 사진. 덜덜 떨리는 손이 원망스러움에도 그녀는 마우스를 삭제 버튼으로 가져갔다.

이 파일을 휴지통에 버리시겠습니까?

문구를 한동안 멍하니 바라보던 단아는 힘들게 '예' 라는 단추를 누를 수 있었다. 감정을 누르고 있음에도 그녀의 이성을 배반한 손은 여전히 떨리고 있었다.

설마 했던 예상이 고스란히 현실이 되어 있는 것에 대한 충격만이 아니었다. 그들의 현실이, 그리고 앞으로 펼쳐질 그들의 미래가 원망스러워 몸의 떨림을 주체할 수 없었다. 그가 가져간 한 장의 사진조차 남겨 둘 수 없었다. 그녀가 사라진 후에 그의 주변에서 그녀의 흔적이 발견되도록 놔둘 수 없었다.

몇 번 호흡을 길게 한 단아는 빨개진 코와 눈가를 감추기 위해 더욱 깊숙이 모자를 눌러썼다. 턱 선은 그녀의 의지만큼이나 단단하게 굳어져 있었다. 몸을 일으켜 미련 없이 방문을 열고서 그곳을 벗어났다. 손목에 찬 시계는 마지막 순간을 향해 흐르기 시작했다.

그 시각, 인천국제공항의 활주로에 중국 칭다오에서 출발한 에어차이나 항공기가 착륙했다. 곧이어 입국장으로 청년 일곱 명이 모습을 드러냈다. 모두 캐주얼하고 세련된 복장으로 평범함을 가장하고 있지만, 검은색의 네모난 하드케이스를 든 이들은 검은 모자 아래로 주변을 세심하게 살폈다.

삼엄하지만 아무도 눈치채지 못할 만큼 비밀스런 경계. 그들 중 가운데에 있는 남자는 검은색 티셔츠에 찢어진 구제 청바지를 입고서 가벼운 걸음으로 걸어 나와 검은색 선글라스를 벗었다.

선글라스에 가려져 있던 그의 미모는 찬란하면서도 불꽃같았다. 생명력이 있는 남자다움과 온몸에서 뿜어져 나오는 자신감은 지나가던 모든 이들이 그를 다시 돌아보게 만들 만큼 훌륭했다.

"하아. 이게 얼마 만의 한국이냐."

탄식과도 같은 음성은 그윽하면서도 한국에 돌아온 것에 대한 즐거움을 숨기지 못했다.

"정말 오랜만에 돌아왔습니다."

옆에 있던 그의 보좌관이 머리를 숙였다. 앞에 있는 남자의 자연스러움과 상극으로 보이는 절제된 동작이 오히려 눈에 띄었다.

"그래그래. 이제 마지막 작전만 남은 거지? 정우가 마중 나온다고 하지 않았나?"

그 순간, 쭉 뻗은 인천공항의 입국장 저 멀리에서 정우가 허겁지겁 이쪽을 향해 달려오는 것이 보였다. 그 모습을 가늘게 뜬 눈으로 바라본 남자의 얼굴 위로 큰 웃음이 맺혔다.

"저 녀석, 한국에서도 여전하구만?"

하지만 남자의 얼굴 위로 생겨났던 웃음은 정우가 그에게 다가올수록 점차 조금씩 사라지기 시작했다. 그의 직감에 붉은 신호가 울렸다. 흐트러져 있는 옷차림과 일그러져 있는 얼굴빛을 바라본 남자는 기다리지도 않고 뛰어오고 있는 정우에게 성큼성큼 다가갔다. 순식간에 남자와 그를 둘러싼 무리에 긴장감이 돌기 시작했다.

"한단우!"

정우의 고함이 차가운 공항을 울렸다.

"네 동생, 한단아가 위험해."

"뭐?"

두 눈을 부릅뜬 그는 대한민국 비밀 안보 조직 NPS의 해외 파견 팀장을 이끌고 있는 한단우, 단아의 둘째 오빠였다. 긴장감 없이 느긋하던 단우의 시선 끝 허공을 바라보는 눈빛은 형용할 수 없는 빛이 스쳐 지나갔다.

✳

몸을 숨기는 것에 신이 있다면 그건 단연 미국토부 동아시아 지주장과 CIA 한국지부장을 역임하고 있는 강석호라고 말할 수 있었다. 한 나라의 수장으로서 전 세계의 연결망을 이용하면서도 쉽게 강석호를 찾을 수 없었다. 중국 상해로 강석호가 출장을 온 것까지는 파악할 수 있었지만 쉽게 그를 만날 수는 없었다.

30년이나 지났지만 강석호는 여전했다. 사랑하는 여자를 뺏어갈 때는 그토록 일방적이더니 오랜 세월이 지나 찾아온 원호의 존재가 강석호는 불안했을지도 모른다.

그는 그런 남자였다. 겉으론 누구보다도 강하면서 속은 위험할 정도로 무른 사람. 그래서 엇나간 애정은 증오가 되었을 것이며 결국 그 엇나감은 부메랑이 되어 그의 심장을 노리고 있었다.

초조함에 원호는 손목에 찬 시계를 바라보았다. 얼마 시간이 남지 않았다. 언제 강석호가 이곳에 나타날지 알 수 없는 상황. 투숙하고 있다는 호텔 앞에서 기다리고 있는 1분 1초가 그의 숨통을 조이고 있었다.

유전자 검사 결과의 사실을 알고 난 은경의 얼굴빛이 눈앞을 아른거렸다. 그녀에게 줄 수 있는 마지막 선물. 미련스럽도록 고집스럽고 일방적이기만 한 남자, 강석호를 사랑하게 되고서도 그것을 말하지 못하는 가련한 여인.

그 순간, 밖에서 대기를 하고 있던 비서실장이 문을 열었다.

"강석호의 차가 맞는 거 같습니다."

망설이며 강석호를 기다릴 시간은 없었다. 운명의 장난에 종지부를 찍어 줄 종이를 든 원호는 거침없이 밖으로 뛰어나갔다. 대통령으로서의 자세와 격식은 이 순간 사치일 뿐이었다. 건너편에 있는 호텔의 입구로 가기 위해 차가 달리고 있는 도로를 건너며 원호는 달렸다. 그의 경호실장과 경호원들이 철저하게 그의 주변을 보호하며 급정거를 하는 자동차들을 막았다. 사방에서 시끄러운 경적 소리가 울렸다.

갑자기 튀어나온 검은 복장의 무리로 인해 강석호의 주변으로도 경호원들이 둘러서서 강석호의 발걸음이 묶였다. 그리고 운명처럼 허공에서 강석호와 박원호의 눈빛은 정확하게 마주쳤다. 삼 미터 정도의 거리에 있었음에도 삼십 년 만에 만난 그들은 서로의 얼굴을 바로 알아보았다.

갑작스러우면서도 다시는 만나고 싶지 않은 얼굴에 발걸음을 옮기려던 강석호의 뒤로 찢어질 듯한 박원호의 목소리가 울렸다.

"강류욱은 당신 아들이야!"

세상이 멈추었다. 그리고 그 가운데 혼자 서 있던 한 남자도 멈추었다. 넓은 사막과 같이 거친 모래바람이 그를 그대로 덮쳐 버렸다. 그러나 탁하고 쓰라린 바람 사이로 어느새 차갑지만 사막의 생명수와 같은 소나기가 내리기 시작했다. 그제서야 혼자서 외롭게 사막에 서 있던 남자는 온전히 숨을 쉬기 시작했다.

"강류욱. 강석호의 아들. 유전자 검사 결과 99.9% 일치."

점점 다가오는 원호의 얼굴과 함께 석호의 시야에 하얀 종이 하나가 다가오고 있었다.

＊

경호팀 임시 상황실로 쓰이는 호텔방은 세상과 단절된 분위기가 흐르고 있었다. 세련된 양복 차림을 한 대여섯의 호위사령부 소속 경호요원들이 각자의 일에 고도의 집중력을 보이고 있었다. 그 순간, 호텔의 방문이 열리며 한단호 보안과장과 그의 비서관이 엄숙한 모습으로 들어섰다.

살짝 고개를 숙이는 것으로 인사를 한 경호요원들은 다시 본인들의 일로 기계적인 시선을 돌렸다. 그 모습을 둘러본 한단호 과장은 비서관에게 손을 내밀었다.

손에 들린 시청의 세부 지도를 살피기 시작한 그가 입을 열었다.

"현재 상황은?"

"호위 요원은 저를 포함해 총 열 명입니다. 이곳 경찰이 공조하고 있고 도쿄에서 출발하는 항공기에는 호위부 대원 15명이 동승할 예정입니다."

지도를 살펴보던 단호의 미간이 불만스럽다는 듯이 일그러졌다.

"지금 이 시간부로 호위등급을 최상으로 올린다."

"알겠습니다."

"그리고."

"네, 말씀하십시오."

어두워지는 단호의 눈빛을 바라보며 비서관은 슬쩍 시선을 내렸다.

"단아와 연락이 되었나?"

담담한 말투이지만 그 안에는 상실감이 짙었다. 그 모습에 죄책감을 느끼면서도 비서관은 고개를 살짝 숙이면서 답했다.

"어제 저녁부터 연락이 되지 않으십니다."

고개를 끄덕이면서 창가로 다가간 단호는 세상과 단절시켜 놓은 커튼을 들어 올려 밖을 내다보았다. 시청 앞 광장에 있는 많은 사람들 속에서 누군가를 찾는 것처럼 그의 눈빛이 매서웠다.

어릴 적 일찍 여읜 어머니로 인해 품 안의 자식같이 곱게 키운 여동생. 그러나 아버지과 오빠들의 특색 있는 직업으로 인해 그녀를 보호하기 위해 해 주었던 교육의 결말이 이렇게 나타날 줄은 꿈에도 몰랐다. 만약 미래를 알 수 있었다면 이런 교육 따위 시키지 않았을 것이다.

'그놈이 우리 단아에게 그 정도였단 말인가.'

후회와 번민이 단호의 얼굴 위로 스쳐 지나갔지만 원망스러운 시간은 재깍재깍 흘러가고 있었다.

옥상의 대형 전광판 뒤쪽에 자리를 잡은 류욱은 검은색 배낭을 내려놓았다. 배낭에서 꺼낸 검은색 총기 부속을 꺼내 맞추며 저격총 조립을 시작했다. 긴 손가락을 움직이는 손놀림이 민첩하고 정교하다. 조립을 끝내자 그는 조준경까지 장착을 하고 자리를 잡았다.

전광판의 전구들 사이의 구멍에 총구를 올리고 시청 입구 쪽으로 조준을 맞춘다. 광장 주변의 모습과 주변을 감싸고 있는 경찰차와 많은 인파 속에 수많은 경찰들이 보인다. 그 모습들을 살피던 그는 조준경 안에 들어오는 한단호의 모습을 오래 응시한다.

한단호. 그녀의 첫째 오빠. 그 사실만으로 뻐근해지는 가슴의 둔통. 주변 사람들에게 작전을 지시하고 있는 한단호를 주의 깊게 보는데. 주위를 통솔하는 한단호의 모습이 뭔가 초조하고 급박하게 보인다. 주변을 살피며 걱정스럽게 주변을 살피는 그의 표정에 류욱의 미간도 일그러졌다.

'뭐지.'

이상하다. 이유도 알 수 없이 심장이 크게 울리기 시작한다. 그의 심장이 울린다. 작전 중 한 번도 겪어 보지 못했던 몸의 반응에 눈빛이 한층 더 깊어졌다. 깊어진 생각 끝에는 그의 침대에 잠들어 있던 단아의 모습이 눈앞을 스쳐 지나갔다.

'아니겠지.'

그녀는 그의 집에 있다. 그 사실이 다시 안도감으로 다가왔다. 살짝 고개를 숙이면서 상념을 지운 그는 다시 조준경으로 시선을 돌렸다. 작전 중 잡생각을 1초라도 했던 적이 없던 냉철한 이성은 없었다. 이제 모든 것이 바뀌었다.

피할 수 없다는 현실적 감각과 함께 그녀를 생각하는 것만으로도 뛰는 심장 소리에 그의 목울대가 울컥거린다. 짙은 눈빛, 매서운 눈썹이 치켜 올라간다. 마지막 작전. 그러니 완벽하게 클리어해야 한다.

상황을 통솔하면서도 한단호는 주변 사람들의 모습을 세밀하게 살펴 갔다. 말도 안 되는 생각이라는 자각이 있으면서도 알 수 없는 불안감에 그는 주변 건물과 스쳐 지나가는 여자들의 얼굴에 집중했다.

그 순간, 광장 앞 도로에 검정 승용차들이 줄지어 모습을 드러냈다. 그들은 시청을 향해 다가왔다. 승용차의 앞뒤로 여러 대의 경호 차량들이 주변을 에워싸며 함께 달려오는 모습을 한단호는 긴장된 얼굴로 바라보았다. 이어폰에 손을 대고 굳은 목소리로 명령을 전달했다.

"도착 1분 전. 상황 보고하라."

주변 건물에 배치된 저격수들의 음성이 들려왔다. 저격수 1부터 7까지가 '준비 완료'라 답하는 음성이 차례대로 들려왔다. 그에 따라 저격수들의 위치를 직접 눈으로 하나씩 확인하는 단호의 눈빛이 한층 더 매서워졌다.

그러던 중 한 지점에 멈춘 눈빛. 단호의 심장이 덜컹거렸다. 빌딩 옥상을 훑어보는데 유일하게 한 빌딩의 꼭대기 층 창문 하나가 열린 채 커튼이 휘날리고 있었다. 한 시간 전에 확인했을 때 빌딩의 모든 창문을 닫았었는데 유독 한 곳만 열려 있는 것을 바라본 그의 턱이 굳어졌다. 속도를 서서히 줄이며 시청 입구로 다가오는 승용차를 휙 돌아보았다.

"제기랄."

단호는 휙 몸을 돌려 빌딩을 향해 뛰기 시작했다. 시간이 부족하다. 손에 들린 무전기로 급히 빌딩 주변 요원들에게 지시를 내렸다.

그 순간, 시청으로 다가오던 승용차는 완전히 멈추었다. 일본 전 총리가 내려설 위치로 일본 호위부 요원들과 경호원들이 민첩하게 에워쌌지만 아직 승용차의 문은 열리지 않고 있다. 그 모습을 조준경 속에서 들여다보고 있는 류욱.

잠깐의 시간이 흐른 뒤 승용차의 문이 열리고 차 안의 경호요원들이 먼저 내렸다. 그 뒤로 일본 전 총리의 뒷모습이 보였다. 경호요원들이 철저하게 그의 곁에서 경호를 한다.

류욱의 조준경 안으로 그 뒷모습이 들어왔다. 차에서 내린 그의 모습은 경호요원들과 인파 속에서 보였다가 금세 사라지고 또다시 나타나기를 반복했다. 류욱의 눈썹이 일그러졌다. 숨을 고르고 다시 조준경을 들여다보았다. 보인다…… 잡았다!

차가운 방아쇠에 걸린 손가락에 힘이 들어가고 발사를 위해 심

장을 멈춘다. 그 순간,

탕!

한 발의 총성이 울리면서 일본 전 총리가 어깨를 부여잡으며 쓰러졌다. 순식간에 주변 경호원들이 일본 전 총리에게 달려들면서 시청 주변은 아수라장이 됐다.

숨을 멈춘 류욱은 자신의 저격총을 바라보지만 자신은 쏘지 않았다는 사실만 확인하고 다시 아래를 내려다봤다. 작전 실패. 목표물의 저격은 다른 누군가에 의해 성공하였다. 어깨를 맞아 생명에는 거의 지장이 없겠지만 더 이상 작전을 수행할 수 없었다.

도대체 누구지? 의문의 저격수에 대한 판단을 하지 못한 채 본능적으로 모자를 깊게 눌러쓴 그는 총을 정리하고 그곳을 벗어나기 시작했다. 불안감으로 뛰기 시작한 심장의 박동이 점점 커졌다.

어깨를 부여잡고 쓰러진 일본 전 총리를 확인하자 커튼 사이로 손을 뻗어 열어 놓았던 창문을 닫은 여자는 사용했던 총을 가방에 넣어 구석에 밀어 두고 방을 벗어나기 시작했다.

이미 이 빌딩으로 들어오던 한단호의 모습을 보았기에 시간이 없었다. 그에게 걸리는 것은 상관이 없었지만 국정원 요원들이나 일본 쪽 조직에 강류욱이 잡히기 전에 자신이 먼저 그들에게 잡혀야만 했다. 만약 강류욱이 먼저 잡혀 그가 모든 짐을 덮어쓴다면 여기까지 온 게 모두 헛수고가 될 테니까.

하지만 아직 그녀는 약한가 보다. 강하게 마음먹었건만 마음과 달리 손가락이 떨리기 시작했다. 처음으로 사람을 향해 쏜 한 방이 그녀의 목을 죄어 왔다.

검은 모자를 깊게 눌러쓴 그녀는 올라올 때 봐 두었던 비상 통로로 향했다. 복도 끝에서 발소리가 들렸다. 재빨리 벽에 몸을 밀착시킨 그녀는 복도 중간에 튀어나온 기둥에 자신의 모습이 가려지도록 움직여 비상계단 입구에 다다랐다. 문을 열고 들어가려는 순간이었다.

"멈춰!"

단호의 목소리가 복도를 울렸다. 역시나 완벽하게 속이기에 그녀의 실력이 부족했던 것이다. 시간이 없다. 그녀는 재빨리 계단을 내려가기 시작했다. 다행히 따라잡히기 전에 건물을 빠져나올 수 있었던 그녀는 주변을 살피며 건물과 건물 사이를 벗어났다. 류욱이 있었을 빌딩 위를 바라본 그녀는 다시 빠르게 뛰기 시작했다. 숨이 턱까지 차올랐지만 여기에서 멈출 수는 없었다. 자신이 조금만 늦더라도 모든 것이 헛수고가 될 수 있었다. 마지막 목표가 되고 있는 류욱을 대신해야 할 희생양은 그녀이니까.

점차 차가워지는 심장에 그녀의 눈물도 메말라 갔다. 이제는 그녀를 죽여야만 하는 시간이 다가오고 있을 테니까. 모자 아래로 보이는 가느다란 턱 선은 굳어지고 그녀의 얼굴 위로는 어떠한 감정도 비쳐지지 않았다. 마치 잘 훈련된 정예 요원과 같이.

요란하게 울리는 사이렌 소리와 시끄러운 소음들이 멀어지면서 그녀의 발걸음도 빨라졌다. 건물 사이로 난 공사장의 커다란 창고 같은 곳으로 몸을 숨겼다.

"흡."

뒤에서 튀어나온 큰 손이 그녀의 입을 막았다. 거칠게 두 손을 등 뒤로 잡아챈 사람은 차가운 손이 그녀를 압박해 버렸다. 머릿속이 하얗게 변해 버렸다. 정신을 차리기 위해 어금니를 물었다.

"누구냐."

단단하게 얼어 있던 얼음이 한마디 목소리에 깨져 버렸다. 그의 목소리. 가슴속 가득이 담겨 있는 그의 목소리.

그러나 그가 그녀를 알아차리게 둘 시간이 없었다. 어서 여기서 벗어나야만 한다. 무슨 수를 쓰더라도. 어두운 공간 속에서도 여자라는 것을 알아챘는지 손을 옥죄는 힘이 약간 약해진 순간. 그녀는 팔꿈치로 탄탄한 남자의 배를 있는 힘껏 가격해 버렸다.

"윽!"

갑작스러운 명치 공격에 남자는 배를 잡으며 살짝 비틀거렸다. 그사이 빠져나오던 여자의 발목을 순식간에 잡아채 버렸다.

털썩.

민첩하고 깔끔한 힘의 조절과 민첩함을 가진 남자의 실력에 여자의 이마로 식은땀이 흘러내렸다. 둔탁한 소리와 함께 쓰러진 여자는 곁에 있던 나무 막대를 그대로 던져 버렸다.

공사장으로 쓰이는 곳은 흙과 나무판자가 널브러져 있었다. 창문이 없어 작은 빛조차 들어오지 않는 어두운 공간 속에서 그나마 보이는 것이 그것이 전부였다.

막대를 맞은 그가 조금 더 멀어진 사이 여자는 민첩하게 일어나 달리기 시작했다. 그러나 어두운 시야 덕분에 쌓아 놓은 나무판자에 걸려 넘어졌다.

제길. 작은 몸부림에도 벌써 온몸이 악을 쓰고 있었다. 빨리 일어나려고 몸을 일으키는데 우악스러운 손길이 그녀의 머리를 쥐면서 끌어당겼다.

"악."

예상했던 건데도 왜 이렇게 마음이 아픈 것인지. 어둠 속에서 눈을 감는 하얀 볼 위로 처연한 눈물이 떨어져 내렸다. 목덜미에 닿은 날카로운 칼끝이 위협을 주듯 목을 서슴없이 파고들어 왔다.

"누군지 말해."

목덜미로 흐르는 비릿한 향기가 그녀의 코끝을 맴돌았다. 그녀는 대답을 할 수 없었다. 어쩌면 눈앞에 있는 것조차 파악할 수 없는 곳에서 그가 그녀를 알아주기를 바라는 것인지도 모른다. 너무나도 이기적인 마음이라는 것을 알면서도 그녀는 눈물을 흘릴 수밖에 없었다.

'흑.'

역시 킬러 잭으로 유명한 그에게 자비란 없었다. 아무런 움직임을 보이지 않았음에도 그는 단도를 쥐고 있는 손에 힘을 가했다.

끔찍한 고통과 함께 얇은 옷자락 사이로 흐르는 뜨거운 피의 향기가 진해지고 있었다.

"말하라고."

머리카락이 확 당겨지면서 그의 숨결이 더욱 가까워졌다.

"으윽."

신음조차 참으려고 했지만 그의 악력이 대단했다. 무언가 수상한 기운을 느꼈는지 잠시 멀어졌던 그가 그녀를 거칠게 돌려세웠다. 두 팔 안에 감기는 어깨의 느낌과 실루엣.

남자의 직감이 빠르게 반응했다. 그의 손이 덥석 여자의 얼굴을 잡아 버렸다. 손안에서 느껴지는 얼굴선과 보드라운 볼의 느낌, 비릿한 혈향 사이로 맴도는 그녀의 체향을 깊숙이 느낀 그의 이마로 힘줄이 불거졌다.

"너……."

거칠지만 떨리는 목소리. 그 목소리가 듣기 싫어 여자는 거칠게 남자의 손을 쳐 냈다.

찰칵. 차가운 금속성의 소음이 그들을 감쌌다. 차가운 전율이 이는 심장을 움켜쥐고 그녀는 그의 심장에 정확하게 총구를 들이댔다.

"단아야."

어둠 속에서 마치 보이기라도 하듯이 남자는 자신의 심장에 닿은 작은 권총을 바라보았다. 정확하게 닿아 있는 명확한 조준. 그리고 권총을 붙잡고 있는 작은 손은 그가 아는 손이 맞으리라. 그의 눈빛이 어둠에 가린 그녀를 내려다보며 처연하게 가라앉아 갔다.

피식. 그의 입가로 자조적인 미소가 떠올랐다. 항상 기다렸던 순간. 블랙요원이라는 길을 선택하면서 그 끝에 놓여 있던 순간이 다가와 있었다. 고통도 없이 사라지리라. 그리고 그녀의 손이라면 더더욱 기꺼이.

바로 공격을 해야 맞는 상황임에도 그는 온몸에 힘을 빼 버렸다. 자신의 명치를 공격하고 도망치려던 여자임에도 그녀에게 그가 할 수 있는 것은 아무것도 없었다. 설사, 그녀가 그를 죽이기 위해 온 블랙요원이더라도 달라질 것은 없었다. 미련스러울 정도로.

"죽여."

차갑지만 덤덤한 목소리가 섬뜩하도록 어두운 창고 안을 울렸다.

"……."

"날 죽일 수 있는 순간은 지금뿐일 테니까. 너에게는 기꺼이 이 한 목숨 바치지."

구역질이 올라온다. 식도를 타고 뜨겁게 올라오는 것은 역겨움이 었다. 그럼에도 그녀는 이를 악물었다. 그리고 울음이 섞였으면서 도 차가운 목소리로 그를 밀어냈다.

"닥쳐."

"……."

"지금 이 순간에 할 말은 아닐 텐데?"

시간은 그 순간에도 흐르고 있었다. 밖이 점점 시끄러워지고 있 었다. 남자의 심장을 정확히 조준하고 있던 여자는 망설임 없이 걸 어가 창고의 문을 벌컥 열어 버렸다. 뜨거운 햇살이 그녀의 전신을 눈부시게 밝혀 주었다.

"한단아."

쥐어짜듯이 그는 힘들게 그녀를 불렀다. 그에게 다가오라는 듯이 그는 그녀를 향해 손을 내밀었다.

"다가오지 마."

그러나 그녀는 점점 더 멀어졌다. 그 모습을 류욱은 간절한 눈빛 으로 바라보았다. 그 눈빛이 싫었다. 그 눈빛을 외면해야 하는 그 녀는 더 모질어져야만 했다. 한 발자국씩 뒤로 갈수록 그는 그녀에 게 다가왔다.

한 손에 쥐고 있던 권총을 다시 그에게 겨누었다.

"내가 못 쏠 거라 생각해?"

일그러지는 눈빛 속에 분명한 상처가 보였다. 그 모습을 보면서 도 그녀는 무너지지 않았다. 멀리서 달려오는 발걸음 소리가 어느새 가까워졌다. 날카롭게 외치는 남자의 목소리가 울렸다.

"제발 총 내려!"

열 명 가까이 되는 요원들이 창고 입구로 달려와 그들을 향해 총구를 겨누었다. 이제 시간이 되었구나. 온전한 햇볕 아래 선 여자는 남자를 향해 총구를 겨누고 있었다.

류욱은 거침없이 그녀에게 다가왔다.

"멈춰!"

떨리는 작은 총구로 손을 뻗은 그는 두 손으로 총을 들고서도 떨리고 있는 그녀의 손을 맞잡아 주듯이 자신을 향한 총구를 쥐었다. 그리고 직접 자신의 심장으로 가져다 댔다. 핏발이 선 눈은 여전히 자신을 향해 총을 들고 있는 여자의 눈을 바라보고 있었다.

"쏴. 너라면 기꺼이 맞아 줄 테니까."

마지막 선언과 같이 갈라진 목소리. 처참하게 갈라진 류욱의 목소리가 마지막을 말했다. 그리고 몇 초 후.

탕!

시간이 멈춰진 공간 사이로 이질적인 한 발의 총성이 울리고, 눈을 감고 있던 류욱의 눈이 번쩍 떠졌다.

세상이 빙글 돌아간다. 그를 감싸고 있는 푸른 하늘은 청명해서 구름 한 점 보이지 않는다. 그의 마지막을 축하해 주듯이 얼굴 위로 붉은 꽃잎들이 그를 감싸며 흩날린다. 코끝에서 흩어지는 비릿한 혈향과 그의 온 마음을 차지한 체향을 한가득 마시며 그의 숨은 서서히 잦아들었다.

그의 품 안에서 온전히 붉은 꽃이 되어 버린 작은 몸을 안고서 그는 구름 한 점 없는 하늘을 맥없이 바라보았다. 그의 심장을 온전히 쥐고 있던 붉은 꽃을 안고 있음에도 그의 심장은 점차 멈추어 갔다.

붉은 핏발이 선 눈가로 그의 마음과 같이 투명한 눈물 한 방울이 흘러내려 척박한 아스팔트 위로 떨어져 내렸다.

'다음 생에서라도 한 번만 더 뒤돌아봐 줄 수 있겠니, 단아야?'

한 번이라도 더 부르고 싶었던 여자의 이름을 한 남자는 세상이 붉게 변한 이후에서야 부를 수 있었다.

8장.
평범함의 위대함

알코올 향이 진동하는 병원의 한 휴게실에 정적이 감돌았다. 그 정적을 깬 것은 얼굴이 붉으락푸르락해진 단우의 목소리였다.

"이 사태를 어떻게 하시겠습니까! 왜 이렇게까지 상황을 만드신 거란 말입니까! 제가 죽은 사람이 되어 중국에 파견되어 나가는 것으로 부족하셨던 겁니까?"

흥분을 감추지 못하는 단우가 소리쳤다.

"이제는 저로도 부족하셔서 희생양을 단아로 하신 겁니까? 도대체 무슨 명분을 위해서입니까?"

"비밀작전이었다."

힘없는 목소리. 평소의 기백이 무색하게 한 회장의 얼굴빛도 어두웠다.

"그만해. 아버지께서도 예상하지 못했던 돌발 상황이야."

단호가 단우를 말렸다.

"두 사람 사이를 몰랐다고 거짓말하지 마."

단호가 단우의 시선을 피했다.

"항상 웃고 다니는 것 같지만 한번 마음 주면 모든 것을 쏟아붓는 아이입니다. 그런 아이를 저렇게 위험한 사람 옆에 두셨다는 것은 단아를 버리셨다는 말씀 아닙니까!"

"그만해라."

근엄한 목소리의 한 회장이 단우의 흥분을 잠재웠다.

"단아 일곱 살 때를 기억하느냐?"

단호와 단우의 표정이 일제히 굳어졌다.

"단아가 납치를 당했었지."

그때를 회상하듯 한 회장의 얼굴 위로 서글픈 빛이 스쳐 지나갔다. 어느새 그도 딸을 가진 평범한 아버지의 얼굴로 돌아와 있었다.

"단아가 납치를 당하자 모든 것이 무너지는 느낌이었다. 앞으로 우리가 아무리 철저하게 단아를 보호한다고 해도 부족할 것이라는 생각이 들었다. 그래서 생각해 낸 것이 바로……."

한 회장이 말을 끊고 테이블에 놓인 물 한 잔을 들어 한 모금을 마셨다. 갈증이 나던 속이 조금은 후련해지는 기분이 들자 그는 자신의 앞에 앉은 단호와 단우의 눈을 한 번씩 바라보았다.

"강류욱을 이용하는 것이었다."

"아버지!"

"지금…… 뭐라고 하신 겁니까?"

단호와 단우의 반응을 예상했다는 듯이 한 회장은 무덤덤하게 입을 열었다.

"내가 강류욱을 처음 만난 것이 강류욱이 14살 때였다. 갓 중학교에 입학한 아이였지만 뒷골목 양아치들에게 괴롭힘을 당하는 여학생을 구해 주는 모습을 보았다. 그런데 어른들을 상대하는 아이의 무술 실력이 범상치가 않았다. 그때부터 강류욱을 주시했지. 어린 나이지만 사람과 같지 않더구나. 그 속엔 아버지라고 알려진 강석호에 대한 강한 증오가 있었어. 그래서 난 오히려 그 아이의 상황을 이용했다."

"이용이라면, 강류욱이 우리 쪽 사람이라는 말씀이십니까?"

"강류욱과 강석호의 유전자의 검사 결과 두 사람은 부자 사이가 맞았다. 하지만 강석호는 아내와의 오해 속에서 강류욱이 친아들인지 모르고 살아가고 있었지. 그가 유전자 검사를 의뢰할 때마다 우리 쪽에서 서류를 조작했기 때문에 지금까지도 강석호는 강류욱이 자기 아들인지 모르고 있다."

"어떻게 그런 일을 하실 수 있으세요!"

"단아를 지키고 싶은 아비의 이기심이었다. 그래서 강류욱을 이용하기 위해 제안했지. 내 딸 한단아를 보호해 주면 강석호를 죽여 주겠다고."

"강류욱이 뭐라고 하던가요?"

단호가 물었다.

"강석호를 살려 달라고 하더구나."

단호와 단우가 경악스러운 표정으로 한 회장을 바라보았다.

"그게 무슨 말씀이십니까? 강석호를 살려 달라니요."

"그때 이미 강류욱은 강석호가 자신의 친아버지가 사실을 알고 있었던 거 같다."

세 사람 사이에 잠깐의 정적이 감돌았다.

"그 어린 나이에 이미 인생을 통달한 느낌이었다. 미래를 예상하고 자신이 어떤 역할을 해야 할지 이미 알고 있었다. 강류욱은 이미 미래에 강석호가 자신이 그의 아들이라는 것을 알고 나면 버티지 못할 것이라고 예상을 했었다. 그래서 내 제안을 받아들여 우리의 스파이로 그곳의 요원이 되었지. 지독하도록 똑똑하지만 감정을 가지고 있는 놈이었어. 그 감정을 숨기고 버리려고 무던한 노력을 하였을 게다."

"그래서 그 노력을 가상하게 생각하셔서 단아를 오히려 위험하게 빠뜨리신 겁니까?"

"단우야!"

단호가 소리쳤다. 하지만 한 회장은 변함없는 목소리로 일갈했다.

"이건 단아가 선택한 일이다."

고개를 든 한 회장은 물었다.

"단아와 강류욱이 무슨 인연이라고 생각하느냐?"

단호와 단우는 아무 말을 할 수 없었다.

"두 사람은 자신이 담은 마음에 소신을 가지고 있다는 공통점을 가지고 있다. 그래서 어떠한 상황에 닥치더라도 그 마음을 버리지 않지."

"아버지."

단호가 의미심장하게 한 회장을 불렀다.

"그럼 저희가 강류욱을 받아들여야 하는 것입니까?"

"강류욱도 평범한 인간이지. 하지만 우리는 우리의 사리사욕을 위해 대의명분을 내세워 그를 앞세웠고 이용했다. 요원으로서 강류욱이라면 우리 단아를 평생 지켜 낼 수 있을 것이며 인간으로서 강류욱은 진심이 느껴지는구나. 우리도 단아를 지키기 위해 그를 이용했으니 두 사람이 저렇게 된 것은 계산 밖일지라도 두 사람을 반대할 수는 없을 거 같다."

"단아가 저렇게 누워 있는데도 말씀이십니까?"

마지막으로 단우가 물었다. 여전히 불만이 가득한 표정으로.

"지금 단아의 병실 앞으로 가 보거라. 그러면 생각이 바뀔 것이다."

한 회장은 한마디로 이 상황을 모두 정리해 버리고 두 눈을 감았다. 참으로 피곤하고 다사다난한 하루가 지나가고 있었다.

단아의 병실 212호실로 향하던 단호의 발걸음이 멈추었다. 병실 문 앞에서 강석호가 강류욱의 뒷모습을 바라보고 있었다. 그 강인해 보이던 강석호는 이미 없었다. 그저 한없이 아들의 뒷모습을 바라보는 아버지의 모습만이 있었다.

그리고 강류욱. 하얀 병실 문 앞에 우뚝 서 있는 그는 미동조차 없었다. 까칠해진 얼굴빛과 거뭇거뭇 올라온 턱수염이 그의 상태를 말해 주고 있었다.

단아를 바라보는 류욱의 눈빛을 바라보며 단호는 느꼈다. 순수한 감정. 그리고 진실함의 위대함. 그것이 그의 마음을 울렸다. 이 정도로 단아를 사랑해 줄 수 있는 남자라면 보낼 수도 있겠다는 생각이 들었다. 단호가 류욱의 곁으로 다가갔다.

"강류욱."

"……."

그는 여전히 미동이 없었다.

"단아는……."

그제서야 류욱의 시선이 단호를 바라보았다.

"곧 깨어날 거다. 가서 좀 씻고 밥도 먹어야지."

"괜찮습니다. 여기에 있겠습니다."

탁한 목소리로 대답한 류욱은 다시 병실로 시선을 돌렸다.

"그럼 안에 들어가서 단아 옆에 있어."

다시 류욱의 시선이 단호를 바라보았다.

"그래도…… 되는 겁니까?"

검푸른 눈동자 위로 차오르는 투명한 눈물이 보였다.

"죄책감 느끼는 거야? 그럼 앞으로 단아에게 더 잘해 줘."

"명심……하겠습니다."

류욱이 조심스럽게 병실의 손잡이를 붙잡자 단호가 한 번 더 그를 불렀다.

"강류욱."

"네. 말씀하십시오."

"단아는 부드러운 남자를 좋아해."

놀라는 류욱의 시선을 받으며 단호는 뒤돌아 입술을 늘렸다. 부드러워진 강류욱이라. 그것도 볼만한 모습일 거라고 그는 생각했다.

병동 밖으로 나온 단호는 푸른 하늘을 올려다보았다.

다행히 어깨 쪽으로 총탄이 날아와 큰 부상은 아니었다. 단아는 곧 깨어날 것이다. 한 남자를 구하고자 했던 단독 행동. 사랑하는 남자인 류욱을 구하고자 그녀는 직접 자신의 몸으로 류욱에게 향했던 총알을 대신 맞았다. 그 때의 단아의 모습을 생각하니 그 순간에는 정신이 나갈 만큼 아찔했지만 지금 와서 생각해 보면 단아다운 행동이었다는 생각이 들었다.

사랑하는 남자를 구하기 위한 여자의 용기. 역시 그의 여동생다웠다. 하늘을 올려다본 단호가 한곳에 초점을 맞췄다. 저곳이다.

"어머니. 제가 단아를 잘 키운 게 맞나요? 그곳에서 단아 지켜 주신 거 맞죠? 곧 있으면 단아가 한 남자의 아내가 될 거 같습니다. 강류욱, 그놈 마음에 드세요?"

고개를 끄덕거리는 어머니의 모습이 보이는 것 같았다. 단호의 얼굴에도 밝은 미소가 맺혔다.

눈이 부시도록 화사한 햇살이 들어오는 창가의 맞은편 그늘에 선 류욱은 한곳을 멍하니 응시했다. 언제쯤이면 깨어날까, 그리고 자신을 용서해 주기는 할까, 하는 번민이 그의 머릿속을 어지럽게 만들었다.

햇살 속에 있는 단아는 천사같이 보였다. 저렇게 하얀 옷을 입고서 이대로 영영 눈을 뜨지 않는 건 아닐까.

손바닥 안에 흥건히 맺힌 식은땀이 그의 상태를 말해 주었다. 그 순간, 부스럭거리는 소리가 그의 신경을 날카롭게 만들었다. 예민하게 청각이 반응했다. 빠르게 침대로 달려갔지만 단아에게 가까이 다가가지는 못했다.

"음……."

살짝 미간을 좁힌 단아가 부스스 눈을 떴다. 뿌옇게 흐려진 초점

사이로 한 남자의 모습이 보였다. 그리고 그녀가 웃었다.

"괜……찮……은 거죠?"

그런 그녀를 보면서 류욱은 아무런 말도 하지 못했다. 그렇게 그들은 다시 서로의 얼굴을 마주 볼 수 있게 되었다.

＊

아침부터 집안이 들썩였다. 단아가 화장실과 자신의 방을 넘나들며 요란스럽게 준비를 했기 때문이다.

"진짜 꼴 보기 싫다."

단우가 툭 튀어나온 입으로 투덜거렸다.

"놔둬. 단아 저러는 모습 처음 보잖아. 얼마나 좋으면 그러겠어."

"그놈이 뭐가 좋다고."

"너 지금 벌써부터 매제 질투하냐?"

"질투? 질투 좋아하시네."

단우가 퉁명스럽게 답했다. 그 모습을 보면서 단호는 느긋하게 팔짱을 끼었다.

오늘은 병원에서 퇴원을 한 이후 처음으로 단아와 류욱이 공식적인 데이트를 하게 된 날이었다. 병원에서 단아가 깨어난 이후 류욱은 그녀의 병간호를 도맡았다. 어느 누가 도와주려고 해도 류욱은 묵묵히 거절했다. 그 모습을 본 단호는 한 번 더 한 회장의 혜안에 탄복했다.

현실적 제약으로 인해 감정적 교류가 힘들었을 테지만 두 사람은 누가 보더라도 오래된 연인 같았다. 그리고 무엇보다도 오빠의 눈으로 보았을 때 단아는 참으로 행복해 보였다. 지금과 같이.

"오빠. 나 어때? 이 옷이 예뻐? 아님 이 옷이 예뻐?"

단아가 남색 원피스와 하얀색 원피스를 비교하며 단호의 앞에서 고민하기 시작했다. 그 모습을 본 단우는 불퉁하게 대꾸했다.

"둘 다 안 예뻐."

"작은오빠! 진짜 이러기야!"

"난 그놈 마음에 안 든다."

"오빠!"

"단우야!"

단호와 단아가 모두 단우를 째려보았다. 두 사람이 한꺼번에 공격하자 단우의 입이 더욱 튀어나왔다.

"진짜 왜 나한테만 이러는데! 그래, 터놓고 말해 보자! 단아 너는 생사의 위기에서 살아 돌아온 이 오빠는 보이지도 않고 그놈만 눈에 보이냐!"

어린아이같이 생떼를 쓰는 단우의 모습을 보면서 단호와 단아는 입을 벌린 채 서로를 바라볼 수밖에 없었다. 중국으로 건너가기 전과 하나도 달라진 것이 없었다. 강류욱의 앞날이 밝지 않을 거 같은 예감에 단아의 표정이 굳어졌다.

모든 준비를 마친 단아가 창가를 서성거렸다. 올 때가 되었는데, 하면서 손목시계를 살피고 있는데 약속한 두 시에 시곗바늘이 도착하자마자 테이블에 올려놓은 휴대전화가 울리기 시작했다. 대단하다는 생각에 단아의 입가에 미소가 맺혔다.

창가로 다가가 휘날리고 있는 커튼을 살짝 들어 올려 보니 집 앞

에 그가 있었다. 검은색 자동차에 기대선 그가 초조한 듯 단아의
방 쪽을 주시하고 있었다. 그 모습에 단아의 입가에 맺힌 미소가
진해졌다.

서둘러 가방을 들고 뛰어나가는 단아의 모습을 본 단우가 한마
디 거들었다.

"저놈 열심히 키워 놨더니 엉뚱한 놈한테 **뺏겼네.**"

"훗."

옆에서 신문을 보던 단호는 말없이 웃었다.

"오빠들. 나 다녀올게요!"

"나가서 들어오지 마!"

단아는 대답할 겨를도 없이 현관문을 나섰다. 밖으로 나온 단아
가 서둘러 류욱과 단아의 사이에 장애물처럼 우뚝 서 있는 육중한
대문을 힘차게 열었다. 이제 그들 사이에 있는 장애물은 없을 것이
다. 또 다른 장애물을 넘어서 바라본 그곳에 강류욱, 그 남자가 그
녀를 바라보며 서 있었다.

시간은 빠르게 흘러 벌써 병원에서 퇴원한 지 삼 개월이 되었다. 그리고 단아와 류욱이 본격적으로 연인 사이가 된 기간도 삼 개월이 지난 것이다. 그사이 달라진 것이라면 류욱이 더 이상 단아에게 화를 내지 않는다는 정도로 크게 달라진 것은 없었다. 하지만 분명하게 달라진 것은 자꾸만 울리는 문자 벨 소리였다.

띠링.

[뭐 해?]

단순한 질문. 류욱은 절제된 생활을 해 왔던 덕분에 사람들과의 소통이 많이 부족했고 이제는 단아를 만나면서 새롭게 해 나가는 것이 많았다. 그것 중 대표적인 것이 바로 단아와의 연락이었다. 무뚝뚝한 성격답게 필요한 연락만 할 줄 알았지만 류욱은 정반대였다. 이제는 근무시간에 먼저 연락하는 사람이 바로 단아가 아닌 강류욱 중대장이었다.

[이렇게 근무시간에 연락하시면 곤란합니다.]

딱딱한 문자에 한참이 지나서야 답장이 다시 왔다.

[퇴근 후에 뭐 하나?]

피식. 단아의 입가에 웃음이 맺혔다.

[바쁩니다.]

여자는 한 번은 튕겨 줘야 한다는데 문자를 보내고서 한참 동안 연락이 없자 단아의 시선이 핸드폰에 머물렀다. 띠링. 반가운 소리에 문자를 확인한 단아의 고개가 갸웃거렸다.

[지금 연병장으로 집합하도록.]

서둘러 일어나 베레모를 착용한 단아는 사무실을 나와 연병장으로 향했다. 갑자기 연병장으로는 왜 부르나 하고 생각한 그 순간, 연병장에 빼곡하게 정렬해 있는 훈련병들의 모습에 단아는 어안이 벙벙해지고 말았다.

"이게 무슨 일이지?"

심각하게 다가오는 상황에 서둘러 뛰어나가려는 그 순간.

"한 소위님."

양옆에서 혜민과 호철이 다가왔다.

"지금 무슨 일입니까?"

큰 눈이 더 커진 단아를 바라보며 혜민의 호철의 시선이 마주쳤다.

"그분께서 기다리고 계십니다."

대답과 함께 혜민과 호철이 양옆에서 단아를 이끌기 시작했다. 이상한 기분에 그들을 따라서 단상으로 다가가는데 멀리서 우뚝 선 한 남자의 뒷모습. 군대와는 어울리지 않는 검은 슈트를 입은 모습에 어느새 단아의 눈가에도 눈물이 글썽이기 시작했다.

"지금 뭐 하시는 겁니까?"

단아의 질문에 혜민과 호철은 말없이 미소를 지었으며 단상에서 있던 남자가 그녀를 향해 돌아서서 그녀를 바라보게 되었다. 높은 단상 위 밝은 햇살을 등지고 있는 그 남자는 강류욱이었다.

이곳에 많은 사람들이 있다는 것이 믿기지 않을 정도로 정적이 감돌았다. 그리고 강류욱은 한 여자를 향해서 한쪽 무릎을 꿇고서 정중하게 반지 케이스를 내밀었다.

"저와 결혼해 주십시오."

떨리는 목소리와 진지한 눈빛을 바라보며 더 이상 단아는 말을 할 수 없었다. 후두둑 떨어지는 눈물과 함께 우레와 같은 함성 소리가 울려 퍼졌다.

"받아 줘! 받아 줘!"

훈련병들의 우렁찬 목소리를 들으며 단아는 그를 향해 다가갔다. 그녀가 그의 곁에 서서 말없이 왼손을 내밀자 류욱이 일어났다. 그녀의 키를 훌쩍 넘길 만큼 큰 그가 떨리는 손으로 반지 케이스에서 반지를 꺼냈다. 그녀가 보기에도 떨고 있는 모습에 그녀는 말없이 그를 바라보며 살짝 미소 지었다. 그 미소를 본 류욱도 얼굴의 긴장을 풀고 단아의 작은 손을 잡고 조심스럽게 반지를 끼워 주었다.

영원한 사랑을 맹세하는 다이아몬드 반지.

"저와 결혼해 주시겠습니까?"

한 남자가 한 여자에게 물었다.

"네."

한 여자가 한 남자에게 대답했다. 그리고 부드럽게 안아 주는 남자의 품에서 단아는 진정한 여자가 되었다. 우레와 같은 박수 소리와 휘파람 등 여러 가지의 소음 속에서도 류욱은 쉽게 단아를 놓아 주지 않았다.

이 사람의 품속이라면 언제든지 안길 수 있을 것이다. 이 사람이 그녀의 운명이니까. 그리고 이 사람이 그의 운명이니까 둘은 영원히 함께할 것이다.

＊

따사로운 햇살이 들어오는 아침의 기운에 슬며시 눈을 뜬 단아는 옆으로 고개를 기울였다. 반듯한 이마에 짙은 눈썹이 가장 먼저 눈에 들어왔다. 내 남자.

단아는 손가락으로 조심스럽게 날카로운 눈매를 가리고 있는 류욱의 앞머리를 쓰다듬었다. 이렇게 잠든 그의 모습은 여러 번 봐도 그녀를 설레게 만들기에 충분했다. 두근. 심장이 다시 뛴다. 언제쯤이면 이 심장이 뛰지 않을까.

그녀가 병상에서 일어난 이후 그들의 결혼식은 순식간에 이루어졌다. 한 회장의 딸에 대한 걱정으로 인해 류욱을 단아의 남편으로 하루 빨리 받아들이고 싶어 했던 이유도 있었지만 묵묵히 모든 일을 순식간에 이루어 낸 류욱의 뛰어난 능력 덕분이기도 했다.

단아는 모든 것을 그에게 맡겼다. 이 사람이라면. 그리고 이 사람을 행복하게 해 주고 싶었으니까.

자신의 옆에서만 깊게 잠들 수 있는 남자를 바라보던 단아는 조심스럽게 침상에서 일어났다. 작은 인기척에도 민감하게 반응하는 그의 성향을 알기에 침상을 벗어나는 일도 쉽지 않았다.

"휴우."

어렵게 방을 벗어나 문을 닫은 단아가 한숨을 쉬었다. 피식. 하지만 그녀의 입가에는 작은 미소가 맴돌고 있었다. 서둘러 부엌으로 들어가 앞치마를 허리에 둘렀다.

평범한 하루의 시작. 프라이팬에 기름을 두르고 가스레인지를 켠 단아는 아침 식사를 준비하기 시작했다. 그의 입에 들어갈 음식들을 생각하는 것만으로도 마음이 따뜻해지고 있었다. 모든 음식이 준비된 식탁을 자랑스럽게 바라보던 단아가 화들짝 놀랐다.

"어머나!"

"으음."

허스키한 남자의 목 울림. 얼굴이 붉어진 단아는 자신의 허리를 두른 류욱의 두 손을 소리 나게 때렸다.

"뭐예요! 놀랐잖아요."

퉁명스러운 투정과는 다르게 표정에 담긴 행복한 미소는 숨길 수가 없었다.

"으음."

류욱이 잠투정을 하듯이 단아의 목덜미에 얼굴을 묻었다. 점점 더 단아의 얼굴이 붉어지고 있었다.

"일어났으면 얼른 씻어야죠. 이 손 좀 풀어 줘요."

허리에 둘러진 손을 풀려고 노력해도 힘이 보통이 아니었다.

"류욱…… 읍!"

낑낑대면서 류욱의 품 안에서 벗어나려던 단아는 어느새 자신을 돌려 깊게 입맞춤 해 오는 류욱으로 인해 정신이 혼미해지고 있었다. 큰 키로 인해 품 안에 그녀를 온전히 안아 버린 그가 깊게 입맞춤해 왔다. 짙은 그의 체향이 그녀를 감싸고 아침 식탁 위로 쓰러진 단아 위로 류욱이 그녀를 온전히 차지해 갔다.

"으읍."

숨이 막힐 즈음 단아가 버둥거리자 류욱이 조심스럽게 입술을 떼어 냈다. 하지만 여전히 가까운 거리에서 그녀를 지그시 바라보고 있었다.

"흐읍. 놀······놀랐잖아요."

"······."

"제발······!"

단아의 미간이 일그러졌다. 두 볼이 붉어진 얼굴을 류욱이 조심스럽게 쓸어내렸기 때문이다.

"말, 말로 좀 하고 하면 안 돼요?"

심장이 떨려서 죽겠다. 결혼을 했음에도 말로 표현하기보다는 항상 행동으로 먼저 보여 주는 그가 싫지는 않으면서도 문제는 너무 심하게 반응하는 심장이 문제라면 문제였다. 이러다 심장병으로 죽을 수는 없으니까.

"음. 왜?"

잠에서 깬 지 얼마 안 된 그의 목소리는 더욱 그윽했다. 전율이 이는 듯한 느낌에 단아가 잘게 몸을 떨었다. 포개어진 몸으로 인해 단아의 변화를 바로 알아챈 류욱의 미간이 깊어졌다.

"어디 아파?"

순식간에 심각해지는 분위기. 깊어지는 눈빛을 바라보면서 단아는 조용히 한숨을 쉬었다. 이게 다 누구 때문인데.

"아니에요. 그러니까 제발 일어나 줘요. 너무 무거워요."

"조금만 더 이러고 있으면 안 되나?"

내 심장이 안 된다구요! 라고 외칠 수는 없는데. 울상이 된 단아가 아무 말 없이 류욱을 원망스럽게 올려 보았다.

"아침 식사 하셔야 돼요."

"이렇게 힘들게 준비하지 않아도 된다니까."

단호하게 단아가 말하자 류욱이 긴 몸을 일으키고 어느새 흐트러진 단아를 일으켜 옷을 정리해 주었다.

"그래도 아침은 꼭 드셔야 돼요."

"알았어. 씻고 오도록 하지."

언제나 그는 눈을 뜨면 씻는 것보다도 그녀를 먼저 찾아오는 남자였다. 그 사실이 행복하면서도 부끄러운 단아는 괜스레 그의 눈을 피했다.

"그런데 언제까지 그렇게 부끄러워할 거지?"

"그걸…… 어떻게 아셨어요?"

휘둥그레진 눈으로 그녀가 그를 올려다보았다.

"휴우."

류욱이 거칠게 앞머리를 쓸어 올렸다.

"내가 아직 불편해?"

"류욱 씨."

"그러면 왜 자꾸 나를 피하는데?"

그가 그녀를 지그시 바라봤다. 다시 화끈거리는 볼을 느끼면서 단아는 눈을 피했다. 하지만 이번에는 그도 봐주지 않았다. 큰 손으로 단아의 볼을 감싼 그가 그녀의 눈을 마주쳐 왔다.

"우리 첫날밤에 했던 약속 기억나지?"

울상이 된 단아는 고개만 열심히 끄덕였다.

"서로 평생 거짓말을 하지 않기로."

류욱이 심각하게 대답하자 풀이 죽은 단아도 그의 대답에 대답했다.

"서로에게 모든 것을 공유하기로."

"휴우. 그런데 왜 그래? 내가 뭐 잘못한 거 있어? 내가 많이 부족한 거 알아. 그러니까 뭐든지 말해 줘. 속으로 힘들어하지 말고."

걱정스럽게 바라보는 류욱을 올려다보며 단아는 뭉클해졌다. 그에게 있어서 언제나 먼저는 그녀인데 그것을 알면서도 부끄럽다는 이유만으로 감정을 속였다.

"부, 부끄러워서 그런 거예요."

"……음?"

깊은 목 울림. 그가 그녀의 말 한마디 한마디에 집중하고 있었다.

"부끄러워서. 류욱 씨가 갑자기 다가와서 부끄러워서 그랬어요. 절대 불편해서 그런 게 아니라, 너무 좋으니까."

말끝을 흐리는 단아를 류욱이 다시 품속 깊이 안았다.

"아. 놀랐잖아."

단아의 귓가에 맞대어진 그의 심장이 크게 울렸다. 안쓰러움과 미안함에 단아도 류욱의 허리에 손을 두르고 그의 품에 안겼다. 따뜻하다.

"미안해요."

"아, 이런 게 평범하게 사는 거지?"

품속에 안긴 단아를 내려다보며 류욱이 물어 왔다.

"제가 준비한 아침 식사를 같이 하고 이렇게 서로 안고서 대화를 나누며 사는 것이 평범하게 사는 거예요. 지금 류욱 씨는 평범하게 사는 거예요."

단아가 타이르듯이 류욱의 질문에 답했다.

"많이 부족한 한단아와 살아도 행복하신가요?"

단아의 질문에 류욱의 미간이 굳어졌다.

"질문 같지 않은 질문은 받지 않겠어."

이제는 그가 인상을 써도 무섭지 않았다. 그를 놀리는 재미도 쏠쏠하니까.

"하하하하."

웃음이 터진 단아가 그의 품 안에서 호탕하게 웃음을 터트렸다.

자신이 그녀의 장난에 걸려든 걸 알면서도 류욱의 얼굴에도 작은 미소가 감돌았다.

"장난이었군."

"류욱 씨. 이제 우리 아침 식사 시작해요. 어머나! 국이 모두 식었겠어요!"

놀라서 그의 품을 밀치면서 부엌으로 들어가는 단아의 뒷모습을 바라보는 류욱의 얼굴 위로 수줍은 행복함이 맺혔다.

평범하게 사는 것. 아침에 일어나 사랑하는 부인을 품에 안으며 아침 인사를 하고, 같이 아침 식사를 하는 삶. 그리고 하루의 끝에서 같이 손을 잡고 잠이 드는 평범한 하루하루를 사는 삶. 그것이 가장 기본적인 평범한 삶이겠지.

누구는 이 삶이 지겹다고 말할지도 모르지만 가장 평범한 것이 가장 어렵다는 것을 그는 누구보다도 잘 알고 있었다. 뜨거운 국그릇을 들고 그를 보면서 웃는 단아에게 다가가면서 류욱의 심장은 따뜻해졌다.

그의 인생의 모든 것을 포기하더라도 얻고 싶었던 귀중한 사람.

그 여자가 그를 보면서 웃고 있었다. 단아가 들고 있던 국그릇을 대신 들어 준 그를 바라보는 단아의 눈에 진한 눈웃음이 맺혔다. 습관적으로 동그란 단아의 이마에 가벼운 입맞춤을 한 그 순간.

"읍!"

단아가 입을 막으며 헛구역질을 했다. 동시에 눈이 마주친 단아는 얼굴이 하얘지고 류욱의 표정은 심각해졌다. 국그릇에서 멀리 떨어진 그녀가 소리쳤다.

"국그릇 좀 치워 주세요!"

"단아야."

"읍!"

단아가 화장실로 뛰어 들어가자 같이 화장실로 들어간 그가 그녀의 등을 두드려 주었다. 헛구역질을 한 단아가 화장실 바닥에 주저앉았다.

"류욱 씨."

그녀가 그를 멍하니 바라보더니 손가락을 들고 날짜를 세기 시작했다.

"병원 가자."

말보다도 행동이 빠른 류욱이 단아를 번쩍 들어 올려 화장실에서 나왔다. 자신보다도 핏기가 없어진 류욱을 보며 단아는 속으로 한숨을 쉬었다.

"류욱 씨."

반응이 없다. 흐릿해진 눈빛을 바라본 단아가 그의 귓가에 속삭였다.

"류욱 씨. 날 봐 줘요."

걱정으로 인해 아무런 표정이 없는 류욱의 얼굴을 쓰다듬으며
그녀가 다시 속삭였다.

"나 임신한 거 같아요."

"……."

이번에도 그는 답이 없었다. 하지만 표정에서 스쳐 지나가는 혼
란스러움. 피식. 단아의 입가에 미소가 감돌았다. 이 사람과 함께하
면 그의 모든 행동들이 그녀를 행복하게 만들었다.

"나 당신의 아이를 임신한 거 같아요."

그의 눈을 보면서 한 번 더 말하자 류욱의 눈빛이 조금씩 돌아왔다.

"아이?"

허스키한 그의 목 울림.

"나와 당신의 아이."

그의 눈을 바라보며 단아의 눈가에 눈물이 맺혔다. 당신의 아이.
그녀의 모든 것을 가져가 버린 그이니까 그의 아이를 낳고 싶은 여
자의 마음.

류욱의 눈가도 붉게 변했다. 그 모습을 바라보며 단아의 볼 위로
투명한 눈물이 주르륵 흘러내렸다.

"당신의 아이를 내가 낳아도……."

조심스럽게 그녀를 내려놓은 그가 다시 그녀를 품속으로 끌어당
겼다.

"어?"

"고마워."

"류욱 씨."

"그리고…… 사랑한다."

"나도 당신을 사랑합니다."

그의 품 안에 안긴 단아의 눈에서 하염없이 눈물이 흘러내렸지만 입가에는 진한 웃음이 맺혀 있었다. 그리고 단아를 품에 안은 류욱의 눈가에도 촉촉해져 있었다.

나의 남자의 품 안에서, 그리고 나의 여자를 안고서 그들은 그렇게 평범한 하루를 보내고 있었다.

"우리 어서 병원에 가요."

"그래, 가자."

"우리 이제 셋이 되는 거겠죠?"

"……평범하게 사는 것이 이런 거겠지?"

"류욱 씨는 평범해요. 평범한 나를 만났잖아요."

"먹고 싶은 것은 없나?"

"먹고 싶은 게 너무 많아요."

"뭐든지 사 줄게."

"하하하하."

소소한 행복함이 진하게 그와 그녀를 맴돌았다. 단아의 밝은 웃음소리를 들으며 류욱의 입가에도 호선을 그리고 있었다. 밝은 아침 햇살이 그들을 비추며 그들의 미래를 밝혀 주었다. 그 남자와 그 여자는 그렇게 그 길을 함께 걸어갔다.

—The end

이렇게 책으로 나오기까지 너무 많은 시간이 흐른 것 같습니다. 이 책을 시작하게 된 이유는 운명적인 사랑 이야기를 쓰고 싶었기 때문입니다. 주변의 관계 속에서 얽혀진 두 남녀의 현실은 어둡지만 두 사람의 감정만큼은 진실함을 담은 사랑 이야기. 함께한 시간이나 세월도 중요하지만 서로가 서로의 운명임을 알아보고 이루어질 수 없는 운명도 개척해 나가는 강인한 남주와 여주를 만들고 싶었는데 그러한 모습이 담겼는지 모르겠습니다.

어쩌면 남주와 여주 중에서 더 강인한 사람은 여주일지도 모르겠습니다. 현실적으로 암울하게 자란 남주를 지켜 준 것은 사랑을 주는 법을 아는 여주이니까요.

저는 남자가 항상 더 강하다고 생각하지 않습니다. 그저 한 남자와 한 여자는 함께 손을 잡고 함께 걸어가는 존재라고 생각합니다. 두 사람이 서로 부족한 점을 채워 하나가 되는 것이기에 사랑이 아름다운 것 같습니다. 평범하게 시작하지 못했지만 이제는 평범하게 사랑을 할 수 있게 된 류욱과 단아를 예쁘게 봐 주셨으면 좋겠습니다.

이 책이 나오기까지 힘써 주신 주변의 많은 이들에게 감사의 인사 올립니다.

-은홍-

www.bbulmedia.com

www.bbulmedia.com